KB269119

카인의
정원

카인의 정원

정철훈 장편소설

민음사

차례

무덤에서 부활한 예수를 마리아는 처음에는 알아보지 못하고 묘지를 걸어 다니는 정원사로 잘못 보았던 것이다. 마리아는 그분이 동산지기인 줄 알고…….　　　　　—「요한복음」 중에서

부검

 개들의 흘레라도 없었으면 읍내 사람들은 성냥에 불이 붙듯 활
활 타 버렸을 것이다. 하늘에서 불이 떨어지는 여름, 송곳니 같은
더위가 들숨을 타고 들어가자 내장이 한데 엉겨 붙어 버린 것 같았
다. 전봇대 아래서 꽁무니를 맞붙인 개 두 마리가 성기 끝에 불 폭
탄을 맞았는지 한 대야 정도의 누런 액체로 녹아내려 계란 썩는 냄
새를 풍겼다. 냄새를 맡은 강아지들은 어쩔 줄 몰라 하며 낑낑댔다.
거리의 모든 쇠붙이들, 슬래브 옥상으로 연결된 녹슨 쇠 계단은 물
론이고 창가에 매달려 힘겹게 화분을 이고 있는 철제 난간과 땅속
에 파묻힌 수도관까지 절절 끓다가 녹아내리는 듯했다.

 읍내에는 안구건조증에 걸린 환자처럼 늘 충혈된 붉은 눈의 사
람들이 살아가고 있었다. 메마른 눈동자에 물기가 도는 때는 술에
취해 비틀거리며 악다구니를 쓰거나 뉘 집 제사에 들러 망자를 위

9

해 태우는 향이 눈 속에 들어갈 때가 고작이었다. 이 숨 막히는 읍에서는 간밤에 꾸었던 꿈마저도 녹아내려 아무도 꿈을 기억하는 사람이 없었다. 사람들은 일찌감치 읍을 등지고 대처로 떠난 사람들을 부러워하였지만 그들은 정작 읍을 벗어나지 못했다. 대로변으로 난 창문에 턱을 괴고 앉아 누구는 바다로, 누구는 그 나라에서 가장 번화한 도시에 가 있겠지, 라고 되뇌다가 침을 질질 흘리는 게 고작이었다. 그러다가 누가 죽으면 경운기에 삽과 괭이를 싣고 가서 공동묘지에 묻고 돌아오면 그만이었다.

신읍에서 논두렁 몇 개를 건너면 푹 꺼진 하상을 흐르고 있는 한탄강이 있었고, 그 절벽 위에 공동묘지가 있었다. 공동묘지 옆에는 천주교 공소가 둥그런 지붕 위에 십자가를 얹은 채 세워져 있었다. 병원이나 주변 교구에서 누군가 사망하면 공동묘지로 옮겨져 매장되었다. 공동묘지는 전쟁 직후에 전사자를 발굴하던 군부대에 의해 조성되었으나 세월이 흐를수록 갈대가 무성히 자라 멀리서는 봉분이 잘 보이지 않았다. 읍내 사람들은 연고 없는 사체가 발견되면 어김없이 공동묘지에 가져다 묻었다. 홍수가 나면 봉분이 무너져 관짝이 노출됐다. 두개골이 썩은 참외처럼 진흙 더미에 박혀 있기도 했다. 관청이 파악한 봉분 수는 3000여 기였지만 실제로는 2만 기가 넘을 것이라는 소문이 나돌았다. 여름에는 뜨거운 열기가 무덤을 파고들었고 시체 썩는 가스가 풀숲을 휘감았다. 공식적으로 공동묘지로의 사체 반입은 금지된 상태였다. 어느 해 여름, 공동묘지의 악취가 읍내까지 밀려오자, 참다못한 주민들이 관청에 몰려가 항의를 했다. 묘지는 폐쇄되었다. 관청에서 마땅한 공동묘지 부지를 확보하지 못하자 읍내 사람들은 초상이 나면 다른 읍의 매장 허가를 받을 때까지 사체를 요아킴의 병원 영안실에 안치했다. 영안실이라 봤자 병원 뒤뜰에 있던 부서진 헛간에 비나 들이치지 않게 통나무 벽을 세우고 양철 지붕을 올린 게 고작이었다. 시멘트로 벽을 바르면 통풍이 되지 않아 시체가 손상될 우려가 있었다.

넓은 공터에 바람이 불어 가면 나무 전봇대 옆에 층층이 쌓아 놓은 연탄재가 힘없이 쓰러져 깨졌다. 하얀 재는 주민들이 사는 거주지로 거세게 날려 갔다. 읍내의 지붕은 실성한 노인이 하얀 머리카락을 풀어헤친 것처럼 잿가루에 뒤덮여 푸석거렸다. 바람은 인간의 동네에 당도하면 장난기가 발동하는 모양이었다.

울타리로 둘러친 판자 조각에선 녹슨 못대가리가 빠져 덜렁거리다가 세찬 바람을 타고 하늘로 빨려 올라갔다. 골목마다 개똥이 말라 가고 있었고 야생 고양이들은 털갈이를 하느라 담벼락에 몸을 비벼 댔다. 바람이 불면 노점상들은 가판대 위에 비닐을 덮고 돌멩이를 얹어 놓거나 까만 고무줄로 동여매면서 한숨을 길게 내쉬었다. 사람들의 한숨마저도 바람에 실려 사라졌다. 사람에게서 나온 것들은 모두 바람에 돌아갔다. 먼지 때문에 눈을 깜박이는 찰나에 인생의 굽이굽이들은 눈가에 물기를 남겨 놓고 반짝였지만 그마저도 바람에 증발되어 아무도 자신이 눈물을 흘렸다는 사실을 눈치채지 못했다.

요아킴은 차부를 끼고 있는 광장 건너편 경찰서의 게양대에 걸려 있는 국기를 무심코 쳐다보았다. 깃봉 끝에 매달린 채 게양대 아래로 축 늘어진 국기는 시체를 감싸는 광목처럼 창백해 보였다. 읍내의 기온은 떨어질 줄 몰랐다.

요아킴은 언젠가 한여름엔 타지에 비해 기온이 섭씨 3도쯤 상승하고 한겨울엔 반대로 그만큼 하강하는 읍내의 이상 기온에 대해 떠들어 대는 것을 라디오에서 들은 적이 있다. 남북으로 내뻗친 추가령지구대의 영향 때문이라는 것이었다. 요아킴은 그게 근거 없는 흰소리라며 쓴웃음을 지었다.

—불과 쇠를 삼킨 땅이니 그럴 수밖에. 땅속으로 녹아내린 수만 발의 포탄이며 수천억 개의 총알이며 쇠붙이들이 직사광선을 받아 용암처럼 들끓고 있는 게지.

병원 현관에 매달린 온도계를 힐끗 쳐다보던 요아킴은 문밖 시궁창의 덮개를 향해 가래침을 힘껏 내뱉었다. 침이라도 뱉지 않으면 혀의 붉은 살점마저 흐물흐물 녹아 목구멍으로 넘어갈 것 같았다. 이제나 저제나 하는 심정으로 그는 온도계의 숫자를 골똘히 바라보았다. 그래도 자정이 지나면 온도계의 빨간 수은주가 몇 단계는 떨어지는 것이 신통했다.

바람이라도 좀 불까 싶어 미닫이 창문을 드르륵 열던 요아킴의 눈에 태국군 부대 앞에 세워진 하얀 물체가 들어왔다. 주렴처럼 늘어진 수양버들이 시야를 가로막고 있어 무엇이 세워져 있는지 식별하기가 힘들었다. 한참 동안 실눈을 뜬 채 바라보던 요아킴은 서랍에서 망원경을 꺼내 초점을 맞췄다. 나무 상자 위에 허수아비가 세워져 있고 허수아비의 어깨에 가로대가 끼워져 있었다. 가로대 위에는 까만 바탕에 하얀 페인트로 해골을 그려 넣은 헝겊이 달려 있었다. 허수아비는 국방색 판초를 입혔는데, 밀짚으로 만든 머리에는

12

카우보이모자가 얹혀 있었다. 판초도, 카우보이모자도, 미군 부대에서 흘러나온 것임엔 의심의 여지가 없었다. 한참 동안 들여다보고 있자니 까마귀 한 마리가 가로대 위에 내려앉아 모자에 부리를 문질러 댔다. 렌즈를 조절해 피사체를 더 가까이 당기자 까마귀의 눈동자에는 검은 소용돌이가 맴돌았고 긴 부리는 파충류의 더듬이처럼 징그러웠다.

　—양키들이 또 다녀갔군. 더위에 얼이 빠진 게야.

　망원경에서 눈을 뗀 요아킴의 얼굴이 굳어졌다. 허수아비는 미군이 읍내에 함께 주둔하고 있는 태국군을 경멸하기 위해 갖다 놓은 조형물이었다. 미군과 태국군 간의 보이지 않는 긴장과 멸시는 그들 부대가 아침마다 높은 깃대에 매다는 깃발에도 새겨져 있었다. 세계의 군인을 자처하는 미군 못지않게 태국군도 자국에서 왕국을 지키던 로열 타일랜드의 자존심을 하늘 높이 매달았다. 하지만 두 깃발은 읍내에 어울리지 않는 풍경이었다. 풍경은 삶이 아니라 삶의 배경일 뿐이다. 커튼처럼 내려져 있는 하나의 장막으로서의 풍경. 거기에는 어떤 투쟁도 성취도 없다. 요아킴은 뭔가 알 만하다는 듯 머리를 두어 번 끄덕이다가 한순간 입가에 쓴 미소를 머금었다.

　—어쩌면 읍내 사람들 모두가 허수아비인지도 몰라. 그래도 허수아비는 시체보다 낫지 않은가. 기왕에 읍내를 저주할 일이면 허수아비보다 시체 한 구를 구해 세워 놓을 일이지.

　산등성에서 실바람이라도 내려오는지 허수아비의 지푸라기 몇 가닥이 가볍게 흔들렸다. 그러고 보니 시체를 안치했던 게 언제인지, 기억이 가물거렸다.

영안실은 한 달 남짓 텅 비어 있었다. 한 달 전 미군 트럭에 깔려 사지가 으깨진 채 숨을 거둔 영감의 처참한 사체가 가장 최근의 것이었다. 햇볕에 그을린 농부의 시체는 창백하지 않았고 장의사가 만진 시체보다 훨씬 뚜렷한 얼굴선을 가지고 있었다. 간혹 시체의 눈꺼풀을 뒤집어 보면 동공이 완전히 용해된 채 마지막 물기를 날려 보내고 있었다. 삶에서 다하지 못한 진실은 어쩌면 사체의 창백한 표피에서 움트는 것일지도 모른다. 죽은 사람에게도 표정이 있다는 말은 옳았다. 요아킴은 관 뚜껑을 열어 둔 채 밤을 새울 때면 죽은 이의 입술이 움직인다는 느낌을 종종 받곤 했다. 그건 떠난 이가 아직 멀리 가지 못했음을 암시하는 징표였다. 사체의 얼굴을 살펴보면 일그러진 코며 숱이 거의 빠진 눈썹이며 뒤틀린 인중의 생김새가 너무도 흉측하고 제각각이어서 종종 저승사자가 붙여 놓은 부적이 아닐까, 생각될 정도였다. 창틀로 하얀 이물질이 떨어졌다. 비둘기 똥이었다. 여름 하늘을 떠돌던 흰 구름이 직사광선에 더 이상 버티지 못하고 떨어뜨린 눈물 같았다. 알록달록한 비둘기 똥은 다시 죽은 이들의 얼굴로 돌아왔다. 그것은 다시 얼굴에서 여자의 아랫도리로 변형되었다.

요아킴이 모르는 여자의 아랫도리는 없었다. 여자의 얼굴은 기억나지 않더라도 수술대 위에 누워 다리를 벌리고 있는 여자의 음부를 열어 보면 나이와 직업 그리고 성적 취향 따위를 단박에 파악할 수 있었다. 회음부가 살포시 연분홍빛으로 물들어 가고 있는 십대 소녀에서 붉다 못해 구릿빛이 감칠 나게 돌고 있는 젊은 처자들은 물론 폐경기의 여자이건, 생리 중의 여자이든, 그가 들여다보지 않은 아랫도리는 없었다. 여자들의 외음순도 각양각색이지만 일단 음순을 밀치고 들어가면 질 외벽의 무늬와 색깔은 더욱 다양하고 현란했다. 위로 가서 붙은 것, 축 늘어진 것, 두 겹으로 닫힌 것에서부터 진홍색, 검붉은색, 연분홍색, 계피색, 게다가 붉은 바탕에 보랏빛이 도는 것까지 여자들의 질은 사람의 지문만큼이나 제각각이었다.

전화벨이 울렸다. 박 간호사가 원장실 내선으로 전화를 돌렸다.
—산정호수 부근에서 살인 사건이 발생했는데 서둘러 부검을 하라는 서장의 지시가 떨어졌어요.
경찰서 차석에게서 걸려온 전화였다. 부임한 지 몇 달밖에 안 되는 서른을 갓 넘긴 풋내기. 차석의 목소리는 살인 현장을 직접 목격한 사람처럼 흥분해 있었다. 하지만 발생이라니. 살인을 두고 발생 운운하는 경찰 용어를 들을 때마다 요아킴은 심한 거부감을 느꼈다. 탄생과 죽음 사이에서 허파에 공기를 채우며 살고 있는 인간. 시작과 종결 사이에 긴 깡통 같은 존재가 인간이었다. 약제실에 있던 박 간호사가 눈치 빠르게 진료실로 들어와 주섬주섬 왕진 가방을 챙겼다. 요아킴은 하얀 가운 위에 외출복을 겹쳐 입으면서 간호사를 돌아다보았다.
—미스 박은 병원에 남아 있는 게 낫겠어.
지난번 부검 때 박 간호사는 왈칵 속엣것을 게워 놓았다. 간호사들은 통상 2년을 채우지 못하고 대처로 떠나가는 게 보통이었지만 박 간호사는 3년 넘게 붙어 있었다. 그래도 부검만은 역겨운지 복부를 절개할 때마다 수술실을 뛰쳐나가 속을 뒤집었다. 요아킴은 비록 낡긴 했지만 여전히 까만 윤기를 잃지 않은 왕진 가방을 들고 일어섰다. 병원 뒤편에 조성된 정원의 좁다란 오솔길을 따라가면 차고였다. 정원의 키 큰 플라타너스들은 여름의 중심으로 한 걸음 깊게 들어와 더욱 짙은 그늘을 드리우고 있었다. 흰 페인트를 칠해 놓은 나무 문을 밀치자 경첩이 신음 소리를 냈다. 그 소리는 뜰에서 들려오는 매미 소리에 묻혀 사라졌다. 때로는 매앰매앰, 때로는 씨키씨키. 매미 소리는 여름의 끝을 예고하는 음파의 블랙홀이었다.

울음이 왕성해지면 끝이 가깝기 마련이다. 한 마리가 울기 시작하면 뜰의 잎새 푸른 나무에 매달린 모든 매미가 한꺼번에 합창을 해 댔다. 매미 울음의 마지막 미음이 사각의 여운에 갇혀 진동할 때 요아킴은 한동안 아득해지는 것이 좋았다. 핏물이 묻어날 것만 같은 애절한 울음. 검진 가방을 빈 조수석에 던져 놓고 시동을 걸었다. 현장 부검을 나갈 때마다 조수처럼 따라다니던 사무장은 사흘째 뒤통수조차 보이지 않았다.

—어느 유곽에 자빠져 뒹굴고 있는지 원.

1년에 두어 차례, 주벽이 도지면 사흘이고 나흘이고 술집을 전전하는 사무장이었다. 요아킴은 미운 정도 정인 듯싶어 그만두라는 말을 차마 하지 못했다. 성격이 불같기는 했지만 악성 성병 환자들의 바이러스 샘플을 손에 들려 도시의 병리학 연구소로 출장을 보낼 때는 사무장처럼 요긴한 사람이 없었다. 사무장이 자리를 비울 때마다 요아킴은 직접 차를 몰고 읍내 구석구석으로 왕진을 다녀야 했으니 혼자 가는 부검도 이골이 날 정도였다.

산정호수로 가려면 시장통을 지나가야 했다. 시장통은 저녁 찬거리를 사러 온 사람들로 북적거렸다. 인파를 헤집고 지나가자니 여기저기서 알은체할 사람들의 눈망울이 번잡스럽게 느껴졌다. 차는 이내 사창가 골목길로 들어갔다. 벌집 앞에는 미군을 맞이하기 위해 진한 화장을 한 여자들이 늘어서 있었다. 벌집에는 벌써 빨간 등불이 켜져 있었다. 허름한 창문에 다 쓰러져 가는 집들. 싸구려 향수와 땀 냄새에 절은 좁은 골목은 후끈한 열기를 내뿜었다. 낡은 소파가 여기저기 놓여 있고 소파를 기대 놓은 낮은 담장 너머엔 빨랫줄이 걸려 있었다. 브래지어와 삼각팬티만 입은 반라의 여자들이 쪽방의 문고리를 잡은 채 까치발로 서서 웃음을 지어 보였다. 젖빛 유리에 브래지어를 밀착한 채 킥킥거리다가 요아킴을 보자 급하게 돌아서는 여자의 등짝엔 담뱃불로 지진 북두칠성 모양의 상처가 나 있었다. 싸구려 구슬로 엮은 주렴이 와그락 소리를 내며 옆으로 젖혀졌다. 터질 듯한 몸매를 까만 드레스로 가린 여자가 불쑥 얼굴을 내밀었다. 두툼한 귓불에는 조잡한 금속 귀고리가 매달려 있었다. 해진 블라우스 아래로 커다란 가슴이 드러났고 노랗게 염색한 머리는 연탄불에 달군 집게로 파마를 했는지 조잡하게 말려 있었다.

불그레한 불빛 속에서 여자들의 얼굴은 더욱 창백해 보였다. 어떤 여자는 뜨개질을 하고 어떤 여자는 잡지를 뒤적이며 하품을 했다. 머리를 짧게 깎은 미군 병사들이 골목을 기웃거렸다. 여자들은 병사들이 나타나자 얼른 뜨개질감과 잡지를 내려놓고 고양이가 기지개를 펴듯 천천히 허리를 뽑으며 흐느적댔다. 병사들은 장난기 어린 파란 눈을 뜬 채 여자들의 가슴과 허리선, 엉덩이와 허벅지를 차례로 더듬었다. 앳돼 보이는 병사가 어느새 흥정을 끝냈는지 손을 치마 속으로 넣자 여자는 몸을 뒤틀며 교성을 질렀다.

시장통을 어렵사리 빠져나온 차는 굽이굽이 감아 도는 실개천을 끼고 가파른 산길을 힘겹게 올라갔다. 산굽이마다 급커브를 트는 바람에 바퀴가 진흙에 미끄러져 헛돌았다. 산등성에 오르자 탁 트인 개활지가 펼쳐졌다. 넓디넓은 초지에 성조기가 휘날리고 있는 미군 훈련 캠프가 세워져 있었다. 어디선가 매캐한 냄새가 실려 왔다. 복날 즈음에 개를 잡아 태우는 냄새처럼 역겨웠다. 후각을 앞세워 두 눈동자에 들어온 것은 미군 베이스캠프에서 한 마장쯤 떨어진 곳에 들어선 또 하나의 천막촌이었다. 여남은 개의 임시 막사로 이루어진 천막 가운데 몇 개가 옆으로 쓰러져 있었고 그 언저리에서 가느다란 연기가 피어올랐다. 가까이 다가가니 불에 탄 텐트지가 눌어붙어 흉측한 몰골을 하고 있었다.

임시 막사 앞에는 사람의 출입을 막는 노란 띠가 둘러져 있었다. 노란 띠 주변에는 낯익은 시장통 술집 여자들이 서성거리며 놀란 표정으로 수군거렸다. 몇몇은 초점 없는 시선으로 허공을 쳐다보았고 몇몇은 손수건을 꺼내 눈물을 찍어 냈다. 모두들 망연한 표정이었다. 소년티가 나는 앳된 청원경찰이 차렷 자세로 경례를 붙였다. 텐트 끝을 들어 올린 채 막사 안을 살피던 차석이 요아킴을 알아보고 노란 띠를 걷어 올리며 알은체를 했다.

―날이 무더워 벌써부터 사체 썩는 냄새가 나는 것 같아요.

차석이 먼저 안으로 들어갔다. 끈적거리는 실내의 수상한 공기가 을씨년스럽게 뭉쳐 있다가 틈새를 찾았다는 듯 밖으로 빠져나왔다. 야전침대는 불에 타 흉측한 모습이었고 의자는 쓰러져 나뒹굴고 있었다. 마치 들소 떼가 천막 안으로 돌진해 모든 것을 짓밟고 지나간 것 같았다. 타일을 붙여 만든 조리대 위. 사체는 하얀 광목에 덮여 있었다. 타일을 타고 흘러내린 피의 응고 상태로 보아 살해된 지 반나절가량 지난 것으로 추정됐다. 먼저 와서 현장 조사를 마친 강력계 형사들이 주방 바닥에 쓰러져 있는 사체를 타일 조리대 위에 올려놓았던 것이다. 읍내 공의로서 수많은 주검을 만져 온 요아킴의 해부술은 냉정하고 깔끔하기로 정평이 나 있었다.

차석에게 수술용 장갑을 건넨 뒤 사체를 덮은 광목을 벗겨 내던 요아킴의 눈동자가 파르르 떨렸다. 죽은 지 일주일이 지나 발견된 변사체를 부검할 때도 표정 하나 바뀌지 않던 그가 창녀의 사체 앞에서 당황하는 것은 의외였으나 그걸 눈치 챈 사람은 아무도 없었다.

퍼런 실핏줄이 드러난 유방 사이에 깊은 자상이 나 있었고 음부에는 ㄱ자형 군용 손전등이 깊숙하게 박혀 있었다. 하복부에서 사타구니에 이르는 불두덩 위에 예리하게 베인 자상이 있었다. 음부에서 항문으로 이어진 음모는 피범벅이 되어 있었고 배꼽 주변도 예리하게 도려져 있었다. 복부에는 제왕 절개한 것으로 보이는 수술 자국이 쭈글쭈글한 주름과 겹쳐 있었다. 흉부엔 군데군데 사반이 눈에 띄었다. 종아리와 허벅지가 푸르뎅뎅하게 변색되고 있었다. 음부와 항문에서 나온 누런 진물이 조리대 벽면을 타고 흘러내렸다. 죽음의 순간에 거칠게 반항했음을 증언하듯 꽉 움켜쥔 손가락

끝에 피멍이 들어 있었다. 피와 그을음으로 눅눅해진 공기 때문에 속이 메슥거렸다.

조리대 옆에 검진 가방을 내려놓은 요아킴은 어디선가 자신을 쳐다보는 시선을 느꼈다. 조리대 뒤편에서 털이 듬성듬성 빠진 개가 황급히 기어 나와 날카로운 송곳니를 드러낸 채 컹컹 짖어 댔다. 차석과 청경들은 화들짝 놀라면서 뒤로 물러섰다. 개의 길쭉한 주둥이에는 피가 묻어 있었다.

—죽은 사람의 피를 먹으면 개가 미친다는데.

요아킴은 슬금슬금 눈치를 보며 뒷걸음질 치는 개의 목덜미를 붙잡아 청경에게 넘겼다. 바닥은 피로 범벅이 된 채 질퍽거렸다. 수술용 장갑을 손에 끼고 사체를 살폈다.

차석은 사체에서 흘러내린 체액이 몸에 닿을까 봐 조리대에서 멀찌감치 떨어져 있었다. 삶의 호흡을 멈춘 작고 볼품없는 중년 여성. 아침나절만 해도 밥을 짓고 반찬을 만들어 위장 속으로 흘려넣었을 것이다. 간을 보기 위해 찌개 국물을 떠 넣었을 입술은 무언가를 말하고 싶은 듯 벌어져 있었다. 찢어진 몸의 틈새에서 진물이 흐르거나 말거나 사체는 고요했다. 타일 조리대가 이승의 마지막 표면처럼 차갑게 느껴졌다. 죽음은 여자의 영혼 따위엔 관심이 없다는 듯, 빈 껍질로서의 몸뚱이를 푸르뎅뎅한 형상으로 주재했다.

차석과 청경 두 명은 부검 중인 사체에 등을 돌린 채 문을 향해 엉거주춤 서 있었다. 문틈으로 여자들의 웅성거리는 소리가 들려왔다.

요아킴은 차석에게 안티프라민을 건넸다.

—코밑에 바르면 좀 나을 거요. 청경들은 밖으로 내보내는 게 좋겠네요.

차석은 청경들에게 손짓을 했다. 청경들이 나가자 막사 안의 공기는 더욱 미심쩍어졌다. 눈에 띄는 자상은 흉부와 복부에 집중되어 있었다. 요아킴은 가죽 가방에서 부검 도구를 꺼내 하얀 수건 위에 한 줄로 정렬시킨 뒤 메스를 집어 사체의 배를 갈랐다. 요오드를 칠하지 않고 절개를 하는 것이 부검과 일반 수술의 다른 점이었다. 옆구리에서 배꼽 위를 지나 반대편까지 칼로 그은 뒤 그 선의 중간 지점에서 90도 방향으로 다시 칼날을 밀었다. 복부에 열십(十) 자가 새겨지면서 피가 흘러나왔지만 개의치 않았다. 다음은 절개용 가위였다. 가위는 피부 아래 하얗게 달라붙은 비계를 썰었다. 사체의 복부와 흉부는 가윗날을 대기가 무섭게 곧바로 열렸다. 요아킴은 차석에게 핀셋 두 개를 건넸다.

—양쪽을 붙잡아 힘껏 펼치세요.

옆으로 널브러져 있는 복부 비계가 손에 닿아 부검을 방해했다. 차석이 핀셋으로 비계를 집어 벌리고 있는 동안 요아킴은 메스에 힘을 주어 갈비뼈와 맞닿은 능막 근육을 한 뼘 정도 잘라 냈다. 손가락을 집어넣어 갈비뼈를 좌우로 젖혔다. 끔찍스러운 전율이 손가락을 타고 전달되었다. 위와 염통이 들춰졌다. 장기 외벽에는 누런 기름 덩이가 붙어 있었다. 형언할 수 없는 냄새가 진동했다. 사체의 뱃속은 지상의 모든 시궁창을 합친 것보다 더 역겨운 악취를 뿜어 냈다. 돼지의 내장을 꺼낼 때조차 비할 바가 아니었다. 닭 모가지를 쳐서 털을 뽑고 모래주머니를 털어 낼 때도 이보다 심하지 않았다.

비릿한 피와 노릿한 기름이 체액과 버무려진 최악의 냄새였다.

노란 냄새. 사람 몸속의 노란 비계. 노란 냄새가 코에 달라붙으면 오래도록 가시지 않는다. 차석은 속이 울렁거리는지 연신 우억거리다가 명색이 경찰이라는 자신의 신분을 의식한 듯 그나마 시선을 허공에 고정시킨 채 손아귀에 힘을 주었다. 요아킴은 벌어진 흉부 속으로 손을 깊숙하게 찔러 넣어 심장을 들춰 냈다. 심장에는 푹 파인 구멍이 여러 개였다. 심장을 뚫고 지나간 구멍 하나하나에 손가락을 넣어 보았다. 심근은 이미 경색되어 구멍이 작게 아물어져 있었다.

—이 자상이 직접적인 사인인 것 같군요. 얼마나 힘을 주었는지 심장을 거의 관통해 버렸군.

수술 장갑을 벗어 조리대 위에 올려놓은 요아킴은 가방에서 인체 모형이 그려진 사체 검안서를 꺼냈다. 가슴 안에 타원형 심장을 표시한 뒤 몇 개의 구멍을 그려 넣었다. 그중 하나에 1차 사인이라고 써넣었다. 차석은 문지방에 주저앉아 헛구역질을 해 댔다. 입으로 코로 희멀건 속엣것이 쏟아졌다.

—자상의 흔적으로 보아 칼은 아니고 가위 같은 걸 휘두른 것 같아요. 절개 면이 예리한 칼로 자른 것과 달리 고르지 않아요. 가위로 가슴 부위를 여러 차례 찌른 것 같아요.

요아킴은 검안서에 심장 자상에 의한 사망이라고 쓴 뒤 다시 장갑을 꼈다. 봉합용 실로 절개 부분을 대충 꿰매는 동안 차석이 여자의 음부에서 빼낸 손전등을 비닐봉지에 담았다.

—손전등을 박아 놓다니 정신이상자의 소행이 아닐까요? 미치지

않고서야 이런 끔찍한 범행을 어떻게 저지르겠어요.

요아킴은 못들은 척, 대꾸를 하지 않았다. 차석은 여전히 속이 진정되지 않은 듯 헛구역질을 했다. 막사 안은 노란 냄새가 속으로 스며 시궁창처럼 들끓었다. 인간의 내장은 온갖 악취가 흘러 가는 배수로였다.

—차라리 게워 놓는 게 나을 게요.

차석은 이 말을 듣자마자 손가락을 목구멍에 집어넣은 채 속을 뒤집었다. 비좁고 냄새 나는 막사에는 낡은 옷장과 화장대 그리고 밤마다 병사들을 껴안고 몸을 허물었을 침대 하나가 덜렁 놓여 있었다. 가운데가 푹 꺼진 매트리스엔 주둔군 병사들이 여자를 눕혀 놓고 압착시킨 시간들이 차곡차곡 쌓여 있었다. 싸구려 향수와 분 냄새는 여자들이 병사들의 노린내를 견디는 수단이었다. 밖에 서 있는 여자들의 흐느낌이 천막으로 흘러 들어왔다.

부검을 마친 요아킴은 차석과 함께 읍내로 내려왔다. 두 사람은 차부 공터에 차를 세운 뒤 저녁이나 먹자며 시장통으로 들어갔다. 허름한 순대국밥 집. 뚝배기의 회색빛 국물에 돼지 부속들이 둥둥 떠 있었다. 거무튀튀한 간과 불그스레한 염통, 구불거리는 내장 토막 그리고 구멍이 송송 뚫린 콩팥. 요아킴은 빨간 깍두기 국물을 뚝배기에 따라 부었다. 순댓국은 핏물처럼 붉게 변했다.

—이걸 이북서는 가리국이라고 하지. 국물에 김칫국을 타서 먼저 들이켠 다음 건더기는 나중에 건져 먹곤 했어요.

차석도 깍두기 국물을 뚝배기에 부었지만 두어 번 국물을 뜨다 말고 숟가락을 내려놓았다.

　—이북서 월남하셨나요?

　요아킴은 말없이 뚝배기에 소금을 타고 파를 넣어 입으로 꾸역 꾸역 밀어 넣을 뿐이었다. 강인한 턱 선에 인중이 길고 광대뼈가 튀어나온 북방 혈통. 비위가 약한 차석에게 비하면 요아킴은 어떤 음식이든 가리지 않는 잡식성 식욕의 소유자였다. 식욕은 음식에 대한 집중이다. 비위는 집중에서 나온다. 사체의 흉부와 복부를 차례로 열어 누런 지방질이 낀 장기를 샅샅이 훑은 지 채 한 시간도 되지 않은 시간. 차석은 뚝배기를 받쳐 들고 마지막 국물 한 방울까지 들이마시는 요아킴의 식욕을 신기한 듯 쳐다보았다. 하긴 사체의 위장에도 죽처럼 흐물거리는 음식물이 남아 있었다. 망자가 저승까지 가지고 간다는 사잣밥. 차석의 일그러지는 표정을 본 요아킴이 먼저 일어나 식대를 치렀다.

　—검안서를 써 놓을 테니 사람을 보내세요.

　병원으로 돌아온 요아킴은 원장실로 들어가 문을 걸어 잠갔다. 실내는 온실처럼 무더웠다. 창문은 눅눅한 습기에 달라붙어 조금밖에 열리지 않았다. 천장에 매달린 선풍기의 스위치를 올렸다. 창가에 화분이 놓여 있었다. 장미 화분. 빨간 잎을 착착 접어 침묵처럼 입을 다문 장미. 장미와 마찬가지로 의사라는 직업도 비밀의 엄수를 요한다. 여자의 가랑이에 붉게 핀 장미. 장미에 대고 맹세한 히포크라테스의 선서. 의자에 앉자 땀으로 흥건히 젖은 등짝에 속옷이 눅눅하게 달라붙었다. 검안서를 타자기에 끼우고 타닥타닥 자판을 두드리다 말고 요아킴은 창문 너머 어둠을 향해 중얼거렸다.

—미옥이가 죽다니.

미옥이라는 이름을 떠올리자 또 하나의 이름이 땀으로 번들거리는 그의 이마 위로 부풀어 올랐다.

—길명이, 길명이는 어디서 뭐하고 있기에 코빼기도 보이지 않는 걸까.

미옥은 길명의 의붓엄마도 아니었다. 길명이 태어날 때 임산부의 보호자로 따라왔을 뿐이다. 그런데도 왜 미옥이 길명의 엄마로 연상되는지 알 수 없었다. 요아킴은 그런 연상 작용을 떨쳐 버리기라도 하듯 머리를 좌우로 흔들었다.

어둠 속에서 반딧불이 두 마리가 몇 초 간격을 두고 꼬리에 불을 켠 채 날아갔다. 두 발을 가지런히 책상 위에 올려놓고 의자 깊숙이 몸을 묻었지만 잠은 오지 않았다.

어디선가 들려오는 여자의 날카로운 비명 소리가 고막을 찔러 댔다. 눈을 떴으나 사물들이 멀리 달아나면서 초점이 흐려지고 현기증이 일었다. 대체 얼마나 더 부검을 해야 하는 것일까. 메스를 내려놓고 싶은 게 한두 번이 아니었다.

의사 요아킴

　요아킴이 읍내에 병원을 연 것은 군의관으로 있던 육군 28의무대에서 전역하기 직전이었다. 전쟁이 끝난 지 1년이 넘었지만 전후 복구 사업은 더디기만 했다. 일손도 달렸다. 하지만 서울만큼은 벌집을 쑤셔 놓은 듯 흥청거렸다. 서울 어간으로 가야 한 몫을 쥘 수 있었다. 서울의 인구는 하루가 다르게 불어났다. 그러나 서울에서 번듯한 간판을 내걸고 개업해 버틸 자신이 없었다. 서러운 것이 실향민이었다. 이북에서 의전을 졸업하고 혈혈단신 월남해 군의관으로 전쟁을 겪었지만 아무 연고도 없는 서울에 개업할 깜냥은 되지 못했다. 게다가 실향민이라면 변색을 하며 괄시하는 붙박이들의 등쌀을 버텨 낼 비위도 없었다. 지방마다 텃세가 있는 것은 본능이었다. 미아리 고개를 넘어가면 사대문 안이었지만 그는 애당초 자신의 몫이 아니라고 생각했다. 차라리 38선 너머 최북단의 수복 지구가 더

승산이 있어 보였다.

이북에서 내려온 실향민들은 한 발짝이라도 고향 가까이에 붙어 살고 싶어 북단의 읍내로 몰려들었다. 황해도 치가 있는가 하면 함경도가 있었고 평안도가 있었다. 기왕에 실향민 신세일 바에야 막연한 타향보다는 삼팔따라지들이 모여 사는 Y읍이 한층 살갑게 느껴졌다. 다른 생각을 하지 않은 것은 아니었다. 전쟁 중 부산 육군 병원에 복무했던 터라 한때는 부산도 생각해 보았다. 하지만 동향이다, 동창이다, 저마다 지역색을 드러내며 유유상종하기는 군의관 사회도 마찬가지였다. 눈꼴이 시렸다. 처음엔 의사의 세계에 그런 게 있을 거라고 믿지 않았지만 병원 돌아가는 판세를 보면서 세상이 연줄로 돌아가고 있다는 이치를 깨닫기 시작했다. 어차피 세상에는 메스 잡는 사람과 메스 건네는 사람의 역할이 정해져 있었다. 요아킴이 부산을 접고 기왕에 전역을 한 최북단의 읍내에 눌러앉기로 한 데는 휴전 상태가 그리 오래가지 않을 거라는 막연한 기대감도 없지 않았다.

시장통 초입, 과일 가게 2층에 세를 들어 야간 진료를 시작했다. 의무 부대까지는 차로 30분 거리여서 출퇴근에도 부담이 없었다. 자정 무렵까지 서너 시간이었지만 수입은 제법 짭짤했다. 군의관 신분이어서 웬만한 의약품은 손쉽게 구할 수 있었다. 전문은 산부인과와 외과. 전쟁 직후에 인구가 폭발적으로 증가한다는 통계치를 반영하듯 흰 가운으로 갈아입기가 무섭게 중절 수술을 받으려는 환자들의 발걸음이 이어졌다. 대처의 종합병원에서 꺼리는 중절 수술을 말끔히 시술한다는 소문이 나자 타지에서도 환자가 몰려들었다. 입원실이 부족해 아래층 과일 가게까지 통째로 세를 얻어야 겠다고 생각할 즈음, 시외버스 차부 건너편에 쓸 만한 매물이 나왔다는 소문을 들었다.

과일 가게 주인을 따라 들어선 곳은 목재소였다. 톱밥 가루가 눅눅하게 깔린 사무실 천장에 매달린 선풍기가 요아킴의 얼굴에 기분 나쁜 바람을 던지며 돌아갔다. 뒤편에는 살림집으로 쓰고 있는 허름한 한옥이 맞배지붕을 이고 있었다.

—작년 여름, 태풍 때문에 목재소가 물에 잠겨 큰 낭패를 봤다더군요. 마당에 고인 물이 빠지지 않아 창고까지 빗물이 스며들었는데 그렇다고 목재를 일일이 다른 곳으로 옮길 수도 없는 일이고. 인부를 동원할 겨를도 없이 수재를 입었지요.

목재소는 급매물이었다. 전쟁 후 건설 붐을 예상하고 미리 켜 놓은 송판이 문제였다. 목재소는 물 폭탄을 맞은 듯 을씨년스러웠다.

—1년에 내릴 비가 단 사흘 만에 쏟아졌으니……

목재소 주인 영감의 목소리였다. 영감은 뒷마당에 두 길이나 쌓아 놓은 원목 더미에 올라가 비닐을 벗겨 내고 있었다. 원목은 그런대로 건져 낸 듯했으나 송판들은 심하게 뒤틀려 상품 가치가 없어보였다. 한 귀퉁이에 적재된 송판 더미는 벌써 썩고 있는지 오줌 지리는 냄새를 풍겼다. 영감이 내려오자 과일 가게 주인이 통성명을 시켰다.

—듣자하니 의사 선생이라고요? 병원 부지로 이렇게 넓은 땅은 필요 없을 텐데.

깡마른 체구에 말할 때마다 목덜미에 핏줄이 돋는 것이 성깔깨나 있어 보이는 영감이었다.

—송판 값은 그렇다 치더라도 원목 값은 쳐 줘야 할 것이오. 그래야 밀린 인부들 품값이라도 줄 수 있으니. 그렇지 않으면 내사 팔마음이 눈곱만큼도 없소.

빚에 쪼들려 목재소를 꾸려 나갈 처지가 아니었지만 영감은 다짜고짜 강짜를 놓았다. 수백 킬로미터나 떨어진 남쪽 항구에 적재되어 있는 동남아산 원목을 확보하기 위해 은행에서 대출까지 얻은 마당에 태풍까지 덮쳤으니, 어지간히 운이 나빴던 것이다. 그래도 호락호락한 영감은 아니었다.

—의사 선생 아니더라도 살 사람은 얼마든지 있으니 그만 돌아가시오.

영감은 흥정도 귀찮다는 듯 누런 가래침을 톱밥 위에 뱉고 살림집으로 들어가 버렸다. 요아킴은 머릿속으로 주판알을 튕겨 보았다. 한 눈에 봐도 읍내에서 이만한 지목은 두 번 다시 만날 수 없을 것 같았다. 사무실과 살림집을 허물고 병원을 지어 놓으면 대로변에서 접근성이 용이해 부동산 가치로도 손색이 없을 것이다. 제재소 자리엔 입원실을 들이고 목재 창고는 얼마든지 다른 용도로 사용할 수 있을 것이다. 게다가 물먹어 뒤틀린 송판을 싼값에 흥정하면 건축비도 절약할 수 있다. 그러고도 남은 땅에는 푸성귀라도 심을 수 있을 듯싶었다.

영감은 아궁이 앞에 쪼그리고 앉아 군불을 때고 있었다. 아궁이 위에 막걸리 주전자가 놓여 있었다. 방금 따라 마셨는지 술찌끼가 흘러내린 막걸리 잔이 뚜껑 위에 엎어져 있었다.

— 난리 통에 마누라도 자식도 다 잃고 나이 들어 운수가 납작하게 눌려 버렸어. 한때는 나도 이름깨나 있는 대목수였지. 나무를 너무 많이 죽여 말년 업을 고스란히 받는 것이지. 젊었을 때 산판 일을 했는데, 나무들도 제 죽을 때를 미리 알고 있는 것 같더란 말일세. 벌목꾼들이 나무를 자르기 위해 나무 등걸에 낫으로 표시를 해 놓고 내려오면 그 나무들은 어느 해보다도 더 많은 열매와 씨앗을 맺더구먼. 톱날이 제 몸에 닿는 순간 죽음을 예감하는 것인데, 이듬해 봄이면 제 죽을 줄 아는 양 나무들은 사력을 다해 씨를 퍼뜨리지. 숲은 자신을 해치려는 인간을 향해 더 무성한 씨를 흩날려 복수를 하는데 이게 다 숲에 정령이 살고 있다는 증거가 아니겠나.

영감은 아궁이에 장작을 디밀다 말고 잔을 내밀었다.

— 의사 선생도 술 한 잔 하시게나.

요아킴이 잔을 단숨에 비우자 영감은 말없이 일어나 도끼를 들었다. 잘 마른 통나무는 정확히 반으로 쪼개졌다. 과일 가게 주인이 손을 거든다며 장작을 집어 아궁이 옆에 쌓았다.

— 읍내에서 잘 지은 집은 다 영감님 솜씨지요.

— 이 사람이 괜한 소리를. 괴팍한 늙은이라고 수군거리지나 말게.

— 괜한 소리가 아니지요. 의사 선생 앞에서 저만 실없는 사람이 되라고요? 영감님 대패질로 말할 것 같으면 나무를 깎는 게 아니고 세월을 깎는 것이죠. 목질 속에 숨어 있는 살결을 캐내는 듯 나무를 어루만진다니까요. 3년 전 겨울, 우리 집 마룻보가 흐벅지게 쌓인 눈의 무게를 이기지 못하고 휘어지더니 끝내 터져 버리고 말았지

요. 영감님에게 수리를 맡겼더니 보를 들어 올리고 새 기둥을 깎아
세웠는데 어떻게 대패질을 했는지 지금도 윤이 반질반질하지요.

홍정을 성사시키려고 듣기 좋은 말만 늘어놓고 있다는 것을 뻔
히 알면서도 영감의 입은 히죽하게 벌어져 있었다.

—톱질도 다 법도가 있는 법이야. 나무가 지르는 비명 소리를 듣
지 못하면 대목이 될 수 없어. 우선 왼발로 나무를 자분히 밟아 고
정시킨 다음 톱날을 45도로 세워야 하지. 그다음엔 왼손 엄지손가
락을 톱날 옆면에 대고 톱날을 고정시킨 뒤 슬슬 켜는 거야. 톱에
힘을 주면 나무가 비명을 지르거든. 연필 선을 따라 금을 긋는 마
음으로 슬슬 그어 가면 반듯하게 골이 생겨. 골이 생길 때까지는
날에 힘을 주지 말아야 해. 나무에게 힘자랑 하는 것처럼 미련한
짓은 없지.

영감은 의외로 순박한 구석이 있었다.

—이렇게 하면 어떨까요? 병원을 지을 때 필요한 목재를 영감님
이 다 알아서 대 주시죠. 대목, 소목, 미장이까지 다 일임을 할 테
니. 목재 값도 후하게 쳐 드리죠.

—읍내에 번듯한 병원 하나 들어서면 그게 다 영감님 덕분일 테
니 그렇게 하시죠.

과일 가게 주인이 바싹 들러붙어 홍정을 붙이자 영감도 차마 거
절을 못 하는 눈치였다.

그해 가을 목조 이층집이 올라갔고 정식 개업을 했다. 의무 부대
장이 전역 기념으로 기증한 대형 거울이 현관 벽에 붙었고 한옥 본

채의 안방과 대청을 터서 만든 진료실에는 환자용 침상이 여섯 개나 놓였다. 원장실 한 귀퉁이에는 해골 모형이 서 있었으며 그 옆으로 메스, 수술용 가위, 집게, 바늘 등 의료 기구를 넣어 둔 서랍장이 자리를 잡았다. 서랍이 열리고 닫히는 동안 의료 기구들은 차가운 백광을 번뜩여 의술의 권위를 뽐냈다.

자궁을 고정시키는 수술용 질경. 경구에 삽입해 자궁을 벌리는 열세 개의 헤걸. 자궁의 크기를 재는 눈금이 그려진 프러브. 자궁을 긁어내는 태반감자. 벌어진 자궁을 잡아 주는 당구감자. 수술 후 질 안을 청소하는 큐레트. 출혈을 빨아내는 석션핍. 석션이라고 발음하다 피식 웃음이 샜다. 생명을 지우고 태반을 긁어내는 수술 도구치고는 발음이 너무도 저속했다. 모두 합쳐도 한 움큼밖에 안 되는 쇠붙이들은 철제 박스에 담겨 얼음장보다 차갑게 반짝거렸다. 수술 기구들도 눈과 귀가 달려 인간계의 모든 소리와 풍경을 체득하고 있다는 듯한 반짝거림이었다. 하지만 의사가 그걸 사용하지 않는다면 그 냉소는 한낱 쇠붙이 표피에 붙어 반질거리는 은빛에 불과할 것이다.

해골 모형은 요아킴이 전장의 야전병원에서 맞닥뜨린 숱한 주검의 유골이었다. 해골은 인간의 살과 피를 태워 버린 전쟁의 화염을 통과해서도 여전히 건재하다는 것을 알리려는 듯 의연히 직립해 있었다. 창문을 통해 바람이 불어오기라도 하면 이 음침한 뼈다귀 인간은 아직도 삶에 미련이 있다는 듯 앙상한 다리뼈를 슬며시 움직거렸다. 잘 짜 맞춘 일종의 콜라주로서의 뼈대. 두개골은 인민군, 골반은 중공군, 다리 한 짝은 태국군, 다른 하나는 미군, 팔 한 짝은 한국군, 다른 한 짝은 프랑스군. 국제적인 콜라주로서의 해골. 죽음은 때로 수평으로 땅속에 눕혀지기를 거부한 채 꼿꼿한 수직으로 일어서 부활을 꿈꾸기도 한다. 죽음으로 하여금 너무 일찍 싫을 찾아온 하늘을 원망하며 모든 뼈들은 어느 순간, 구멍이 숭숭 뚫린 피리가 되어 비탄에 잠긴 음악을 연주하는 것이다.

　병원에는 거대한 납골당처럼 어둡고 음산한 커튼이 드리워져 있었다. 근방에 단 하나뿐인 병원. 읍내 여자들은 선택의 여지가 없었다. 요아킴의 병원을 종신 지정 병원이라도 되는 듯 어김없이 찾아왔다. 치마나 팬티를 내리기야 처음에나 어렵지, 일단 초진을 받고 병력 카드가 작성된 뒤에는 세 번은 두 번보다 쉬웠고, 네 번은 세 번보다 쉬웠다. 의사에게 처녀가 애를 낳는 것은 흔하디흔한 일이었다.

산부의 죽음

　　붉은데기 언덕에서 내려다본 Y읍은 사시사철 네온사인이 번쩍
이는 불야성이다. 서울의 명동 거리보다 못할 게 없다는 말은 과장
이 아니었다. 읍내 서편을 끼고 도는 한탄강과 어우러져 풍광으로
만 본다면 유명한 관광지보다 못할 게 없었다. 그러나 붉은데기 언
덕을 내려와 읍내에 접근할수록 풍광은 빛을 잃었다. 휴전 직후 미
7사단 소속 17연대는 한탄강을 끼고 도는 소회산 뒷골에 주둔했고,
태국군 21연대 소속 통신 중대는 읍내 동편의 각흘봉 앞골에 자리
를 틀었다. 주둔군 캠프 사이에 펼쳐진 개활지에 신읍이 들어서기
시작했다. 병사들의 들끓는 욕정을 치약처럼 눌러 짜는 사창가가
신읍이었다. 철조망 담으로 둘러싸인 군부대를 따라 영어로 씌어
있는 가게 간판들이 늘어섰다. 영어 간판으로 인해 그곳은 애리조
나 카우보이의 선술집처럼 보였다.

읍내를 감싸고 있는 산은 북으로 갈수록 높아졌지만 전쟁 직후 급조된 녹화 사업에도 불구하고 하얀 가루약을 뿌려 놓은 아이들의 까까머리처럼 척박했다. 흙먼지를 몰고 오는 바람은 북으로 내뻗친 전선줄을 따라 신음 소리를 냈다. 국도변에는 페인트가 거의 벗겨진 낡은 초등학교가 있었다. 학교 철조망 울타리를 경계로 그리 넓지 않은 연병장에는 태국군 통신 중대의 퀀셋 막사가 대여섯 동 세워져 있었다. 아이들의 왁자지껄한 목소리가 철조망 가시에 걸려 진동했다. 그 소리마저 없었다면 읍내는 버려진 마을이나 마찬가지였을 것이다. 전후의 왕성한 출산율을 반영하듯 학교는 2부제 수업을 해도 교실이 모자랐다. 아이들은 운동장에 흙먼지를 일으키며 맴돌다가 사그라지는 회오리바람을 지켜보며 성장했다.

전쟁은 창녀를 병사처럼 양병했다. 병사들이 입에 거품을 물고 쏟아낸 정액은 시궁창에 고여 썩어 갔다. 냄새는 읍내의 허기진 골목으로 스며들었다. 여자들이 악다구니를 지르다가 사라진 신작로에는 버터가 녹은 듯 희멀건 정적이 눌어붙어 있었다. 담벼락 아래로 흐르는 도랑에서는 계란 곯은 냄새가 코를 찔렀고 파리 떼가 들끓었다. 여자들은 벌집 우물가에 지어 놓은 간이 샤워장에서 사타구니를 씻었다.

차부를 끼고 있는 구읍도 사정은 다르지 않았다. 골목마다 미처 다 타지 않은 연탄의 노란 연기가 사람들의 목을 매캐하게 틀어막았다. 냄새는 사람들 사이에 혐오감을 조장했다. 골목을 휘감은 노린내는 신읍 신작로는 말할 것도 없이 구읍의 차부와 광장, 마을 공회당과 학교에 이르기까지 스멀거렸다. 사람들은 갈보의 사타구니가 썩는 냄새라며 코를 틀어쥐었지만 실은 읍내의 모든 사람들에게서 냄새가 났다. 악취가 가장 심한 곳은 미군 쓰레기장이었다. 보건소에서 정기적으로 소독을 했지만 몸통이 시퍼런 왕파리 떼가 시구문의 구더기처럼 들끓었다.

전쟁이 끝난 뒤 통계청에서 실시한 인구센서스에 의하면 Y읍의 인구는 1만 1000명이었다. 하지만 참전했던 미군과 태국군의 잔류를 감안하면 읍내의 실제 인구는 2만 명을 넘어섰고, 그 가운데 양색시는 어림잡아 1000명에 달했다. 절반은 신읍 신작로에 한 줄로 늘어선 클럽이나 바에, 나머지 절반은 클럽에 딸린 벌집이라고 불리는 방에 기거했다. 방은 얇은 벽으로 칸을 나눠 한 줄로 늘어서 있었다. 벌집은 대개 클럽 업주 소유였다. 벌집에는 매춘 여성들이 성을 파는 동안 포주가 엿볼 수 있도록 구멍이 뚫린 게 허다했다. 거리의 여자들은 억세고 거칠기가 소의 뿔 같았다. 스리 엔젤, 러브 하우스, 스타 쇼, 메이 플라워, 에로틱 피크, 디바 나이트, 골든 브리지, 시카고 홀. 그중에서도 데이지는 가장 규모가 컸다.

클럽 데이지의 새끼 마담이 이십대 중반의 앳된 임산부를 부축한 채 병원에 들어선 것은 개업한 이듬해 초여름이었다. 배가 탱탱하게 불러 배꼽까지 돌출된 산부는 이마에 땀이 송골송골 맺혀 있었고 양수가 터졌는지 아랫도리가 흥건히 젖어 있었다. 진통을 참느라 이를 악다문 채 배를 떠받친 여자는 현관 문턱을 넘는 일조차 버거워 병원 사무장과 간호사의 부축을 받고서야 분만실 침상 위에 몸을 눕혔다. 두 손으로 침상 난간을 붙든 채 몸 비틀기를 여러 차례. 핏줄이 돋아난 이마에서 땀이 줄줄 흘러내렸다. 마담은 원장이 출타 중이라는 말을 듣고 대기실에서 발을 동동 굴렀다. 청진기로 산부의 배를 여기저기 짚어 보던 간호사가 난감한 표정을 지었다.

—아무래도 태아가 거꾸로 들어선 것 같아요.

사무장은 황급히 오토바이를 타고 미군 부대로 달려갔다. 요아킴은 미군 17연대장 티모시 대령의 이임식에 초청 받아 영내에 가고 없었다. 사무장은 코가 술독에 절어 붉고 작달만한 키에 어깨가 다부지게 벌어진 게 한눈에도 힘깨나 쓸 것같이 보이는 사내였다. 부대 정문의 경비 초소에서 전화를 넣었으나 행사장에 앉아 있는 요아킴에게 메시지가 전달되기까지는 적지 않은 시간이 걸렸다. 거꾸로 들어선 태아를 돌려 내는 유도 분만이 늦어질 경우 임산부가 쇼크사할 수도 있었다. 임산부의 퉁퉁 부은 얼굴은 회칠을 한 듯 점점 창백해지고 있었다. 신음 소리도 더욱 절망적으로 변했다. 고통을 참다못해 몸을 뒤틀 때마다 이마에서 굵은 핏줄이 돋아났다. 입에서는 화톳불에 달군 듯한 뜨거운 날숨이 쉼 없이 새어 나왔다. 땀을 너무 많이 흘려 저체온 증세를 보이는지 이빨을 심하게 맞부딪혔다. 간호사가 찬물에 수건을 적셔 이마에 냉찜질을 하며 맥박을 쟀다.

요아킴이 병원에 도착했을 때 여자는 실신 직전이었다. 창백하던 얼굴은 점점 잿빛으로 변했고 동공도 풀린 상태였다. 요아킴의 눈에는 임산부의 배가 무덤처럼 보였다. 커다란 바구니를 엎어 놓은 듯 봉긋 솟구친 임산부의 배. 요아킴은 자신의 눈을 의심했다. 산부는 양미간에 심한 경련을 일으키며 고통의 거센 흐름에 휩쓸려 한

없이 떠내려갔다. 아랫도리에서 검붉은 양수가 터져 나왔다. 태생적으로 자궁이 약한 탓인지, 혹은 어린 나이에 밤마다 서너 명의 주둔군 병사들을 상대하다 보니 자궁이 헐은 것인지 양수가 터졌는데도 자궁이 완전히 열리지 않았다.

산부의 눈은 뒤집어져 흰자위만 보였고, 입술은 가뭄에 타 버린 논바닥처럼 갈라져 군데군데 핏물이 잡혔다. 몸을 덜덜 떨며 발작 증세도 보였다. 맥박도 급격히 떨어졌다. 축 늘어진 가슴 위에만 희미한 움직임이 있었다. 허리는 고통을 이기지 못해 둥글게 휘어졌다. 목덜미에 목뼈가 돌출된 게 도마뱀이 붙어 있는 것 같았다.

눈꺼풀을 열자 동공은 수천 조각으로 흩어진 빛의 뒤를 쫓고 있었다. 여자의 혼이 땀구멍에서 방울방울 빠져나와 증발해 버릴 것 같았다. 요아킴은 여자의 아랫도리를 벗기고 수건에 뜨거운 물을 적셔 양수와 땀을 닦아 냈다. 수건은 금세 붉게 젖었다.

—촉진제를 놓아 분만을 유도해야겠어.

분만대 옆에 깔아 놓은 위생천 위에는 수술 도구가 가지런히 올려졌다. 관장기, 크고 작은 주사기, 자궁경, 도뇨관, 탯줄 절단 가위. 요아킴은 산부의 허벅지를 벌려 분만 보조대 위에 걸쳐 놓고 질 안으로 분만유도제를 깊숙이 삽입했다. 약이 몸속으로 들어가자 산부는 난폭하게 몸부림쳤다. 뱃속에서 활화산이 터진 듯 산부는 고통을 호소하며 눈을 희멀겋게 뒤집었다. 분만유도제를 투약한 후에도 자궁이 열리지 않으면 산부와 태아는 함께 목숨을 잃을 수 있었다. 손가락을 깊숙이 질 안으로 찔러 넣고 힘을 주어 태아를 둘러싸고 있는 얇은 막을 터뜨렸다. 물컹한 느낌이 손가락 끝으로 전달됐다. 태아의 다리였다. 자궁 안에서 태아의 위치를 뒤바꿔야 했다. 겸자를 잘못 삽입하면 태아나 산부에게 치명적일 수 있었다. 겸자 대신에 손가락을 사용할 수밖에 없었다.

손가락 세 개를 밀어 넣었지만 자궁 안이 점액질로 미끄덩거리는 통에 겨우 다리를 붙잡았을 뿐, 머리를 아래쪽으로 돌려놓을 방도가 없었다. 골반 내 산도의 크기가 불균형해 태아를 무리하게 돌려놓을 수도 없었다. 자칫 탯줄을 압박해 태변을 쏟아 놓게 되면 태아는 사산될 확률이 높았다. 게다가 약물에 중독되었는지 산부는 양수 과소 증세를 보였다. 자궁 안에 젤을 잔뜩 집어넣고 복부를 문질러 태아의 위치를 바꾸기 시작했다. 복부를 누르자 자궁의 출혈은 더욱 심해졌다. 자궁을 들여다보고 있는 얼굴에 핏물이 튀었다. 피는 수술대 밑에 받쳐 놓은 양동이로 흘러들었다. 양동이에 핏물이 고이면서 둥근 파문이 그려졌다. 작은 몸이 그토록 많은 피를 머금고 있다는 사실이 놀라울 정도였다. 한번 터진 피는 멈추지 않았다. 간호사가 거즈와 솜을 뭉쳐 자궁에서 흘러내리는 피를 닦아냈다. 산부는 스스로 마지막 통증이라고 느낀 듯 분만대 위에 매달린 끈을 두 손으로 잡으며 이를 악물었다.

비계가 잔뜩 묻어 있는 아기의 머리가 달이 떠오르듯 질 입구에 비치기 시작했다. 젖은 머리칼은 곱슬거리며 반짝였다. 분만용 흡착기를 머리에 대고 힘껏 잡아당기자 아기의 몸과 함께 긴 탯줄이 딸려 나왔다. 눈망울이 유난히 커 보이는 여자 아기는 탯줄처럼 긴 울음을 터뜨렸다. 수술실 밖에서 동태를 살피던 마담이 울음소리를 듣고 분만실 안으로 얼굴을 들이밀었다. 임산부는 피범벅이 된 채 시트 위에 축 늘어졌다. 요아킴은 아기를 들어 올린 뒤 분만가위를 집어 가능한 한 배에 바짝 대고 탯줄을 끊었다. 가위가 자궁에서 막 뽑아 올린 탯줄에 닿는 순간, 미세한 전기가 일어난 듯 손이 저려 왔다. 수술용 봉합사로 탯줄을 칭칭 동여맨 뒤 피와 조직 덩어리로 범벅이 된 아기의 얼굴을 닦아 내고 세면대 앞에 대기하고 있는 간호사에게 건넸다.

간호사가 아기를 씻기고 있는 동안 요아킴은 찢어진 임산부의 질을 봉합하기 위해 수술 바늘을 집어 들면서 임산부의 배를 쳐다보았다. 태아를 끄집어내면 임산부의 배가 어느 정도 홀쭉해져야 정상인데 출산 이전과 마찬가지로 배는 탱탱하게 부풀어 있었다. 수술 바늘을 내려놓고 배를 누르자 꿈틀거리는 촉감이 느껴졌다. 또 하나의 태아가 자궁에 들어 있었다. 쌍둥이를 받기는 처음이었다. 다행히 태아는 머리를 아래로 향하고 있었다. 활짝 열린 질 안으로 손을 집어넣자 머리가 만져졌다. 하마터면 두 번째 태아를 끄집어내지 않은 채 봉합을 할 뻔했다는 생각에 등골에서 소름이 돋았지만 요아킴은 아무 내색도 하지 않았다. 아기를 씻겨 담요에 둘둘 말아 눕힌 간호사가 임산부의 산도에 걸려 있는 두 번째 아기의 머리를 보고 호들갑을 떨었다.

—쌍둥이인 줄은 몰랐는데. 어쩐지 배가 남산만 하더라니. 병원이 생긴 이래 쌍둥이를 받아 보기는 처음이네요. 쌍둥이를 받으면 길조라는데.

간호사가 너스레를 떨었지만 요아킴은 아무 표정도 짓지 않았다. 그해는 유난히 소파수술 환자가 많아서 하루에 다섯 차례나 시술한 적도 있었다. 한 달이면 줄잡아 50건의 소파수술을 하는 셈이었다. 쌍둥이는커녕 갓난아이를 받아 보지 못한 것은 출산 환자들이 소파수술을 집도하는 수술대라고 질색을 하며 기피했기 때문이었다.

두 번째 아기는 첫 아기와는 사뭇 느낌이 달랐다. 선둥이에 비해 후둥이는 묵직했다. 쌍둥이 자연분만은 두 번째 아기에게 위험할 수 있기 때문에 거의 제왕 절개를 권하는 편이었다. 자연분만 중에도 아기가 체위를 바꿀 수 있기 때문에 가급적이면 안전하게 제왕 절개를 하는 게 정석이었다. 때로는 모르는 게 약이 되는 수도 있다. 달을 다 채워 태아가 너무 커지지 않은 건 차라리 다행이었다. 두 아이가 서로 다른 방향으로 들어앉아 있다는 것을 미리 알았다면 자연분만은 포기하고 말았을 것이다. 요아킴의 입에서 저절로 단내가 새어 나왔다.

후둥이는 울음을 터뜨리지 않았다. 다리를 움켜쥐고 아기를 거꾸로 들어 올려도 아무 반응이 없었다. 울음을 터뜨리지 않으면 입 안에 들어 있는 이물질이 백태가 끼듯 기도를 틀어막아 질식사할 수도 있었다. 요아킴은 손자국이 남을 정도로 아기의 엉덩이를 두어 차례 때렸다. 그리고 양수에 뒤범벅이 된 아이를 허공에 들어 올린 채 귀를 기울였다. 울지 않으면 심장도 멈추고 만다. 누군가의 울음을 그토록 애타게 기다린 것은 처음이었다. 입이 바짝 말라 가는 느낌이 혀를 타고 전해졌다. 검지에 거즈를 말아 입 안에 낀 백태를 제거하자 손에 든 핏덩이는 두어 번 꿈틀거리는가 싶더니 우렁찬 울음을 터뜨렸다. 일곱 달을 참았던 울음의 파장은 분만실 바닥을 흥건히 적신 핏물에 부딪쳐 사방으로 날아갔다. 피에 젖은 울음이었다. 아기의 울음이 터지는 순간, 동네 개들이 귀신이라도 본 듯 한꺼번에 짖어 댔다. 평생 울어야 할 울음을 태어나는 순간에 불처럼 한꺼번에 토해 놓은 아이.

갓난아이의 사타구니에 달린 쭈글쭈글하게 주름이 진 불알과 탐스러운 고추가 눈에 들어왔다. 후둥이의 체중이 선둥이의 체중보다 무겁다는 통설은 의심할 바 없는 사실이었다. 후둥이는 선둥이가 양보한 영양분을 섭취하고 좀 더 묵직했다. 양동이 가득 하혈을 한 나머지 핏기 가신 얼굴로 눈을 껌벅이는 임산부를 쳐다보던 마담이 기가 막힌다는 듯 실소를 머금었다.

─술집 년이 쌍둥이를 빼놓다니. 어떻게 뒷감당을 하려는지.

마담은 요아킴을 향해 로사리오 묵주를 흔들어 보였다.

─아기를 낳다 죽으면 함께 묻어 달라며 묵주를 내게 쥐어 주더군요. 초산이라 겁도 났겠지만 쌍둥이를 낳을 줄은 저도 까맣게 몰랐을 거예요.

자궁에서 흘러내린 핏물은 시장통 어물전에 널려 있는 생선 내장과 같은 냄새를 풍겼다.

아기는 신생아실로 옮겨졌지만 환자의 출혈은 멈추지 않았다. 긴급 수혈도 해 보았고 항생제를 섞은 링거를 팔뚝을 통해 흘려 넣었는데도 체온은 급격히 떨어지고 있었다. 자궁 안을 정밀하게 살폈으나 과다 출혈의 원인을 찾지 못했다. 임산부의 얼굴이 백지장처럼 변했다.

에피네프린과 아트로핀을 주사한 뒤 가슴에 전기 패드를 올려놓았다. 충전 램프에 불이 들어오자 엄청난 양의 전기 에너지가 임산부의 몸을 감쌌다. 한꺼번에 쏟아지는 전기 때문에 몸이 활처럼 휘었다. 하지만 심전도는 정상으로 돌아오지 않았다. 요아킴은 침상으로 올라가 깍지 낀 두 손을 환자의 가슴 위에 올려놓고 상체의 무게를 실어 누르기 시작했다. 하나 둘 셋! 환자 대신에 침상이 삐걱거리며 신음 소리를 냈다. 요아킴의 이마엔 굵은 땀방울이 맺혔고 몸에서는 후끈한 열기가 뿜어져 나왔다. 쉴 새 없이 가슴을 압박했지만 환자의 심장은 다시 뛰지 않았다. 약물 중독에 의한 이상 반응으로 하혈이 멈추지 않는 게 분명했다. 환자의 아랫도리에서는 검은 피가 끊임없이 흘러나와 양동이에 고였다. 피비린내가 수술실의 모든 사물들을 덮쳤다.

요아킴의 눈동자에는 자신을 혐오하는 어두운 빛이 오래도록 머물렀다. 심한 갈증을 느끼며 분만실을 나왔다.

마담은 다리에 힘이 풀리는지 복도 바닥에 철퍼덕 주저앉아 눈물을 흘렸다.

—다 팔자소관이지요. 남쪽 바닷가 어디서 흘러온 아이인데, 한솥밥 먹은 지 2년이 넘었지요. 지난겨울에 애가 들어섰다며 울고 짜고 하기에, 손님도 받지 말고 태아부터 처리하라고 그렇게 일렀건만. 임신 초기에 몇날 며칠 술병을 입에 달고 살았는데 애는 떨어지지 않더군요. 3개월쯤 되었을 때 병원에 가서 낙태 수술을 받자고 했지만 마음이 변했는지 애를 낳아 기르겠다고 하더군요.

—약물 중독인 줄 몰랐습니까?

—약이라뇨? 약에 의지해 살았을 줄은 꿈에도 몰랐어요. 어떤 년이 약을 대 줬는지. 한 지붕 아래서 몸을 팔아도 매정한 년들뿐

이지요. 불러 오는 배를 끌어안고 술에 취해 비척대며 클럽 골목을 휘젓고 다녔지만 눈곱만큼도 동정하지 않았지요. 임신을 하면 초짜라고 얕보는 것이 창녀들의 세계지요. 그래도 한 달 전에는 내게 다짐을 하더라고요. 술도 담배도 끊고 아이를 낳아 잘 키워 보겠다고.

—약물에 중독되면 달을 채우지 못하고 사산될 확률이 높지요. 자궁이 태아를 더 이상 감당하지 못하고 뱉어 내는데 일곱 달을 버텼으니 그나마 아기를 살릴 수 있었지요.

—태어나지 말았어 할 아기가 태어난 것이죠. 백인도, 흑인도 아닌 게 그나마 다행이긴 하지만서도. 태국 병사의 씨를 받은 게 확실한 것 같은데. 대체 이 칠삭둥이 쌍둥이를 어찌할꼬.

마담은 자그마한 체구였지만 보통 통이 큰 게 아니었다. 웬만한 보호자였다면 의료사고가 났다며 악다구니를 질러서라도 보상 문제를 걸고넘어졌을 텐데, 마담은 일언반구 말이 없었다.

—어쩌겠어요? 일부러 저를 위로하실 필요는 없어요. 송장이라면 저도 여러 번 치워봤으니까요. 데리고 있던 아이들이 하나둘씩 실려 나갈 때마다 마지막 업보는 내가 짊어질 것이니 제발 이승의 업보나 깨끗이 지우고 떠나가라고 마음속으로 빌었지요. 이번 애는 저번 애의 액땜으로 치자고 말이지요. 그런데 이 아이에게는 담뿍 정이 들었지요.

건조한 하늘에는 구름 한 점 없었지만 어디선가 꽃향기를 품은 바람이 코끝으로 불어왔다. 분만실 수채 구멍에서 뜰로 연결된 도랑으로 검붉은 피가 꾸역꾸역 밀려 나왔다.

—새 생명을 받아 세상에 내놓은 김에 원장님이 쌍둥이 이름이

나 지어 주시죠.

요아킴은 마담의 청을 외면할 수 없었다..

―울음소리가 예사롭지 않으니 길명이라고 부르면 어떻겠소. 길할 길에 울 명.

―제 애비가 누구인지도 모르는 사생아지만 어린것이 무슨 죄가 있겠어요. 길명…….

마담은 입 안에서 발음을 해 보았다.

―잘 어울리는 이름이네요. 여자 아이 이름은 제가 지어 볼게요. 울래미. 박복한 제 에미와는 달리 울음소리도 아름답게 자라라고 울래미라고 하면 어떨까요. 순박하고 때 묻지 않은 이름 같지 않나요.

목욕을 시키고 하얀 배내옷을 입혀 놓자 쌍둥이는 갈색 피부에 콧날이 오뚝하고 눈이 부리부리했다. 마담은 담요에 싸여 새근새근 잠을 자고 있는 두 아기를 양팔에 안고 번쩍 들어 올렸다.

―읍내 구석구석을 수소문해 젖이 도는 유모를 물색할 수도 있겠지요. 하지만 마냥 동냥젖으로 해결할 수도 없는 일이고 어렵사리 유모를 찾아낸다 해도 창녀가 낳은 혼혈아라는 사실을 알게 되면 젖꼭지를 뗄 게 뻔한 이치지요. 저도 쌍둥이 뒤치다꺼리나 하면서 살 팔자가 아니고. 그러니 입양을 주선해 주시면 어떨까요. 고아원이나 보육원 같은 곳 말이지요.

술집에서 쌍둥이를 키운다는 게 애당초 말이 안 되는 소리였다. 마담에게도 평생 짐이 될 게 뻔했다. 요아킴은 포대기에 싸인 쌍둥이를 붉은데기 언덕 너머 골안 마을에 있는 자애원으로 보냈다. 그게 인연이 되었는지 마담은 클럽 아이들을 한결같이 요아킴에게 보

내 주었다. 밑을 팔아 살아가거나, 밑을 치료해 주며 살아가는 게
동업자의 세계이나 마찬가지였다. 악어와 악어새의 공생 관계가 요
아킴과 마담 사이에도 형성되었다. 읍내의 모든 직업은 먹이사슬처
럼 짜여 있었다. 데이지 새끼 마담이 미옥이었다.

종부성사

병원 맞은편 영안실에 미옥의 시체를 안치했다. 가슴에 까만 리본을 단 데이지의 여자들이 정원으로 통하는 마당 앞에 돗자리를 깔았다. 제사상을 차리고 향을 피웠다. 날이 저물자 영안실은 더욱 북적였다. 요아킴도 사무장과 함께 문상을 한 뒤 영안실 앞마당에 장막을 치고 깔아 놓은 돗자리에 앉았다. 한 귀퉁이에서 조문객들을 향해 매서운 눈초리를 날리던 차석이 다가와 요아킴에게 소주잔을 건넸다. 탐문 수사를 하는지 다른 한 손에는 글자를 깨알같이 적어 놓은 수첩이 들려 있었다.

　—신읍이 조성되던 시절에 미군 홀 여종업원 모집 광고를 보고 예까지 흘러왔다죠? 명랑 잡지에 실린 월 10만 원에 침식 제공이라는 광고를 보고 왔다더군요.

　—나도 그 시절의 모습을 어렴풋이 기억하고 있다네. 창문 너머

로 차부 쪽을 바라보는데 보따리를 가슴에 품은 앳된 소녀가 서 있
더군. 멀리서 봐도 어찌나 고운 얼굴이던지, 한눈에 들어오더군. 서
러운 팔자소관이 아니라면 이런 곳까지 흘러올 아이가 아니었지.
스무 살이 될까 말까 한 나이였는데 이렇게 비명횡사하다니. 세상
이 험한 것인지, 세월이 험한 것인지. 한 해, 두 해 세월을 넘기더니
클럽 데이지의 새끼 마담이 되더군. 미색이 워낙 출중한 탓인지 단
골이 줄을 이었다더군. 그래도 구르는 재주가 있었던지, 이 험악한
곳에서도 착실하게 돈을 모아 클럽의 지분까지 사들였으니 겉보기
보다 수완이 있었던 게지.

　요아킴은 한숨을 길게 내쉬면서 소주 한 잔을 천천히 음미하며
비웠다.

　신읍의 여자들은 빚더미를 안고 살았다. 클럽 주인은 여자들이
보따리를 푸는 순간부터 화장품 값, 침대 값 그리고 소개비까지 덤
터기를 씌웠다. 장부에는 소개비에 침대 값, 화장품 값, 음식 대금
이 쌓였다. 가겠다고 하면 빚을 갚아야 갈 수 있다며 으름장을 놓
았다. 뽀얀 얼굴은 술 먹고 밤일하며 몸을 헐어 내다 보니 검게 찌
들어 갔다. 경찰서 내벽에 붙은 관내 지도에는 신읍 사창가가 적색
지대라는 표식으로 빨간 빗금이 쳐 있었다.

　—어려서 세례를 받았다고 하니 신부님을 모셔 와야겠어.

　요아킴은 한탄강 절벽 위에 외따로 서 있는 천주교 공소 신부를
떠올리며 사무장에게 말했다. 부임한 지 1년도 되지 않은 젊은 신
부였다. 그동안 공소에는 상주하는 신부가 없어 미사도 판공성사
도 이루어지지 않았다. 대신 교우 가운데서 뽑힌 사목회장을 중심

으로 첨례를 보거나 간단한 공소예절이 행해지고 있었다. 대교구에 소속된 신부가 비정기적으로 방문해 미사를 주재하고 판공성사를 주는 작은 공회당이었지만 신자 수는 꾸준히 늘어 갔다.

요아킴도 신부가 부임하기 전, 사목회장의 입을 통해 신부가 상주하게 될 것이라는 소식을 전해 듣긴 했다. 그렇다고 해서 공소가 본당으로 승격되는 것은 아니었다. 다만 지방 전교의 의무를 행하는 최소 규모의 천주교 공동체이기는 마찬가지였다. 읍내 사람들은 젊은 신부의 부임을 두고 입방아를 찧었다. 사제 서품을 받은 직후 바티칸으로 유학을 떠났지만 심장판막증을 앓는 바람에 학업을 중단하고 귀국해 한적한 시골 공소에서 요양을 하고 있었다는 것이었다. 부임 직후 보건소 강당에서 열린 지역 기관장 모임에 나타난 젊은 신부는 창백한 얼굴에 입술마저 핏기를 잃어 한눈에도 병색이 짙어 보였다.

요아킴은 전쟁 중에 군종신부로부터 받은 세례명이었다. 세례식 때 자신의 성과 발음이 비슷한 천주교 성자의 이름을 고집할 정도로 신심이 좋았던 시절도 있었다. 하지만 젊은 사제의 강론을 두고 어딘지 미숙하고 설익은 느낌을 꼬투리 삼아 지금은 주일 미사에도 나가지 않는 냉담자였다. 그러나 사제의 눈빛은 어딘지 남달라 보였다. 움푹 파인 눈은 서른 초반의 나이임에도 희로애락의 깊이를 안다는 듯 안광이 번뜩였다.

─늦은 시간인데 따라나서기나 할까요?

─신읍 여자라고 천국에 가지 말라는 법은 없지. 신 앞에서 모든 인간은 평등하다는 것이 천주교의 계율이 아니겠나. 신을 믿는다는

것은 또한 인간을 믿는다는 것이지. 내가 각별히 부탁드린다고 말씀 올리게.

사무장은 괜한 일을 시킨다는 듯 얼굴을 찡그리며 오토바이에 시동을 걸었다. 오토바이가 지나갈 길을 내주느라 문상 온 여자들이 엉기적거리며 일어나 영안실 벽 쪽으로 비켜섰다. 곡을 할 만큼 했는지 영안실은 술집 여자들의 북적거림 속에서도 이상한 적막감이 감돌았다. 망자는 영정 사진 속에서 가지런한 이빨을 드러낸 채 해맑게 웃고 있었다. 정원에서 개구리 우는 소리가 들려오는 자정 무렵, 오토바이 소리가 들리더니 젊은 신부가 사무장의 뒤를 따라 영안실로 들어왔다. 요아킴은 돗자리에서 일어나 신부에게 다가가 목례를 하고 손을 내밀었다.

신부는 탁자 위에 안치된 관 앞으로 바싹 다가가 성호를 그었다. 성부와 성자와 성신. 머리와 가슴과 영혼의 꼭짓점을 재빨리 순회하는 팔이 잠시 흐느껴 우는 것만 같았다. 잠시 아무 말 없이 미동도 하지 않은 채 서 있던 신부가 뒤를 돌아보았다.

―고인의 세례명은?

요아킴이 신부에게 다가가 대답했다.

―마리아라고 하더군요.

신부가 관 앞에 향을 피우자 여자들이 천천히 모여들었다.

―우선 연도부터 바칩시다.

신부는 한 손으로 십자가를 들고 한 손으로는 관 위에 성수를 뿌렸다.

―네 얼굴에 땀이 흘러야 식물이 먹고 필경 흙으로 돌아가리니

그 속에서 네가 취함을 입었음이라. 너는 흙이니 흙으로 돌아갈 것이니라 하시니라.

신부의 구슬픈 연도에 여자들의 눈시울은 촉촉하게 젖어들었다. 몇몇은 나지막한 목소리로 연도를 더듬더듬 따라하기 시작했다. 신부의 입에서 흘러나온 연도는 관 속으로 스며들지 못하고 공중을 떠돌며 스스로 흐느끼는 듯했다. 관 위에 놓인 백합 몇 다발. 고인이 생전에 백합을 좋아했는지 여부는 아무 상관이 없었다. 여자들이 가져온 백합 향기는 영안실의 눅눅한 대기 속을 춤추듯 흘러 다녔다. 꽃은 단지 망자의 영혼을 달래는 노래를 하얀 향기로 불러 줄 따름이었다. 생의 마지막 예식을 백합 향기가 주재했다.

연도를 마친 신부가 요아킴에게 다가와 나직한 목소리로 말했다.

―부름 받은 사람은 많아도 뽑힌 사람은 적지요. 이름만 신자일 뿐 회개하지 않기 때문입니다. 가끔이라도 공소에 들르도록 하세요.

요아킴은 공소를 찾아간 게 언젠지 기억이 가물거렸다.

―신부님, 이 읍내에서는 고난의 신비도 빛을 잃을 것처럼 보이는군요. 시편에는 지금 행복한 사람은 눈물을 흘리게 될 것이며 불행한 사람은 웃게 될 것이라고 했지만 이 여자들을 보세요. 고난 끝에 무슨 구원이라도 받을 수 있겠어요?

―예수 그리스도가 나의 하느님, 어찌 나를 버리시나이까, 하고 외친 것은 모든 사람들의 고난과 자신을 동일시하여 대속적인 고난을 당하셨음을 의미합니다. 예수는 하느님을 향해 탄식과 더불어 불평을 털어놓은 최초의 인간입니다. 탄식하지 않는 사람은 죽은 자와 같습니다. 탄식하지 않는다면 다른 사물이 곧 하느님의 옆 자

리를 차지하게 될 것입니다. 하느님의 옆 자리는 생명의 자리인 동시에 죽음의 자리이기도 하지요. 탄식 없이는 인간의 실존도 없는 것이니 원장님도 미사에 나오기가 어려우면 탄식이라도 자주 하셔야 됩니다.

두 사람의 대화를 들었는지 술집 여자 한 명이 벌떡 일어서더니 신부의 눈을 똑바로 쳐다보며 말대꾸를 했다.

―우리가 애초에 구원 같은 걸 믿었다면 이 똥창 같은 읍내까지 흘러들지도 않았을 겁니다. 우리가 읍내에서 몸을 팔고 있다는 자체가 하느님의 부재를 증거하는 것이 아니겠어요? 고난 받는 자의 울부짖음에 귀를 막고 있는 것이죠.

―당장 구원받지 못한다고 해서 하느님을 기소라도 하겠다는 말이오. 스스로 구원을 거부하는 것은 아닌지 가슴에 손을 얹고 생각해 보시오.

―몸이라도 팔지 않으면 누가 우릴 먹여 살릴 것이오. 가난은 나라님도 막지 못한다고 했거늘. 안 그러냐?

여자가 눈꼬리를 치켜뜨며 대들자 다른 여자들도 신부를 에워싸며 웅성거렸다.

젊은 신부는 야유를 퍼붓는 여자들을 향해 성호를 그었다.

―갈라디아서 5장 19절에는 육체의 일에 관해 이렇게 씌어 있지요. 육체의 일은 분명하니 곧 음행과 더러운 것과 호색과 우상 숭배와 주술과 원수 맺는 것과 분쟁과 기와 분냄과 당 짓는 것과 분열함과 이단과 투기와 술 취함과 방탕함과 또 그와 같은 것들이라. 사도 바울은 사람이 동물의 본능대로 살지 않기 위해서는 성령이 이

끄는 대로 살라고 했지요. 육체의 열매는 이내 소멸하고 말지만 마음속엔 늘 새로이 맺히는 열매가 있으니 그것은 성령의 열매입니다. 창녀였던 막달라 마리아가 예수의 부활을 처음으로 목격했듯 여러분도 마음속에 성령의 열매를 매다는 순간, 모든 죄악을 용서받을 것입니다.

여자들은 그 말에 귀를 기울이기는커녕 가슴을 내밀어 신부를 밖으로 밀쳐 내는 시늉을 했다. 그 바람에 신부는 얼굴을 붉힌 채 부랴부랴 영안실을 떠났다.

다음 날 새벽, 영안실에선 다시 한번 곡소리가 진동했다. 망자의 어머니와 까까머리를 한 막내 동생이 뒤늦게 전보를 받고 달려온 거였다. 고향 집은 한 번도 찾지 않았지만 몸 팔아 번 돈을 꼬박꼬박 부쳐 온 맏딸이었다며 목을 놓았다. 서러운 것은 죽은 자가 아니라 산 자였다. 울음소리가 잦아드는가 싶더니 모자는 범인을 잡아들이기 전까지는 관을 운구할 수 없다며 강짜를 놓았다. 여자들은 까까머리를 슬금슬금 피해 자리를 떴다. 마침 장례 문제를 논의하려고 영안실에 들른 사무장이 눈에 띄었는지 까까머리는 다시 승강이를 벌였다.

— 유족의 입회도 없이 부검이라니. 당장 고발해서 이까짓 병원 문을 닫아 버리게 하겠어.

— 젊은 사람이 법을 몰라도 유분수지. 부검은 엄연히 경찰의 지휘를 받아 실시한 것이니 아무 법적 하자가 없는 것이오.

— 그렇다면 부검한 사체라도 보게 해 주시오.

─입관까지 마친 상태고, 사체의 부패 정도가 심해 관을 다시 연다는 것은 무리요. 운구를 거부하고 버틴다면 시체 공시소로 보낼 수밖에 없으니 그리 아시오.

까까머리는 사무장의 말에 자극을 받았는지 눈을 희번덕거리면 달려들더니 멱살부터 낚아챘다.

─이것도 유족이라고. 이러니 망자가 타지에서 비명에 갈 수밖에 없는 팔자지.

사무장도 호락호락 물러설 성질이 아니었다. 그 순간 까까머리는 셔츠를 벗어던지더니 술병을 깨 든 채 관을 개봉하지 않으면 자신의 배를 가르겠다고 길길이 날뛰었다. 완력에 물러설 사무장이 아니었다. 사무장도 쓴웃음을 지으며 상의를 벗었다. 출렁대는 뱃살에 긴 칼자국이 뱀처럼 꿈틀거렸다. 사무장은 읍내에서 소문난 말술인 데다 클럽 하우스들도 함부로 시비를 걸지 못하는 어깨였다.

돗자리에 뒹굴고 있던 술병을 집어 든 사무장은 손날을 휘둘러 밑바닥 부분을 능숙한 솜씨로 날려 버렸다. 그러고는 주둥이 부분을 손잡이처럼 틀어쥔 채 날카로운 유리 단면을 까까머리의 얼굴을 겨냥해 들이밀었다. 완강하던 사내는 기가 꺾였는지 목소리가 기어들었다.

─제 말뜻은 운구비라도 보상을 받아야겠다는 것인데.

사무장은 돗자리에 벗어 놓은 셔츠를 주워 입고 사내를 끌어 앉혔다.

─말귀는 알아듣는 사람이구먼. 그렇다고 영안실에서 강짜를 부리면 어떡하라는 거요. 콩밥 먹고 싶지 않으면 어머니 모시고 떠나

시오. 운구차는 이미 수배해 놓았으니 저녁 때쯤 도착할 것이오.

사무장은 까까머리에게 봉투 하나를 내밀었다.

—원장님이 장례에 보태라고 주신 것이오.

정오쯤에 사무장이 동태를 살피려고 영안실에 갔으나 까까머리도, 망자의 어머니도 보이지 않았다. 차부에 알아보니 두 모자가 택시를 잡아타고 읍내를 빠져나갔다는 것이었다. 유족과는 그것이 끝이었다. 운구 운운한 것도 다 거짓말이 되어 버렸다. 장례를 치러야 할 유족이 사라졌다는 말에 데이지 여자들은 영안실에 주저앉아 눈물을 쏟아 냈다.

—누구 손에 죽었는지도 모르는 딸년 시체를 두고 도망을 치다니.

여자들은 신고 온 슬리퍼를 내던지며 악다구니를 썼다. 그래도 원이 풀리지 않는지, 경찰서로 몰려갔다. 사체를 놔두고 줄행랑 한 모자를 잡아들이라고 아우성을 쳤다.

한탄강에서 피어오른 물안개로 읍내는 아침부터 시야가 좋지 않았다. 열어 놓은 창문으로 안개가 스멀스멀 기어들었다. 붉은데기 너머로 밭을 매러 가는지, 짐칸에 여남은 명의 아낙들을 태운 경운기가 차부를 돌아 신작로로 사라졌다. 경운기의 발동 소리가 희미해질 때쯤 병원 앞에 경찰 지프가 정차했다.

—안개가 차부까지 올라왔으니 오늘도 진땀깨나 빼겠군. 김 원장, 안에 있나?

지서장이 현관 앞에 깔아 놓은 발깔개에 신발창을 문지르다가 마대 자루에 걸레를 끼워 넣던 사무장을 보고 목 인사를 건넸다. 검찰 지방청 수사과에서 민완 형사로 이름을 날리던 지서장이 읍내에 부임한 것은 3년 전이었다. 소문에 독직 사건에 연루되어 좌천되었다는 말도 있었으나 요아킴은 그런 풍문에 대해 알은체하지 않았다. 그보다는 늘 잠복근무에 시달리는 형사 생활에 염증을 느껴 지방 근무를 자원했다는 말을 믿는 쪽이었다. 가족은 대도시에 놔 둔 채 혼자 사택에서 생활하고 있는 지서장은 가끔 병원에 들러 원 장과 담소를 나누곤 했다. 요아킴이 진찰실 문을 열고 지서장을 악 수로 맞아들였다. 산정호수 살인 사건으로 골머리를 썩는지 안색이 좋아 보이지 않았다.

—이게 누구신가. 귀하신 분이 이른 아침부터 행차를 하시다니.

—출근길에 차나 한 잔 얻어 마실 겸 들렀지.

—차는 늘 마시는 거고, 다른 용건이 있는 게지. 어서 털어놓으 시게나.

—살인 사건 말일세. 본청에서 각별히 관심을 갖고 있는 것 같 아. 살인 사건이니 검찰 지휘를 받는 건 당연한 일이지만 매일 수사 상황을 챙기는 게 신경이 적잖이 쓰이는군. 살인 사건이 처음도 아 닌데 말일세.

요아킴의 눈초리가 한껏 치켜 올라갔으나 지서장은 아랑곳하지 않고 말을 계속했다. 나이가 댓 살이나 아래인 지서장은 툭하면 반 말이었다. 요아킴은 불쾌함을 느꼈지만 오랫동안 수사관 생활을 해 온 경찰 특유의 어투라고 접어 두었다. 딴은 읍내에서 탈 없이 병 원을 운영하자면 지서장 같은 사람 하나쯤은 끼고 있는 게 나았다. 공무원이란 게 집권 세력의 하수인이기에 언제라도 의료사고 같은 게 터지면 병원 측 입장을 두둔해 줄 내 쪽 사람이 필요했다. 누군 가 경찰이나 검찰에 진정서를 낸다고 해도 든든한 바람막이가 될 수도 있었다. 실향민이라는 출신 성분을 감안하면 일부러라도 돈독

한 관계를 유지할 필요가 있을 것이라며 자신을 다독였다. 요아킴은 귀에 거슬리는 지서장의 반말투를 트집 잡아 달걀 껍질 같은 보호막을 깨 버릴 만큼 세상사에 어둡지 않았다. 힘 있는 자의 편에 서야 음양으로 눈에 보이지 않는 비호를 받으며 살아갈 수 있다는 것은 자명했다.

하긴 지서장이나 의사나 칼자루를 잡은 건 마찬가지였다. 지서장의 칼이 사회정의의 이름으로 휘두르는 준법의 칼이라면 의사의 칼은 인간의 생명을 담보로 하는 의술의 칼이었다. 집도할 때마다 손아귀에서 느껴지는 힘은 지서장의 거슬리는 말투를 상쇄하고도 남았다. 주둔군 협정에 관한 뉴스를 간간이 들을 때마다 요아킴은 그것이 힘의 표현이라는 것을 본능적으로 알아챘다. 야당 의원들이 주둔군 협정을 두고 불평등하다며 핏대를 올리는 것도 약자가 지르는 단말마일 뿐이라고 치부했다.

—약자는 서럽기 마련이야. 억울하면 힘을 길러야지. 미군이 주둔하는 것도 휴전국의 지정학적 위치를 고려한 힘의 균형을 위해서지.

요아킴은 그러한 주류 의식이야말로 속이 빤히 들여다보이는 속물근성의 발로임을 모르지 않았다. 하지만 속내를 드러낼 필요 없어 겉으로는 그럴싸하게 죽이 맞았다. 둘 사이가 급속하게 가까워진 것은 후원금 때문이었다. 지서장으로부터 읍내 출신의 여당 국회의원이 후원금을 모금하고 있다는 말을 들은 이튿날, 요아킴은 직접 의원 사무실로 찾아가 거금의 봉투를 전달했다. 그 액수를 두고 읍내에서 두고두고 화젯거리가 된 것은 물론이었다. 요아킴은 국회의원으로부터 감사패를 받았고 연말이면 친필 사인이 들어 있는

연하장이 어김없이 날아들었다. 지서장의 체면이 선 것은 두말할
나위가 없었다. 요아킴은 가끔 원장실 서랍장 위에 올려놓은 감사패
를 쳐다보면서 씁쓸한 웃음을 짓곤 했다. 어딘지 모르게 비굴한 짓
을 해서 얻어 낸 읍내 유지라는 증표가 아닌가 하는 자괴감이 들어
서였다. 하지만 비굴이라는 단어는 쉽게 지워졌다. 그건 비굴이 아
니라 자존심을 조금 꺾는 일일 뿐이었다. 서푼짜리 자존심을 꺾고
한 사회의 주류로 편입될 수 있다면 그 정도는 할 만한 일이었다.

─죽은 여자 말일세. 왕년에 신읍을 휘어잡던 여걸이었다면서.

─미옥이라고 불렀지. 젊었을 때는 미색이 출중했어. 시쳇말로
읍내 남자들 가운데 미옥이 아랫도리를 거치지 않은 사람이 없다
할 정도였지. 타지에서도 일부러 미옥이를 본다고 원정까지 왔으니
말일세. 태국 병사에 비하면 미군에게는 매우 인색했다더군. 미군
들은 아무리 돈을 더 얹어 준대도 받지 않았다는 거야. 간혹 흑인
병사를 상대하긴 했지만.

─몸 파는데 미군이 어디 있고 태국군이 어디 있어? 인종을 가
려 받다니. 성깔깨나 있는 여자였던 모양이군.

─양키하고는 척을 지고 살았지. 하지만 미군 부대 퀀셋 막사에
서도 흑인과 백인으로 갈라져 내왕도 하지 않는 현실을 보면 신읍
여자라고 해서 인종을 가리지 말란 법은 없지. 미국 본토에서 깨진
쪽박이니 태평양을 건너와도 깨질 수밖에. 백인과 흑인이 다시 피
부색으로 갈린 것인데 신읍 여자들이 백인이나 흑인이나 정해 놓고
한쪽만 상대한다는 건 그쪽 세계의 보이지 않는 율법을 따르는 거
나 마찬가지가 아니겠나? 술집 여자라고 해서 한 여자가 서로 다른

인종을 상대하는 일은 드물다네. 자연히 흑인 색시, 백인 색시로 패가 갈려 있는 것이지. 백인 색시들은 깜둥이들이 징그럽다며 고개를 젓고, 흑인 색시들은 백인들이 다가오기만 해도 노린내가 난다며 몸서리를 친다네. 백인을 상대하던 여자가 흑인과 춤을 추거나 같이 술을 마시기라도 하면 백인에게 외면당하기 십상이지. 그건 흑인을 상대하는 여성도 마찬가지인걸. 오죽하면 클럽도 백인 전용과 흑인 전용으로 갈라져 있겠나.

—원한 관계부터 탐문 수사를 하도록 지시는 해 두었네. 차석이 본청 수사과에서 나온 형사들과 함께 앞골에서 뒷골까지 훑고 있으니 조만간 단서가 나오겠지. 그나저나 양키들은 사병이고 장교고 가릴 것 없이 그 여자를 증오하지 않았겠나?

—신읍이 들어서면서 흘러든 여잔데 한때는 아가씨를 20명이나 데리고 있었지. 나이 들어서는 클럽 데이지에서 펨푸(매춘 중개인) 노릇을 하며 살았던 모양이야. 데이지 여자들이 태국군만 골라 받으니 양키로서는 원한 같은 것이 없지는 않았을 걸세. 양키들이 좀 거친가. 이 골목, 저 골목으로 몰려다니는 모습이 발정 난 들소 떼나 진배없다니까. 그나저나 작년 이맘때 신읍에서 일어난 화재 사건의 원인은 밝혀졌나? 하마터면 읍내 전체가 숯덩이로 변할 뻔한 큰 불이었지 않나? 전쟁 때도 그렇게 큰 화재를 본 적은 없었어.

—단순 방화였는지, 살인을 은폐하기 위한 방화였는지 아직도 확실치 않아. 벌집에서 나온 석유통과 잔뜩 그을린 빈 양주 병밖에 단서라고는 없으니, 원. 커티삭이라는 양주 병 있잖나? 병에 입이라도 달렸으면 말이라도 붙여 보겠는데.

하늘에서 이글거리던 태양이 서쪽 하늘에 비스듬히 걸린 여름날 저녁이었다. 급작스러운 사이렌 소리가 읍내의 대기를 요란하게 흔들었다. 읍내 사람들은 전쟁 당시의 공습경보를 떠올리며 길거리로 뛰쳐나왔다. 미군 부대 정문을 빠져나온 소방차와 앰뷸런스가 빨간 불빛을 사방에 뿌리며 신읍 신작로에 멈춰 서 있었다. 몰려든 사람들의 얼굴에도 불빛이 떨어져 더욱 불길해 보였다. 신읍 벌집촌에서 까만 연기가 솟구쳐 올라 읍내는 어둠이 내려앉은 듯 캄캄하게 변했다. 개기일식이라도 일어난 것 같았다. 날이 건조해 불길을 잡기가 더욱 어려웠다. 신읍 번영회에서 조직한 민간 소방대가 있긴 했지만 변변한 소방 기구를 갖추지 못했을 뿐더러 바퀴 달린 기구라고는 소방 호스를 매단 손수레에 커다란 물통을 올려놓은 재래식이 전부였다.

화재를 목격한 사람은 미군 부대 철조망 위로 솟은 감시탑에서 당직을 서던 사병이었다. 긴급 보고를 받은 부대장이 소방차를 출동시켰다. 하지만 최신형 소방차도 소용이 없었다. 소방차 세 대가 신작로에 꼬리를 물고 정차한 채 더 이상 좁은 골목으로 들어가지 못했다. 판자촌에 불이 옮겨 붙는데도 손을 쓰지 못한 채 애꿎은 소방 호스의 짧은 길이만 탓할 뿐이었다. 미군 소방대원들이 우왕좌왕하는 모습을 지켜보던 신읍 여자들이 누가 먼저랄 것도 없이 한꺼번에 몰려나와 한 줄로 늘어서서 양동이로 물을 퍼 날랐다. 손에서 손으로 이어지던 양동이에는 그들이 늦은 아침에 기지개를 켜고 일어나 사타구니를 씻던 우물물이 담겨 있었다.

—화재 원인을 찾지 못해 아직도 미결인 채로 남아 있어. 하필

판자촌 밀집 지대인 뒷골 한가운데서 불이 날 게 뭐람. 그때도 자네가 부검을 맡지 않았나.

지서장이 말꼬리를 치켜들자 요아킴의 눈동자가 가늘게 흔들렸다. 기억하고 싶지 않은 장면이 떠올라서였다. 매캐한 연기가 치솟던 벌집들. 그날의 사이렌 소리가 여전히 귓가에 맴돌고 있는 것 같았다. 연기 때문에 한 치 앞을 분간할 수 없는 골목 입구에 사람들이 웅성거리고 있었다. 판자 벌집촌은 화산 폭발로 인해 새카맣게 타 버린 공룡처럼 비스듬히 쓰러져 있었다. 광포한 불길과 질식할 것 같은 연기로 인해 소방대원들의 수습 작업은 더뎠다. 죽음의 광기가 검게 그을린 가구며 벽면이며 천장에서 스멀거렸다. 불길이 살아 있는 벌집에서는 술병이 터지는 소리가 연이어 들려왔다. 숯덩이로 변한 침대와 화장대에서 치솟는 역겨운 냄새가 사람들의 속을 뒤집었다. 소방대원들이 타다 만 목재 더미를 들추자 까만 연기와 함께 새빨간 불길이 다시 치솟았다. 대원들은 물을 먹어 검은 연기를 내뿜고 있는 목재 잔해를 갈고리로 찍어 끄집어냈다.

불이 난 곳은 울래미의 방이었다. 검게 타 버린 숯 검댕이 속에서 발견된 울래미의 몰골은 처참했다. 새카맣게 그을린 팔, 지글지글 타 버린 머리카락, 피부가 녹아 버린 흉측한 몰골이었다. 그러나 소방대원이 병원으로 옮길 때까지도 울래미는 가느다란 신음 소리를 내며 숨이 붙어 있었다. 불이 번질까 봐 맨발로 뛰쳐나온 여자들은 멀어져 가는 앰뷸런스를 바라보며 말벌처럼 웅성거렸다.

─어제 낮에도 담장에 기대어 서서 노래를 불렀는데.

울래미와는 화투 친구라는 옆방 여자가 눈물을 주룩 흘렸다.

―몇 가지 물어볼 테니 아는 대로 일러 주세요.

여자들은 수첩을 꺼내 든 경찰을 에워쌌다.

―펑 하는 소리가 울래미 방에서 들리더니 연기가 벽을 통해 스며드는 거예요. 불이야, 외치며 빠져나오는데, 건장한 미군 병사가 골목길로 뛰쳐나와 신작로 쪽으로 사라졌어요. 얼핏 봤지만 외박 나올 때마다 울래미만 찾던 미군이 틀림없어요.

여자들은 땅바닥에 주저앉아 통곡을 했다. 모두들 마스카라가 번져 눈자위가 시커멓게 변했다.

보건소 직원과 함께 골안 마을의 자애원에서 정기 의료봉사를 하던 요아킴은 사무장의 연락을 받고 병원으로 차를 몰았다. 붉은데기 언덕을 넘어서기도 전에 읍내에서 피어오른 검은 연기 때문에 서쪽에 걸린 석양이 귀기를 띤 하늘의 애꾸눈처럼 보였다. 차부로 접어들자 병원 앞에 미군 부대 앰뷸런스가 세워져 있었다. 앰뷸런스 옆에 반바지 차림의 신읍 여자들이 쪼그리고 앉아 담배를 피우며 병원 안을 힐끔거리고 있었다. 응급실에 들어서자 불에 탄 사람 냄새가 코를 찔렀다. 그토록 끔찍한 화상 환자는 처음이었다. 한 올도 남기지 않고 타 버린 머리카락이 뇌피에 들러붙어 몽글몽글 연기를 피우고 있었다. 이마며 코며 입술은 흉측하게 일그러졌고 얼굴은 뭉개져 있었다. 숨이 거의 넘어가고 있었다. 요아킴은 환자의 얼굴 가까이에 귀를 갖다 댔다. 달라붙은 입술 사이로 그나마 혀는 온전한지 무슨 말인가를 내뱉는가 싶더니 이내 숨을 놓았다.

―스티브라고 했던 것 같아.

―스티브라면 영락없는 미군 이름인데, 왜 내게 말하지 않았나?

—잘못 들었을 수도 있고 해서 그런 것이지. 불확실한 것을 발설할 수는 없는 일이잖나.

—화재가 진압된 뒤 신읍 여자들을 탐문해 보았는데 불길이 치솟기 전에 석유 냄새가 났다고 하더군. 화재 현장에서도 불탄 목재에 눌어붙은 플라스틱 조각이 발견되었는데 석유통이 녹아내린 것이었어.

—녹아내린 것은 석유통만이 아닐 걸세. 나도 환자를 부검하면서 이상한 점을 발견했지. 목에 철사 줄이 감겨 있었어. 그게 일반 철사 줄과는 달랐지. 전선줄에 들어 있는 얇은 구리선 있잖나? 목 둘레에 까만 촛농 같은 게 눌어붙어 있더군. 전선줄로 목을 감아 죽인 뒤 불을 지른 것으로 추정됐지. 사체의 인후를 살펴보았으나 검댕이 한 점도 없이 깨끗하더군. 사체 검안서에도 그렇게 기록해 두었지. 단순 화재 사건이 아니라 고의적인 타살이라는 심증이 굳어지더군. 성격 파탄자거나 마약 중독자가 아니고서야 그런 일을 저지를 수 없을 걸세.

—자네 말을 들으니 단순한 방화로 매듭지은 화재 사건도 재수사를 해야 하겠군. 산정호수 사건과 관련지어서 말일세. 두 사건 모두 범행 수법이 잔혹한 데다 불을 질러 증거 인멸을 의도했다는 점이 아무래도 마음에 걸리는군.

지서장을 배웅하고 돌아서는 데 차부 쪽에서 타닥타닥 슬리퍼 끄는 소리가 들렸다. 신읍 여자들이 다급하게 대합실로 들어가고 있었다. 한결같이 모자를 눌러쓴 채 머리를 땅에 떨어뜨리고 있었다. 차표 한 장씩을 손에 쥐고 매표소 앞에서 서성거리는 여자들은 멀리서 봐도 초초함이 묻어났다. 몇몇은 담배를 힘껏 빤 뒤 연기를 길게 내뿜었다. 차부 전봇대에 매달린 확성기에서 버스 도착을 알리는 안내 방송이 흘러나오자 여자들은 웅성거리기 시작했다. 버스가 경적을 울리며 차부에 들어서는 순간, 여자들은 기겁을 하며 대합실을 빠져나와 신읍으로 빠지는 골목길로 뛰어가기 시작했다. 여자들이 사라진 뒤로도 마른 땅의 따귀를 갈기는 듯한 슬리퍼 소리가 한동안 신작로에 붙어 있었다. 머리를 짧게 깎은 근육형 사내가 몽둥이를 휘두르며 여자들의 뒤를 쫓아 골목길로 달려갔다. 요아킴도 사내의 뒤를 쫓아가 보았다. 골목길 여기저기에 슬리퍼가 나뒹굴고 있었다. 시장통을 지나 신읍 사창가에 들어서자 2층 쪽방에서 여자들이 좁은 창문을 열고 고개를 삐쭉 내밀며 어딘가를 내려다보았다. 여자들은 요아킴이 올려다보자 후다닥 창문을 닫았다. 골목 어귀에서 잠시 숨을 고르는 데 담장 너머에서 사내의 억센 욕지거리가 들려왔다. 까치발을 딛고 담장을 넘겨다보았다. 각목을 든 사내가 여자들을 한 줄로 세워 놓고 으름장을 놓고 있었다. 철조망이 둘러 쳐진 높다란 담에는 군용 담요가 걸쳐져 있었고 담장 안쪽에 사다리가 세워져 있었다.

　―이년들아. 차만 타면 무사히 빠져나갈 줄 알았겠지. 나를 눈뜬장님으로 알았다, 이거지? 차부에 박아 놓은 똘마니가 한둘인 줄 알아? 그렇지 않아도 경기가 좋지 않아 죽을 맛인데 집단으로 줄행랑을 놓다니.

　여자들은 겁에 질려 슬금슬금 뒤로 물러섰다.

　―누가 도망을 갔다고 그래요. 하루 종일 방에 처박혀 있기도 심

심해서 마실 삼아 나간 건데. 슬리퍼 끌고, 가면 어디까지 가겠어요.

말대꾸 소리가 나자 2층 여자들이 다시 창문을 열었다. 여자들은 술에 절어 얼굴이 밀가루를 발라 놓은 것처럼 창백했다. 창틀에는 쇠창살이 박혀 있었다. 툭하면 구타였고 기합이었다. 여자들은 등짝이며 허벅지에 시퍼런 멍 자국을 달고 살았다. 말대꾸를 한 여자가 사내에게 뺨을 맞고 풀썩 주저앉았다.

—누구 앞이라고 감히 말대꾸야. 담장 위에 걸린 담요하고 사다리가 제 발로 걸어왔단 말이야. 이렇게들 나오면 전부 방 안에 처넣고 자물쇠로 잠가 버릴 거야.

사내는 여자들을 굴비 엮듯 마당에 한 줄로 세워 놓고 한 사람씩 불러내 각목을 휘둘렀다.

—니들 오늘 콩알 먹었냐. 몇 알이나 주워 먹었냐 말이야.

각목에 맞은 여자들은 허리를 굽힌 채 허벅지를 문질렀다. 철조망 가시에 어깨를 긁힌 여자, 신발을 잃어버려 맨발로 서 있는 여자, 눈두덩이 퍼렇게 부어오른 여자, 얼굴이 얽은 곰보 여자, 키가 작고 까만 얼굴에 성깔이 있어 보이는 여자, 며칠째 술을 마셨는지 얼굴에 핏기가 가시고 부스스한 여자. 얼굴에 난 사마귀에 털 하나가 삐죽 튀어나온 여자, 얻어맞아 고막이 터진 여자. 여자들의 얼굴은 두려움으로 밀봉되어 더 작아 보였다. 각목 앞에서 여자들의 몸은 쪼그라들었다. 사내가 허공에 각목을 휘두르며 고함을 치자 2층 창문이 다시 닫혔다. 어디선가 개들이 짖었다. 사타구니를 허물고 또 허물며 한두 해가 흐르다 보면 살아 있다는 실감마저 없어졌다. 살아 있다는 것은 믿을 만한 것이 되지 못했다. 사내가 엄포를 놓고 사라지자 여자들은 담벼락에 기댄 채 멍든 허벅지를 주물러 댔다.

　—원장님 아니세요?

　골목을 빠져나오는데 여자의 목소리가 들렸다. 누군가 요아킴을 알아본 모양이었다. 쪽방 안을 들여다보았다. 앉은뱅이 밥상에 둘러앉아 꾸역꾸역 입 안에 눌러 넣고 있는 것은 수제비였다. 여자들은 미군 부대에서 흘러나온 강냉이 가루를 반죽해 수제비를 만들어 먹었다. 멀건 국물 위에 김치며 파며 무 조각이 오갈 데 없는 그들처럼 둥둥 떠 있었다. 내 것이지만 또한 내 것이 아닌 몸. 누군가 눈물을 흘렸다면 영락없는 신파극이 되었겠지만 아무도 눈물 따위는 흘리지 않았다.

　—누가 내 방에 가서 버터 좀 갖고 와라. 얼마 전 제임스가 갖다 주더라.

　나이가 들어 보이는 여자는 수제비에 버터 조각을 타서 후루룩 들이마셨다. 보리밥에 시래깃국은 차라리 상찬이었다. 식은 밥에 고추장을 넣고 양푼에 비벼 숟가락 몇 개를 꽂으면 그것이 아침이고 저녁이었다. 그래도 입가심은 담배와 커피였다. 미군은 여자의 몸에서 된장이나 마늘 냄새가 나면 질색을 했다.

　골목에서 벗어나 신작로로 연결되는 코너 집이 클럽 데이지였다. 미옥이네 술집. 미옥은 마흔을 넘기면서 머리를 짧게 깎고 남자처럼 양복을 입고 펨푸 생활을 했다. 요아킴은 읍내의 모든 창녀들이 자신의 진료대를 거쳐 갔지만 데이지 여자들에게 유독 정이 갔다. 미옥은 긴 세월 동안 한결같은 심덕으로 소파수술 환자를 보내 주곤 했다.

─원장님도 일주일에 한 번씩 성병 검사를 하고 보건증에 도장을 찍어 주니 동업자나 마찬가지죠. 이 나라에 공창제는 없다고들 하지만 사실인즉 보건증이 공창이지 뭐겠어요. 보건증은 양색시를 해도 좋다고 국가가 인정해 준 매춘 자격증이지요. 허리 밑에서 벌어지는 짓을 어떻게 국가가 통제한답디까.

미옥은 가끔 빨간 세코날을 삼키고 혼절한 여자들도 데려왔다. 세코날은 미군 부대에서 흘러나와 읍내에서 유통되었다. 신작로 끝에 붙어 있는 약종상에 가서 빨간 약을 달라고 하면 깊은 서랍 속에서 세코날이 튀어나왔다. 몽롱하지 않으면 남자를 받아들일 수 없었다. 아랫도리를 짓누르는 중압감과 사타구니가 찢어지는 고통을 참고 견디려면 몽롱이 필요했다. 몽롱이 돈을 벌고 밥을 먹었다. 겨드랑이며 사타구니에서 시궁창 썩는 냄새를 풍기는 병사들이 들어오면 여자들은 스스로 최면을 걸었다. 내 안에 들어온 것은 세상에서 가장 아름다운 사내의 심벌. 억지로라도 몸을 준비시켰다. 병사들을 받고 나면 아랫도리가 뻐근해지면서 허탈감에 빠졌다. 담배와 술에 절어 침에서 썩는 냄새가 났다. 병사들이 흘린 정액이 침대보에서 하얗게 말라 갔다. 몸과 마음이 찢어져 깊은 수렁으로 빠질 때마다 여자들은 세코날을 찾았다. 미옥은 여자들을 친동생처럼 대했다. 가끔 남자를 받은 쪽방에서 목청이 찢어지는 듯한 비명 소리가 나면 미옥은 막무가내로 뛰어가 문을 활짝 열어젖혔다. 앳된 여자 아이가 아랫도리를 쩍 벌린 채 고개를 좌우로 돌리며 소리를 지르고 그 위에 헐떡거리는 흑인 병사가 있었다. 차마 받을 수 없는 물건을 밑을 벌려 떠받치고 있자니 명치끝이 끊어지도록 아파 비명을 지를 수밖에 없었다. 배꼽 밑 근육에서 경련이 일면 진정제를 먹었다. 미옥은 부엌간에 쪼그리고 앉아 뒷물을 하고 있는 여자들을 뒤에서 껴안아 주었다. 긴 밤 손님이 없는 날이면 제 방으로 불러들여 꼭 끌어안고 잤다. 어둠 속에서 등판을 토닥이는 소리가 슬프게 공명했다.

미옥의 사체가 안치된 영안실은 1년 전, 울래미의 시신이 놓였던 자리였다. 그러나 미옥과 울래미의 관계를 알고 있는 사람은 요아킴뿐이었다. 미옥의 부탁을 받은 뒤 쌍둥이 남매를 자애원에 데려다주라고 사무장에게 차를 내준 것이 엊그제 같기만 했다. 가끔 병원을 찾아온 미옥이 쌍둥이 이야기를 꺼내며 한숨을 지을 때도 요아킴은 입을 열지 않았다. 정에 이끌리느니 차라리 직업적 윤리를 따르는 게 현명할 거라는 생각이 들어서였다.

자애원

요아킴은 자애원에서 쌍둥이를 몇 차례 본 적이 있었다. 자애원은 골안이라고 불리는 산자락에 있었다. 수용 시설의 넓이는 언제나 같았지만 아이들의 숫자는 하루가 멀다 하고 늘어났다. 처마 밑에는 빡빡머리에 하얀 살충제를 뒤집어 쓴 아이들이 대여섯 명씩 무리를 지어 웅크리고 앉아 있었다. 전쟁의 결과는 고아들의 숫자로 나타났다. 식사 시간이면 아이들은 미군 부대에서 나온 군용 급식 차 앞에 두 줄로 늘어서서 순서를 기다렸다. 옥수수 빵을 품에 넣고 처마 밑으로 달려가는 아이들. 빨랫비누처럼 생긴 딱딱하게 굳은 우유도 한 손에 들려 있었다. 아이들은 그걸 아껴 먹느라 앞니로 조금씩 갉았다. 아이들은 늘 배가 고팠다.

울래미는 키가 작고 까무잡잡한 얼굴에 이마엔 붉은 여드름이 피어 있는 여자 애였다. 자애원 뒷마당에 내걸린 하얀 무명 빨래 뒤에 숨기를 좋아하던 여자 애. 바람이 빨래를 퍼덕퍼덕 날릴 때 얼굴에 스치는 감촉을 느끼려고 가만히 눈을 감아 보던 여자 애. 빨래를 널고 나면 해방감을 느끼는지 함박웃음을 지으며 양팔을 길게 내뻗었다. 하얀 광목이 일렁이면 자애원의 암울한 현실이 살짝 가려지는 것만 같았다. 요아킴은 자애원으로 1년에 한두 차례 의료봉사를 나갈 때마다 빨래 뒤에 숨곤 하는 울래미를 눈여겨보았다. 긴 머리를 빗어 양 갈래로 치렁치렁 늘어뜨린 울래미. 울래미는 자애원에서 반벙어리인 길명의 말을 알아듣는 유일한 원생이었다. 길명은 몸속에 숨어 있는 본능의 생장점에 불이 붙었는지 다른 아이들보다 훨씬 빨리 성장했다. 까무잡잡한 얼굴에 하얀 이빨을 드러낸 채 늘 웃는 표정은 그가 순종형 인간임을 표상하고 있었지만 그 표정 밑에는 차가운 살기가 한 겹 더 둘러져 있었다. 하지만 아무도 그 살기를 알아차리지 못했다.

원생들은 반벙어리에 성질까지 괴팍한 길명을 무리에 끼워 주지 않았다. 길명은 점점 외톨이가 되어 갔다. 취학 연령이 되었지만 길명은 학교에 입학하지 못했다. 그러나 또래보다 키가 머리 하나 차이로 월등히 크고 덩치도 커서 아무도 길명을 놀리지 못했다. 두세 살이나 많은 아이들도 길명 앞에서는 눈치를 봤다. 길명이 있는 한 누구도 울래미를 집적대지 않았다. 길명은 자신의 의사를 다른 아이에게 정확하게 전해 주는 동생을 끔찍이 아꼈다. 애당초 학교 같은 데에는 관심이 없었지만 울래미가 등교할 때는 늘 가방을 챙겨 학교까지 바래다주고 또 데려왔다.

요아킴은 자신이 처음 받은 이란성 쌍둥이가 자애원에서 무럭무

력 커 가고 있는 모습을 지켜보면서 인연이라는 게 무섭다는 것을 새삼 절감했다. 입에 낀 백태를 제거하기 위해 손가락을 집어넣던 감촉이 아직도 손끝에 남아 있는 것 같았다.

길명이 아무 탈 없이 자라난 데 비해 울래미는 아홉 살 무렵에 폐렴을 앓았다. 비좁은 방에 수십 명을 수용하다 보니 아이들은 전염성 질환에 쉽게 노출되었다. 자애원에 수용된 500여 명의 원생 가운데 절반이 폐렴 증세를 보였다. 울래미는 그중에서도 증세가 심한 편이었다.

꽃샘추위가 몰아닥친 초봄이면 폐렴 환자가 들끓었다. 겨울에는 갈탄 난로를 때기에 일단 실내에 들어오면 추위를 피할 수 있었지만 봄바람 끝은 더 매서워 아이들의 두 뺨은 늘 사과처럼 붉게 얼어 있었다. 아이들에게 주사를 놔 주고 처방을 해 준 다음, 울래미를 찾으려고 자애원의 뒤뜰로 나가 보았다. 울래미는 작은 연못 주위에 피어난 붉은 샐비어 꽃을 따서 입에 물고 있었다. 아이들을 위해 관상용으로 들여놓은 오리 떼가 물 가장자리의 갈대숲을 헤치며 지나갔다. 노란 오리 새끼들이 어미를 따라 줄지어 헤엄치는데 그중 한 마리가 목을 거꾸로 박고 붉은 물갈퀴로 연신 헤엄치며 몸의 균형을 잡고 있었다. 녀석은 뒤뚱뒤뚱 뚝방으로 올라와 버드나무 아래서 갈지자로 걸으며 무리로부터 멀리 떨어져 갔다. 길을 잃어버린 노란 오리 새끼와 울래미를 번갈아 가며 쳐다보자 속에서 뜨거운 것이 꿈틀거렸다.

쌍둥이가 자애원에 살고 있다는 사실은 미옥도 모르는 일이었다. 정기 검진 때 신읍 여자들을 데리고 미옥이 찾아오긴 했지만 차마 털어놓을 수 없었다. 미옥에게도 쌍둥이는 부담이 될 게 뻔했다. 어차피 피를 나눈 사이도 아니지 않은가. 게다가 쌍둥이의 운명에 개입하는 자체가 잔인한 일이라는 생각도 들었다. 울래미가 폐렴에 걸린 이듬해부터 길명의 모습은 자애원에서 보이지 않았다. 꿈을 찾아 무리를 떠난 미운 오리 새끼. 차창으로 빗겨 가는 하늘의 구름을 쳐다보았다. 비가 오려는지 먹장구름이 낮게 깔려 있었다. 자애원에서 병원으로 가는 길에 설치된 탱크 방호벽을 통과할 때마다 요아킴은 다른 세상으로 들어가는 문이면 좋겠다는 생각을 했다. 언덕을 하나 넘을 때마다 헌병 초소가 있었다. 방어벽과 검문소가 있는 풍경은 우울하고 스산했다. 차부에 들어서자 행장을 차려입은 사람들이 북적거렸다. 어디론가 가고 있는 슬픈 표정의 사람들. 점에서 점으로 이동하는 사람들. 차부엔 이별과 만남이 있었다.

의료봉사를 마치고 돌아오면 옷에 시큼한 냄새가 배어 있었다. 굶주림의 냄새였다. 원생에게서 옮겨 붙은 냄새. 세상 전체가 피난지였고 모든 사람들이 거대한 난민촌의 일원이었다. 읍내 도로변에는 늘 하루가 다르게 가건물이 들어섰다. 기지촌이라는 밥상에 저마다 숟가락을 놓으려는 얄팍한 상혼이 낡은 집을 헐어 내고 가건물을 세웠다. 낡은 집들은 인부들의 곡괭이질로 단박에 무너져 내렸다. 판자를 붙이느라 아교 끓이는 냄새가 온 마을로 퍼져나갔다. 신읍 신작로는 더욱 길어졌다. 길을 사이에 두고 엇비슷한 모양의 목조 이층집들이 영어 간판을 단 채 늘어서 있었다. 여자들은 늦은 오후에 부스스한 눈을 비비며 일어나 2층 창문으로 머리를 내밀고 떠 가는 구름을 바라보았다. 세상은 텅 비어 있다 못해 공허했다.

마을 길은 비만 내리면 하루 종일 질척거렸다. 신읍과 구읍을 연결하는 중앙통만 겨우 시멘트 포장이 됐을 뿐, 골목길은 거의 황톳길이어서 비만 오면 읍내 사람들은 진흙에 박힌 신발을 떼어 내느라 여간 성가신 게 아니었다. 빗줄기가 굵어지면 골목길엔 어김없이 실도랑이 파였고 군용 지프나 시외버스가 지나가는 신작로에도 여러 모양의 바퀴 자국이 찍혔다. 길명은 자애원에서 20리나 떨어진 읍내까지 걸어가는 동안 자주 뒤를 돌아보았다. 진흙 위에 찍힌 자신의 발자국을 바라보면 자신이 혼자라는 사실이 잠시나마 잊을 수 있다는 듯 입을 벌쭉하게 벌려 웃음도 지었다.

읍내에 당도하면 차양이 드리워진 시장통으로 달려갔다. 아직 귀가하지 않은 몇몇 자애원 원생들과 어울려 시장통을 돌아다니다 보면 시장통 아낙들은 자애원이라는 글자가 찍힌 윗도리를 보고 호떡이나 만두를 쥐어 주기도 했다. 읍내를 떠돌던 원생들은 밤이 깊어지기 전에 자애원으로 돌아갔지만 길명은 불 꺼진 차부 매표소에 들어가 새우잠을 청했다. 새벽이 되면 첫 버스가 내뿜는 매연 냄새를 맡고서 저절로 눈이 떠졌다.

그 무렵, 울래미의 꿈에는 길명이 자주 나타났다. 햇살 가득한 벌판 위를 저만치 혼자 달려가는 모습이었다. 따라가려고 숨이 턱에 차오를 듯 안간힘을 썼으나 따라붙는가 싶으면 이내 거리는 두 배, 세 배로 벌어졌다.

안개가 들판에 얕게 깔리면서 어둑해진다. 울래미는 방향을 잃고 마구 달리기 시작한다. 멀리 불빛이 보인다. 어둡고 텅 빈 집은 을씨년스러웠지만 창문이 열려 있다. 창문을 통해 안으로 들어간

다. 어두운 방이다. 철제 구조로 된 야전침대 하나가 덜렁 놓여 있
다. 크레졸 냄새가 코를 찌르는 게 병원의 어두운 한구석이다. 침대
위에는 피 얼룩이 져 있다. 새파랗게 질린 갓난아기가 누워 있다.
숨을 쉬는 듯싶어 손가락에 코밑에 밀어 보니 싸늘한 날숨이 느껴
진다. 기괴한 일이다. 아기의 얼굴인데도 수많은 잔주름이 쭈글쭈
글거리고 이마는 물컹거린다.

　아기가 태어났는데 폭삭 늙어 있는 악몽이었다. 아기는 늙고 지
친 눈으로 울래미를 쳐다본다. 왜 아기가 태어나자마자 삶을 끝내
야 하는 늙은이가 된 것일까?라고 묻지만 아기는 해죽해죽 웃을
뿐, 대답하지 않는다. 그것도 얼음장처럼 차가운 웃음이다. 길명이
침대맡에 서 있다. 길명은 울래미가 그렇게 묻는 것을 보고 화를 낸
다. 게다가 야릇한 미소를 지으며 쌀쌀맞게 어깨만 으쓱하고는 이
내 등을 돌려 버린다. 곱슬머리만 눈에 들어올 뿐이다. 그런데 머리
카락이 젖어 있다. 손으로 만져 보니 끈적끈적한 촉감이 느껴진다.
피! 머리통이 깨져 피를 흘리고 있다. 머리 위에서 불꽃이 파닥파닥
타고 있다. 조금 전에 보았던 웃음은 실성한 웃음이란 말인가. 머리
가 깨져 피를 흘리고 있는데 웃음이라니. 울래미는 불꽃이 자신의
머리로 옮겨 붙는 것 같아 소리를 지른다. 길명은 아무것도 듣지 못
한 듯 구석의 어둠 속으로 몸을 감춘다. 손에 끈적거리는 느낌이 기
분 나쁘게 달라붙어 있다.

　울래미는 손을 이불에 닦으며 꿈이 현실인 듯 두려움에 떨다가
잠에서 깨어난다. 어디선가 여자의 목소리가 들린다. 꿈은 현실을
반영한단다. 길명이 네 도움을 청하고 있는 거야. 네가 가지 않으

면 영영 헤어지고 말 거야. 어서 달려가서 길명을 데려오지 않으면 너희 남매는 단명하게 될 거야. 둘의 목숨을 합쳐도 다른 사람보다 목숨이 짧을지 몰라. 너희는 왜 그토록 삶을 빨리 끝내고 싶어 하는 것이지?

엄마? 눈을 뜨고 주위를 둘러보았지만 어떤 인기척도 없었다. 하지만 너무도 생생한 꿈이었다. 악몽을 꾼 뒤 옆 자리에 다닥다닥 붙어 잠을 자는 자애원 친구들을 바라보면 더욱 무서운 생각이 들었다. 모두들 아침에 깨어나지 못하면 어쩌지. 눈을 떠 친구들을 보는 것도 두렵고 눈을 감고 악몽을 꾸는 것도 두려웠다.

퀴퀴한 냄새가 나는 이불이었지만 얼굴까지 올려 덮은 채 눈만 내놓고 뜬눈으로 밤을 새웠다. 밤에 깨어 있을 때 들리는 소리는 오직 하나. 복도에 걸린 괘종시계 소리였다.

시계추의 주기적인 반복에 귀 기울이던 아이들은 수면제를 마신 것처럼 깊은 잠에 빠져들었다. 그러나 울래미는 시계의 반복 음을 들을 때마다 견딜 수 없어 귀를 틀어막았다. 옆에 누운 아이의 숨소리조차 듣고 싶지 않았다. 자애원 아이들은 자신들의 서러운 존재감을 스스로 위안하듯 아침에 눈을 뜨자마자 어찌나 수다를 떠는지, 입에 털어 넣는 밥알만큼이나 많은 이야기를 쏟아 냈다. 가끔 길명의 무거운 침묵이 부럽기까지 했다. 눈을 감으면 길명의 얼굴이 점점 줄어들어 꿈에 보였던 갓난아이의 얼굴로 변했다. 무슨 변고가 생긴 건 아닐까.

울래미는 끊임없이 도망치고 싶었다. 울타리 안에서 시간이 낭비되고 있다는 느낌뿐이었다. 가냘파 보이는 소녀의 외모와 소년처럼 짧게 깎인 밤갈색 머리, 마치 망을 보고 있는 사람처럼 반짝이는 눈빛, 그리고 모순적이게도 자애원 아이들을 획일화하는 유니폼을 입은 모습에서 자유롭고 싶다는 소녀의 고집스러운 의지를 금방 느낄 수 있었다. 공동생활은 예민한 소녀의 내면을 억누르고 모멸감을 주었지만 울래미는 반항감을 표출할 방법을 알지 못했다. 세상 모든 것이 장애물처럼 보였다. 자애원 안에서 살아가는 원생들은 아무리 덩치가 커도 왜소해 보였다. 울래미는 빨래 말리는 언덕에 혼자 있는 시간이 많아졌다.

길명이 사라진 뒤 자애원 아이들은 몇 갈래로 나뉘어 패싸움을 해 댔다. 삶이 너무 황량해서 패싸움이라도 하지 않으면 견딜 수 없다는 듯, 소년 무리들은 하루가 멀다 하고 주먹다짐을 했다. 소년들의 피는 조바심으로 일렁거렸다. 완전한 남자로 성숙하지 못한 소년 무리들은 겁이 없었다. 무리들은 자애원을 동서남북으로 분할해 나름대로의 아지트를 만들어 몰려다녔다. 그중 한 무리는 빨래 언덕에 진을 쳤다. 읍내에서 소매치기를 하다 구류를 살고 나온 소년이 빨래 언덕의 왕초 노릇을 했다. 소년 무리들은 삶의 공허를 그들 자신의 외로움으로 채색하려는 듯 자애원 마당을 가로질러 다른 패거리의 영역에 들어가 힘자랑을 했다. 무리들의 움직임은 해가 질 무렵에 가장 활발해 마당에는 파리 떼처럼 소년들이 웅웅거리는 소리가 오래도록 공명했다. 어느 날 소년 무리는 빨래를 걷으려고 커다란 함지를 옆구리를 붙인 채 언덕으로 향하는 울래미를 바라보며 서로 능글맞은 웃음을 교환했다. 함지를 빨랫줄 밑에 내려놓던 울래미는 소년 무리에게 둘러싸였다. 울래미는 무표정하게 그들을 노려보았다. 소년 무리의 표정이 험악하게 변했다. 몇몇은 킥킥대며 웃음을 터뜨렸다. 울래미는 시선은 더욱 날카로워졌다. 무리 중에 한 소년이 욕지거리를 했다. 당장 시선을 땅에 떨어뜨리지 않으면 눈을 뽑아 버리겠다고 했다. 울래미는 눈을 더욱 부릅떴다. 소년이 울래미의 뺨을 갈겼다. 다른 소년은 머리채를 잡고 흔들어 댔다. 소년 무리는 흥분하기 시작했다.

울래미는 모욕적인 취급을 당했다. 다리를 질질 끌리다가 내던져지고, 이 손 저 손에 맞았으며, 옷은 흙투성이가 된 채 찢겼다. 꽃 한 송이가 해체되기까지는 얼마 걸리지 않았다. 무리 중에 가장 건장해 보이는 소년이 치마를 벗기려고 손을 뻗었다. 그 손을 뿌리치려고 두 손으로 치마를 잡으려 했으나 이미 속곳까지 헤쳐진 뒤였다. 소년 무리는 몸의 뿌리라도 더듬을 듯 움직임 하나하나를 뜯어보고 있었다. 수치심이 솟구쳤으나 울래미는 아무 저항도 할 수 없었다. 소년들에게 그런 태도는 저항하지 않는 것으로 간주됐다. 저항하지 않음으로써 소년 무리의 흥분은 더욱 극단적으로 변했다.

울래미는 발가벗긴 채 소년들에게 둘러싸여 무릎을 꿇었다. 울래미는 손으로 얼굴을 가리면서 끝까지 울음을 참았다. 무리들의 손이 겨드랑이 밑으로 들어오고 이제 막 봉오리가 맺히기 시작한 젖가슴을 더듬었다. 가슴에 들어온 손을 피하려고 몸을 움츠린 순간, 누군가의 발길을 맞고 벌렁 나자빠졌다. 짧은 정적을 뒤흔드는 웃음소리가 빛보다 환하게 몸으로 떨어져 내렸다.

웃음소리가 개미 떼가 되어 몸에 달라붙고 있었다. 개미 떼는 귀와 입과 코는 물론 발가락 사이를 간질이며 꿈틀거렸고 그중 몇 마

리는 음습한 구석을 향해 기어 올라왔다. 겨우 몸을 가눈 채 엉거
주춤 쪼그리고 앉은 울래미는 질식할 것만 같았다. 할 수만 있다
면 땅속으로 숨고 싶었다. 개미들이 몸 위로 쌓였다. 몸은 능욕으
로 인해 떨리다 못해 굵은 소금이 뿌려진 듯 소름이 돋았다. 개미들
이 산을 내뿜으며 몸을 부수기 시작했다. 몸 여기저기서 조금씩 다
르게 통증이 느껴졌다. 얼굴에서 땀이 솟았다. 허리에 깔린 치마가
따뜻한 액체로 젖어 드는 느낌이 들었다. 긴장이 풀어지고 있었다.
잔뜩 힘을 주고 버티고 있던 두 다리가 한순간에 벌어졌다. 소년은
승냥이처럼 달려들어 몸을 물어뜯기 시작했다. 사타구니에서 끔찍
한 통증이 느껴졌다. 몸을 비틀었으나 예민한 회음부는 이미 개미
한 마리에게 점령당한 뒤였다. 개미의 공격은 너무 집요해 몸에 커
다란 우물이 뚫리는 것만 같았다. 울래미는 고통과 치욕감에 비명
을 질렀다. 비명은 소년 무리들의 웃음소리를 넘어가지 못했다. 회
음부에 달라붙은 개미를 떼어 버리려고 몸부림을 칠수록 우물에서
는 끈끈한 체액이 흘러나왔다. 개미 떼는 기다렸다는 듯 체액을 빨
아 대기 시작했다.

　손이며 발에서 힘이 빠져나가고 있었다. 푸른 하늘에서 마취제
가 뚝뚝 떨어져 몸은 더욱 무기력해졌다. 그나마 힘이 남아 있는 것
은 이빨뿐이었다. 개미가 짧고 볼품없는 다리를 부지런히 움직여
가슴을 헤쳐 놓으려고 몸을 더듬고 있을 때 울래미는 이빨로 마구
물어뜯었다. 입에는 귀에서 떨어진 살점이 물려 있었다. 개미는 비
명을 지르면서 옆으로 굴러 떨어졌다. 찝찔한 피 맛이 느껴졌다. 개
미들이 발길질을 해 댔다. 몸을 일으켜 발을 막아 보려고 했지만

늑골이 끊어지는 듯한 통증과 함께 하늘이 빙빙 돌았다. 다시 웃음소리가 천둥처럼 들려오고 개미 떼에게 물어 뜯겨 죽는다 해도 도와줄 사람은 어디에도 없다는 생각이 들었다. 개미 떼들이 흩어지는 발소리를 들으면서 정신을 잃었다.

울래미는 며칠 뒤, 보따리를 싸 들고 자애원을 빠져나왔다. 읍내 공중전화 박스에 들어가 어딘가에 전화를 걸었다. 언젠가 길거리에서 월 10만 원에 침식 제공이라고 적힌 술집 구인 광고를 보고 전화번호를 적어 두었다. 얼마 지나지 않아 진하게 화장을 한 여자가 다가와 말을 붙였다. 솔직히 얘기해라, 나이는 몇이냐, 경험이 없으면 당장 돌아가라. 저도 경험이 있어요. 갈 곳도 없으니 제발 일을 하게 해 주세요. 마담은 울래미를 위 아래로 한참 훑어보더니 앞장을 섰다.

두꺼비와 맨드라미

검은 고양이 한 마리가 차부 광장을 건너가며 음산하게 울었다. 길명은 고양이 울음소리를 들으며 어린 시절을 함께 보냈던 자애원 형제들을 떠올렸다. 언제나 배가 고파 눈에 핏발이 섰던 아이들. 길명은 자신이 자애원에 그냥 남아 있었으면 지금쯤 어떻게 변해 있을지 궁금했다.

고아들 가운데 미군이나 태국군 하우스로 들어간 녀석들이 꽤 있다더구나. 언젠가 차부에서 얻어들은 말이었다. 자애원 고아들 가운데 제법 덩치가 있고 똘똘한 아이들은 군부대를 들락거리며 잔심부름을 도맡아 했다. 그들은 몸에 맞지 않는 펑퍼짐한 군복을 줄여 입고 퀀셋 막사, 식당, PX, 차량 정비소, 우체국에서 잔일을 거들었다. 아이들 사이에서는 다툼이 잦았다. 미군 부대 하우스는 태국군 하우스보다 대우도 좋았고 손에 들려 주는 레이션의 품질도 월등했다. 미군이 태국군의 모든 물자를 대고 있다는 소문도 떠돌았다. 레이션을 떠올리자 창자가 꿈틀거리며 소리를 냈다. 아침나절인데도 햇빛이 구름을 크게 부풀리면서 대기를 덥혔다. 매표소에서 나와 깨진 병 조각이 박혀 있는 높은 담장을 돌아설 때 어디선가 나무 타는 냄새가 났다. 작은 도랑을 건너면서부터 냄새는 더욱 짙어지더니 시멘트 블록을 이어 붙인 담장이 나타났다. 연기는 담장 너머에서 뭉게뭉게 피어오르고 있었다. 녹슨 양철 대문 틈새로 안을 들여다보았다. 빼곡하게 서 있는 나무들 사이에서 새들이 지저귀고 나뭇가지들이 바람에 흔들렸다.

귀뚜라미 소리도 들렸는데 자꾸 위치를 바꾸는지 울음소리가 가까워졌다가 멀어지기를 반복했다. 문을 슬쩍 밀고 안으로 들어섰다. 나뭇가지를 손으로 헤치며 몇 걸음을 걸어가자 후박나무의 커다란 잎에 도마뱀이 붙어 있었다. 도마뱀은 하얀 목덜미를 할딱일 뿐, 미동도 없이 동그란 눈동자를 빙빙 돌려 댔다. 손으로 잡으려고 다가가는 순간, 도마뱀은 다른 나뭇가지로 훌쩍 뛰어 사라졌다. 가시덤불을 헤치자 커다란 이층집이 보였다. 2층에는 커다란 창문이 두 개나 달려 있었다. 창문 좌우로 아름드리 미루나무가 지붕보다 더 높이 자라고 있었다. 마침 바람이 불어와 나뭇잎이 기와에 스치는 소리가 들렸다. 나무가 집을 쓰다듬는 것 같았다. 미루나무는 담장을 따라 심어져 있었다. 미루나무 주위로 관목들이 빽빽했고, 빨간 가시덩굴이 관목을 휘감고 있었다. 햇살은 또 얼마나 부드럽고 평화로운지. 길명은 얼굴을 간질이는 햇살을 느끼려고 목을 길게 뽑았다. 미루나무에 등을 기대고 앉자 눈이 스르르 감기는 게 그대로 잠들고 싶은 생각이 간절했다. 하지만 가슴은 마구 두근거렸다. 몸이 둥실 떠오르는 느낌이 들었다. 앉은 채 잠을 자고 있는 또 하나의 자신이 보였다. 몸을 잠재우고 빠져나온 또 하나의 몸이 허공에 떠 있었다. 땅 위에 남은 몸은 무엇이며 허공에 뜬 몸은 또 무엇이란 말인가. 거미들이 높은 나뭇가지에서 하얀 실을 길게 늘어뜨린 채 대롱대롱 매달려 있었다. 아침 햇살이 길명의 몸을 투과해 땅으로 흩어졌다.

—넌 누구냐?

길명이 앞에 어떤 남자가 서 있었다. 큰 키 때문에 턱을 하늘로 향하고서야 얼굴을 볼 수 있었다.

—잠을 자고 있었구나.

길명은 그제서야 정신을 차리고 벌떡 일어났다.

—깜박 잠이 들었는데 꿈속에서 내가 허공에 떠 있었어요.

하지만 그 말은 키 큰 남자에게 들리지 않았다. 길명이 당황하며 허둥지둥 빠져나가려 했으나 남자가 뒤에서 옷자락을 낚아챘다.

—가만있어라. 네가 길명이로구나.

길명은 불안한 안색으로 시선을 땅에 떨어뜨렸다.

—길명이 맞지? 나를 모르겠니?

요아킴은 오래전, 자애원에 의료봉사를 갔을 때 보았던 앳된 얼굴 대신 코밑이 새까만 청년으로 불쑥 성장해 나타난 길명이 대견해 웃음을 머금었다.

—네게도 소리가 들렸으면 좋으련만. 정원이 마음에 드는가 보구나. 정원 어디쯤에 네 탯줄도 묻혀 있지. 지금은 형체도 없이 사라

지고 없겠지만 정원의 기름진 흙이 네 태를 기억하고 있을지도 모르지.

요아킴은 떠꺼머리총각이 되어 눈앞에 서 있는 길명이 자신이 받아 낸 쌍둥이라는 사실이 믿어지지 않았다. 솜털이 보송보송하던 작은 얼굴엔 제법 여드름이 돋아나기 시작했고 통통하던 젖살이 빠지면서 어엿한 청년티가 났다. 한동안 잊고 있었던 울래미의 얼굴도 떠올랐다. 돌 틈에서 돋아난 보라색 도라지 꽃이 앙증맞게 웃는 것 같았다. 정원 한편에 피어 있는 하얗고 노란 꽃들. 흑황색 제비나비 한 마리가 꽃송이 위에서 원무를 추듯 너울거리며 허공을 맴돌았다.

—식사 때가 다 되었으니 밥을 먹고 가거라. 아니, 네가 원한다면 더 머물러 있어도 된다.

요아킴은 비어 있는 입원실 문을 열어 주었다.

병원 천장에는 파리를 잡는 끈끈이가 주렁주렁 매달려 있었다. 원장실 형광등 옆에 하나, 현관 복도에 하나, 약제실에 하나, 수술실로 통하는 문틀 위에 하나. 아침마다 끈끈이는 새것으로 바뀌어 대롱거렸다. 끈끈이를 교체하는 일은 늘 가평댁의 몫이었다. 가평댁은 매일 아침, 현관문과 창문을 열어 놓은 뒤 의자를 딛고 올라서서 천장의 끈끈이를 교체했다. 하지만 길명이 병원에 머물면서 끈끈이는 감쪽같이 교체되어 있었다. 가평댁은 박 간호사가 그랬을 것이라고 짐작했지만 정작 바꿔 단 사람은 길명이었다.

길명은 요아킴이 새벽에 정원으로 나가기를 기다렸다가 병원으로 들어와 천장에 붙어 있는 끈끈이를 떼어 냈다. 그리고 거기 붙어 있는 수백 마리의 파리를 떼어 내 접시에 담은 뒤 입원실로 들어와 요아킴이 정원에 호스로 물을 뿌리고 돌아오길 기다렸다. 정원으로 통하는 병원 후문이 닫히는 소리를 들으면 길명은 접시를 정원으로 가져가 어두운 수풀 사이에 내려놓고 휘파람을 불었다. 얼마 지나지 않아 수풀 사이에서 두꺼비 떼가 나타나 검고 축축한 혀를 뻗어 접시 위의 파리를 낚아챘다. 길명은 그 가운데서도 몸집이 보통 두꺼비보다 두 배가량 크고 머리에 뿔이 난 두꺼비를 대왕이라고 부르며 아꼈다. 길명의 눈에도 두꺼비가 살았다. 엄지와 검지로 양편 눈두덩을 번갈아 누르면 꾸룩꾸루룩 두꺼비 우는 소리가 났다. 내가 만약 사람으로 태어나지 않았다면 틀림없이 두꺼비가 됐을 거야. 길명은 자신에게 최면이라도 걸듯 속으로 되뇌었다. 두꺼비들이 축축한 정원에서 떼 지어 움직이는 모습을 보면서 길명은 마녀들이 이 징그러운 동물로 변했을 거라고 생각했다. 두꺼비 떼는 이동하면서 기괴한 울음을 터뜨렸다. 삼도천(三途川)을 건널 때 들려온다는 두꺼비의 합창 소리. 길명은 두꺼비 대왕에게 가끔 시럽이나 설탕물을 담은 접시를 내밀었다. 두꺼비 대왕은 검붉은 혀를 내밀고 접시를 핥아 댔다.

어느 날 정원으로 나갔던 간호사가 질겁한 채 뛰어 들어왔다.

—강아지가 막 짖기에 나가 봤더니 정원 구석에 커다란 두꺼비가 버티고 있더라고요. 너무 흉측해 쫓아 버리려고 인기척을 냈지만 꿈쩍도 안 하는 거예요. 빗자루로 툭툭 건드렸더니 저를 노려보고 공격 자세를 취하지 뭐예요. 너무 무서웠어요. 그런데 제 비명

소리를 듣고 나온 길명이가 파리를 손바닥에 올려놓고 한 마리씩 두꺼비에게 먹이지 뭐예요. 게다가 두꺼비 코에서 나온 하얀 액체를 나뭇가지로 긁어모아 병에 담더라고요.

사무장이 말을 거들며 미운 소리를 했다.

―하는 짓마다 기괴하단 말이야. 두꺼비를 기르질 않나, 만병통치약이라며 누런 기름을 받아 내질 않나. 차부에서 행인들에게 두꺼비 기름을 파는 약장수라도 되려는 것인가.

요아킴도 번뜩 떠오르는 것이 있었다. 등화관제로 전깃불이 나간 어느 날 밤, 요아킴은 아래층에서 부스럭거리는 소리가 들려 잠옷 바람에 내려왔다. 병원은 칠흑같이 어두웠다. 진찰실을 지나 약제실을 통과한 뒤 검사실로 들어섰다. 신경이 곤두섰다. 선반 위에 수술 도구와 작은 병들이 진열되어 있어 혹시라도 떨어지면 낭패를 보기 십상이었다. 어둠 속에서 손을 뻗쳐 허공을 더듬었다. 갑자기 낯선 감촉이 느껴졌다. 차갑고 물컹한 느낌이었다. 손등 위에 차갑고 끈적거리는 액체가 떨어지고 있었다. 발바닥도 끈끈한 점토를 밟는 느낌이 들었다. 차가우면서도 미끄덩거리는 발바닥의 촉감이 등줄기를 타고 뒷덜미까지 올라왔다. 주머니에서 성냥을 꺼내 불을 붙인 순간, 요아킴은 하마터면 비명을 지를 뻔했다. 바닥에 두꺼비가 납작하게 깔려 죽어 있었다.

비가 오는 날이면 대낮에도 두꺼비가 정원에서 기어 나와 병원 쪽으로 엉금엉금 몰려들었다. 느릿느릿 걸어 다니는 작은 괴물. 등에서 끈적끈적한 점액질이 흘러나와 우툴두툴한 돌기가 반짝였다.

정원에서는 시도 때도 없이 두꺼비가 출현했다. 수술실 안에서도 두꺼비가 발견되었다. 두꺼비는 구석에 고여 있는 핏물을 핥아 댔다. 간호사가 아무리 걸레질을 해도 사각 모서리에 찍힌 핏방울까지 말끔히 닦아 낼 수는 없었다. 수술실로 연결된 수채 구멍을 통해 들어온 것이 분명했다. 울퉁불퉁하고 거무죽죽한 피부에, 질펀한 배때기, 왕방울처럼 튀어나온 두 눈은 빙하시대에 살아남은 파충류를 연상시켰다. 아무 표정도 없이 한일(一) 자로 닫힌 입은 또 어떤가. 입 안에서 거무튀튀한 혀가 불쑥 튀어나와 파리를 붙들고 들어가면 도대체 삼키는 건지, 녹이는 건지, 그렇게 의뭉스러운 동물은 처음이었다.

두꺼비들은 하루가 멀다 하고 새끼를 쳤다. 정원은 온통 두꺼비들의 영토였다. 정원은 두꺼비 배설물로 뒤덮였다. 떼를 지어 고랑을 타고 어슬렁거리는 음지의 배회자로서의 두꺼비. 수풀을 헤치며 벌레로 배를 채운 뒤 교미를 해 새끼를 번식하는 것이 그들의 유일한 존재 목적인 듯싶었다. 심지어는 갈라진 창고의 벽면에서도, 습한 마룻바닥에서도 두꺼비가 기어 나왔다. 정원의 양철 대문 위에서도 두꺼비가 떨어졌다. 두꺼비 한 마리가 요아킴의 다리 사이를 엉금엉금 지나 수술실 안으로 기어 들어갔다. 바닥은 두꺼비 발자국으로 엉망이 되어 버렸다. 침상 밑에서 두꺼비가 꾸룩꾸룩 울었다. 요아킴은 막대기로 두꺼비를 몰아내고 수챗구멍을 틀어막았다.

깨끗한 토양에서 자라는 두꺼비는 정원에 묻힌 태아의 부산물이 부패해 가는 것을 견딜 수 없어 병원으로 기어 들어왔던 것이다. 꽃들이 만개하고 나뭇가지가 초록 잎을 무성하게 달고 있는 아름다운 정원의 절정에서 두꺼비는 역겨움 때문에 정원을 탈출하려 했던 것이다. 요아킴은 자괴감 때문에 몸서리가 쳐졌다. 2층으로 올라가기 위해 삐걱거리는 나무 계단에 발을 올려놓던 요아킴은 계단 위에 누군가가 웅크리고 앉아 자신을 쳐다보고 있는 느낌을 받았다. 커다란 두꺼비가 앉아 있는 형상이었다. 오싹하는 공포를 느끼며 위를 올려다보았으나 채광창에서 햇살이 들어와 눈이 부신 나머지 손을 들어 눈을 가렸다. 다음 순간, 손을 떼고 계단을 쳐다보자 길명이 앉아 있었다.

요아킴은 소스라치게 놀랐지만 태연한 척 숨을 가다듬은 뒤 길명을 원장실로 데려갔다.

—네가 두꺼비를 키우고 있다던데. 두꺼비에게 독이 있다는 것은 알고 있겠지? 눈 옆의 귀 쪽에서 유백색 분비물이 나오는데 그게 바로 독이지. 잘못 만지면 신경이 마비되고 눈에 들어가면 장님이 될 수 있어. 동물에게 주사하면 경련을 일으키다가 이내 죽고 말지. 두꺼비 독은 아주 위험해. 뱀도 두꺼비를 잡아먹으면 독 때문에 죽고 말아. 하긴 네가 이런 말을 알아들을 턱이 없겠지만 이치가 그렇다는 것이지. 대체 언제 입이 터져 사람의 말을 할 거냐?

길명은 고개를 주억거리며 금방이라도 울음을 터뜨릴 것처럼 슬픈 표정을 지었다.

요아킴은 길명이 두꺼비를 그토록 애지중지하는 이유가 궁금했다. 두꺼비를 손으로 만지면 독이 퍼져 손이 저리다고 말해 주었지만 소용없었다. 길명은 오히려 그런 지청구에 반항하듯 주머니 속에 불룩하게 들어 있는 두꺼비를 손으로 만지작거리며 요아킴을 빤히 쳐다보았다. 방에도 두꺼비 천지였다. 우툴두툴한 피부며 딱 벌어진 어깨하며 닥치는 대로 널름널름 잘 받아먹는 잡식성 두꺼비들이 하얀 요 위에 미동도 하지 않고 앉아 있었다. 물속에서 태어나 산에서 살아가는 두꺼비. 울음주머니가 없어 수컷이 암컷을 부를 때는 목울대를 움직여 소리를 내는 두꺼비.

요아킴은 두꺼비 울음소리가 정원에서 들려올 때마다 얼굴도 모르는 어머니를 부르는 길명의 절규는 듣는 것 같아 소름이 끼쳤다. 하지만 한편으로는 다른 생각도 해 보았다. 길명의 해괴한 행동에는 두꺼비와 어떤 상관관계가 있는 것은 아닐까. 두꺼비는 자신의 몸을 뱀에게 통째로 잡아먹히지만 독으로 뱀을 죽이고 그 양분으로 자기의 새끼들을 부화시키는 처절한 희생의 동물이기도 하다. 두꺼비를 맨손으로 만지면 손끝에 아릿한 통증이 올 정도지만 바꿔 생각하면 그건 두꺼비의 본능적 방어 수단인 것이다. 두꺼비 진의 성분 중에는 구충제 역할을 하는 것도 있고, 화상 염증을 가라앉힐 뿐 아니라 암의 치료나 방사선 피해까지 회복시킨다는 의학 보고가 없는 것도 아니었다.

야행성으로 주로 밤에 움직이므로 산란기 외에 특히 낮에는 거의 눈에 띄지 않는 두꺼비. 하긴 정원의 두꺼비 떼도 비가 내리는 날에 가장 많이 눈에 띄었다. 날이 흐리거나 비바람이 몰아치면 어두운 수풀 속에서 어기적어기적 걸어 나오는 야행성 신사. 이 우직스러운 두꺼비가 사랑에는 퍽 섬세한 면이 있지 않은가. 두꺼비 암컷은 짝을 지을 때 저음의 울음을 우는 우람하고 덩치 큰 수놈을 좋아한다. 두꺼비 수컷은 몸이 차야 더 굵은 소리를 낼 수 있다는

것을 본능적으로 알고 연못의 서늘한 곳을 찾아가서 저음의 울음
을 터뜨린다. 굵은 베이스를 닮은 두꺼비의 울음소리를 들을 때마
다 친모를 그리워하는 길명이 속으로 우는 통곡이 들리는 것 같았
다. 저음의 사랑 노래. 독이 묻어나는 그리움. 두꺼비가 청정 지역이
아니면 살아갈 수 없듯, 길명 또한 썩을 대로 썩은 기지촌의 정화적
존재가 아닐까. 더러운 적색 지대에서 몸부림치는 한 마리 두꺼비로
서의 길명이. 요아킴은 길명이 두꺼비 대장이라는 생각이 들었다.

　이튿날 아침, 길명의 방은 비어 있었다. 요아킴은 길명이 병원을
떠난 후에도 정원에 나갈 때마다 두꺼비들이 어딘가에 숨어 자신
을 지켜보고 있다는 느낌이 들어 등골이 오싹거렸다. 두꺼비가 타
고 올라가는 울타리의 담쟁이넝쿨만 봐도 자신을 몸을 칭칭 묶고
옥죄어 올 것만 같았다. 두꺼비와 길명을 떠올리면 어떤 부채 의식
이 가슴을 짓눌렀다. 청정 지역에만 살고 있다는 두꺼비에 비해 정
원은 얼마나 더럽고 추하고 음침한가. 실로 얼마나 많은 여자들의
중절 수술을 집도했던가. 정원의 묘목 밭에서 나무들이 싱싱하게
잘 자라나는 것을 보면서 읍내 사람들은 임신 중절로 난자당한 태
아의 살덩이가 거름이 됐기 때문이라고들 수군거렸다. 그러거나 말
거나 요아킴은 들은 척도 하지 않고 정원에 나가 잡초를 뽑았다. 요
아킴은 나무며 풀이며 꽃이며 그게 다 자신이 토해 놓은 검은 업보
라는 생각이 들었지만 그렇다고 정원을 방치할 수도 없었다.
　많을 때는 하루에도 서너 차례나 태아를 떼어 낸 적도 있었다.
비록 올챙이만 한 크기였으나 영락없이 사람의 형상을 갖추고 있었

다. 만약 소파수술을 받는 임부에게 적출된 내용물을 보여 준다면 경악하며 의식을 잃고 말 것이다. 몸체에 비해 유난히 큰 머리에 두 눈이 까만 점으로 박혀 있었다. 채송화 씨처럼 박혀 있는 두 개의 눈. 고추가 달린 6개월짜리 태아도 있었다. 그렇다고 원치 않는 아기를 뱃속에 담고 찾아온 임산부들의 호소를 외면할 수 없었다.

달수가 차오른 태아는 겸자와 큐레트로 해결되는 게 아니었다. 출산하는 것과 똑같이 밑으로 받아내기 위해서는 분만 유도제인 라미나리아를 경구에 삽입하고 경과를 지켜봐야 했다. 경구가 열리면 자연분만도 가능했다. 피비린내를 풍기며 경구에서 미끄러지듯 출산된 태아는 비록 미숙아였지만 인큐베이터에서 충분히 살릴 수도 있었다. 아기를 살려 보자고 여러 차례 권유도 해 보았지만 임산부들은 한결같이 고개를 절레절레 흔들며 외면했다. 그렇다고 살아 꿈틀거리는 생명체를 방치할 수도 없어 깨끗하게 목욕을 시킨 뒤 부드러운 천으로 겹겹이 싸둔 게 한두 번이 아니었다. 차라리 얼굴을 쳐다보지 말았어야 했다. 눈을 맞추지 말았어야 했다. 품에 안겨 방긋 웃어 보이던 아기. 슬픔도 기쁨도 모르는 눈동자. 세상에 태어났다는 사실조차 모르는 아기. 한숨도 넋두리도 나오지 않았다. 아기는 강보에 싸인 채 저승을 빤히 내다보고 있는 듯했다. 요아킴은 아기를 종이 부대에 넣어 구덩이를 파고 흙으로 덮었다. 맨드라미 싹이 올라오고 있었다. 그해 여름, 맨드라미 붉은 볏은 더욱 짙었다.

처음에는 닭 볏만 한 붉은 꽃대를 내밀고 있던 맨드라미가 일주일쯤 지나면 어른 머리 크기로 불쑥 자라 있었다. 마치 머리 가죽을 벗겨 낸 사람의 두뇌처럼 꼬불꼬불한 각질에 둘러싸인 징그러운 모습이었다. 맨드라미뿐만 아니라 정원에 피어 있는 모든 꽃들이 무엇인가를 증거하듯 너무 크게 벌어져 있었다. 동전만 한 크기여야 할 빨간 분꽃도 접시만큼이나 활짝 만개했는가 하면 나팔꽃도 어찌나 큰지 주먹 하나가 고스란히 들어갈 정도였다. 작약이며 앵초며 붓꽃이며 개망초도 다른 것에 비해 두 배나 크게 벌어져 있었다.

뜰은 예전의 정원이 아니었다. 땅에 떨어진 꽃송이가 그의 장화에 짓밟혀 붉은 즙을 토해 냈다. 수술실에서 도랑으로 흘러간 핏물이 다시 역류하는 것만 같았다. 썩은 과일처럼 부패한 시체를 해부해야 하는 공의라는 직업에 혐오감이 느껴졌다. 영혼이 깃들어 있을지도 모르는 가슴을 메스로 절개해 열어젖힌 뒤, 내부를 헤집고 들여다본다는 것은 너무도 끔찍스러운 일이었다. 만약 영혼이 곧바로 하늘로 승천하지 않고 죽은 몸뚱이에 갇힌 채 최후의 심판 날까지 기다리고 있는 것이라면 마구 헤쳐진 몸에서 과연 구원될 수 있단 말인가. 정말 견딜 수 없는 것은 사체를 볼 때마다 도저히 영혼이 고여 있던 몸이라고 믿기 어려운 비계덩어리에 불과하다는 사실이었다. 거기서 인간의 흔적을 찾는 일은 불가능했다. 인간의 몸은 돼지를 부위별로 해체해 놓은 것이나 마찬가지였다. 언젠가 임신 중에 자살한 창녀의 시체를 해부한 적이 있었다. 하복부를 절개하자 태아가 잉태된 성소가 있었다. 성소는 그대로 무덤이 되어 있었다. 성소 안에 웅크리고 있던 붉은 태아. 여인의 하복부 밑에 감춰진 성소가 생명의 집이라는 것이 믿어지지 않았다. 여인의 자궁에서 태아의 사체를 끄집어냈을 때 그것은 속이 투명하게 들여다보이는 두꺼비처럼 느껴졌다. 임산부는 필시 양서류와 음탕한 관계를 맺어 이 혐오스러운 형태의 생명을 수태했을 것이라는 생각마저 들었다.

그 모든 것을 업이라는 운명론으로 치부하기에 죽음의 왕국은 너무도 잔인했다. 꽃잎들의 신음 소리가 핏물처럼 귀에 고여 들었다. 인간의 손에 의해 짓이겨진 채 지상에 붉은 핏물을 뿌리고 죽어 간 꽃잎들. 탄생의 순간에 소멸해 간 서러운 존재들이 정원에서 썩어 가고 있었다. 꽃은 이미 꽃이 아닌 무엇이었다. 태아의 목숨이 붙어 있는 듯, 연분홍 꽃 즙을 흥건히 자아내고 있는 꽃망울들. 지상은 죽음의 왕국에서 피워 낸 꽃잎으로 떠받쳐지고 있었다.

요아킴은 정원의 진흙에 발이 빠질 때마다 자신이 묻은 셀 수 없이 많은 태아들의 원혼이 자신을 잡아당기는 느낌을 받았다. 땅을 밟을 때마다 그곳에 묻었던 태아의 울음소리가 새어 나오는 것 같았다. 이곳을 밟으면 저곳에서 울음이 새어 나왔다. 울음은 정강이로, 허벅지로, 허리로 그리고 어깨와 목덜미로 타고 올라왔다. 하지만 막상 귀를 틀어막을라치면 정원은 쥐 죽은 듯 적막했다. 적막 속에서 공허는 싹튼다. 인간으로 태어난 슬픔의 공허라면 차라리 나았을 것이다. 정원은 아무 까닭 없는 공허를 입에 물고 있었다.

정원이야말로 냉담자였다. 정원은 생명이든 죽음이든 어느 편도 아니었다. 정원은 있는 그대로를 받아들이고 있을 뿐이다. 탐관영초. 태양이 풀 그림자를 엿보듯 그냥 무심했다. 그러나 인간은 인간을 둘러싼 자연계에 어디까지나 무심할 수가 없다. 지상에 태어난 순간부터 인간은 끊임없이 괴로워하고 불안해하고 고뇌한다. 그리

하여 인간계와 전혀 다른 생명 의지에 의해 흐드러지게 피어 있는 꽃을 보고 탄성을 지르게 된다. 마음 없는 것들에게서 얻는 위안의 정체란 대체 무엇이란 말인가. 정원의 풀잎들은 밤새 생명 활동을 최소화했다가 아침 햇살을 받으면 다시 꼿꼿하게 일어섰다. 햇살을 붙잡아 광합성을 하고 이산화탄소로 탄수화물을 만들고 그 부산물을 세상에 돌려주었다. 지하의 무기물질과 하늘에 떠 있는 태양 에너지가 식물의 몸 안에서 뒤섞였다. 식물은 지하와 지상, 죽음과 삶을 연결하는 매개체였다.

한밤중이었다. 요아킴은 어둠 속에서 눈을 뜬 채 누워 있었다. 도저히 잠을 이룰 수 없었다. 어디선가 낮은 신음 소리가 들렸다. 속삭임 같기도 했다. 소리는 잠시 그쳤다가 다시 들려왔다. 귀를 벽에 바짝 붙였다. 희미한 울음소리 같은 게 벽 안쪽에서 들려왔다. 울음소리는 병원에 배어 있는 포르말린 냄새처럼 차가웠다. 마음이 허약해져 헛소리를 듣는 거라고 생각하며 다시 이불을 덮고 잠을 청했으나 잠은 이미 멀리 달아나 버렸다. 무수한 상념이 파도처럼 일어났다가 스러지기를 반복했다. 내일도 모레도 어느 임부의 자궁에서 단백질 덩어리가 떼어져 핏물과 함께 정원에 묻힐 것이다. 맨드라미와 해바라기는 태아를 거름으로 먹고 더 붉게, 더 노랗게 변색하면서 더 높이 웃자랄 것이다. 손에 경련이 일었다. 수술대에서 메스를 잡던 손. 태아를 난도질해 사산시킨 손. 정원에서 잡초를 뽑아 거름을 만들던 손. 손은 발작하듯 떨리며 요아킴을 비웃는 것 같았다.

의술은 불완전했고 투박했다. 요아킴은 문득 자신의 삶이 너무 너덜거리고 남루하다고 느껴졌다. 메스를 잡은 유인원이 따로 없었다. 해바라기의 노란 꽃대가 바람에 흔들리며 조롱하듯 사래를 치는 것 같았다. 팔뚝에 손톱만 한 소름이 올라왔다. 이마에서 식은 땀이 흘러내렸다. 불현듯 이불을 걷어차고 일어나 창가에 서서 정원을 내려다보았다. 달빛이 쏟아지고 있었다. 나무들은 한 그루 한 그루가 면류관을 쓴 십자가였다. 정원 자체가 공동묘지였다. 묘지를 장악한 나무와 풀. 어쩌면 구덩이를 파고 태아의 사체를 묻었던 기억 자체가 무덤이었다. 요아킴은 넋을 잃은 듯 자신이 만든 공동묘지를 쳐다볼 뿐이었다. 나뭇가지가 흔들릴 때마다 죽은 혼들의 비명이 들리는 것만 같았다. 울타리 근처에도 태아를 묻었다. 그의 두 눈은 보이지 않는 무덤 사이를 쉴 새 없이 오갔다.

닭 볏처럼 땅을 뚫고 올라온 맨드라미의 구불거리는 수술과 암술에서 오래전 그곳에 묻혔던 수많은 아이들의 찢어지는 듯한 울음이 들려왔다. 무엇하러 꽃은 피었나. 아이들의 죽음을 먹고 자라 오른 맨드라미가 흡혈귀처럼 보였다. 하얀 나비 떼가 이 꽃에서 저 꽃으로 날아다니고 있었다. 이 무덤에서 저 무덤으로 무슨 소식이라도 전해 주듯 팔랑거리는 나비 떼. 나비는 무덤과 무덤 사이를 떠도는 전령이었다. 하지만 그곳에 요아킴의 꽃은 없었다. 그가 죽으면 기껏해야 사흘 밤낮을 지상의 가장 어두운 장소인 관에 누워 있다가 화장터에 가서 모든 살과 터럭이 태워질 것이고 뼈는 분골 절구통에 담겨 미세한 분말로 으깨질 것이었다. 몇 줌의 골분 가루는 공동 화장터의 검은 구멍 속에 뿌려져 다른 시체들의 골분과 섞일 것이다. 그 안은 어둠보다 캄캄할 뿐더러 꽃씨 하나, 나비 한 마리 날아오지 않을 것이다.

죽음은 분명한 사실이고, 언젠가는 반드시 마주해야 하는 필연이었다. 맨드라미 군락을 내려다보자 꽃대에 오톨도톨 붙어 있는 까만 씨가 자신이 긁어낸 태아들의 미처 발육하지 못한 눈처럼 보였다. 정원을 무성히 덮고 있는 초록 잎들이 괴기스러웠다. 육식의 초록빛. 식물은 먹이사슬의 맨 아래가 아니라 맨 꼭대기를 차지하고 있었다.

정원 한구석에 박혀 있는 펌프가 눈에 들어왔다. 오래전부터 사용하지 않아 녹이 잔뜩 낀 펌프였다. 펌프에서 무엇인가가 쏟아져 내리는 듯했다. 처음에는 달빛인 줄만 알았다. 미간을 찌푸린 채 시선을 고정했을 때 요아킴은 자신의 눈을 의심했다. 펌프에서 쏟아지는 것은 까맣게 죽은 피였다. 수술실에서 정원으로 흘러든 피와 잘게 으깨진 살덩이가 펌프에서 분수처럼 뿜어지고 있었다. 요아킴은 땀으로 온몸이 축축하게 젖은 채 꿈에서 깨어났다.

검은 방죽

차부에 딸린 작은 광장에서 날카로운 비명이 들려왔다. 창으로 내다보니 외출을 나온 미군과 태국군이 뒤엉켜 버스를 에워싼 채 웅성거렸다. 병사들은 뭔가 씹을 것을 찾는 한 무리의 굶주린 사자처럼 보였다. 광장은 그들이 즐겨 찾는 사냥터였다. 그들의 몸에는 어둑한 숲 그늘에 숨어 있다가 먹잇감을 사냥하는 맹수의 울음이 고여 있었다. 허기진 배를 끌고 여자들의 집을 찾아가는 맹수들. 짝 짓기를 하면서도 여자의 목덜미에 깊은 송곳니를 박는 수사자. 사냥은 주말에 집중되었다.

미군 버스는 매주 금요일 오후에 병사들을 가득 싣고 와 차부에 부려 놓았다. 병원 2층에서 저녁 식사를 하던 중 날카로운 비명 소리가 들려왔다. 비명이 대기를 찢었다. 요아킴은 용수철처럼 일어나 차부로 뛰어나갔다. 삽시간에 사람들이 몰려들어 미군 버스를 에워쌌다. 실타래처럼 얽혀 있는 인파를 비집고 안으로 들어갔다. 바퀴 밑에 한 소년이 깔린 채 피를 흘리고 있었다. 머리통이 깨진 것 같았다. 미군 운전병은 얼굴이 잿빛으로 변한 채 발을 동동 굴렀다. 버스에서 내린 미군 병사들이 바퀴를 들어 올리기 위해 안간힘을 썼다. 바퀴가 조금만 잘못 굴러도 소년의 머리는 뭉개져 버릴 거였다. 요아킴은 인파 속에서 얼굴을 내밀고 있는 사무장에게 고함을 쳤다.

─차고에 있는 잭을 가져오시오.

바퀴와 연결된 프랭크 축에 잭을 밀착시킨 뒤 펌프질 하듯 작동 시켰다. 어느 정도 바퀴가 들어 올려지자 머리 가죽이 벗겨지고 살 점이 뜯겨 나가 검붉은 피를 흘리고 있는 소년의 얼굴이 보였다. 요 아킴은 소년의 머리를 손으로 받쳐 들었다. 길명이었다.

몰려든 사람들이 일제히 혀를 찼다. 요아킴은 사람들을 밀쳐 내 고 길명을 병원으로 옮겼다. 몇 걸음을 가기도 전에 머리에서 피가 쏟아져 차부에서 병원까지 붉은 핏물이 점선처럼 이어졌다. 길명의 팔은 축 늘어진 채 힘없이 흔들렸다. 수술실 침상에 눕혔을 때, 길 명의 얼굴은 하얗게 질려 있었다.

머리 함몰에 의한 뇌진탕. 두뇌의 회색질은 포도당을 필요한 양 의 절반밖에 대사하지 못했다. 숨을 쉬고 있는 게 기적이었다. 길명 의 두개골은 다른 사람에 비해 얇고 연약했다. 자칫하면 바퀴에 짓 눌려 비스킷처럼 바삭 깨져 버렸을 것이다. 꼭 감긴 눈꺼풀을 들추 자 홍채가 열려 있었다. 그는 빛의 양을 조절하지 못해 사물이 두 개, 세 개로 보이면서 의식을 잃어 가고 있었다.

뇌에는 신경이 없어서 마취를 하지 않고도 수술을 할 수 있었다. 단지 머리 가죽의 신경만 죽여 놓으면 그만이었다. 머리 외피에 국부마취제인 리도카인을 주사했다. 마취가 되자 요아킴은 가위로 머리카락을 잘라낸 뒤 메스를 댔다. 무의식적으로 성호가 그어졌다. 메스로 긋는 성호. 머리 가죽을 벗기자 두개골이 나왔다. 수술용 톱을 이용해 삼각형으로 잘라 내니 뇌가 노출되었다. 드릴로 작은 구멍을 뚫었다. 뚫린 구멍을 통해 전두엽을 살폈다. 다행히 좌우 전두엽에는 출혈의 흔적이 없었다. 추체 신경세포는 히아신스 모양으로 완벽한 원뿔을 이루고 있었다. 뉴런은 작지만 촘촘하게 박혀 있었다. 두개골 판이 깨졌을 뿐이었다. 으깨진 두개골 판을 봉합하는 것으로 수술은 끝났다. 뇌수술 후에 쇼크가 오면 식물인간이 되는 경우가 허다했다. 이명과 난청을 야기하거나 뇌 경련에 의한 언어장애를 수반할 수도 있었다.

회복실로 옮겨진 길명은 의식을 되찾았으나 눈을 말똥말똥 뜬 채 천장을 바라볼 뿐이었다. 마취에서 풀리면 심한 통증이 몰려오기 마련인데 얼굴 한 번 찡그리지 않았다. 구토를 하지 않는 건 다행스러운 일이었다. 수술 후유증에 대한 정밀 관찰을 위해 길명은 한동안 병원에서 지내야 했다.

뇌가 함몰되면 주변의 신경을 압박한다. 함몰은 미각, 후각, 시각 중추를 교란시킨다. 환자가 냄새를 맡을 수 있는가, 시야는 얼마나 흐려졌는가, 맛을 느낄 수 있는가. 모든 것이 의학적 징후와 관련되어 있었다. 미각과 후각 중추가 마비되면 음식의 맛이 바뀐다. 음식에서 구린내가 나 삼킬 수 없게 된다. 게다가 회복 중에도 뇌동맥

류가 터지면 참기 어려운 두통과 함께 목덜미가 뇌막염을 앓는 사람처럼 뻣뻣해지고 구토 증세를 수반할 수 있었다. 모든 관능의 질서가 뒤집히면 삶은 삶이 아니다. 하지만 요아킴이 할 수 있는 일은 고작 엑스레이 촬영뿐이었다. 엑스레이 용지의 까만 바탕에 하얗게 찍혀 있는 두뇌. 까만 죽음의 바다에서 떠오른 생명의 부유물로서의 두뇌. 생명이 끝나는 순간, 의술도 멈춘다. 감광지에 인화된 까만색과 하얀색의 대비를 보면서 요아킴은 문득 의술이란 생로병사라는 거대한 순환 구조의 하위 체계에 불과하다는 생각이 들었다. 자연의 힘은 인간이 제어할 수 있는 한계를 벗어나 있을 뿐 아니라 때로는 무지막지하게 인간을 압도해 버린다. 수술은 여전히 불완전한 기술일 뿐이다. 창문을 통해 들어와 길명의 얼굴에서 어른거리는 빛줄기가 문득 죽음을 이기는 천사의 날개처럼 보였다.

생에 대한 길명의 의지는 놀라웠다. 버스 바퀴에 깔렸음에도 죽지 않았을 뿐 아니라 바스러진 머리도 쉽게 아물어 갔다. 뼈가 굳어 버린 어른이었다면 두 동강 난 뇌막이 완전히 봉합되는 데만 1년은 족히 걸렸을 것이다. 길명의 머리통을 자르고 함몰된 뇌막을 이어 붙였다는 소문이 나면서 요아킴을 바라보는 읍내 사람들의 시선에는 존경심이 묻어났다. 개업 당시, 갓 제대한 새파란 의사가 돈벌 속셈으로 기지촌에 병원을 차렸다며 마뜩지 않은 눈초리를 보내던 것과는 딴판이었다. 젊은 날의 요아킴은 오갈 데 없는 실향민의 설움을 떨쳐 버리기 위해서도 어떻게든 자수성가를 해야 한다는 일념뿐이었다. 애당초 남의 시선 따위를 의식한다는 것은 사치에 불과했다. 시대의 고통은 개인의 감각을 저질화한다. 요아킴은 차부나 시장통에서 만난 사람들이 길명의 뇌수술을 두고 기적이라고 치켜세울 때마다 우쭐해지곤 했다. 자신이 지어준 길명이라는 이름이 제값을 하고 있다고 생각하니 저절로 웃음이 비어져 나왔다. 길명의 빠른 회복은 믿어지지 않을 정도였다.

미군 쓰레기장 근처에는 방죽이 있었다. 방죽에는 늘 푸르스름한 막이 서려 있었다. 청조 현상 때문이었지만 사람들은 죽음의 늪이라며 얼씬도 하지 않았다. 방죽을 찾는 것은 자애원 아이들뿐이었다. 자애원 원생들은 틈만 나면 방죽으로 몰려들었다. 원생들의 대장은 길명이었다. 키가 껑충해 멀리서도 금방 눈에 띄었다. 아이들은 자신들보다 10살이나 많지만 말을 잃어버린 길명을 두려워했다. 길명의 침묵은 방죽의 검은 물빛을 닮아 있었다.

아이들은 작고 동그란 조약돌을 주워 무엇인가를 저주하듯 물수제비를 날렸다. 수면 위에 뜬 부유물에라도 맞게 되면 둔탁한 음이 메아리쳤다. 누군가의 돌팔매가 멀리 떠 있는 물체에 맞았는지 퍼석하는 소리가 들렸다. 아이들은 모두 길명을 쳐다보았다. 아이들의 눈초리가 길명의 등을 떠밀었다. 수면 위로 작은 물방울이 올라오고 있었다. 스티로폼 조각들이 떠 있었고 그 밑으로 피라미들이 부지런히 움직였다. 발끝을 담그자 오싹 소름이 돋았다. 반바지를 한껏 추켜올렸다. 뒤를 돌아보았다. 모두들 숨을 죽이고 있었다. 낯선 물체까지의 거리는 생각보다 멀었다. 가까이 다가갈수록 그 물체는 점점 더 반대쪽으로 밀려갔다. 물에서 썩은 냄새가 났다. 낯선 물체에 새까맣게 붙어 있던 파리 떼가 날아올라 길명의 얼굴을 스치며 지나갔다. 지푸라기 똬리 위에 헝겊으로 싼 물체가 얹혀 있었다. 헝겊에는 거무죽죽한 액체가 말라붙어 있었다. 길명이가 가까이 다가가기 위해 첨벙거리자 강보를 지탱하고 있는 똬리가 심하게 흔들렸다. 똬리가 부력을 잃자 물체는 물속에 잠기기 시작했다. 물속에서 좌우로 흔들리며 하강하던 헝겊 속에서 무엇인가가 불쑥 빠져나와 수면 위로 솟구쳤다. 부패한 태아의 사체였다.

방죽으로 통하는 오솔길에 노란 금줄이 쳐졌다. 경관 두 명이 배치되었고 방죽은 폐쇄되었다. 경관은 나무 막대기로 아기 사체를 건져 올렸다. 사체 유기는 중범죄였지만 범인을 찾아내는 일은 불가능해 보였다. 차석이 병원으로 찾아와 기지촌 임산부들의 기록을 들춰 보고 간 것이 고작이었다. 방죽을 잃어버린 아이들은 밤이 으슥해지도록 쓰레기장에서 시간을 보냈다. 때가 꼬질꼬질 낀 손가락 사이에 양담배를 끼운 채 피워 대는 아이들이 흔했다. 담배꽁초는 쓰레기장에 널려 있었다. 운이 좋으면 아직 뚜껑도 따지 않은 시레이션을 손에 넣을 때도 있었다. 아이들의 손가락은 담배 때문에 점점 노랗게 물들어 갔다. 아이들은 저녁을 해결하기 위해 쓰레기장으로 몰려갔다. 손에는 저마다 갈고리를 매단 장대가 들려 있었다. 쓰레기 속에서 전선줄이나 양은 같은 것을 줍게 되면 운이 좋은 날이었다. 고물상에 내다 팔면 전선줄은 바로 현금이 되었다. 쓰레기장에서는 가끔 금반지나 은팔찌 같은 것이 발견되곤 했다. 달러가 담긴 지갑이나 군화를 주운 아이는 횡재를 한 듯 으스댔다. 하지만 아이들은 쓰레기장을 뒤지는 동안 죽은 아이의 시체를 만나게 될까 봐 노심초사했다. 쓰레기를 뒤적이다가 시커멓게 썩은 사산아를 발견하면 아이들은 눈을 감고 침을 뱉었다. 소스라치게 놀라는 것은 초심자의 일일 뿐, 시간이 지날수록 아이들은 강심장이 되어 갔다. 세상에 종말이 온다 해도 아이들에게는 아무 상관이 없는 듯 보였다.

아이들은 언젠가 자신들도 쓰레기가 되어 땅에 묻힐 것임을 알고 있었다. 아이들은 어른들에게 구걸하지 않았다. 손을 내밀지도, 먹을 것을 달라고 애원하지도 않았다. 쓰레기장을 뒤지면 밥이 해결되었다. 아이들은 몸속의 모든 액체가 빠진 것처럼 눈물도 흘리지 않았다. 아이들의 종아리와 허벅지에는 붉은 반점이 가실 줄 몰랐다. 심한 경우 붉은 반점은 배를 타고 등과 목덜미까지 올라와 따개비처럼 굳어 있었다. 웃통을 벗으면 등에 붙은 반점이 애벌레처럼 꿈틀거렸다. 방죽과 연결된 쓰레기장의 밑바닥은 습지 같아서 이름 모를 역병의 발원지라는 소문이 돌았다. 눈병에 걸린 몇몇 아이들은 사시사철 안대를 두르고 있었다. 그러나 한쪽 눈만으로도 먹을 만한 내용물이 들어 있는 시레이션 봉지를 정확히 찾아냈다.

아이들은 쓰레기장에 방목되었다. 아이들은 방죽 너머 산등성으로 해가 떨어지고 신읍 사창가의 노란 나트륨등이 켜진 뒤에야 자신들의 배고픈 그림자를 밟고 내키지 않는 귀갓길을 걸어갔다. 고무신이나마 신은 아이들은 절반뿐이었고 절반은 맨발이었다. 전쟁이 끝나고도 10년이 흘렀지만 읍내는 방사선에 노출된 듯 기형의 운명들로 피폭되어 갔다. 언청이나 육손이는 흔한 경우였다. 전쟁은 아이들의 몸에 스며들었고 쓰레기장에서 악취로 되살아나고 있었다.

아이들은 폐허 속에서 태어나고 자랐다. 그러나 아무도 자신들이 폐허 속에서 태어났다는 사실을 자각하지 못했다. 아이들의 생명력은 바로 그것에 있었다. 그들은 자신들이 처한 암울한 환경을 비극적으로 받아들이지 않았다. 그들이 태어났을 때부터 이미 하늘은 조금씩 무너져 내리고 있었다.

방죽이 폐쇄되던 날, 요아킴은 길명을 병원 뒤뜰의 시체실에 가두었다. 길명이 태아 사체를 건져냈다는 말을 사무장으로부터 전해 들은 거였다.

─아이들과 어울려 방죽의 썩은 물에 들어가다니. 스스로 반성했다는 생각이 들지 않으면 나올 맘을 먹지 말거라.

길명은 커다란 눈망울을 껌벅일 뿐, 아무 대꾸도 하지 않았다. 시체실은 한여름에도 소름이 돋을 만큼 싸늘했다. 천장에 손바닥만 한 채광창이 달려 있어 그나마 사물을 분간할 수 있었다. 채광창마저 없었다면 실내는 햇빛은커녕 산소마저 희박했을지도 모른다. 눅눅한 공기 때문에 숨 쉬기가 더욱 거북했다. 하얀 천으로 덮은 시체 한 구가 안치되어 있었다. 차부에서 교통사고로 죽은 중년 남자의 시신. 길명은 시체를 보는 순간, 호기심이 발동했다. 나무 막대를 집어 슬그머니 천을 들췄다. 발끝에서 허리춤까지 하반신이 드러났다. 시신은 옷도 벗기지 않은 채였다. 바지 주머니가 두툼하게 불거져 있는 것이 눈에 띄었다. 주머니를 뒤지려면 사체의 몸을 굴려야 했다. 키가 땅딸한 사내의 몸은 철갑이라도 입은 듯 무겁고 차가웠다. 그 무게에서 죽음의 완강한 힘이 느껴졌다. 간신히 주머니에 손을 밀어 넣었다. 주머니 속에는 동전 몇 개와 지전 몇 장, 구겨진 휴지 조각이 들어 있었다. 지폐엔 사고 당시에 망자가 쏟은 피가 붙어 있었다. 다른 주머니는 먼지 한 움큼뿐이었다.

구토의 시큼한 맛이 식도를 타고 목구멍에서 울컥거렸다. 침상의 가로대를 붙들고 토사물을 게워 내자 속은 이내 진정되었다. 사체에게도 무엇인가 훔칠 게 있었다. 죽음이 묻어 있는 돈. 돈은 살아 있는 사람들 사이에서 유통될 것이다. 하지만 지전에 침을 퉤퉤 뱉어 세면서도 사람들은 죽음의 맛을 알지 못할 것이다. 지폐는 남자가 오래전부터 간직한 사망진단서 같았다.

삶의 최종적인 모습이 예시되고 있었지만 길명은 그 메시지를 해독할 수 없었다. 길명에게 사체는 두려움의 대상이 아니었다. 어느 순간, 사체의 손가락이 움직인 것 같았다. 손가락으로 사체의 손등을 슬쩍 눌러 보았다. 미세한 진동이 느껴지는 듯했다. 사체의 엄지와 검지는 평생의 관습처럼 무엇인가를 잡으려는 듯 벌어져 있었다. 막대기로 천을 완전히 벗겨 냈다. 두개골이 깨진 채 누런 진물을 흘리고 있는 사체. 콧구멍과 인중 사이에 굳은 피가 붉은 아교처럼 붙어 있었다. 쥐가 하얀 천 속에서 튀어나와 바닥으로 떨어졌다. 하얀 천 위에 피 발자국이 찍혀 있었다. 쥐 수염에도 피가 묻어 있었다. 길명의 눈동자와 마주친 쥐는 웬일인지 도망을 치지 못하고 그 자리에 박제처럼 얼어붙었다. 찍찍 소리도 내지 않았다. 길명은 손바닥 위에 쥐를 올려놓았다. 쥐는 저항하지 않겠다는 듯 오종종한 발을 모아 비벼 댔다. 시체를 갉아 먹다가 나온 쥐인지도 모르잖아. 마음속에서 소리가 들려왔지만 길명은 아랑곳하지 않고 손가락으로 쥐의 까만 털을 쓰다듬었다. 양철 지붕 위로 폭우가 쏟아지기 시작했다. 길명은 쥐를 품 속에 넣고 시체실의 문을 슬쩍 밀어 보았다. 문틈이 벌어졌다. 틈새 너머로 철사를 원 모양으로 감아서 채운 자물쇠가 보였다. 손가락을 내밀어 자물쇠를 한 방향으로 돌렸다. 자물쇠가 툭하고 땅에 떨어졌다.

채광창에서 따각따각하는 소리가 들렸다. 숨이 막혔다. 풍뎅이 떼가 파란 야광 빛 날개를 퍼덕이며 창문에 머리를 부딪히고 있었다. 따각따각따각……. 어찌나 세게 들이박는지 창이 깨질 것만 같았다. 시체 썩는 냄새가 풍뎅이를 불러들이고 있었다. 출혈을 막기 위해 콧구멍에 쑤셔 넣은 솜이 빠져 있었다. 흙빛으로 변한 입에 고여 있던 붉은 침이 흘러나왔다. 역겨운 냄새가 길명의 목구멍 안의 점액질에 엉겨 붙기 시작했다. 침을 삼키며 시체실의 문을 열어젖혔다. 돌쩌귀가 삐꺼덕 소리를 냈다. 어디선가 시커먼 파리 떼가 날아왔다. 길명은 쪼그리고 앉아 얼굴을 손으로 감쌌다. 손등에 따가운 감촉이 느껴졌다. 문을 닫고 자물쇠를 걸었다. 내부로 진입한 파리 떼가 체액을 핥기 위해 시체 위에 까맣게 달라붙고 있었다. 죽은 사자(獅子)와 파리. 먹이사슬의 정점에 위치한 사자의 포효도 단지 살아 있을 때뿐이다. 하물며 인간의 죽은 몸에 인간으로 남아 있는 것은 아무것도 없었다. 아무것도 없는 세상의 끝. 인간의 몸은 최종적으로 벌레와 해충의 식민지일 뿐이다.

정원에 쥐를 풀어놓은 뒤 길명은 수술실로 다가갔다. 열쇠 구멍으로 안을 들여다보았다. 수술대 위에 여자가 가랑이를 벌리고 누워 있었고 사타구니에서 흘러나온 핏물이 바닥에 놓인 플라스틱 양동이로 똑똑 떨어졌다. 요아킴은 수술실에 얼씬도 하지 말라고 여러 차례 주의를 주었지만 길명에게는 통하지 않았다. 길명은 피 냄새를 맡을 때마다 생모의 품 안에 안긴 것처럼 포근함을 느꼈다. 차부에서 아이들과 어울려 놀다가도 피 냄새를 맡으면 불현듯 병원으로 달려가 수술실에 붙어 앉은 채 안을 들여다보았다.

병원 한편에 실험실이 있었다. 실험실은 햇볕도 들지 않았고 바람도 불지 않았다. 시간도 멈춰 있는 것 같았다. 포르말린 병 속엔 인간의 장기가 영원히 썩지 않을 것처럼 잠겨 있었다. 실험실 선반에는 동물 박제가 올려져 있었다. 족제비와 솔개, 청솔모와 토끼, 오소리와 너구리. 어느 날 박제에서 모든 눈동자들이 사라졌다. 박제에는 까만 구멍만 남아 있을 뿐이었다.

가평댁

병원 현관을 피해 뜰로 난 양철 쪽문을 열고 들어오는 길명은 십
중팔구 가평댁을 피해 갈 수 없었다. 가평댁은 길명을 불러 세운
채 커다란 함지에 물을 퍼 담았다.

—까마귀가 친구하자고 안 하든.

길명은 손에 잔뜩 비누칠을 한 다음, 귀와 목덜미와 겨드랑이에
그득 긴 때를 뽀독뽀독 소리가 날 때까지 씻어 냈다. 그렇게 씻고서
야 저녁밥을 먹을 수 있다는 것을 잘 알고 있었다.

가평댁은 저녁마다 양잿물을 받기 위해 정원 한편에 쭈그리고
앉아 지푸라기를 태우곤 했다. 수술실에서 나오는 피 빨래 때문이
었다. 양잿물이 아니면 환자복이나 시트에 밴 핏물은 빠지지 않았
다. 간호사에게 손빨래를 맡겨 봤지만 천성적으로 손이 맵지 않아
여간해선 마음에 들지 않았다. 수술실의 시트는 빨았다고 해도 빨

랫줄에서 마르는 동안에 미처 빠지지 않는 얼룩으로 지저분한 것이 마찬가지였다. 가평댁의 손은 양잿물에 절어 하얗게 탈색된 채 쩍쩍 갈라졌다. 손만 보면 의사 부인이란 말을 곧이들을 사람이 없을 터였다. 그래도 이목구비가 훤칠하고 인심이 후덕해 제법 귀부인 티가 났다. 빨래를 널다 가끔 허리를 펴고 하늘을 올려다볼 때는 정원이 환해지곤 했다.

비가 오면 병원의 뜰은 늘 물웅덩이가 되어 질척거렸다. 그때마다 가평댁은 입원실 아궁이에서 긁어낸 연탄재로 웅덩이를 메웠다. 길명은 가평댁이 다져 놓은 연탄재를 밟을 때마다 자신 안의 결핍이 메워지는 듯한 느낌을 받았다. 가평댁은 신심이 깊었으나 결혼한 지 오래도록 아이를 갖지 못했다. 자신이 석녀인 것을 부끄럽게 여겨 이웃과의 교제를 피하고 있었고 요아킴도 남모르게 마른 풀모양 물기 없는 생활을 하고 있었다. 가평댁은 새벽이면 방구석에 모셔둔 성모상 앞에 무릎을 꿇고 자식이 생기게 해 달라고 기도를 했지만 수태의 기미는 보이지 않았다. 한창 나이에 자식 없는 결핍을 견디고 있던 가평댁은 예기치 않게 집 안에 들어온 길명을 친자식이나 되는 것처럼 보살폈다.

해가 떨어지기 전에 귀가하라는 요아킴의 계율을 지켜야 했던 것은 길명만이 아니었다. 일몰 후 외출 금지는 가평댁과 박 간호사에게도 마찬가지로 적용됐다. 석양이 넘어가고 나면 가평댁은 2층 창가에 앉아 차부 쪽을 내다보는 일이 유일한 낙이었다. 읍내의 낮은 루핑 지붕 위로 붉은 해가 떨어졌고 멀리 판자를 이어 붙인 벌집 울타리 틈새로 석양빛이 파도처럼 출렁거리며 밀려들었다. 작은 전구알들이 마을의 집에 켜지면 지난한 안살림이 드러났다. 숟가락이 달그락거리는 소리가 들리면 도둑고양이들은 처마 밑에서 슬금슬금 기어 나와 이슥한 골목길의 담장을 건너뛰며 배회했다. 석양이 지면 가평댁은 더욱 말없는 사람이 되었다.

요아킴이 일과를 마친 뒤 세상일을 아예 잊은 듯 깊은 잠에 빠져 코를 골 때 가평댁은 뜰의 미루나무 밑에 쪼그리고 앉아 흐느끼곤 했다. 그 울음은 너무 작고 희미한 것이었지만 뜰의 눅눅한 습기를 타고 입원실에서 잠을 청하는 길명의 귀에 파고들었다. 길명은 울음소리가 들려오면 이불을 머리끝까지 뒤집어 쓴 채 식은땀을 흘렸다.

날 궂은 새벽녘일지라도 병원 현관문을 두드리는 소리가 날라치면 가평댁은 마치 기다리고 있었다는 듯 2층에서 달려 내려와 문을 따고 환자를 맞았다. 요아킴을 깨우는 것은 다음의 일이었다. 간호사가 1층 입원실 옆에 딸린 방에서 기거를 했지만 가평댁보다 먼저 일어나 문을 딴 적은 손가락에 꼽을 정도였다.

—의사의 아내란 잠을 잘 때도 눈을 뜨고 있어야 하는 법이지.

요아킴의 말이 아니더라도 잠귀 밝기로 치면 가평댁을 따라올 사람이 없었다. 인기척이 나기만 하면 몽유병 환자처럼 잠자리에서 벌떡 일어나는 기상 습관은 기이하기까지 했다. 일단 잠에서 깨면 허리를 직각으로 세우고 앉아 한 시간이고 두 시간이고 천장을 멀뚱멀뚱 바라보거나 집 안을 배회했다. 때로는 뜰에 내려가 한참 동안 달을 쳐다보고 돌아오기도 했다.

요아킴은 아내의 몽유병 증세를 눈치 채지 못했다. 요아킴은 언제나 자신의 잠에 충실했다. 가평댁은 한번 잠에 들면 세상이 떠내려가도 모를 정도로 깊은 잠을 자는 남편이 원망스러웠다. 환청 때문에 도저히 깊은 잠을 잘 수 없다고 호소한 적도 있었으나 대답은 항상 똑같았다.

—녹초가 될 만큼 하루를 땀과 노동으로 보낸다면 환청 같은 것은 들으려 해도 들을 수 없는 법이야.

가평댁은 어느 날 마룻바닥에 요를 깔고 잠을 청해 보았다. 하지만 선잠이 들락 말락 하면 어김없이 갓난아이의 울음소리가 마루 밑에서 들려왔다. 요를 들춰 보았다. 울음은 마루에 이어 붙인 얇은 송판 틈새에서 스며들어 오는 것 같았다. 사실인즉 집이 어깨를 들썩이며 흐느껴 울고 있었다. 그것은 느슨해진 마루청이 삐걱거리는 소리인 동시에 맞배지붕을 이고 있는 병원이 비탄에 빠져 슬픔의 주머니를 마구 눌러 대고 있는 소리였다.

나무로 지은 집은 그 자신이 판자가 되기 전, 살아 있는 나무였을 때의 기억을 되살리려는 듯 쉼 없이 소리를 만들어 내고 있었다. 소리는 언제나 침묵으로 역류하게 마련이다. 인간의 감성 밖에서 흐느끼는 집의 뒤척임. 그것은 어쩌면 아이를 낳을 수 없는 불임 환자인 가평댁의 자의식에 기인한 것이었다. 집은 자신이 소리를 냈는지조차 관심이 없었다. 가평댁은 미명이 오기 전에 잠에서 깨는 날에는 잠옷 차림으로 2층 계단을 내려가 맨발로 뜰을 서성였다. 어느 날 뜰에 쭈그리고 앉아 먼동이 터 오는 것을 지켜보던 가평댁의 입가에 알 수 없는 미소가 번졌다. 그 미소는 이슬에 젖은 수풀에 부딪쳐 만방으로 분사되는 황금빛 햇살을 닮아 있었다.

가평댁은 뜰의 화초 수를 늘려 가기 시작했다. 초목에 의탁하는 것이 자신의 운명처럼 여겨졌다. 수목원을 차려 화초 가꾸기로 평생을 살다간 친정어머니를 생각하면 그것도 나쁘지 않은 일이었다. 그래, 화초를 가꿔 보리라. 전쟁 때 남편을 잃은 친정어머니는 고향인 가평의 물안실 마을에서 땅뙈기를 빌려 작은 수목원을 차렸다. 마침 전국적인 녹화 사업이 벌어져 운때가 맞았다. 수목원이 자리를 잡을 무렵, 중신이 들어왔다. 군의관 출신의 의사라고 했다. 중신아비와 함께 물안실을 찾아온 의사의 인상은 무뚝뚝한 구석이 있긴 했으나 한편으로는 굳게 다문 입이 진실해 보였다. 너무 과묵한 것이 마음에 걸렸지만 성정은 깔끔해 보였다.

의사 사위 보기가 쉽지 않다는 친정어머니의 부추김도 작용했다. 못 배운 게 한이니 너라도 배운 사람에게 시집을 가야 한다며 넌지시 등을 떠밀었다. 의사라는 직업 자체가 인텔리가 아니냐고 운을 뗄 때는 이견을 달 재간이 없었다. 실향민이지만 이북에서 부친이 큰 농장을 했다는 것도 어머니로부터 후한 점수를 받았다. 어머니가 수목원을 조성해야 했으므로 가평댁은 고등학교만 마치고 살림을 도맡아야 했다.

사업이 번창하여 돈은 벌었지만 어머니는 식모를 들이지 않았다. 시집올 때까지 손에 양념을 묻히고 빨래를 해 대며 살림을 배운 가평댁이었다. 살림 솜씨만큼이나 몸단장도 깔끔하고 치아가 유난히 하얘 물안실에서는 누구나 탐내는 며느릿감이었다. 하루가 멀다 하고 반찬거리를 장만해 수목원 인부들에게 밥을 해 대고 새참을 내가는 바람에 큰살림은 이미 몸에 배어 있었다.

병원을 곧 개업할 거라는 말을 들었을 때도 큰 호강을 할 생각은 추호도 없었다. 가평댁은 의사 부인이 얼마나 힘든 자리인지를 어림하고도 남았다. 호강은 뒷전이요, 우선은 자기 헌신이었다. 환자에게도 간호사에게도 강단 있는 병원의 안주인으로 살아가려면 손과 발이 분주할 수밖에 없는 일이었다. 결혼을 결심했을 때도 가평댁은 물안실 텃밭에서 직접 가꾼 오이며 열무며 배추며 푸성귀에게 눈을 맞추었다. 오래전에 잃어버린 것들이 자신이 쭈그리고 앉아 김을 매는 뜰에서 되살아나는 것 같았다.

일단 화초를 가꾸자고 결심을 하자 읍내 오일장이 예사로 보이지 않았다. 시장통 입구에는 장날마다 각종 묘목 장수들이 진을 치고 있었다. 찬거리를 사러 다닐 때는 눈에 띄지 않던 묘목 장수였다. 우선은 종묘상에서 꽃씨를 듬뿍 사 왔다. 아무도 돌보지 않아 마구잡이로 수풀이 자라난 뜰의 질서를 잡아 나갔다. 우물가에서 가까운 땅에는 호미로 고랑을 내고 씨를 뿌려 채마밭을 가꾸기 시작했다. 한 마지기 정도의 흙을 뒤집자 잡초 더미가 허리춤까지 쌓였다. 잡초는 그대로 썩혀 퇴비를 만들었다. 묘목을 사다 심고 퇴비를 묻었다. 뜰에는 묘목을 따라 오솔길이 생겨났다. 병원 뒷문에서 양철 쪽문이 있는 뜰까지는 화분을 두 줄로 세워 놓았다. 시장통 달걀집에 부탁해 받아 온 계분을 잘게 부숴 화분 위에 흩뿌렸다. 뜰은 하루가 다르게 녹색 정원으로 변해 갔다. 새가 날아들고, 나비와 벌이 꽃봉오리로 끊임없이 날아들었다.

화초를 가꾸기 시작한 다음부터 가평댁은 병원에 얼씬도 하지 않았다. 호미를 잡고 흙을 고르면 차부에서 으르렁거리는 바퀴 달린 짐승들의 포효도 더 이상 들리지 않았다. 부엌과 정원을 오가기만 해도 하루해가 짧았다. 가평댁이 정원을 가꾸기 시작하면서 씨를 뿌리지 않았는데도 어디서 날아왔는지 철따라 들꽃들이 피어났다. 처음에는 잡초인 줄 알고 뽑아 버리려고 했지만 하얀 꽃망울을 터뜨린 자태가 보기 좋아 그냥 관상용으로 놓아둔 풀이 알고 보니 미나리, 냉이였다. 햇빛을 받아 빛을 발하는 흰 꽃 덩어리가 가평댁을 바라보며 웃고 있었다. 다가서니 잎 위의 잔털이 눈에 들어왔다. 잔털 하나하나가 다 생명이었다.

화초를 심고 정원을 가꾸면서부터 가평댁의 우울증은 눈에 띄게 좋아졌다. 아침부터 밀짚모자를 질러 쓰고 정원에 나가 잡초를 뽑고 퇴비를 만들고 가지치기를 하니 잠자리에 들어 눈을 감기만 하면 코를 골았다. 몽유병이란 것도 신경쇠약의 일종일 뿐, 고치 집을 짓듯 마음을 단단히 붙들어 줄 것이 있으면 상상도 할 수 없는 일이다. 가평댁의 일과는 아침 햇살을 받아 반짝이는 씀바귀와 인사하는 것으로 시작되었다. 뻗어 나가는 줄기를 시선으로 더듬어 가면 정원에도 무수한 신경세포가 깔려 있다는 느낌을 받았다.

한여름에 비가 내린 후 물안개가 모락모락 피어오를 때쯤 정원으로 들어가면 보랏빛 꽃망울을 달고 있는 도라지를 만날 수 있었다. 물안개와 빗방울이 맺혀 있는 도라지꽃. 심지도 않은 꽃들이 피어나는 것을 보면 화초들이 일부러 정원을 향해 날아들고 있는 것이 아닌가 하는 생각이 들었다.

하지만 정원에서 바라본 병원 건물은 여전히 슬픔의 그늘에 잠겨 있었다. 환자들의 비명 소리며 악다구니가 침상 밑으로 떨어져 수챗구멍을 타고 도랑의 구정물에 섞여 울컥울컥 흘러나오는 것 같았다.

자정이 지난 시간에 다급한 목소리로 응급실 버저를 울리는 소리. 차부에서 교통사고 환자를 떠메고 들어오는 운전사들의 넋두리. 간호사를 붙들고 진통제를 놔 달라고 호소하는 장기 입원 환자의 억지 부리는 목소리. 병원은 사람을 치료하는 재활의 장소가 아니라 흉가처럼 여겨졌다. 가평댁은 정원 구석구석까지 호스를 끌고 다니며 화초에 물을 줄 때마다 남편이라는 존재가 기이하게 느껴졌다.

생각해 보면 남편은 늘 생경스러운 사람이었다. 아이가 생기지 않는다고 핀잔을 해 대는 법도 없었다. 이북에서 단신으로 내려왔으니 제법 다복한 식솔을 거느리고 살 꿈을 꾸지 않는다면 거짓일 것이다. 그런데도 대를 이을 자식을 생산하지 못하는 자신을 드러내 놓고 탓한 적이 없었다. 과묵하다는 것은 첫 대면에서부터 익히 짐작하고 있었지만 그토록 냉정한 사람인지 알게 된 것은 결혼하고 10년이 지나면서 아기를 수태하겠다는 기대를 접은 직후였다. 남편의 냉정함은 몇 번의 자연유산 끝에 불임에 이른 가평댁에게는 가혹한 고문이나 마찬가지였다. 요아킴이 체념했다 하더라도 가평댁의 입장에서야 체념이 쉽지 않았던 것이다. 아기에 대한 집착은 우울증으로 번졌다. 가평댁은 남편의 심중을 헤아릴 길이 없어 더욱 답답했다. 혈혈단신 내려온 이남에서의 삶이 그러할진대 이북에서의 삶은 어떠했을까. 북풍한설이 휘몰아친다는 이북에 대해서도 입을 벙긋하지 않으니 알 길이 없었다. 두고 온 형제는 몇인지, 친척은 벌족한지에 대해서도 말이 없었다. 설이나 추석이 돌아와도 차례상은커녕 떡국이나 한 대접 끓여 먹거나 송편을 빚어 입원 환자나 간호사에게 맛을 보게 하는 것이 전부였다.

—어머니, 아버지가 돌아가셨는지, 살아 계신지 알 수 없는데 무
슨 제사 타령이야. 요즘 세상에 제사 안 지내는 며느리야말로 팔자
가 늘어진 것이지. 시집살이 시키는 시댁 어른이 있나, 그렇다고 제
사를 지내나. 시집 한번 제대로 온 줄 알아.

표정 하나 변하지 않고 그런 말을 내뱉는 남편을 처다보면 사람
을 밀어내는 찬바람이 불어오는 것 같았다. 병원 외벽에 넝쿨을 심
어야겠다는 생각이 든 것은 그때였다. 그래, 당신이 살아갈 세계는
병원인 것이고 내가 살아갈 곳은 정원인 것이지. 속으로 그렇게 다
짐하면서 장에 나가 넝쿨나무 묘목을 사다 수술실 바깥에 구덩이
를 파고 심었다. 이듬해 봄부터 번들번들 윤이 나는 초록 잎사귀가
병원 외벽에 달라붙었다. 가평댁은 갓난아기의 울음이 들려오던 병
원 마룻바닥까지 넝쿨이 번져 가길 빌었다. 넝쿨이 무성하게 자라
올라 벽을 뒤덮고 지붕까지 올라타면 병원의 나쁜 기운을 몰아낼
수 있을 것이며 그렇게 되면 남편의 냉담한 성정도 돌아설 거라며
묘목을 덮은 흙을 꼭꼭 밟아 주었다.

길명은 다음 날 새벽 병원을 나갔다. 길명이 사라진 뒤로 가평댁
의 우울증은 더욱 심해졌다. 아기를 가질 수 없는 불임이라는 사실
을 안 뒤부터 얼굴에 짙은 그늘이 드리워져 있던 가평댁에게 길명
은 큰 위안이었다. 가평댁은 짧은 기간이었지만 길명에게 정성을 쏟
았다. 반벙어리였지만 사리가 분명했고 무엇보다도 요아킴의 규율
에 구애받지 않는 모습이 당차 보였다. 길명이 사라진 뒤로 가평댁
의 신경은 더욱 예민해졌다.

한탄강

강에 나룻배 한 척이 떠 있었다. 느린 물살이 뱃고물을 감싸며 흘러가고 있었지만 배는 닻이라도 내린 듯 한 지점에 붙박인 채 가끔 몸을 출렁일 따름이었다. 하지만 여느 나룻배와 다른 점이 있었다. 검은 바탕에 흰 페인트로 해골이 그려진 깃발이 뱃전의 기다란 막대에서 펄럭였다. 깃발 밑에서는 밀짚모자로 얼굴을 가린 노인이 낮잠에서 깨어나 강물에 한참 동안 손을 적셨다. 예순은 족히 되어 보이는 노인. 송사리가 노인의 손가락 사이로 들락거리며 입을 뻐끔거리자 노인은 간지러운 듯 입가에 미소를 띠었다. 노인은 한 손으로 삿대를 잡고 서서 미동도 하지 않은 채 물살을 헤쳐 배를 상류 쪽으로 몰고 갔다. 나머지 한 팔에 끼워진 소매가 바람결에 팔랑팔랑 뒤집어지고 있었다. 노인은 한쪽 팔이 없었다. 의수도 끼지 않은 소매는 절단 부위인 어깨에 매달려 축 늘어져 있었다.

노인은 새벽이면 강에 나와 갯지렁이를 잡았다. 강변 모래사장에 배를 댄 뒤 삽으로 뒤집어 놓은 개펄 진흙을 한 손으로 쥐락펴락하면 손바닥에는 금세 서너 마리의 검붉은 지렁이가 꿈틀거렸다. 비록 한 팔이었지만 노인의 솜씨는 두 팔이 멀쩡한 사람도 따라올 수 없을 정도였다. 한 시간 남짓이면 갯지렁이가 깡통에 가득 찼다. 갯지렁이는 낚시꾼들에게 팔 미끼였다. 노인이 잡은 갯지렁이는 살이 통통하게 오르고 상처가 없이 매끈해서 낚시깨나 하는 사람이면 이내 단골이 되었다.

노인이 작업을 하고 있는 상류 쪽 갯벌은 억센 물풀이 한 길 넘어 자라고 있었지만 아무도 얼씬거리지 않았다. 읍내 사람들은 누구도 접근하기를 꺼려하는 갯벌에서 갯지렁이를 잡는 노인이 괴질에 걸리지 않는 걸 이상하게 여길 정도였다. 그도 그럴 것이 상류 쪽 갯벌은 미군 부대 쓰레기장에서 흘러나온 폐수를 고스란히 받아들이고 있는 방죽과 연결되어 있었다. 노인은 자신이 잡은 갯지렁이를 두고 살이 통통하게 오른 상품이라며 호들갑을 떠는 낚시꾼을 볼 때마다 속에서 웃음이 절로 비어져 나왔다. 정신 나간 녀석들이라니. 지렁이를 대 주고는 있지만 그치들이 무뇌아 비슷하게 생각되는 건 어쩔 수 없는 일이었다. 갯지렁이야말로 무엇이든 가리지 않고 먹어 치우는 걸신과 같았다. 방죽은 미군이 먹다 버린 건빵에 비스킷에 버터에 빵 부스러기가 흘러들어 부글부글 끓고 있는 부패의 용광로나 마찬가지였다. 수분과 열기에 의해 무한 번식하는 미생물들의 바다.

노인은 개펄의 까만 진흙을 뒤집을 때마다 썩어 가는 고깃덩어리에 붙어 몸을 뒤틀며 영양분을 빨고 있는 갯지렁이 떼를 물끄러미 쳐다보았다. 고깃덩어리는 방죽을 떠다니다가 미처 분해되지 못한 채 물꼬를 타고 강변에 흘러든 갓난아기의 탯줄이었다. 낚시꾼들이 알면 질겁할 일이지만 노인은 아무 내색도 하지 않은 채 갯지렁이를 잡아 낚시꾼들에게 건넬 뿐이었다. 긴 가뭄 끝에 비가 일주일 밤낮을 내리 쏟아져 강물은 금세 불어났다. 강은 크고 작은 여울을 거느리고 마치 대지의 승리자처럼 유유자적하게 흘러갔다. 그 흐름은 오직 수평의 힘에 기댈 뿐이었다. 수면 위로 삐쭉삐쭉 마른 몸체를 드러낸 기암괴석도 오랜만에 비를 만나 반질거리는 것이 흥겨운 콧노래를 부르는 강의 자식처럼 보였다. 그러나 새벽이면 수온이 크게 떨어져 강은 어김없이 물안개를 뭉실뭉실 피어 올렸다.

물안개 피는 강은 이 세상의 풍경이 아니었다. 강의 요정이 내뿜는 입김으로서의 물안개. 물안개는 방죽을 덮은 뒤 미군 부대 쓰레기장을 타고 넘어 읍내 골목길로 퍼져 나갔다. 희미한 안개 속에서 발자국 소리가 들렸다. 귀를 기울이면 안개에도 발이 달렸다는 착각이 들 정도였다. 소리의 진원은 곧 형체를 드러냈다. 자애원 고아들. 새벽이면 늘 배가 고파 눈을 반쯤 뜬 채 천장을 쳐다보는 자애원 아이들은 안개가 담장을 넘어오는 날이면 누가 먼저랄 것도 없이 기지개를 켜며 일어났다. 어깨에 장대를 걸친 아이들은 자애원을 몰래 빠져나와 고양이처럼 가볍고 빠르게 강으로 뛰어갔다.

물이 불어난 강은 풍요로웠다. 짙은 회색 수면 위로 온갖 세간이 떠 내려왔다. 강은 생활의 세목을 둥둥 띄운 채 하류로 흘러갔다.

창틀이며 목제 장식품이며 간이 침대며 심지어는 양동이에 항아리까지. 표류물은 실상 아무 의지가 없는 것들이었지만 강물 위에서 부유하는 모습을 보면 스스로 인간의 품을 떠나 자연으로 복귀하려는 의지가 있는 것처럼 느껴지기도 했다.

강둑에 도착한 아이들은 장대를 강에 길게 드리우고 표류물들을 건져서 햇볕에 말렸다. 그것은 강이 아이들에게 주는 작은 위안이자 즐거움이었다. 물안개가 피어오르는 새벽이면 자애원 아이뿐만 아니라 붕어와 잉어 떼도 수면 위로 떠올라 입을 뻐금거렸다. 물고기도 며칠 동안 몰아친 풍랑에 흔들리다가 지친 지느러미를 느긋하게 흔들며 쉬고 있는 것이었다. 아이들에게도, 물고기에게도 산소가 부족했다.

아이들이 갑자기 요란해졌다. 저마다 목에 핏대를 올리며 소리쳤다. 아이들은 표류물 가운데 제법 값이 나가는 물건을 건져 올리면 쓰레기장의 망태 영감에게 넘겼다. 아이들은 눈을 크게 뜨고 수면을 살폈다. 햇살이 수면에서 반사되어 아이들의 얼굴을 벌겋게 달궜다.

안개가 끼는 날이면 길명도 아이들과 함께 강으로 내달렸지만 늘 무리로부터 벗어나 너럭바위에 혼자 앉아 있었다. 길명은 혼자서 강의 검은 여울 속을 헤엄치는 것이 좋았다. 물살을 역류하며 미끄러지듯 상류 쪽으로 거슬러 올라갔다. 수면을 뚫고 들어온 햇살이 몸을 비추면 비늘이 돋아난 한 마리 물고기처럼 꿈틀거렸다. 물속에서만큼은 살아 있다는 환희에 흠뻑 도취되었다. 길명의 심폐 기능은 신기에 가까웠다. 물속에서 숨을 쉬는 물고기처럼 폐에 산소를 오래도록 저장할 수 있었다. 폐의 수많은 꽈리들이 물고기의 아가미처럼 작동하는 듯했다. 잠수 시간은 점점 길어졌다. 길명은 물속에서 비로소 평화를 느꼈다. 시간을 뛰어넘어 물의 정령과 교접하듯 물은 수런거렸다.

푸하! 길명은 어느 순간, 수면 위에 머리를 내놓고 물 한 모금을 분수처럼 뿜어 올린 뒤 너럭바위 위로 올라와 젖은 머리를 손으로 털었다. 강물은 거울이 되어 벌거벗은 모습을 비추었다. 넓고 강인한 이마 위에는 젖은 머리카락이 마구 헝클어져 있었고, 코밑에는 시커먼 수염이 자리를 잡아 가기 시작했다.

수면을 사이에 두고 분할된 두 세계. 물에 비친 길명의 모습은 그 무엇에도 흔들리지 않는 위용을 갖추었지만 바위 위에서 오한을 느끼며 소름을 돋아 내고 있는 모습은 초라해 보였다. 길명은 너럭바위에 누워 바다 냄새를 맡았다. 강은 하류로 내려가 서해의 짠물에 몸을 섞었다. 코로 비릿한 바다 내음이 밀려들었다. 서안을 철썩이는 푸른 파도의 한 굽이가 코를 자극했다. 태양에 달궈진 바위에 귀를 대고 있는 동안 태양은 일몰의 곡예를 벌이고 있었다.

한탄강은 남과 북의 수계를 통합하고 동시에 해체했다. 태양은 강을 증발시켜 대기 중에 노닐게 했다. 검은 화강암에 부딪친 강물은 자신의 몸에 그어진 휴전선을 떨쳐 버리기도 하듯 거칠게 몸을 뒤챘다. 전쟁은 나루터를 마주하고 있던 남과 북의 두 마을을 분할해 버렸다. 군사분계선이 확정되자 나루터는 사라졌고 주민들도 소개되었다. 강은 태초의 적막으로 다시 돌아갔다. 해가 저물자 하나의 노을 안에 남과 북의 마을이 동시에 붉게 잠겼다.

상류 쪽 수풀에서 인기척이 들렸다. 길명은 너럭바위에서 일어나 소리 나는 쪽으로 걸음을 옮겼다. 웬 노인이 허리를 굽힌 채 갯지렁이를 잡고 있었다. 저녁노을이 노인의 굽은 등을 실루엣으로 비추었을 때 길명은 노인이 한쪽 팔밖에 없다는 것을 알아챘다.

—팔 하나는 어디에 있나요?

길명의 말은 발음이 되지 못한 채 가슴에서 맴돌았다. 노인이 아무 대꾸도 하지 않자 길명은 조약돌을 주워 강에 던졌다. 첨벙하는 소리에 고개를 든 노인이 길명을 쏘아보았다.

—고얀 녀석. 물장구를 튀기다니.

길명은 들은 척도 하지 않고 다른 곳을 응시했다. 두 길이나 치솟은 물푸레나무의 가지 위에 가물치가 걸쳐 있었다. 가지 위에 앉은 품새가 마치 똬리 튼 구렁이 같은 모습이었다. 가물치의 비늘은 미세하게 빛났다. 잘못 본 것은 아닐까. 길명은 몇 번이고 눈을 비볐으나 물고기가 어떻게 나무 위에 올라갔는지 알 수 없었다. 빠른 물살이 튕겨 낸 물방울이 얼굴에 닿지 않았으면 길명은 밤이 저물도록 그 자리에 못 박혀 가물치를 관찰하고 있었을 것이다.

—가물치를 처음 본 모양이군. 가물치는 구렁이랑 교미를 하는 영물이란다. 두꺼비하고도 짝짓기를 하지. 장마철에는 빠른 유속 때문에 물고기들이 충분한 산소를 마시지 못해 수면 위로 아가미를 내놓기도 하지만 가물치는 다르단다. 물고기 중에는 아가미와 폐가 함께 붙어 있는 폐어라는 것이 있어서 물속에 산소가 부족하면 물 밖으로 올라가 숨을 쉬기도 하지. 어류에서 양서류로 진화하는 중간 단계에 있는 물고기가 가물치란다. 큰 것은 1미터까지 자라

는 것도 있지.

　길명은 아무런 대꾸도 없이 가물치에게 바싹 다가가 이리저리 살펴볼 뿐이었다. 지느러미는 가시가 없이 미끈했고 등 쪽은 어두운 갈색, 배 쪽은 회색빛이 감도는 노란색이었다. 노인은 길명의 해맑은 표정에 백치의 그늘이 드리워져 있다는 것을 직감했다.

　―네가 말귀를 알아듣는지 모르겠구나. 하지만 아무럼 어때. 강에 나오면 나도 가끔 말을 잊어버리곤 하지. 가물치 이야기나 더 해줄까. 전쟁이 끝난 다음 해던가. 비가 부슬부슬 내리는 저녁, 강에 나왔다가 가물치를 본 적이 있지. 너럭바위에 1미터나 되는 가물치가 올라와 있더군. 그 순간, 근처에 있던 버드나무에서 뱀 한 마리가 기어 내려오더니 가물치를 슬슬 감기 시작했지. 뱀이 가물치를 거의 다 감았을 무렵, 가물치가 몸을 크게 흔들어 빠져나오더니 뱀 대가리를 문 채로 강물로 끌고 들어가더군. 가물치가 뱀을 잡아먹은 것인데. 가물치는 민물고기를 잡아먹고 살지. 개구리를 잡아먹기도 하고 먹이가 부족하면 가물치끼리 서로를 잡아먹기도 하지. 겨울에는 물속 깊은 곳의 진흙이나 해감에 묻혀 동면하는데 아가미 호흡과 공기 호흡을 함께할 수 있으니 수륙양용이고말고.

　길명이 말귀를 알아들었다는 듯 입을 하 벌리더니 강물로 풍덩 뛰어들었다. 기다리기라도 했다는 듯 나뭇가지에 매달려 있던 가물치도 풍덩 물로 뛰어들더니 길명의 곁을 맴돌면서 꼬리를 살랑거렸다. 노인의 입가에 미소가 떠올랐다. 노인은 소년이 좋았다. 아무것도 묻지 않았기 때문이다. 말을 하지 않고 살아갈 수 있다면 가장 큰 축복일 수도 있다는 생각이 들었다. 노인은 강둑 그늘에 자리를 잡고 앉아 낚시를 계속했다. 길명은 노인이 한 손으로 낚싯바늘에 갯지렁이를 끼우고 줄을 풀어 강에 던지는 솜씨를 신기한 듯 쳐다보았다. 노인은 길명의 손에 낚싯대를 들려 주었다. 강에 해거름이 드리울 때까지 두 사람은 쉼 없이 낚시를 했다. 길명은 점점 날렵하고 정확한 솜씨로 물고기를 낚아 올렸다.

—이만 거둬야겠다. 집으로 돌아갈 시간이야.

잡은 물고기를 강에 풀어 준 노인이 낚싯대를 접어 가방에 넣자 길명은 우울한 표정을 지었다.

—그러고 보니 너에 대해 아무것도 아는 것이 없구나. 이름이 뭐니? 집은 어디니?

길명은 강 건너 읍내 쪽을 손가락으로 가리키며 우우우 소리를 낼 뿐이었다. 노인은 길명이 입고 있는 상의 호주머니 위에 자애원이라고 찍힌 작은 글씨를 알아보았다.

—고아로구나.

길명이 무작정 낚시 가방을 집어 어깨에 걸쳐 멨다.

—나랑 함께 가고 싶은 게로구나. 하지만 나는 너를 거둘 형편이 안 된다. 내게 두 팔이 말짱하게 달려 있다면 또 모르지만 보다시피 팔 하나로는 내 몸뚱이 하나 보전하기도 어렵지. 더군다나 나는 뚝방길을 걸어 10리는 가야 하는 민통선 안의 오두막에서 살고 있단다. 민통선이라고 너도 들어 봤겠지? 날 따라나설 생각은 아예 접고 어서 돌아가거라.

하지만 길명은 노인의 말을 들은 척도 하지 않고 묵묵히 앞장서서 강둑을 걸어갈 뿐이었다. 길명은 그날부터 자애원에 돌아가지 않았다. 강가에 나갔던 읍내 사람들은 새벽에 물안개가 피어오르는 강에서 노인과 길명이 함께 나룻배를 타고 그물을 던져 물고기를 잡거나 갯지렁이를 잡는 모습을 가끔 볼 수 있었다.

비무장지대를 거쳐 민통선을 관통하며 흐르는 한탄강 360리. 전쟁도 3000만 년을 흘러온 강의 흐름은 막지 못했다. 인류가 저지른 대량 살인과 폭력의 여정에 저항하듯 강물은 곡선으로 휘감아 들었다. 수면은 하늘에 뜬 암울한 먹구름을 비추고 있었다. 빗방울이 뚝방에 서 있는 나무들의 잎에 후드득 떨어지더니 이내 장대비로 변해 쏟아지기 시작했다. 빗줄기는 사흘 밤낮을 쉬지 않고 쏟아졌다. 모든 풍경을 지워 버릴 같은 빗줄기였다. 시퍼런 빛이 돌던 강물은 점점 흙탕물로 변해 갔다. 강물은 시시각각 불어나 절벽과 절벽 사이에 걸쳐진 다리의 상판을 철썩이며 빠른 유속으로 흘러갔다. 불어난 강물 위에 뿌리째 뽑힌 통나무들이 둥실거리며 떠 내려왔다. 물길이 어느 양계장과 돈사를 덮쳤는지 수십 마리의 닭과 돼지들이 물살에 휩쓸려 허우적거렸다. 이미 목숨이 끊어진 돼지는 사지가 빳빳하게 굳은 채 퉁퉁 불은 몸체를 물의 흐름에 내맡기고 하류로 흘러갔다. 목재 조각과 가재도구며 나무 상자도 눈에 띄었다. 비무장지대 북쪽의 어느 산간 마을을 덮친 거였다. 군용 수통 하나가 다리 상판에 걸린 채 거센 물살을 받아 연신 부딪치는 소리를 냈다.

뚝방에서 우산을 받쳐 들고 물 구경을 하던 길명의 동공이 크게 열렸다. 흙탕물에 떠 내려오는 통나무 위에 무엇인가가 얹혀 있었다. 통나무가 다리를 통과하지 못하고 상판에 부딪쳐 튕겨 나가자 그 물체도 잠시 허공에 떴다가 소용돌이 속으로 휘말려 들었다. 사람이 분명했다. 길명은 우산을 내려놓고 강으로 뛰어들었다. 두 길이나 되는 검푸른 물속에 몸을 잠수시키자 유속 때문에 강바닥에서 떠오른 흙과 모래로 인해 눈을 뜰 수 없었다. 손으로 강바닥을 훑어 나갈 수밖에 없었다. 손은 맨질거리는 돌을 들추고 바닥을 더듬었다. 물속은 별천지였다. 비가 억수같이 쏟아진대도 지상의 일이었다. 수면 아래에는 지상과 다른 시간이 흘러가고 있었다. 총탄이 비처럼 쏟아진다 해도 아무 부상을 입지 않을 것만 같았다. 영원히 숨을 참고 있을 수만 있다면 물속에서 살고 싶었다. 물속은 무엇도 소리를 내는 법이 없이 고요했다. 수면으로 떠올라 숨을 들이쉬고 다시 잠수하기를 여러 차례. 손에 머리카락 같은 게 만져졌다. 실눈을 떠 보았다.

퀭하게 뚫린 눈두덩에 모래가 차 있었고 사체의 양손은 유속에 흔들리며 사래를 쳤다. 사체는 퉁퉁 불어 해괴하게 보였다. 옆구리를 짓누르고 있던 바위를 밀어내자 사체는 둥실 떠오르면서 물살에 휩쓸리기 시작했다. 헤엄을 쳐서 사체의 발목을 거머쥐었다. 허우적거리며 뭍으로 끄집어낸 사체는 군복을 입고 있었다. 군용 허리띠와 바지 하단에 별이 찍혀 있었다. 상의 주머니에 손을 쑤셔 넣었다. 신분증과 담뱃갑이 들어 있었다. 발을 헛디뎠을까. 폭우로 불어난 강물이 초소를 덮쳤을까. 남과 북은 하나의 기압골 아래 놓여 있었다. 똑같은 비를 맞고 똑같은 햇살을 쬐며 똑같은 노을에 휩싸인다. 길명은 사체를 어깨에 떠멘 채 뚝방을 걸어갔다. 오두막으로 가기 위해 늘 건너다니는 다리 위에 헌병 초소가 있었다. 당직 초병이 달려 나왔다. 길명이 사체를 내려놓는 동안 초병은 이동식 전화의 손잡이를 돌려 부대장에게 보고했다. 얼마나 지났을까. 소대 병력을 인솔하고 도착한 부대장이 인민군 시신을 트럭에 싣고 어디론가 떠났다. 길명은 하나의 점이 되어 사라질 때까지 트럭을 오래도록 바라보았다. 머리에서 빗물이 뚝뚝 떨어져 내렸다.

일요일 새벽, 요아킴은 창문이 덜덜 떨리는 진동을 느끼며 잠에서 깼다. 탱크의 무궤도 바퀴가 굴러 가는 요란한 굉음이 차부 쪽에서 들려왔다. 미군이 훈련을 나가면서 탱크를 앞세웠으려니, 하고 다시 눈을 붙이려 했으나 잠을 잘 수 없었다. 한참을 뒤척이고 있는데 전화벨이 울렸다. 사무장이었다.

—원장님, 태국군 부대 앞에 미군들이 탱크를 끌고 와서 발포하겠다고 엄포를 놓았대요. 빨리 좀 나와 보세요.

옷을 주섬주섬 챙겨 입고 현관문을 열자 경찰 서너 명이 태국군 부대 쪽으로 황급히 달려가고 있었다. 차부를 건너는데 머리가 센 늙은 매표원이 빗자루로 바닥에 흩어진 유리 조각을 쓸어 담다 말고 인사를 했다.

—간밤에 미군과 태국군이 한판 붙었다지 뭡니까. 밤만 되면 술

에 취해 서로 주먹다짐을 하는 통에 읍내가 하루도 조용한 날이 없
는데 이번에는 제대로 한판 붙은 모양이에요. 서로 쌈박질이나 하
라고 남의 나라에 주둔하는 것은 아닐 텐테 고양이와 개처럼 늘 으
르렁대니 대체 무슨 조홧속인지 알다가도 모를 일이지요.

─무슨 일이랍니까.

주변을 둘러보니 차부 앞에 깔아 놓은 보도블록에는 붉은 핏자
국이 여러 군데였다. 패싸움이 벌어진 게 분명했다. 태국군 부대 정
문에는 이른 새벽인데도 읍내 사람이 몰려들어 웅성거리고 있었다.
술집 여자들도 트레이닝복 차림으로 뛰어나와 한쪽 구석에 쭈그리
고 앉은 채 태국군 막사를 걱정스러운 눈빛으로 바라보았다.

성조기를 매단 미군 탱크 한 대가 부대 앞에서 포신을 위아래로
움직이며 배기통으로 새까만 연기를 뿜어 대고 있었다. 포신 끝에
는 난데없이 흰 깃발이 매인 채 세찬 바람에 퍼덕퍼덕 휘날렸다.

─열대야 때문에 모두들 미쳐 버린 것 같아요. 하마터면 미군과
태국군 사이에 총격전이 벌어질 뻔했다니까요. 외박이나 외출을 서
로 엇갈리게 나오게 하든지 해야지 원. 외박만 나왔다면 싸움닭처
럼 피를 흘리다가 한쪽에서 꽁지가 빠져야 끝이 나니 말이지요.

인파 속에 섞여 있던 사무장이 요아킴에게 다가와 푸념을 늘어
놓았다.

─이런 일을 어제오늘 겪었나? 어차피 살상 무기를 가지고 이 땅
에 왔으니 저들의 폭력성은 본능이나 마찬가지지. 전쟁이 끝나자 참
전국들끼리 이 무료한 휴전 상태를 견딜 수 없어 서로의 내부에서
적을 찾고 있는 꼴이야. 이게 다 전쟁의 후유증 아니겠나?

앞니가 벌어져 발음이 새는 당구장 주인이 잔뜩 흥분된 어조로 경찰에게 자초지종을 설명했다.

—자정이 다 된 시간에 미군과 태국군이 들어와 내기 당구를 치더군요. 한 판에 100달러씩을 걸고 두 명이 한 조가 되어 당구를 치는데 번번이 태국군이 돈을 따는 거예요. 차웽 중사하고 솜마이 중사가 한 팀이었는데 당구 실력으로는 읍내에서 따라올 사람이 없을 정도죠. 세 판째 돈을 잃은 미군이 두 사람을 붙들고서 시간을 끌더군요. 미군 부대에서 가장 당구를 잘 치는 병사를 데려오겠다며 으름장을 놓았죠. 얼마 후 제임스라는 상병이 들어왔고 다시 내기 당구가 시작됐지요. 상대가 되지 않는 건 제임스 상병도 마찬가지였지요. 또다시 돈을 잃자 미군들이 태국군의 멱살을 쥐고 시비를 걸었지요. 삽시간에 주먹다짐이 오가더군요. 처음에는 태국군이 응수를 하지 않고 허리를 유연하게 놀려 피하기만 했지요. 약이 오른 미군 병사들은 당구 큐대를 휘두르며 태국군을 창가에 몰아붙였지요.

어느 순간, 큐대로 머리통을 찍혔는지 솜마이 중사가 머리를 감싸며 주저앉았는데 손가락 사이에서 핏물이 뚝뚝 떨어지더군요. 일단 피를 보자 미군들이 더욱 흥분해서 떼로 몰려들어 발길질을 해대는데 땅하고 총소리가 났지요. 차웽 중사가 권총을 뽑아 들고 당구장 천장에다 대고 총을 쐈지요. 미군들은 총소리에 놀라 일단 주춤거리며 물러서는 듯싶었는데, 다시 고함을 지르면서 차웽 중사를 에워싸더군요. 실탄이 아닌 공포탄이라는 것을 미군들이 눈치 챈 것이죠. 차웽 중사가 총을 거두고 주먹을 휘두르기 시작하는데 미군들이 손을 쓸 겨를도 없이 나자빠지더군요. 어찌나 주먹이 빠른지. 차웽 중사는 태국에서 무에타이를 연마한 무술인이라 감히 상대할 자가 없었지요. 주먹뿐만 아니라 손등이며 팔꿈치로 미군들을 제압하는데, 급소를 맞은 미군들이 하나둘씩 바닥에 쓰러졌지요. 서너 명이 한꺼번에 몰려들자 당구대 모서리를 밟고 뛰어올라 호랑이가 먹이를 덮치듯 미군의 목과 가슴팍을 발로 차고 쓰러뜨렸지요. 싸움은 일방적으로 끝났어요.

나중에는 당구장 문 쪽에서 주춤거리던 미군들을 향해 몸을 날렸는데 덩치가 두 배나 되는 미군이 가슴팍을 맞고 쓰러지면서 모두들 계단 밑으로 굴러 떨어졌지요. 가슴이며 머리를 쥐고 신음을 토해 내는데 아수라장이 따로 없더군요. 차웽 중사가 솜마이 중사를 부축하고 계단을 내려가면서 내기 당구로 딴 100달러짜리 지폐 몇 장을 미군들의 얼굴에 뿌렸지요.

싸움은 그걸로 끝난 줄만 알았는데 웬걸요. 30여 분이나 지났을까요. 미군 부대에서 탱크 한 대가 요란한 엔진 소리를 내며 굴러나왔고 그 뒤로 미군들이 구보를 하며 태국군 부대 앞으로 몰려가더군요. 정문 앞에서 진을 친 채 차웽 중사를 내놓으라고 외쳐 대는데 그야말로 버펄로 떼가 몰려온 형국이더라고요. 연병장에 모여 심야 영화를 보고 있던 태국군으로서는 날벼락을 맞은 격이죠. 갑자기 미군 탱크가 정문에 세워둔 바리케이드를 짓밟고 연병장을 향해 전진하는 거예요. 탱크는 순식간에 연병장에 깔아 놓은 의자를 짓뭉개고 스크린을 찢어 놓았지요. 그래도 분이 풀리지 않는지 다시 방향을 바꾸더군요.

태국군은 혼비백산해 막사 쪽으로 흩어지고 태국군과 함께 영화를 보고 있던 자애원 아이들은 뒷산으로 줄행랑을 놓았지요. 알다시피 태국군 부대는 자애원 아이들을 주말 저녁마다 데려와 영화도 보여 주고 간식도 나눠 주곤 하잖아요. 아이들은 돌진하는 탱크를 피해 언덕 위로 냅다 달려가다가 철조망에 막혀 더 이상 도망을 갈 데가 없자 다시 연병장으로 내려오는데 탱크가 깔아뭉갤 듯 덮쳐왔지요. 어찌나 아슬아슬하던지 차마 눈 뜨고 볼 수가 없었지요. 그때 차웡 중사가 연병장 한가운데에 큰 대 자로 누워 버렸지요. 탱크가 굴러오는데도 꿈쩍하지 않았어요. 탱크도 차마 차웡 중사를 깔아뭉개지 못하고 바로 앞에 멈춰 섰지요. 그러자 정문 쪽에 모여 있던 미군들이 달려와 차웡 중사를 발로 짓뭉개기 시작했어요. 차웡 중사는 몸을 웅크린 채 고스란히 몰매를 맞더군요. 그때 본부중대 앞에서 누가 백기를 흔들어 댔지요. 태국군 중대장이 백기를 들고 항복을 한 것인데 미군이 백기를 빼앗아 탱크 포신 끝에 매단채 승리자처럼 정문 앞에 저렇게 서 있는 것이죠. 탱크까지 앞세우고 분풀이를 하는 미군을 당할 재간이 없었던 것이죠.

난동은 동이 틀 무렵 진정되었다. 사람들은 결과적으로 태국군이 아니라 미군이 패배한 싸움이라며 수군거렸다. 태국군이 자애원 아이들을 구하기 위해 백기를 든 것이라고 했다. 부서진 의자며 찢어진 스크린이 나뒹구는 연병장은 흙먼지가 일어 더욱 을씨년스러웠다.

미군 헌병 지프가 클랙슨을 길게 울리며 앞장선 채 미군들을 인솔해 갔다. 신읍 여자들은 멀어져 가는 미군을 향해 야유를 퍼부었다. 몇몇은 미군들을 향해 침을 뱉었다. 뒤에서 구경을 하고 있던 클럽 주인들이 여자들 앞에 나섰다.

　—이만 돌아가야지. 우리도 먹고살아야 할 게 아니야. 미군을 아주 안 볼 것도 아닌데, 그만들 돌아가자.

　여자들은 댓바람에 뛰어나오느라 화장도 하지 않은 창백한 얼굴을 치켜들고 어기적어기적 일어나 클럽 주인의 뒤를 따라갔다. 태국군 부대에 들어갔던 지서장이 요아킴에게 다가왔다. 눈은 충혈되고 안색이 창백한 게 난장판을 수습하느라 밤을 샌 흔적이 역력했다.

　—난리도 이런 난리가 없어. 미군과 태국군이 이렇게 앙숙인지는 미처 몰랐네. 미군이 신읍을 왜 리틀 시카고라고 부르는지 이제야 실감이 나는군. 태국군 부대 앞에 탱크까지 몰고 와서 보복할 줄 누가 상상이라도 했겠나?

　—결국 최종적인 피해자는 읍내 사람들이지. 성조기가 올라가는 시간이 읍내의 아침이 시작되는 시간인 게지. 읍내에 아침이 열리면 인종을 가르는 경계선도 함께 그어지지. 미군이 피부색을 기준으로 그어 놓은 선을 따라 읍내 주민도 경계를 나눠 살고 있는 것이야. 미군이 다니는 술집에는 태국군의 발길이 끊기고 태국군이 자주 가는 양복점에는 미군이 가지 않지.

　—미군 당국이 인종 갈등보다 더 우려했던 것은 성병 문제가 아니겠나. 미군 당국은 성병 감염을 우려하며 윤락녀의 보건 상태를 정기적으로 검진해 줄 것을 요구했지만 우리 정부는 모르쇠로 일관했지 않았나. 성매매를 금지하는 윤락 행위 방지법을 제정해 윤락

을 금해 온 정부가 미군의 성병 문제를 해결한다는 명목으로 기지
촌 정화 운동을 펼치는 것은 이율배반이니까. 급기야 미국 정부가
파병된 병사들의 부모를 동원했지 않았나. 성병 때문에 아들들을
주둔시킬 수 없다며 파병 반대 시위를 벌이더니 우리 정부에도 부
모들이 쓴 편지를 보내 압력을 넣었지. 그런 연유로 기지촌 정화 운
동이 시작됐으니 말일세. 우리 정부가 미군의 철수를 막아 보려고
자존심을 꺾은 것이지.

요아킴과 함께 경찰서 앞까지 걸어온 지서장이 씁쓸한 표정을 짓
더니 불쑥 말 한마디를 던졌다.

—오늘 일만 해도 그래. 태국군이 백기를 든 것은 순전히 자애원
아이 때문만은 아닐 걸세. 태국군 주둔 비용을 미군이 대고 있으니
태국군도 더 이상 강짜를 부릴 수 없는 처지였던 것이지. 태국군이
자애원 아이들의 손에 들려 주는 레이션 상자도 미군 부대 지원 물
자가 아니겠나?

—사실 태국군만 자애원 아이들을 돌보는 것은 아니잖나. 미군
도 마찬가지야. 한번은 야구모를 눌러쓴 어떤 미군이 예닐곱 살쯤
되는 고아를 영내로 데려가더군. 야구공을 주고받으며 놀다가 저녁
이 되자 아이를 등에 업고 재우는데 그 모습이 얼마나 선량해 보이
던지. 미군이라고 해서 다 포악한 것은 아니야. 그런 모습을 보면 성
선설을 믿게 되지만 오늘 같은 일을 겪고 나면 성악설이 맞는 것 같
아. 그나저나 화재 사건 수사는 어떻게 돼 가고 있나?

—미군 헌병대에 조회한 결과 버펄로 부대에 스티브라는 중사가
복무하고 있더군. 읍내에서 화재가 일어난 날 외박을 나왔다는 기

록도 확보됐으니 자네가 허튼 말을 들은 것은 아닌 게지. 문제는 소
환 조사인데 미군 당국은 뚜렷한 증거가 없는 한 소환에는 응할 수
없다는 입장이어서 난감할 뿐이네. 이러다 미제 사건이 된 경우가
어디 한두 건이었나?

지서장은 경찰서 현관문을 열다가 잠시 등을 돌려 쓴웃음을 지
어 보였다. 자괴감이 묻어 있는 웃음이었다. 그날 저녁, 신읍 중앙
통에 있는 클럽들은 아무 일도 없었다는 듯 네온사인 불빛을 쏟아
냈다. 여자들은 스프링 침대 위에 분을 바르고 앉아 병사들을 기다
렸다. 해가 기울자 병사들은 군화를 번쩍거리며 신읍의 뒷골목을
누볐다.

살인자 스티브

초가을이라도 새벽이면 살갗에 닿는 공기는 소름이 돋을 듯 차
가웠다. 차부 공동 숙소에서 잠을 깬 택시 운전사들은 삭정이를 깡
통에 모아 놓고 화톳불을 피우고 있었다. 젖은 삭정이여서 불이 잘
붙지 않는지 매캐한 연기가 낮게 퍼져 나갔다. 세 사람 가운데 나이
가 들어 보이는 운전사가 막대기로 숨구멍을 내자 불길이 치솟으며
주위를 환하게 밝혔다. 타닥타닥 타오르는 불길에 꺼칠한 얼굴들이
드러났다. 젊은 운전사 둘은 간밤에 술을 마셨는지 눈이 붉게 충혈
된 채 입이 찢어질 듯 하품을 해 댔다. 예약 손님을 기다리는 중이
었다. 시계를 들여다보던 젊은 운전사가 차에 올라 시동을 건 뒤 앞
유리창에 끼어 있는 성에를 손톱으로 긁었다. 늙은 운전사도 추위
를 타는지 팔짱을 낀 채 일어나 시동을 걸었다. 택시 세 대가 연기
를 뿜어내자 차부는 안개 낀 듯 흐려졌다.

　시장통 골목에서 여자들이 커다란 짐 가방을 마주 잡은 채 종종 걸음으로 차부에 도착했다. 마담으로 보이는 여자가 그들을 인솔하고 있었다. 눈가에 주름살이 자글거리는 마담은 조잡한 악어 무늬 핸드백을 팔목에 메고 있었다. 두툼한 손이며 팔목이 억센 세월을 살아온 흔적처럼 보였다. 그 뒤로 앳된 여자들이 굵은 밧줄로 동여맨 천막을 택시 옆에 내려놓고 매니큐어를 칠한 손톱이 상했을라, 이리저리 살펴보았다. 운전사가 짐 가방과 천막을 짐칸에 싣고 택시를 출발시켰다.

　미옥을 포함해 열한 명이었다. 택시 세 대가 헤드라이트를 켠 채 차부를 벗어나 국도를 타고 달리기 시작했다. 앞장 선 차가 밤의 습기에 젖어 있는 커브 길에서 순간적으로 차도를 이탈했다가 돌아오는 바람에 기우뚱거렸다. 국도에서 지방도로로 접어들자 여명이 터오는지 해가 논에 차오른 안개를 빨아들이면서 햇살을 흩뿌렸다. 택시가 도로변의 농가를 스치듯 지나가자 누렁개가 차도까지 달려 나와 사납게 짖어 댔다. 히터 때문에 실내가 후텁지근한지 여자들은 껴입은 스웨터를 벗었다. 택시는 장마철에 굴러온 돌이 무질서하게 쌓인 지방 하천을 끼고 내달렸다. 하천이 실개천으로 좁아드는 길목부터는 산길이었다.

　호수에서 그리 멀지 않은 산정에는 미군 훈련 캠프를 따라다니는 펨푸들의 극성으로 임시 창녀촌이 들어서 있었다. 택시에서 내린 미옥은 스웨터를 어깨에 걸친 채 여자들과 함께 풀밭 한 귀퉁이에 짐을 내려놓았다. 풀밭에는 크고 작은 천막이 여러 개 있었다.

읍내 여자들은 미군의 군사훈련이 있을 때면 훈련장까지 따라와 임시 막사를 차리고 영업을 했다. 미옥이 중고 가구 집에 주문해 놓은 스프링 침대와 탁자와 의자가 풀밭에 부려져 있었다. 미옥은 여자들과 함께 천막을 치고 집기를 들여다 간이 클럽을 꾸몄다. 천막 둘레에는 이동식 배터리에서 전력을 끌어 온 형형색색의 깜빡이 등이 둘러졌다. 막사 안에는 합판으로 막은 좁고 축축한 방들이 촘촘히 들어섰다. 땅에서 올라오는 한기 때문에 스티로폼 위에 상판을 깔고 연탄난로를 피웠지만 막사 안은 좀처럼 덥혀지지 않았다. 합판 이음새에서 찬바람이 쉴 새 없이 들어왔다. 한 줄로 늘어선 천막촌의 마지막 막사는 구덩이를 판 임시 화장실이었다.

담요 부대. 여자들은 말 그대로 담요를 들고 미군 훈련장까지 따라가 몸을 팔았다. 작전 훈련은 미군만이 아니라 창녀들도 함께 치르고 있었다. 원정을 나가면 읍내에서보다 몸값을 두 배 이상 받을 수 있었다. 읍내에서 몸값의 절반을 고스란히 포주들에게 뜯기는 바람에 목돈을 쥐려면 원정을 나올 수밖에 없었다. 막사 안에 들여놓은 야외 전축에서 귀에 익은 팝송이 쉬지 않고 흘러나왔다. 음반은 닳고 닳아 소리가 좋지 않았지만 여자들은 팝송을 들으면서 미군 병사와 일을 치렀다. 여자들은 미군 훈련장에 갔다 오면 한결같이 심한 성병을 앓았다. 사타구니의 여린 살갗에서 고름이 흘러나왔고 차갑고 습한 천막에서 열흘이고 한 달이고 버티다 보면 골병이 들기 일쑤였다.

병사들은 훈련이 고될수록 여자들을 험하게 다뤘다. 기지촌 정화 운동이 자리를 잡아가면서 천막촌에서도 정기적인 성병 검진이 실시됐다. 지방 보건소 직원들이 훈련장까지 출장 나와 여자들의 사타구니를 검사했다. 훈련 캠프에서는 미군 병사의 보건을 위해 무조건 검진을 받아야 했다. 보건 행정의 힘이 산골 밭고랑까지 미치고 있었다. 미군 병사와 한데 엉켜 미칠 듯 몸을 흔들고 나면 스프링 침대가 놓인 풀밭은 납작하게 눌려 반질거렸다. 여자들은 산정에 누워 아랫도리를 벌렸다.

병사들은 유격 훈련을 마치고 내려오면 전쟁터에 투입되었다가 후방으로 특박을 나온 전사처럼 살기 어린 눈동자를 번뜩이며 천막을 밀치고 들어왔다. 성난 버펄로들이 여자의 몸을 부쉈다. 땀에 젖은 병사들의 육중한 몸체에 짓눌린 여자들은 벼랑 아래로 추락하는 아찔한 느낌을 떨쳐 버리려고 침대 모서리를 움켜잡고 울음을 터뜨렸다. 합판에 붙여 놓은 잡지의 그림들이 빙글빙글 돌았다. 일을 치르고 난 여자들은 담요를 덮어쓴 채 난롯가에 모여 담배를 피웠다. 여러 날 밤이 흘러갔다. 산은 울긋불긋 단풍이 드는데 여자들은 대낮에도 천막 안에서 꼼짝하지 않았다.

손거울로 비춰 보면 얼굴은 하루가 다르게 수척해졌다. 찬 이슬을 맞으며 밤새 병사들을 상대하고 녹초가 되어 잠에서 깨어나면 땀으로 눅눅해진 담요 위였다. 이슬에 젖고 정액에 젖고 눈물에 젖은 담요. 여자들의 운명은 담요처럼 납작하게 찌그러졌다.

저녁을 먹기 전인데 참새 떼가 무더기로 내려앉는 듯 천막 위가 와자지껄했다. 스무 개 남짓한 천막 위로 거센 가을 빗줄기가 떨어졌다. 백만 대군을 이끌고 와서 화살을 쏘아 대는 빗줄기들. 지축을 흔들던 병사들의 군화 소리가 그랬을 것이다. 채찍질 하듯 퍼붓는 폭우. 빗물은 땅에 스며들지 못하고 크고 작은 웅덩이를 만들었다. 비는 치열하게 내리꽂혔고 여자들을 태우고 온 차량의 유리창은 성에가 끼어 뿌옇게 변했다. 호수에서 피어오른 안개가 천막촌으로 깊숙이 흘러들었다.

핫팬츠를 입은 여자들이 함께 담요를 둘러쓰고 야전침대에 올라앉아 담배를 피우고 있었다. 연기를 배출하려고 열어젖힌 천막 틈새로 스며든 안개가 담배 연기에 섞이면서 푸르스름한 빛을 냈다. 습기에 젖어 진득거리는 연기는 여자들의 소름 돋은 살갗을 파고들었다. 천막 가로대에 매달아 둔 가스등이 실내를 붉게 밝혔지만 침대가 놓여 있는 구석 쪽은 여전히 어두컴컴했다. 여자들은 모포를 덮어쓰고도 냉기가 엄습하는지 턱을 덜덜 떨었다.

천막이 들춰지고 우비를 입은 키 큰 사내가 들어왔다. 여자들이 자리를 비켜 주려고 밖으로 나가자 야전침대에는 나이가 들어 보이는 한 명의 여자만 남았다. 가스등불을 등지고 있어 사내의 얼굴은 보이지 않았다. 사내가 빗물이 뚝뚝 떨어지는 우비를 벗었다. 함지박만 한 손에 술병이 들려 있었다. 사내는 침대 위에 술병을 내려놓고 우비와 상의를 벗어 가로대 위에 걸쳤다. 어둠 속에서 혁대 버클의 금속성 소리가 나자 여자는 덮고 있던 모포를 야전침대에 간 뒤 윗도리의 단추를 풀고 핫팬츠의 지퍼를 내렸다.

그것으로 사내를 받아들일 자세는 갖춰졌다. 사내가 걸터앉자 침대가 삐꺼덕하고 신음 소리를 냈다. 여자는 키스는 절대 안 된다며 손가락을 입술에 갖다 댔다. 사내는 막무가내였다. 여자의 겨드랑이에 손을 집어넣고 집적거리자 여자는 간지러움을 견디지 못하고 웃음소리를 냈다. 사내는 그 소리에 더욱 흥분된 듯 여자의 젖가슴을 풀어헤치고 얼굴을 비벼 댔다. 사내는 불빛이 밝다고 투덜대면서 가로대 위에 매달린 가스등을 떼어 상판에 내려놓고 불꽃을 최대한 낮추었다. 바닥에서 불빛이 올라와 침대며 천막 전체가 허공에 둥둥 떠 있는 듯했다. 게다가 빗줄기가 천막에 후드득거리며 떨어지자 실내는 바다를 건너는 여객선의 삼등석 침실처럼 변했다. 사내의 행동은 거칠면서도 자극적이었다. 소 혓바닥 같은 두껍고 큼직한 혀가 여자의 구석구석을 핥았다. 여자는 눈을 감고 애무를 받아들이며 입을 조금씩 열어 신음을 뱉었다. 사내는 검지를 벌어진 여자의 입에 넣었다. 이빨로 자근자근 깨물어 주자 미간에 파인 주름살이 활짝 펴졌다. 탐스럽게 자라 오른 사타구니의 검은 숲. 아담하지만 민감한 젖가슴, 손바닥에 감기는 차진 엉덩이. 사내는 여자를 불끈 들어 자신의 배 위에 올렸다. 여자의 머리채를 두 손으로 움켜잡고 얼굴에 입김을 내뿜었다. 사내의 잇몸은 씹는담배에 절어 있었고 온통 땀에 젖은 겨드랑이에서는 노린내가 진동했다. 냄새를 떨쳐 버리려고 여자는 머리를 세차게 흔들었다. 여자의 머리카락이 얼굴에 스치자 사내의 흥분은 절정에 도달했다. 사내가 허리를 움찔거려 페니스를 빼낸 뒤 여자의 질 안으로 손가락을 밀어넣었다. 다른 한 손으로는 여자의 척추 뼈를 하나하나 세어 보듯 등짝에 밀착시켜 쓸어내리고 쓸어올리기를 반복했다. 여자는 사내의 배 위에서 용수철처럼 튀어 올랐다가 쓰러졌다. 땀에 젖은 여자의 아랫도리는 끓는 물에 데친 푸성귀처럼 늘어졌다. 사내는 침대에서 일어나 가로대 위에 걸쳐 두었던 상의 주머니를 뒤져 무엇인가를 꺼냈다. 휴대용 손전등이었다. 사내는 손전등에 침을 발라 쓰러져 있는 여자의 질에 거세게 들이밀었다. 아악! 하지만 비명 소리는 빗소리에 묻혀 천막 밖으로 새어 나가지 못했다. 사내의 무지막지한 손이 여자의 입을 틀어막았다. 여자는 하혈을 하며 정신을 잃어 갔다. 얼굴은 백지장처럼 하얗게 변했고 체온은 급격히 떨어졌다. 손이며 다리에 힘이 풀려 도저히 저항할 수 없었다.

여자는 고통의 구렁텅이에 빠져 허우적거리다가 안간힘을 다해 주변을 더듬었다. 손에 무언가 잡혔다. 차갑고 날카로운 금속성이 느껴졌다. 주방용 가위였다. 여자는 가위를 집어 사내의 허벅지를 향해 휘두르려는 순간, 손목이 끊어질 듯한 통증을 느끼며 가위를 떨어뜨리고 말았다. 사내가 여자의 손목을 군화로 밟고 가위를 움켜쥔 뒤 살기 띤 시선으로 여자를 내려다보았다. 여자가 두려움에 떨며 비명을 지르자 사내가 가슴팍에 가위를 꽂았다. 한 번, 두 번, 세 번……. 피가 솟구치면서 바닥으로 흘러내렸다. 여자는 사지를 벌벌 떨면서 무엇인가를 움켜쥐려는 듯 허공에 손을 내뻗다가 숨을 거두고 말았다. 사내는 질 속에 쑤셔 박은 손전등의 전원을 켰다, 껐다, 하면서 광기 어린 시선으로 축 늘어진 여자의 사타구니를 바라보았다.

그 순간 천막 밖에서 인기척이 났다. 사내는 황급히 뒤로 물러나 어둠 속에 몸을 숨겼다. 누군가 천막을 들추고 머리를 안으로 들이민 채 두리번거렸다. 흠칫 놀란 눈동자에서 퍼런 인광이 쏟아졌다. 들춰진 천막 틈새로 달빛이 들어왔다. 천막이 좀 더 열리면서 달빛이 더 크게 출렁였다. 사내의 모습이 희미하게 드러났다고 느껴지는 순간, 사내의 그림자가 미끄러지듯 달려와 천막 안으로 들어온 목을 군화로 짓눌렀다. 군홧발에 힘을 줄수록 완강히 저항하는 힘이 느껴졌다. 사내는 군화를 신은 발목이 뒤틀리면서 심한 통증을 느끼곤 옆으로 나뒹굴었다. 그 바람에 상판에 올려놓았던 가스등이 깨지면서 폭발음을 내며 타오르기 시작했다. 불길이 천막 위로 치솟았다. 사내는 구석으로 몸을 굴렸다. 가로대에 불이 붙어 불똥이 쏟아져 내렸다. 사방으로 불꽃이 흩어지는 가운데 사내는 천막 한 귀퉁이를 들추고 밖으로 몸을 굴렸다.

천막에서 뛰쳐나온 사내는 불로 만들어진 휘광 속에 갇혀 있는 듯했다. 오랜만에 보는 불길이었다. 천막은 여전히 붉게 타올랐다. 천막이 작고 붉은 조각이 되어 허공으로 솟구쳤다. 달빛이 불길에 스러져 빛을 잃었다. 달빛과 불길 사이에서 눈은 타오르는 두 개의 횃불처럼 출렁였다. 두 다리는 은신처를 찾기 위해 허겁지겁 달리고 있었지만 머릿속은 과거를 헤집고 있었다. 자신이 뭔가를 저지른 것 같았지만 아무런 죄책감도 들지 않았다. 천막촌의 불길이 사내의 뒤통수를 붉게 비추고 있는 동안, 사내는 내밀한 감정과 직감에서부터 실마리를 잡아 나갔다. 의식의 흐름은 늘 무엇인가를 정당화하기 위한 방향으로 흘러가기 마련이다. 그것은 자신의 감정이나 본능을 왜곡하거나 부인하는 변명이 되기 쉽다. 사내는 과거의 어느 한순간에 눌러놓은 의식의 돌멩이를 치우는 것으로 그 변명의 물꼬를 텄다. 돌멩이가 치워지면서 시간은 역류했다. 결핍되어 있던 것들이 의식의 바깥으로 드러나자 삶의 더욱 의심스러운 것으로 변했다. 지금까지 살아온 시간들이 검은 덩어리처럼 엉겨 붙어 의문투성이로 변한다. 삶이라는 괴물이 인간에게 던지는 가역 반응. 누구라도 살아온 시간 안에 가로놓인 삶의 무늬를 거부할 수는 없다.

언제부턴가 바람이 불 때마다 살인자 스티브라는 소리가 들려왔다. 바람을 향해 소리를 질렀다. 그래, 살인자인지 피해자인지 판단해 줄 수 있는 것은 바람, 너뿐이야.

사내의 기억은 다섯 살 무렵으로 곤두박질쳤다. 그가 기억하는 최초의 어린 시절. 멜빵 달린 청바지를 입고 있었으니 기저귀를 차지 않았던 것은 분명하다. 여름도 다 지나간 어느 날 소방차가 라이트를 켜고 사이렌을 울리며 큰길을 오르락내리락했다. 미국 몬태나 주 리치 스퀘어는 말처럼 리치가 아니었다. 작고 가난한 동네였다. 리치 스퀘어는 동네 사람들이 가난에서 벗어나고자 하는 염원에서 붙인 이름이었다. 큰길이라고 해 봤자 겨우 몇 블록밖에 되지 않았다. 신호등도 중앙로에 딱 하나 있었다. 소방차는 큰길을 끝까지 가더니 작은 점으로 변했다. 소년은 현관 난간을 붙들고 까치발로 서서 움직이는 점을 지켜보았다. 작은 점이 다시 커지기 시작하더니 방향을 틀어 되돌아오면서 종을 땡땡 울렸다. 사내는 그 종소리가 들리는 듯 숨을 헐떡거리면서도 두 귀를 손으로 틀어막았다. 소방차가 왜 그랬는지 소년은 알지 못했다. 나중에 어머니가 말해 주었다. 전쟁이 끝나 축하 퍼레이드를 펼치는 것이라고.

그보다 더 어렸을 때의 기억도 떠오르기 시작했다. 어머니는 한밤중에 소년을 업고 마을에서 멀리 떨어진 목화밭의 오두막으로 밤하늘을 쳐다보러 갔다. 오두막은 근방에서 가장 높은 언덕에 있었다. 소년은 등에 업힌 채로 어두컴컴한 밤하늘에 총총거리는 별들에 눈을 맞췄다. 별 하나가 아름다운 곡선을 그리며 떨어졌다. 떨어진다는 것은 죽는 거였다. 별은 하늘에서 죽어 땅으로 내려오니 인간의 죽음과는 영 딴판이라는 생각이 들었다.

소년의 손에는 어머니가 쥐어 준 나무 장난감이 들려 있었다. 그날 밤 유성에 놀라 그만 장난감을 땅에 떨어뜨렸던 느낌이 지금도 사내의 손에 남아 있었다.

아버지. 아버지가 있긴 했다. 아버지는 집에서 그리 멀지 않은 얼음 공장에서 감독으로 일했다. 거의 스물네 시간 내내 일을 했다. 아버지가 감독을 하지 않으면 인부들이 게으름을 피워 붙박이로 현장을 지켜야 했다. 여섯 명의 인부가 3개 조로 돌아가면서 일을 했다. 아버지는 밤 9시, 괘종시계가 울릴 때 돌아와서 늦은 식사를 하고 나간 뒤 새벽 4시쯤에 다시 집에 돌아와 두세 시간쯤 눈을 붙이고 또 다시 공장으로 갔다. 밤 별 보고 나가고 새벽 별 보고 나가는 중노동이었다.

로키 산맥 자락에 자리 잡은 마을 사람들은 고랭지 채소나 낙농을 주업으로 살고 있었는데 지방 의원이 전량을 사들인 뒤 값이 좋은 시기에 출하해 막대한 이익을 챙기고 있었다.

아버지가 일하던 얼음 공장에는 200킬로그램이 넘는 얼음덩이를 화물 열차까지 실어 나르는 엘리베이터가 있었지만 자주 고장이 났다. 그때마다 아버지는 인부들과 함께 커다란 쇠갈고리로 얼음을 찍어 등에 짊어지고 열차까지 운반했다. 한여름인데도 등짝에 동상을 달고 살았다. 찌는 듯한 날씨에 동상이어서 상처는 썩어들었고 진물이 흘러나왔다. 아버지가 알코올중독자가 된 것은 동상 때문이었다. 술이라면 자다가도 벌떡 일어날 정도였다. 사내가 아버지를 닮은 게 딱 한 가지 있다면 술 없이는 단 하루도 살지 못한다는 것이었다. 아버지는 진 빔을 좋아했지만 사내는 노란 바탕에 하얀 돛단배가 그려진 커티삭을 좋아했다. 영국에서 가장 빠른 범선의 이름을 딴 커티삭. 커티삭을 딸 때면 바다에 떠 있는 기분이었다. 마스트 위에 올라가 외눈 망원경으로 원양어선을 살피는 해적이 되고 싶었다.

커티삭의 유래를 알게 되면 누구라도 푹 빠지고 말 거다. 18세기 중반 스코틀랜드에 한 농부가 살았다. 폭풍이 몰아치던 어느 날 저녁, 술에 거나하게 취해 말을 타고 귀가하던 중 교회 근처의 공동묘지를 지나게 되었다. 어디선가 백파이프 소리가 들려 그쪽으로 말을 몰았다. 마녀들이 묘지 한 귀퉁이에서 춤을 추고 있었다. 그중에서도 짧은 속치마를 입은 아름다운 마녀가 눈에 띄었다. 치마를 손으로 잡아 올린 채 빙글빙글 도는 어린 마녀의 춤을 바라보던 농부는 자신도 모르게 외쳤다. 잘한다, 커티삭(짧은 속치마)! 그러자 갑자기 하늘에 한 줄기 번개가 번쩍이더니 화가 난 마녀들이 농부의 뒤를 쫓기 시작했다. 잡히면 평생 마녀의 노예가 된다는 전설이 있었기에 농부는 필사적으로 말을 몰아 강가로 달렸다. 마녀들은 흐르는 강물을 건널 수 없다는 이야기를 기억해 낸 농부가 강을 건너기 위해 첨벙 뛰어든 순간, 마녀들이 말 꼬리를 붙잡았다. 아슬아슬한 순간이었지만 농부는 말 꼬리가 뽑힌 채 강을 건널 수 있었다.

사내는 커티삭을 마시면 빙글빙글 돌아가는 아름다운 어린 마녀가 자꾸 떠올라 가만있지를 못했다. 커티삭만큼이나 빠르게 마셨고 커티삭만큼이나 팔랑거렸다.

사내는 주둔지에서 외박을 나갈 때마다 커티삭처럼 짧은 속치마를 입은 여자들만 찾아다녔다.

반도국 최북단에 위치한 미 7사단 소속 17연대에 도착한 것은 이태 전 여름이었다. 연대는 보병으로 이루어진 지상부대로, 버펄로라는 애칭으로 불리고 있었다. 해외 주둔지에 가면 출세하기 쉽다는 소문은 사실이었다. 점호 성적이 좋다는 이유만으로도 특진을 시켜 주었다. 사기 진작을 위해서 그런 거였지만 그해에 4등 특기관으로 진급했고 이듬해에 중사가 되었다. 그러나 진급과 동시에 떨어진 임무는 뜻밖이었다. 정찰대를 인솔하고 비무장지대로 들어가 적진을 감시하는 임무였다. 3개월 순환 근무라는 말에 한 가닥 희망을 걸고 정찰대를 인솔했다. 남한의 북파 공작원을 인계 받아 북으로 올려 보내는 중부 전선 북파 루트 관리. 병사들은 이 루트를 안전소로라고 불렀다. 남한 병사들이 북파되었지만 비무장지대는 유엔군의 책임하에 놓여 있었다.

감시초소(GP)에 머물면서 북파 요원들을 기다렸다. 장맛비가 내려 보급로가 끊기면 한 달 동안 고립되기도 했다. 북파 요원들은 얼굴이 깡마르고 강하게 단련된 사람들이었다. 처음엔 서로 얘기도 하지 않았지만 안전소로를 통해 지형 정찰을 하러 다니다 보면 서로 정이 들었다. 안전소로라고 하지만 바로 눈앞에서 지뢰를 밟고 갈가리 찢겨 목숨을 잃는 경우도 있었다. 마지막 안내 지점에서 북으로 넘겨줄 때는 더욱 숨이 막혔다. 안전소로가 끝나는 지점은 대개 강이라든가 늪지대였다. 한밤중에 강 건너로 넘겨줄 때는 격렬하게 포옹을 하고 헤어졌다. 몇 날 몇 시에 어떤 장소에서 만나기로 하고 헤어지지만, 대개는 두 번 다시 만나지 못했다. 대개 3일이나 일주일쯤 북에 체류하는데 안 돌아오면 죽은 거나 마찬가지였다. 하지만 그들만 죽는 게 아니었다. 그들이 넘어가면 다른 누군가가 죽어야 했다.

하루는 소로에서 발목 지뢰가 터졌다. 북파 요원의 발뒤꿈치를 앗아 갔다. 가시 철망에 사람의 살덩이가 걸린 채 태양 빛에 말라 가면 검은 새들이 들러붙어 쪼아 댔다. 어떤 북파 요원은 35세가량이었다. 몸은 왜소했지만 오랜 훈련으로 단련돼 있었고 눈은 빛났다. 그가 둘러멘 배낭에는 독침과 미숫가루, 육포가 들어 있었다. 캄캄한 밤에 그와 풀숲에서 헤어져 돌아오는데 울컥 눈물이 났다. 뒤를 돌아보았는데 그도 가던 걸음을 멈추고 물끄러미 바라보고 있었다. 까만 구두약으로 얼굴을 위장하고 있었으나 달빛을 받아 두 눈동자에서 퍼런 인광이 쏟아져 나왔다. 그의 숨소리가 뼛속으로 스미는 것 같았다. 가고 싶지 않다, 살고 싶다고 외쳐 대는 숨소리. 사내는 그 순간만큼은 살아온 모든 날들이 실제로 불행했다고 하더라도 아무 문제될 게 없다는 생각이 들었다.

모든 요원들이 입북하는 건 아니었다. 작전을 포기하고 밤새 되돌아와 분계선 앞 잠복호에 웅크리고 있는 공작원도 있었다. 망원경으로 보면 잠복호에서 뽀옥뽀옥 줄담배 연기만 올라왔다. 안전소로에 물안개가 넓게 퍼지기 시작하면 새벽이었다. 북파 임무를 포기하고 귀환하는 공작원이 안개 속에서 나타나면 귀신을 맞아들이듯 소름이 끼쳤다. 정지, 하고 소리쳐도 손도 올리기는커녕 흰 손수건도 흔들지 않고 흐느적흐느적 걸어왔다. 그래도 두 발로 걷고 있으면 요행이었다. 대인지뢰를 밟고 발목이 떨어져 후송되는 경우가 허다했다. 그 모습을 지켜본 후로는 두 번 다시 GP에 올라가고 싶지 않았다.

자대에 복귀한 날, 외박을 나가 혼자 읍내 문신 집을 찾아갔다. 4달러를 들여 'US Army'라는 글자 위에 장총 두 자루가 교차하는 문신을 왼쪽 어깨에 새겨 넣었다. 문신으로 번들거리는 어깨를 으쓱거리며 찾아간 곳은 클럽이었다. 커티삭 한 병을 나발 불고 다시 사창가 골목으로 들어갔다.

열대야 때문인지 발이 저절로 게걸음을 걸었다. 어느 골목으로 들어가자 여자들이 한꺼번에 달라붙어 사내의 귀에 입김을 불어넣었다. 어찌나 몽롱한지 균형을 잃고 비틀거렸다.

한 여자가 짧은 속치마를 입고 있었다. 커티삭의 노란 돛을 찢어 만든 것처럼 나풀대는 노란 치마였다. 흥정을 붙였다. 노(no), 노, 노. 그게 대답이었다. 백인은 받지 않는다고 했다. 흑인이나 태국군은 되는데 왜 백인은 안 되느냐고 물었지만 먹혀들지 않았다. 술에 취한 김에 빳빳한 100달러 한 장을 흔들어 보였다. 그때서야 쪽방 문턱을 넘어설 수 있었다. 침대에 누운 짧은 속치마는 천장을 바라본 채 아랫도리를 벗으며 손가락 하나를 세워 흔들었다. 딱 한 번만. 두 번 하면 200달러. 새까만 머리에, 분을 옅게 바르고, 속눈썹을 껌벅거리고 있는 모습을 보니 더는 참을 수 없었다.

백옥 같은 치열을 보는 순간, 욕정이 목구멍을 타고 솟구쳤다. 와락 여자를 껴안고 입술을 덮쳤다. 여자가 입을 닫으려 해도 사내의 혀는 거칠게 안으로 뚫고 들어갔다. 사내의 손은 여자의 발가벗은 아랫도리를 파고들었다. 여자도 욕정이 끓어오르는지 사내의 등짝을 손톱으로 할퀴었다. 사내의 혀는 여자의 질 안에서 분비되는 욕정의 몰약을 오래도록 핥았다. 땀과 범벅이 된 야성의 냄새. 허리의 피스톤 동작을 멈췄는데도 여자는 계속 헐떡였다. 꺼풀이 하염없이 요동치고 있었다. 사내가 몸의 중심을 빼내려고 엉덩이를 들었으나 여자의 질은 빨판처럼 흡착된 채 놓아 주지 않았다. 한 번 빠지면 다시는 나갈 수 없는 어둡고 축축한 늪 같았다.

일을 치른 사내는 여자가 탈진해 뻗어 있는 동안 뒷문을 슬쩍 열어 보았다. 냄비 몇 개와 프라이팬이 벽에 매달린 취사장이었다. 목이 말라 조리대 옆 세워둔 찬장에서 컵을 꺼내 수돗물을 따라 마셨다. 달그락거리는 소리를 들었는지 짧은 속치마가 문틈으로 얼굴을 내밀었다. 사내가 등 뒤에서 감싸 안고 다시 침대에 눕히자 여자는 질겁하며 반항했다. 소리를 지르려고 하기에 엉겁결에 손으로 틀어막고 바닥에 쓰러뜨렸다. 그래도 반항은 멈추지 않았다. 빨랫줄로 매어 놓은 전깃줄을 잡아채 여자의 목에 감았다. 한참 만에 손을 뗐는데 여자는 꿈쩍도 하지 않았다. 숨도 쉬지 않고 맥박도 뛰지 않았다. 돌이킬 수 없는 일이었다. 취사장에 나가 풍로 옆에 세워 둔 석유통을 집어 들고 여자의 몸에 뿌렸다. 동상에 걸린 아버지와 성경을 끼고 살던 어머니가 동시에 어른거렸다. 그 다음은 거의 기억에 없다. 쪽방에서 어떻게 나왔으며 어떻게 군복을 입었는지. 눈을 떠 보니 버펄로 부대 퀀셋 막사였다. 기상나팔 소리를 듣고 침대에서 깨어났으나 머리가 깨질 듯 욱신거리고 입에서는 술 냄새가 가시지 않았다. 의무대에 갔더니 과음으로 인한 두통이라며 알약 두 개를 주었다. 기억은 여기에서 닫혔다.

정원의 종소리

뎅겅 뎅겅! 뎅겅 뎅겅!

읍내에는 매일 새벽마다 종소리가 울렸다. 버스에서 내려 차부를 서성거리던 외지 사람들은 느닷없는 종소리를 듣고 의아한 표정을 지었지만 잠시 뒤에 어느 절집의 종소리보다 청아한 음역으로 변주되는 소리에 조용히 귀를 기울였다. 오랫동안 음파의 자장 안에 귀를 맡긴 읍내 사람들은 종소리를 놓고 의견이 분분했다. 누구는 아이 울음처럼 들린다고 했고 누구는 자식을 잃은 아낙이 우는 소리처럼 들린다고 했다. 종소리는 요아킴의 정원에서 들려왔다.

미루나무 가지에 걸어 놓은 어린아이 몸통만 한 종은 그가 쓰레기장의 망태 영감에게서 사온 포탄 껍질로 만든 것이었다. 전쟁 때 땅에 묻힌 것이라고 했다. 포탄 껍질에 빨간 페인트를 칠해 매달아 놓았다. 나무망치로 내려칠 때마다 가슴이 탁 트이는 기분이었다.

의사라는 직업을 내려놓고 정원을 돌볼 때도 그런 기분이었다.

요아킴이 종을 울리는 것은 새벽만이 아니었다. 낙태 수술을 마치고 피범벅이 된 장갑을 벗겨 낸 뒤에는 으레 정원으로 나와 종을 쳤다. 달수가 차서 밤톨만큼이나 자란 태아를 도려낸 날에는 종소리가 다른 날보다 더 오랫동안 읍내의 대기를 진동시켰다. 종소리는 대기 중에 떠돌던 어떤 희원의 음향이 스스로 뭉치고 흩어지기를 반복하며 가뭇없이 되살아나는 것 같았다.

종을 친 다음에는 정원을 돌봤다. 가평댁이 정원에서 이상한 소리가 들린다며 집 안에 틀어박힌 직후였다. 정원을 팽개친 이유를 물었지만 가평댁은 겁에 질린 표정을 지으며 고개를 절레절레 가로저었을 뿐이다. 그토록 정성을 기울이던 정원에 두 번 다시 얼씬도 하지 않는 이유가 궁금했지만 우울증이 다시 도진 것이라고 내심 짐작을 했을 뿐, 신경이 예민해진 가평댁에게 더 이상 캐묻지 않았다.

가평댁이 발길을 끊자 정원은 황폐해졌다. 더구나 그해 여름, 읍내를 강타한 수해로 뒷마당에 물이 들어차는 바람에 잡초가 어른 키만큼 자라 올랐다. 방치할 경우 늪지대로 변할 것은 자명했다. 비가 부슬거리던 날, 우비를 입고 정원 구석구석을 돌아보던 요아킴은 샘물을 발견하고 다가갔다. 억센 수풀 사이에서 맑은 샘이 치솟고 있었다. 물맛을 보려고 두 손을 모아 물을 괴어 내려는 순간, 하마터면 뒤로 자빠질 뻔했다.

샘 주변의 돌무더기 틈새에 조잡한 헝겊 모자가 끼어 있었다. 실밥이 터지고 챙이 꺾여 오그라들었지만 자세히 살펴보니 전쟁 때 보았던 인민군모가 틀림없었다. 정원에는 전쟁의 상흔이 그대로 묻혀 있었다. 수풀을 헤치며 다시 몇 걸음을 옮기자 이번에는 녹슨 수통이 땅속에 반쯤 묻혀 있었다. 더욱 놀란 것은 그다음의 일이었다.

무성하게 웃자란 잡초를 헤쳤을 때 무언가가 발끝에 채여 또르르 굴렀다. 퀭하게 뚫린 눈두덩에 흙이 잔뜩 들어찬 해골이었다. 전쟁 때 사망한 인민군의 해골일 거라는 데는 의심의 여지가 없었다. 샘 주위의 수풀이 다른 곳보다 더 무성하게 자란 것은 아무래도 그 아래에 묻힌 인민군의 사체 때문일 거라는 생각이 들었다. 삽으로 샘 주변을 파 보았다. 한 자쯤 파 들어가자 물푸레나무 뿌리가 육탈된 사람의 뼈를 휘감고 있었다. 해골이 왜 육신과 따로 떨어져 땅 위에 올라와 있는지는 알 길이 없었다. 제재소에 가서 곱게 대패질해 온 송판 위에 이리저리 흩어져 있는 뼈를 맞춰 올려놓은 뒤 처음 발견한 해골도 제자리를 잡아 주었다. 치아 상태나 등뼈 길이로 봐서 소년 병사가 틀림없는 것 같았다. 물푸레나무 밑에 약식으로나마 향을 피우고 간단한 예를 갖춰 망자의 원혼을 풀어 주는 의식을 끝낸 뒤 지서에 신고를 했다. 경찰서 차석이 이내 달려와 뼈를 인수해 갔다. 구덩이를 메우면서 요아킴은 아내의 겁에 질린 표정을 떠올렸다. 어쩌면 자신보다 먼저 아내가 해골을 발견했는지도 모를 일이었다. 심약한 아내인지라 해골 때문에 오만정이 떨어져 정원에 발을 끊었을 거라는 생각이 들었다.

구덩이를 메운 뒤, 물푸레나무 밑에 앉아 담배를 피워 물었다. 발 디딜 틈도 없이 정원에 빽빽하게 들어찬 나무들의 짙은 초록 잎이 먹이 앞에서 송곳니를 드러내며 으르렁거리고 있는 짐승의 갈기처럼 보였다. 땅속에 뿌리를 묻은 초록의 짐승. 나무들은 육탈된 동물성 비료를 힘껏 빨아 대고 있었다.

요아킴은 인부를 사서 정원에 도랑을 냈다. 고여 있는 빗물을 밖으로 빼내고 잡초와 돌무더기를 걷어냈을 때 요아킴은 아내가 몇 년에 걸쳐 가꾼 정원의 윤곽을 짐작할 수 있었다. 성장이 빠르다는 미루나무가 담벼락 주변에 쭉 둘러져 자라고 있었고 그 다음 줄에는 단풍나무가 고운 잎을 드리우고 있었다. 단풍나무 옆으로는 커다랗게 원을 그리며 각기 다른 묘목이 심어져 있었다.

백목련, 라일락, 모과나무에 산철쭉, 아카시아, 앵두나무도 있었다. 정원의 가장자리에는 꽃씨를 뿌렸는지 맨드라미, 해바라기, 분꽃, 봉선화, 원추리, 채송화가 그득 피어 있었다. 계절마다 읍내 오일장에서 산 묘목을 심고 꽃씨를 뿌린 결과였다. 땅은 거짓말을 하지 않았다. 초록의 장원에는 새들이 날아오고 풀벌레가 울었다. 향기가 병원의 지붕을 타고 넘어 차부의 광장으로 흘러갔다. 광장에서 바라보면 병원인지, 정원인지 구별할 수 없었다. 요아킴은 자신이 솔선해 수목을 가꾸는 모습을 보면 아내도 마음을 돌리고 다시 정원에 나올 거라고 기대했다.

평소에 2층 창문으로 내다보던 양철 쪽문 옆의 소나무가 생기를 잃고 시들고 있는 게 마음에 걸렸다. 초록빛이어야 할 솔잎이 노랗게 변해 있었다. 홍수 때 밀려온 토사가 소나무 밑동에 쌓여 있었다. 소나무도 숨을 쉬는 생명체이기는 마찬가지였다. 숨쉬기가 불편했지만 소나무는 다른 건강한 소나무에 비해 두 배쯤 많은 솔방울을 매달고 있었다. 죽음을 예감한 나머지 마지막 힘을 다해 한 개라도 더 솔방울을 매달려고 발버둥치는 소나무의 비명이 들리는 것 같았다. 소나무를 보고 있자니 폐결핵 환자들은 피를 토하면서도 색기를 주체하지 못해 평소보다 자위행위가 왕성해진다는 의학 기록을 읽었던 기억이 떠올랐다. 죽음의 그림자가 드리우면 후손을 남기기 위해 온몸의 정념을 뽑아 올려 짝짓기를 하는 본능은 소나무나 사람이나 마찬가지였다.

요아킴은 창고에서 삽과 괭이를 꺼내 소나무 밑동에 쌓인 흙을 걷어 냈다. 때마침 불어온 바람에 솔잎들이 흔들리면서 수런거렸다. 소나무가 고개를 들어 자신을 지켜보고 있다는 느낌이 들었다. 소나무 등걸을 손으로 짚어 보았다. 파충류의 피부처럼 꺼칠꺼칠한 촉감이 느껴졌다. 손에 나무의 촉감이 남아 있듯 나무도 사람을 촉각으로 인지하는지도 모를 일이었다.

요아킴이 정원에 머무는 시간은 점점 길어졌다. 아침 식사를 마치면 전지가위를 들고 정원에 나가 점심때까지 가지치기를 하거나 오솔길 옆에 돌멩이를 쌓아 올려 화단을 조성했다. 환자가 올 때마다 박 간호사는 묘목 밭에서 허리를 굽혀 일하고 있는 요아킴을 부르러 가야 했다. 흙이 잔뜩 묻은 작업화를 신은 채 진료실에 들어오는 바람에 병원 복도에는 늘 마른 흙뭉치가 굴러다녔다.

—원장님, 장화에 묻은 흙이나 털고 들어오실 일이지 복도까지 꽃밭으로 만들려고 하세요?

간호사의 말도 안중에 없었다. 진료실 옆에 붙어 있는 세면장에서 비누에 크레졸 몇 방울을 첨가해 손을 씻는 것으로 그는 나무를 가꾸는 정원사에서 의사로 돌아왔다. 흙과 나무를 만진 뒤에 진찰대에 누워 있던 환자를 진찰해 보면 확실히 느낌이 달랐다. 청진기

대신에 환자의 복부나 등에 주름 진 손등을 대고 몇 차례 가볍게 두드리는 것만으로도 환자의 용태가 정확히 짚어지곤 했다.

읍내 사람들은 의사의 정원을 부러운 눈으로 쳐다보기 시작했다. 읍내에서 꽃과 나무로 가득 채워진 정원의 존재는 커다란 위안이었다. 환자들의 비명 소리와 경황없는 보호자들의 한숨 소리는 정원에 나가기만 하면 씻어낸 듯 들리지 않았다.

새들이 지저귀고 나비가 팔랑거리고 풀벌레가 수풀 속에서 툭툭 불거져 나왔다. 아래층 입원실에 환자가 차서 살림집 방까지 내주고 간호사와 함께 지내야 하는 가평댁의 불만은 이만저만이 아니었다. 하지만 요아킴은 아내의 불평에 한쪽 귀조차 내주지 않았다. 병원 구석구석에 스며 있는 피 냄새와 크레졸 냄새가 정원에서 불어오는 꽃향기에 실려 사라지는 것이 신통하기만 했다.

겨울이면 뿌리를 흙 속에 감춰 두었다가 봄이면 부활하듯 깨어나는 식물들의 생명 순환에 비하면 인간은 단 한 번의 목숨에 불과했다. 식물들은 인간과는 다른 시간, 다른 세계를 살고 있었다. 햇볕 한 줌, 물 한 모금 그리고 바람 한 줄기가 존재하는 한 식물의 성장은 멈추지 않는다. 식물의 생체 리듬에 비하면 인간은 동물성 육질을 보존하기 위해 끊임없이 단백질을 흡수해야 하는 미개한 생체 리듬을 갖고 있는 것으로 간주되었다. 밭농사가 시원치 않은 읍내 사람들은 농한기마다 정원의 개간 작업에 투입되었다. 부지런하기는 붉은데기 마을 사람들이 제일이었다. 인부들에게 전표를 나눠 주고 작업반장에게 도장을 찍게 해서 일주일 단위로 노임을 계산해 주었다. 매일 일당제로 노임을 지불하기가 번거로워 일주일에 한 번

전표를 가지고 오면 도장 숫자를 보고 주급을 지급했다. 정원은 점점 무성해졌다.

사무장이 신문을 뒤적거리다가 무료한지 약제실 선반에 올려놓은 라디오를 켰다. 대통령의 태국 순방 소식이 흘러나왔다.

—대통령 각하 내외는 4일간의 태국 방문을 위해 방콕 부근의 돈 무앙 공항에 도착했습니다. 대통령 일행이 탄 특별 전세기가 태국 상공에 진입하자 태국 공군의 세이버 편대가 호위 비행을 하며 마중을 나왔습니다. 부미볼 태국 국왕 부처와 전 각료 및 3군 수뇌들이 환영하는 가운데 의전 행사를 마친 대통령 내외는 숙소인 볼로마비만 맨숀궁에 여장을 푼 뒤, 크리트라 라다궁으로 부미볼 국왕을 예방하고 무궁화 대훈장을 수여했습니다. 태국 정부도 대통령에게 태국 최고 훈장인 라머트 프레브혼 훈장을, 영부인에게 외국 원수 부인에게 주는 최고 훈장을 수여했습니다. 대통령은 이 자리에서 국왕 부부를 초청했고 부미볼 국왕은 즉석에서 이를 수락했습니다.

요아킴은 사무장을 향해 마뜩지 않다는 표정을 지어 보였다. 박 간호사가 그 표정을 읽었는지 얼른 라디오의 볼륨을 낮추자 사무장이 버럭 소리를 질렀다.

—소리는 왜 낮추는 거야? 세상 돌아가는 일에 귀를 닫아 버리면 무슨 재미로 사누.

간밤의 숙취 때문인지 사무장의 눈동자에는 핏발이 서 있었다. 박 간호사는 무안했는지 얼굴을 붉힌 채 사무장을 흘겨보며 밖으로 나갔다.

―태국은 역사상 한 번도 식민지가 되어 본 적이 없는 유일한 동남아시아 국가입니다. 서쪽으로는 미얀마, 동쪽으로는 캄보디아와 라오스, 남쪽으로는 말레이시아 연방에 둘러싸여 있지만 주변 국가를 위압할 수 있는 강력한 국방력을 견지해 온 태국은 6·25 동란 때 유엔군의 일원으로 전투 병력을 파병했습니다. 이날 만찬장에서 대통령은 '한국이 공산 침략을 당했을 때 귀국의 용맹한 군대가 와서 도와준 은혜는 우리 국민이 영원히 잊을 수 없는 일로, 이 자리를 빌려 감사를 드린다.'고 화답했습니다.

대통령은 순방 이틀째에 태국 수상 관저에서 열린 한·태 정상 회담에서 타놈 태국 수상과 월남을 공산 침략으로부터 방위하기 위하여 적극적인 공동 지원이 필요함을 재확인하면서 한·태 양국은 군사적 협조를 지속하며 주한 태국군을 계속 주둔시킨다는 데 합의했습니다. 다음 날 오전, 대통령은 에라완 호텔에서 태국에 거주하고 있는 교포들을 초청해 조찬을 함께했습니다. 교민회장은 태국에 건너와 피땀 어린 노력으로 안정된 생활 기반을 닦을 때까지 고생한 내용을 담은 태국 교민사를 낭독했습니다. 그가 대통령에게 '남산을 바라보실 때에는 그 너머에는 남양(南洋)이 있고, 남양에는 태국이 있고, 태국에는 당신을 따르고 존경하는 우리 교포들이 있다는 것을 잊지 말아 주십시오.'라는 말을 끝으로 목이 메어 울먹거릴 때, 대통령과 수행원들도 손수건을 꺼내 눈시울을 닦았습니다. 교민들은 대통령에게 태국에서 가장 큰 호피(虎皮)를 증정하면서 이 호피를 밟으실 때마다 태국 교민들을 생각해 주시기를 간청했습니다.

해설자의 목소리는 현장의 분위기를 반영하듯 애절하게 떨리고 있었다. 반소매 셔츠의 단추 하나가 떨어져 나가 출렁거리는 가슴살을 드러낸 사무장은 그제서야 라디오 볼륨을 줄이면서 요아킴을 돌아보았다.

―양키에 비하면 태국군은 양반이지요. 전쟁 때도 태국군은 보병 1개 대대를 파견하면서 황태자까지 참전시켰잖소. 원장님도 알고 있지요? 디스퐁사 디스쿨 황태자 말이죠. 유엔군 사령부에 연락장교로 근무했지요. 우리 읍내도 태국군만 주둔하고 있으면 아무 탈이 없을 텐데. 안 그래요? 양키들은 왜 그리 포악한지. 작년 가을에도 사격장에서 쇠붙이를 줍던 주민들이 느닷없이 날아온 포탄에 맞아 현장에서 즉사했지 않았소. 우리 읍내가 사방 시끄러운 것도 다 양키 탓이죠. 미군 병사가 술집 아가씨를 때려 이빨을 부러뜨리지 않나.

―흰소리 늘어놓지 말고 검진 카드나 정리하세요. 양키가 물러나면 읍내 색시들은 무얼 먹고 살겠소. 사무장이 먹여 살릴 참이오? 아직도 무릎에 피가 고이는 청춘인 줄 아나 보군.

―백제 의자왕도 삼천 궁녀를 거느렸다는데, 저라고 못 할까 봐요?

요아킴이 못마땅한 표정을 지었지만 물러설 사무장이 아니었다.

―왜 태국군을 양반이라고 하는지 아세요? 아름다운 인사법을 갖고 있기 때문이에요. 환한 미소를 지으며 두 손을 가지런히 모아 얼굴 앞에 갖다 대고 머리를 숙이는데, 남자는 '사왓디 크랍.', 여자

는 '사왓디 카.'라고 하지요. 태국 인사법인 '와이'는 상대방이 자신보다 윗사람일 경우에는 합장한 두 손을 코 위로 올리고, 아랫사람일 경우에는 코 아래로 내리는데 동방예의지국이 또한 태국이지요.

─태국 병사들과 이 골목 저 골목 몰려다니며 카올리(한국인)로 불리는 게 그렇게 흡족하오? 술을 얻어 마시면서 '콥쿤 크랍.(고맙습니다.)'이라고 아양을 떠는 폼이라니.

─술 얻어 마시는 것을 보기라도 했어요? 솔직히 태국군이 미군보다는 훨씬 인간적이지요. 전쟁 때 철원 폭찹 고지에서 태국군 1개 대대가 중공군 1개 사단을 격파했을 때 유엔군으로부터 리틀 타이거라는 별명까지 얻었잖아요. 그런데 미군이 폭찹 고지를 다시 인민군에게 내줬으니 태국군이 미군을 보고 패잔병이라고 놀려도 할 말이 없는 거죠. 양키들은 욕을 먹어도 싸요. 기왕 말이 나왔으니 하는 말이지만 원장님이야말로 양키들에게 너무 굽실거리는 것 아닌가요? 읍내에 소문이 어떻게 났는지 아세요? 두 귀를 막고 사니 알 턱이 있나요.

사무장은 다혈질 특유의 입심으로 장황설을 늘어놓을 태세였다.

─내친 김에 한 마디 더 하지요. 원장님은 분만실에서 나온 태반이 어디로 사라지는지 알고나 있습니까? 원장님은 태반을 정원에 파묻으라고 했지만 그게 고스란히 밖으로 유출되고 있단 말입니다. 제약 회사 영업 사원인 미스터 서 말입니다. 글쎄, 몇 달 전에 박 간호사하고 다방에서 만나 시시덕거리는 것을 봤는데 그게 다 태반을 얻어 가려는 개수작이지 뭡니까. 박 간호사가 태반을 미스터 서에게 빼돌리고 있는 거예요. 그날도 둘이 나란히 앉아 시시덕거리

고 있던 다방 탁자 밑에 쇼핑백이 놓여 있더군요. 제가 들어서자 두 사람은 귀신을 본 듯 화들짝 놀라면서 쇼핑백을 챙겨 들고 부랴부랴 일어나는 거예요. 그 안에 든 게 뭐냐고 다그쳤지요. 미스터 서는 멱살을 잡한 뒤에야 얼굴이 사색으로 변하더니 제발 눈감아 달라며 싹싹 빌지 뭡니까. 쇼핑백 안에 태반이 들어 있었지요. 절대 그런 일이 없을 거라는 약조를 받고 놓아 주긴 했는데……. 게다가 둘이서 여관을 잡아 놓고 정을 통했던가 본데, 원장님도 저도 감쪽같이 속은 것이죠.

　—어쩌겠나. 다 팔자대로 살아가는 방법이 있는 것이지. 박 간호사는 내가 따로 타이를 테니 사무장은 모르는 척하세요.

　—제약 회사에서 태반을 구하느라고 혈안이 되어 있다더군요. 태반 화장품을 만든다며 사람 태반은 물론 양 태반, 돼지 태반까지 태반이라는 태반은 다 구해 간다더군요. 태반이 피부 미용에 효과가 있긴 하나요?

　—미백에, 보습 효과에, 조직의 신진 대사를 촉진한다는 의학적 보고가 있긴 하지. 피부 조직 세포의 대사를 개선하고 신생 작용을 돕는 콜라겐을 생성시켜 세포의 증식이나 재생 작용이 탁월하다나 어쩐다나. 하지만 시중에서 팔리는 태반 화장품들은 거의 소의 태반으로 만든 것이지. 한의사들이 제조해서 조금씩 파는 게 있다고 하지만 완전히 사람 태반은 아닌 것 같고 동물 태반을 섞은 게 대부분이야.

　—이러다가 낙태 수술할 때 나오는 부산물들까지 모조리 사들이는 때가 오겠군요. 주름살 제거라든가 노화 방지에 특효약이라면

산 사람도 잡아먹으려고 할 걸요. 그보다 미스터 서가 일주일이 멀다 하고 찾아와 다방에서 빈둥거리고 있으니 박 간호사 단속이나 잘하세요.

　—무작정 다그친다고 될 일이 아니네. 정분이 쌓이면 혼사를 치르게 마련인 것이고. 박 간호사를 너무 밉상으로 볼 게 아니지.

　요아킴은 수술 기구를 세척하는 박 간호사의 손을 볼 때마다 측은했다. 수술실 옆 세면대에는 수술 기구가 담가지곤 했다. 비눗물에 담가 둔 수술 기구에서 찌꺼기들이 조금씩 빠지기 시작하는지 누런 액체가 번져들었다. 분해가 가능한 기구는 미리 담가 핏자국을 뺐다. 적외선 소독 기구를 들여놓긴 했지만 읍내의 전압이 너무 약해 작동되기는커녕 윙윙 소리만 내는 통에 요아킴은 박 간호사에게 수술이 끝난 뒤에는 수술 기구를 양재기에 넣고 연탄불 위에서 1시간 남짓 끓일 것을 늘 상기시켰다. 아무리 끓여도 빠지지 않는 찌꺼기는 수술 가위의 꼭지에 찌든 녹이었다. 금속에도 핏물이 든 듯 여간해서 빠지지 않았다. 염산 성분이 함유된 강한 녹 제거제로 때를 벗겨 낸 후 다시 비눗물로 닦아야 했다. 강한 화학 세제에 담가 둔 수술 기구를 분해하고 조립하는 박 간호사의 손은 물집이 가실 날이 없었다.

종마

요아킴이 박 간호사를 싸고돌자 사무장은 뾰로통한 표정을 지으며 진찰실을 나갔다. 사무장은 말끝마다 예각을 세워 사람 속을 뒤집어 놓곤 했다. 적의가 있는 게 분명했다. 짐작이 가지 않는 것은 아니었다. 정원 뒤편에 매어 놓은 종마 때문이었다. 미군 연대장인 리처드 중령이 주고 간 말이었다.

몇 년 전, 가랑비 내리던 자정 무렵이었다. 야전용 들것에 실려 온 리처드 중령은 군용 모포에 덮여 복통을 호소하며 눈을 희번덕거렸다. 급성 충수염. 대장의 위쪽에 붙어 있는 벌레 모양의 충수에 고름이 찼는지 하복부가 터질 듯 팽창해 있었고 항문으로 복막수가 터져 흘러나왔다. 이미 썩을 대로 썩은 충수가 압력을 견디지 못해 출혈을 일으켰고 복부에 림프액이 고이고 있었다. 배를 가르자 썩은 충수가 드러났다. 충수 안에는 미처 소화시키지 못한 치즈 덩어리가 꽉 들어차 있었다. 썩은 충수를 도려낸 뒤 절단 부위를 꼼꼼하게 꿰맸다. 반나절만 늦었더라도 충수가 파열되어 생명을 잃을 뻔한 위급한 상태였다.

리처드 중령은 그해 가을, 본국으로 돌아가면서 요아킴에게 자신의 늙은 애마를 선물했다. 중령은 말고삐를 건네면서 너스레를 떨었다.

─늙은 말이라고 너무 구박은 하지 마세요. 이래봬도 족보를 거슬러 올라가면 아라비아산 수말과 영국산 암말을 교배한 서러브레드의 피가 흐르고 있지요.

사무장은 늙은 말을 감지덕지하며 끌고 온 요아킴을 보고 눈을 흘겼다.

─본국으로 가져가 봤자 탁송비만 들 뿐, 애물단지가 될 게 뻔한 나머지 선심 쓰는 척 말고삐를 넘겨준 게지요.

그러거나 말거나 요아킴은 종마에게 미샤라고 이름 붙였다. 어린 시절, 고향인 함흥에서 아버지가 타고 다닌 말의 이름이 미샤였다. 러시아 남자 이름인 미하일의 애칭. 아버지는 성천강 유역의 비옥한 토지를 개간해 농장을 일궜다. 해방 직후, 소련에서 온 토지 측량사들과 함께 임야를 실측하러 다니던 아버지. 염소수염을 기른 갸름한 얼굴에 까만 도포를 입고 외출할 때면 하얀 동정 깃과 어울려 마치 한 마리 학을 보는 듯했다. 하얼빈에서 건너왔다는 소련 측량사들은 러시아혁명 후에 추방당한 귀족 출신이라고 했다. 북방에서 입던 털외투를 입고 머리엔 샤프카(털로 만든 러시아 전통 모자)를 쓴 채 산야를 누비고 다니던 모습을 떠올리자 입가에 잠시 미소가 머물렀다.

어렸을 때 깨물어 본 러시아제 초콜릿이 입 안에서 터지는 듯한 느낌이었다. 혀로 입천장에서 미끈거리는 타액을 핥아 보았다. 러시아인이 손에 쥐어 준 초콜릿을 깨물다가 움찔 놀란 기억이 새삼스레 떠올랐다. 그 초콜릿에는 보드카가 들어 있어서 서너 개를 먹으면 금세 취기가 올랐다.

―소련은 살을 에는 찬바람이 불어오니까 초콜릿 안에 술을 넣는 거란다.

초상집에 조문을 가기 위해 두루마기에 갓을 꺼내 쓰면서 아버지는 그렇게 말했다. 아버지는 소련 측량사를 만나러 갈 때면 어김없이 양복을 입었다. 스웨이드 가죽점퍼에 바지는 무릎 바로 밑에서 졸라매고 다리에는 긴 스타킹, 머리에는 도리구치(빵모자)를 쓴 모습이 영락없이 서양 사람을 닮았다. 허벅지 폭이 넓은 바지를 입고 가죽 장화를 신으면 아버지가 아닌 것 같았다. 아버지는 커다란 거울 앞에서 자태를 비춰 보다가 거실 구석에서 빠끔히 얼굴을 내밀고 있는 요아킴을 보면 득달같이 달려왔다. 억센 손바닥을 어린 아들의 관자놀이에 밀착시킨 뒤 공중으로 들어 올리기 일쑤였다. 뺨이 얼얼하게 달아오르는데도 막무가내였다.

―담 너머 뭐이 보이나?

요아킴이 공중에서 발버둥을 쳐도 대답을 하지 않으면 내려놓지 않았다.

―산도 뵈고 강도 봬요.

이렇게 대답하면 아버지는 흐뭇한 표정을 지으며 으레 지전 한

장을 쥐어 주었다.

　—그래, 산도 뵈고 강도 뵈지.

　아버지는 임야를 담보로 흥남 비료 공장에서 생산하는 질소 비료와 암모니아 비료를 판매하는 총대리점을 맡아 세를 늘려 갔다. 미샤를 타고 성천강변을 또깍또깍 소리를 내며 둘러보는 아버지를 요아킴은 먼발치에서 지켜보곤 했다. 요아킴이 미샤에게 기대했던 것은 그날의 말발굽 소리였다. 미샤를 쳐다보면 도통 정이 붙지 않는 읍내도 고향 땅 함흥처럼 친숙해지는 것이었다.

　정원 한 귀퉁이에 마구간을 짓고 하루에도 여러 차례 드나들며 털을 빗어 주었다. 아름드리 미루나무 한 그루를 지주 삼아 지은 마구간이었다. 발목이 미끈하게 빠지고 갈기에 반지르르한 윤기가 도는 것이 한눈에도 혈통이 있어 보이는 종마였다. 요아킴이 다가오는 발소리만 들어도 까만 콧구멍을 벌렁거리며 반색했다. 말 잔등에 안장을 올리고 읍내를 돌아다니면 세상에서 부러운 것이 없었다. 마구간에서는 미샤가 억센 굽으로 땅을 뒤집으며 발버둥치고 있었다. 인근에 있는 목장으로 교배를 보낸 뒤로 미샤는 발정을 참지 못하고 점점 사나워졌다.

　—너도 똑같은 놈이야.

　요아킴은 미샤가 자제력을 잃고 발광할 때마다 악당이라고 불렀다. 잇몸을 뒤집으며 이빨을 드러낸 모습이 질겅질겅 씹은 담배를 아무 데나 뱉는 미군 병사와 진배없었다. 요아킴은 미샤의 고삐를 잡을 때마다 양순해지는 양키들의 모습을 떠올렸다. 미샤의 등에 안장을 얹었다. 목을 누르고 채찍 손잡이로 무릎께를 쳐서 머리를 숙이게 했다. 미샤는 연신 씩씩대면서도 요아킴에게는 고분고분하게 잔등을 내주었다. 처음에는 미샤의 검고 긴 갈기가 비단 실타래처럼 늘어진 게 늙은 말이란 것이 믿어지지 않을 정도였다. 어깨는 우람했고 꼬리의 검은 부분은 모양을 제대로 갖추기 위해 실로 단단히 묶여 있었다. 가슴과 옆구리, 배는 진한 밤색을 띠고 있었다. 뚜렷이 대조를 이룬 털 빛깔과 늘씬한 키가 첫눈에도 멋져 보였다. 비록 전성기는 아니었지만 건강하고 힘이 있어 보였다. 촉촉한 윤기가 도는 콧잔등은 검은 강철로 빚은 듯했다. 미샤가 갈기를 흔들며 이빨을 드러낸 채 콧김을 뿜을 때면 손으로 목덜미를 쓸어 주곤 했다. 다가서면 콧잔등에 요아킴의 얼굴이 비치기도 했다. 안장에 올라앉아 미샤를 끌고 나가면 읍내 사람들은 걸음을 멈춘 채 요아킴을 한참 동안 올려다보았다. 외박이나 외출을 나온 미군 병사들은 손을 입으로 가져가 휘파람을 불어 댔다. 그럴 때면 요아킴은 인디언을 죽이고 승리에 도취되어 하늘에 총을 쏘아 대는 미군 기병대가 된 기분이었다. 미샤를 타고 읍내 중앙통을 또각또각 소리를 내며 돌아다니면 길가에 더덕더덕 붙어 있는 2층 창에 어깨선이 닿았다. 2층 높이에서 읍내를 휘젓고 돌아다니면 미군 연대장도, 지역 국회의원도 부럽지 않았다.

검진

병원 별채에 차려진 성병 진료소 앞에 아침부터 신읍 술집 여자들이 길게 늘어서 있었다. 별채의 양철 지붕은 녹이 슬어 군데군데 땜질한 흔적이 눈에 띄었고 현관 층계에는 잡초가 무성하게 자라나 있었다. 별채 앞면은 병원을 향하고 있었지만 뒷면은 정원에 맞닿아 있었다. 수풀들이 뒷면의 창문까지 거칠게 자라 올라 음산하고 을씨년스러운 분위기를 자아냈다. 뒷방에 쌓아 둔 낡은 가운이나 환자복에 곰팡이가 피어 퀴퀴한 냄새를 풍겼다. 겨울에는 연탄난로를 피웠기에 현관 쪽 회벽 상단에는 둥그런 연통 구멍이 뚫려 있었고 그 밑으로 까만 그을음 자국이 있었다.

매주 월요일은 정기검진이 있는 날이다. 여자들은 손에 보건 카드를 쥔 채 정원 울타리를 따라 심어진 미루나무 그늘 아래서 차례를 기다렸다. 그들을 인솔해 온 클럽 마담들은 대열에서 약간 떨어저 담배를 피워 문 채 수다를 떨었다. 손가락에는 노란 담배 물이 들어 있었고 손톱에 바른 빨강색 매니큐어는 천박해 보였다. 몇몇은 양산을 받쳐 든 채 질겅질겅 껌을 씹었고 몇몇은 손에 침을 발라 여성 주간지를 넘기며 떠들어 댔다. 양산이라도 들고 있으면 제법 관록이 붙은 마담 축에 들었다.

검진이 있는 날이면 사무장과 간호사는 별채 구석구석을 물걸레로 닦아 냈다. 일주일에 한 번 문을 여는 탓에 처마 밑에는 거미줄이 매달려 있었다. 사무장이 장대 끝에 철사를 꿰어 거미줄을 걷어 내는 동안 간호사는 현관문을 활짝 열어젖힌 뒤 바닥을 자루걸레로 문질렀다. 물청소를 한다 해도 일주일 동안 쓰지 않고 잠가 두었던 공간이어서 눅눅한 곰팡이 냄새가 나긴 마찬가지였다.

진료소는 대기실, 검진실, 검사실로 나뉘어 있었다. 간호사는 입구에서 여자들로부터 보건 카드를 수거해 일자를 써넣은 뒤 사무장에게 건넸다. 검진을 마친 여자들은 검진 카드에 도장이 찍혀야 영업을 할 수 있었다. 보건 카드를 내주지 않으면 성병 판정을 받은 것인데 그런 여자들은 울상을 지으며 밖에서 대기하고 있는 마담에게 머리를 조아렸다. 마담들은 성병 판정을 받은 여자에게 막무가내로 욕지거리를 해 댔다.

읍내에 하나밖에 없는 검진소였기에 검진을 효과적으로 마치려면 클럽 단위로 여자들을 오전과 오후로 지정해 진료할 수밖에 없었다. 오전에 300명, 오후에 300명. 그러고도 손이 달려 화요일 오전까지 검진이 연장되기 일쑤였다. 여자들 가운데 성병 감염자는 10퍼센트에 가까웠지만 마담들은 입원을 요하는 중증 감염자를 제

외하고는 치료 의무를 어기고 손님을 받게 했다. 성병 감염자는 일
주일에서 한 달 동안 치료를 받아야 했는데, 이것은 마담의 입장에
서는 매출의 10퍼센트가 줄어드는 것을 의미했다. 여자들은 호명을
받으면 차례차례 검사실로 들어왔다. 검사실 커튼이 열리더니 앳된
여자가 들어왔다. 파마머리를 한 마담이 커튼 한 귀퉁이를 잡고 얼
굴을 들이밀며 어설픈 웃음을 지었다.

　─애는 사흘째 일을 시키지 않고 있어요. 며칠 전부터 팬티에 누
런 진물이 잔뜩 묻어 있는 게 썩은 내가 나더라고요.

　─일단 검진을 해 봅시다. 커튼이나 닫으시오.

　여자는 검진대 위에 누워 팬티를 돌돌 말아 내렸다. 초짜들은 가
랑이를 될 수 있는 한 좁게 벌리고 손으로 치맛자락을 잡은 채 얼
굴을 벽 쪽으로 돌리지만 관록이 붙으면 검진 도중에도 껌을 씹으
며 말을 붙이는 경우가 허다했다. 늘씬한 가랑이 사이로 손을 넣어
팬티를 내리는 솜씨를 보니 보통내기는 아닌 듯싶었다. 하긴 수치
감을 느낀다면 클럽에 붙어 있지도 못할 터였다. 요아킴이 가랑이
사이를 들여다보는 것을 뻔히 알면서도 여자 아이는 생글생글 웃으
면서 애교를 떨었다.

　─손님을 안 받은 대신 하루에 양주를 두 병씩 팔았는걸요. 술은
흑인 병사보다 백인 병사가 화끈해요. 그 짓은 흑인이 잘하지만요.

　여자 아이는 껌을 질겅질겅 씹다가 풍선처럼 부풀렸다. 경구에 해
갈을 삽입하려고 가랑이를 벌리는 데 썩은 냄새가 코를 찔렀다. 큐
레트로 질 안을 씻어 내는 동안에도 여자 아이는 계속 떠들어 댔다.

　─전에 있던 술집에서 임신을 하게 돼 병원을 찾아간 적이 있어

요. 자궁에 붙어 있는 태아를 분리하는 약물을 집어넣고 몇 시간을 기다려 분리가 이뤄지면 흡입술로 간단하게 처리할 수 있다고 해서 수술대에 올라갔지요. 처음 받는 진료라 긴장도 되고 치욕스러웠지만 꾹 참았지요. 그런데 마취를 하는 거예요. 나중에 의식을 차려 보니 수술이 끝났더라고요. 소파수술을 해 버린 겁니다. 자궁벽을 어찌나 긁어 댔는지 일주일이나 피가 비치더군요. 자궁 내막이 얇아지면 생리가 길어진다는 게 사실인가요?

요아킴은 차 스푼 모양의 기구로 소음순 주변을 들춰 보았다. 미세한 돌기가 돋아나 있었다. 분비물을 찍어 유리판에 묻힌 뒤 현미경 밑에 들이밀었다.

—곤지름이야. 당장 치료하지 않으면 회음부나 항문 주변은 물론 질 내부까지 확산돼 자궁 경부에 침범할 가능성도 있어. 가만 놔두면 외음부에 붉은 사마귀 같은 살점이 자라나서 방뇨할 때마다 피가 섞여 나오게 되지.

파마머리가 밖에서 대화를 엿들었는지 커튼을 밀치며 안으로 들어왔다.

—대체 어디서 병이 옮아온 거지?

—아무래도 먼시 같아요. 미군 식당 책임자라는 중년의 백인 장교 말이에요. 휴가만 나오면 밤낮 없이 덮쳐 대는 바람에 너무 괴로워 이를 악무는 날이 많았지요. 밤이면 일부러 술을 잔뜩 먹이고 잠이 잘 오라고 안마까지 해 줘도 소용없었어요. 원하는 대로 해 주면 잠들겠지 하고 가랑이를 벌렸는데 얼마 뒤에 또 파고들더군요. 잠이 든 것 같아 나가려고 하면 손목을 휘어잡으며 다시 눕

히고……. 나중에는 사타구니가 벌겋게 헐어 진물이 흘러나오더라고요.

곤지름 중에서도 평편 사마귀인 것 같았다. 포도필린을 환부에 바르면 효과가 있지만 이미 환부가 크게 번져 수술을 하는 것이 최선의 방법이었다.

—술을 마시면 면역 기능이 떨어진다는 것쯤은 알고 있겠지?

여자 아이가 팬티를 올리며 울상을 짓자 마담이 눈을 치켜뜨며 손으로 머리를 쥐어박았다.

—조심하라고 그렇게 일렀잖아. 너 때문에 손해 볼 생각을 하면 복장이 터진다. 그래도 운 터진 줄 알아. 미군 위생병이 실시하는 임검에 걸렸다면 한 달은 족히 몽키 하우스에 갇혀 지내야 돼.

요아킴은 오리주둥이 같은 쇠 기구를 가랑이 사이에 집어넣었다. 쇠꼬챙이에 전기를 통하게 해서 수정체 같은 곤지름을 태우자 여자 아이는 비명을 질렀다. 파마머리는 여자 아이가 비명을 지르건 말건 관심이 없다는 듯 요아킴을 향해 넋두리를 늘어놓았다.

—우리 애들은 매주 정기 검진을 받지만 양키들은 그런 게 없지 않습니까. 성병에 걸리면 애꿎은 우리 애들만 수용소에 갇히지요. 몽키 하우스 말입니다. 몽키 하우스에 들어가면 군의관이 직접 자궁을 검사하고 주사를 찔러 대는데 너무 독해서 한 번 맞고 나면 엉덩이 근육이 뭉치고 어질병에 걸릴 정도지요. 하지만 그게 어디 기지촌 여자들을 위한 것이겠어요? 미군을 보호한다는 차원이지. 몽키 하우스에서는 여자가 아니라 범죄인으로 취급하지요. 성병에 걸렸으니 범죄자라는 거예요. 날마다 미군 군의관에게 가랑이를 벌

리고 검사를 받지요. 너무도 수치스러워 병실에 돌아오면 까끌까끌한 미제 모포를 뒤집어쓰고 소리를 질러 대죠. 어둠 속에서 흘리는 눈물은 더 뜨겁지요. 자궁 속에 쇠 기구가 들어갈 때의 차갑고 생경한 느낌. 그것이 유일한 존재감인데 보름이고 한 달이고 가랑이를 벌리다 보면 퇴소 명령이 떨어지지요. 이제는 출소해 다시 가랑이를 벌려도 좋다는 명령 말이에요.

여자들에게 성병보다 더 큰 고통은 임신과 낙태였다. 소파수술을 받자면 돈이 많이 들고 그게 다 빚으로 쌓이니까 약을 먹고 애를 지우는 경우가 허다했다. 생리 불순에 먹는 사루비아를 여러 알 먹으면 태아가 떨어진다는 소리에 여자들은 무작정 알약을 먹었다. 사루비아를 한 움큼 먹으면 날카로운 갈퀴가 쉴 새 없이 아랫배를 긁어 대는 듯한 느낌에 생조 대야를 타고 앉아 배를 움켜쥔 채 밤을 새기가 일쑤였다. 아침에 팬티를 벗어 보면 연분홍 피가 묻어 있었다. 약을 먹고 며칠 동안 피를 쏟다 보면 나중에는 피 칠갑을 한 주먹만 한 살점이 미끄덩 떨어졌다. 그냥 핏덩이가 아니었다. 막 발육하기 시작한 태아였다. 누구의 씨인지도 모르는 것이 자궁에서 싹을 틔우고 있었다.

그런 일을 겪고 나면 햇볕만 쏘여도 몸이 망가졌다. 여자들은 기력이 달려 약 기운을 이기지 못했다. 평소엔 밥 대신 술에 의지해 살다가도 약을 먹고 인공유산을 하거나 낙태 수술을 받고 난 후에는 꼬박꼬박 세 끼를 챙겨 먹었다. 낙태한 후에도 아기를 낳은 것처럼 미역국을 챙겨 먹으면서 산후 조리를 해야지 몸을 건사할 수 있었다. 인공유산을 한 뒤에 몸을 함부로 굴리면 이십대 중반에 벌써 얼굴에 까만 기미가 번지는 중년의 몸이 되기 십상이었다.

—그래도 마담 엄마가 잘해 주는 편이에요. 한번은 엄마가 몸에 좋은 거라며 뭔지 묻지도 말고 꼭꼭 씹어 삼키라며 고깃국을 방 안에 밀어 넣더군요. 한참 먹고 있는데 엄마가 문을 열더니 보신탕이라는 거예요. 먹고 있는 걸 토할 수도 없고 해서 꾸역꾸역 먹었지요. 보약이라니 그냥 삼킬 수밖에요. 고기도 억지로 몇 점을 건져 먹었지요. 그걸 먹고 나니 하혈량이 줄더군요. 세끼를 꼬박 보신탕으로 챙겨 먹고 나니 기운이 좀 나더라고요.

저녁때가 돼서야 담벼락에 한 줄로 늘어선 여자들이 눈에 띄게 줄었다. 대기실에는 열 명 안팎의 여자들이 긴 나무 의자에 앉아 잡담을 나누고 있었다. 커튼이 열리고 얼굴이 익은 순영이가 들어왔다. 서른 중반이 되도록 신읍을 떠나지 못하고 있는 창녀였다.

—오늘은 검진이 아니라 치료를 받으러 왔어요. 보름 전 임균이라고 해서 보건소에서 주사를 맞았는데 임균이 다시 번진 것 같아요.

냉이 심했지만 차일피일 미루다가 뒤늦게 보건소를 찾아갔다고 했다. 음부에서 진물이 흘러나오고 살이 검게 썩어 들어가고 있었다. 여름인데도 늘 긴팔 윗도리를 입고 있었다. 여자는 팔뚝을 걷어 보이면서 쓴웃음을 지었다.

—마약 주사라도 맞을 수밖에요.

혼자 놓은 주삿바늘 자국이 퍼렇게 멍들어 왼쪽 팔뚝 전체가 썩어 가고 있었다.

—처음에는 한 방, 두 방이었으나 이제는 수시로 주사를 놓지요.

주사가 없으면 단 며칠도 견디지 못하겠어요.

클럽 주인이 구해 주는 마약 주사도 여자들에겐 고스란히 빚이었다. 수다를 떨어 기분이 한결 나아졌는지 팬티를 치켜 입는 여자의 표정이 한층 밝아졌다. 요아킴은 정기검진을 마치고 나면 세상이 아득하게 멀어지고 공허한 상태가 되었다. 정원을 거닐면서 바람에 몸을 맡긴 식물들을 감상하는 것이 유일한 위안이었다. 낮에 활짝 열린 꽃봉오리보다 저녁이면 작게 움츠러든 채 어둠을 기다리는 꽃들이 보기에 좋았다. 폐부 깊숙이 스며드는 맑은 꽃향기, 귀를 간질이는 나뭇잎 소리. 초록 잎에는 삶에의 열정이 배어 있었다. 정원의 모든 식물들은 살아 있음의 기쁨을 조용히 환호하고 있었다. 바람이 가지를 흔들자 꽃들이 현란한 색깔을 뒤섞으며 한꺼번에 머리를 끄덕였다. 그에 비하면 미샤는 얼마 전부터 갈기가 듬성듬성 빠지면서 급격히 노쇠하고 있었다. 그런 미샤를 볼 때마다 북에 두고 온 아버지 생각에 요아킴의 눈가에 물기가 잡혔다. 마구간에서 미샤의 등을 솔로 쓸어 주고 있는 참에 사무장이 득달같이 달려왔다.

—붉은데기 너머 염소를 방목하는 초지에서 지뢰가 터졌대요.

—염소도 밟지 않는 지뢰를 사람이 밟다니.

사무장의 손에는 자동차 키가 들려 있었다.

—차를 꺼낼 테니 천천히 나오세요.

차고의 녹슨 경첩이 신음 소리를 냈다.

사무장은 차창으로 손을 내밀고, 앞서 가는 경운기를 갓길로 몰아냈다.

—사이렌이라도 달아야 할까 봐요. 매번 비켜서라고 손짓을 할

수도 없는 일이잖아요.

차를 타고 출장을 갈 때마다 사무장이 늘 되풀이하는 푸념이었다.

—응급 환자들도 사이렌 소리를 들으면 의사가 오고 있다는 것을 알게 될 테니 일거양득이잖아요.

사무장이 푸념을 늘어놓았지만 요아킴은 말이 없었다. 차는 대로를 벗어나 비포장도로를 달렸다. 비가 오려는지 날은 흐리고 분무기로 막 뿌려 놓은 듯한 물방울들이 창문에 하얗게 서렸다. 시야를 가로막는 물의 커튼. 군데군데 파인 웅덩이를 피해 서행으로 굴러 가던 차가 초지가 시작되는 실개울 앞에 멈춰 섰다. 개울 너머에는 허리 높이의 철조망 울타리가 둘러져 있었다. 사유지임을 표시하는 철조망. 사무장이 길게 경적을 울린 뒤 차에서 내려 철조망 사이에 나무 막대를 끼워 사람이 지나갈 만한 틈새를 벌려 놓았다. 경적 소리를 들었는지 언덕 너머에서 사람의 목소리가 들렸다.

—이쪽이에요. 이쪽.

언덕 위에서 경찰서 차석이 손을 흔들었다.

—전쟁이 끝난 지가 언젠데 아직까지 지뢰가 남아 있으니. 올 들어서만 벌써 세 번째네요.

사체는 갈대밭에 흩어져 있었다. 악마의 손톱이 할퀴고 지나간 듯 차마 눈을 뜨고 볼 수 없는 처참한 모습이었다. 지뢰를 밟아 몸이 갈기갈기 찢어진 채 하반신은 거의 찾아볼 수 없었다. 허벅지의 절단면에선 뼈와 핏줄이 너덜거렸다. 폭발 순간의 참혹함을 말해 주듯 살이 타 들어가는 역겨운 냄새가 풍겼고 얼굴 전체에 파편이 박혀 있었다. 시신을 수습하기 위해 다가서는 순간, 발밑에서 무엇인가가 꿈질거렸다. 들쥐 떼였다. 시신을 파먹다가 후다닥 뛰어나와 긴 꼬리를 늘어뜨린 채 요아킴을 쏘아보았다. 군화를 두어 번 쿵쿵 내려찍어 쥐들을 쫓았다. 출장을 나갈 때는 늘 군화를 신었다. 쥐들은 군화를 타고 넘더니 근처에 있는 웅덩이 쪽으로 줄행랑을 놓았다. 사체의 여러 부위에서 흘러나온 핏물이 웅덩이로 번져 들었다. 미지근하게 덥혀진 웅덩이에 빠진 쥐들은 작은 주둥이를 수면 위에 내놓고 찍찍 소리를 냈다.

사무장이 긴 막대기로 웅덩이를 휘저으며 쥐를 한쪽으로 내몰더니 사체에서 떨어져 나온 내장을 건져 냈다. 해체된 신체의 부속들. 아무리 솜씨 좋은 외과의가 꿰맨다 해도 인간의 모습으로 복원이 불가능한 끔찍한 모습이었다. 뱀파이어가 뜯어 먹은 듯, 사체는 한낱 고깃덩어리로 나뒹굴었다. 두개골은 열려 있었으며 흉부도 세 조각으로 쪼개져 있었다. 오른쪽 눈에는 이미 벌레가 꼬여 꿈틀거렸고 하얀 고름이 밀려 나왔다. 손가락도 온전한 것 없어 면밀한 과학적인 분석을 하지 않는 한 신원 확인은 불가능해 보였다. 턱부터 쇄골에 이르는 부위는 날아가고 없었다. 하얀 구더기가 여기저기 흩어진 살점에 붙어 꾸물거렸다.

육신이 제 살을 갈라 죽음을 증언하고 있었다. 흩어진 내장 사이에서 콩팥과 간은 곤죽이 되어 있었다. 갈가리 찢긴 인간의 부속품들. 여자의 질을 들락거리며 뇌의 중추로 쾌락의 감각을 실어 날랐을 페니스는 거무튀튀한 살점으로 하반신에 붙어 있었다.

이랑 너머의 농가에서 사람들이 몰려와 현장을 지켜보고 있었다. 양미간을 잔뜩 찌푸린 채 시선들은 잔뜩 긴장돼 있었다. 핏물이 고인 웅덩이에 황혼의 햇살이 쏟아졌다. 차석이 돌아가라고 손 짓을 했지만 아무도 발을 떼지 않았다. 정복 경찰이 접근 금지 표시로 새끼줄을 두를 때만 몇 발자국을 뒤로 물러섰을 뿐이다. 새끼줄을 치고 나자 어떤 객관적인 거리가 확보되었다는 안도감에서인지 사람들이 웅성거리기 시작했다.

―재 너머에서 호박 농사를 짓는 곽 씨가 틀림없어요. 올 봄에 흑염소 몇 마리를 들여 놨는데 따로 축사를 짓기도 마땅치 않다며 방목을 해 왔지요. 초지 주인에게 어렵사리 허락을 받았다 싶었는데 기어이 변을 당했구먼.

폭발 순간에 놀라 흩어졌는지 흑염소는 눈에 띄지 않았다. 요아킴은 널려진 살점들을 수습해 거적때기에 옮겼다. 해체된 신체 조각들은 묵시록의 한 장면을 연상시켰다. 입을 벌려 모든 생명을 우적우적 씹어 삼키고 마는 최후의 관으로서의 지구. 지구상에 무덤 아닌 곳이 어디 있으랴 싶었다. 그나마 죽어 갈 때 고통을 느끼지 않았다면 축복일 것이다. 아무 고통도 느끼지 못하는 푸르뎅뎅한 살점들이 거적때기 위에서 서로 맞닿아 있었다. 육체가 제 육체를 벌려 죽음을 밀어 넣고 있었다. 한때 생명을 가두었던 테두리를 지워 버리는 신의 놀이터는 너무도 가혹했다. 신의 놀이터에서 귀여움을 독차지하고 있는 것이 있다면 식물일 것이다. 말도 없고 비명도 없고 눈물도 없는 식물들. 바람만이 신의 숨결인 듯 식물의 잎사귀와 가지를 흔들고 있었다. 식물들은 바람에 흔들리면서 모든 발 달린 짐승들을 비웃었다. 발은, 눈물은, 비명은 결국 허무한 것이다. 식물은 죽음에 가장 가까이 다가가 있는 존재였다. 꽃을 피우고 벌과 나비를 불러 모으고 나이테를 쌓아 가는 죽음의 친척으로서의 식물. 죽음은 풀밭에 깃들어 있다가 한 염소 몰이의 육신을 가차 없이 낚아챘던 것이다. 풀밭은 아무 일도 없다는 듯 침묵하고 있었다. 침묵은 전염성이 강하다. 현장 검증을 마치고 돌아오는 내 내 입을 열지 않는 요아킴의 눈치를 보는지 사무장도 말이 없었다.

고해

　요아킴은 석양 무렵, 초록 잎을 매단 채 여름 땡볕을 빨며 졸고 있는 정원에 들어섰다. 나무를 헤치고 한구석에 이르렀을 때 너무도 화사한 꽃이 군락을 이루고 있는 게 눈에 띄었다. 빨강, 노랑, 주황, 보랏빛 꽃대가 저마다의 향기를 내뿜었다.

　봉선화를 심은 기억이 없는데 양지바른 쪽에 생기 넘치는 봉선화가 빨간 꽃을 매달고 있었다. 첫눈 올 때까지 남아 있으면 사랑이 이루어진다며 손톱에 물들이는 봉선화. 그러고 보니 어느 임산부가 손톱에 봉선화 물을 들이고 있어 주의를 주었던 일이 떠올랐다. 임산부가 봉선화를 손톱에 물들이면 마취를 할 때 동맥혈 내 산소 포화도가 90퍼센트 이하로 떨어지는 저산소증이 일어난다. 자칫하면 손톱, 발톱이 파랗게 변하는 청색증에 걸릴 수도 있었다. 평생 마귀처럼 청색 손톱을 하고 살아가고 싶지 않으면 임신 중에는 봉선화

물을 들이지 말라고 으름장을 놓았건만 그동안 임산부들이 정원에서 봉선화를 땄던 것일까. 고개를 갸우뚱하며 손으로 화단을 헤치자 양귀비꽃 한 송이가 핏물을 흘릴 것처럼 붉게 피어 있었다. 인간의 이루지 못한 소망인 듯 꽃 중앙에 노란 수술을 달고서 피어 있는 양귀비꽃의 섬세한 주름들이 후들후들 바람에 떨렸다. 꿈에서 양귀비를 보면 현모양처가 될 여자 아기가 태어날 것이라며 기뻐하는 태몽의 꽃이 양귀비였다. 밭을 일구려고 땅에서 골라낸 몽돌 더미 옆에는 접시꽃과 능소화와 나리꽃이 수줍게 피어 있었다.

더러는 수줍게 더러는 거만하게 서로 몸을 기댄 채, 아니 서로 몸을 떠밀며 미색을 견주고 있는 꽃송이들. 수십 년 동안 길가에서, 담장 밑에서, 강가에서, 게다가 화염이 타오르는 피난길에서조차 꽃을 보아 왔지만 일사불란하게 도열하듯 피어난 정원의 꽃은 신비와 버무려져 있는 게 틀림없었다. 습윤한 땅거죽을 뚫고 지상으로 얼굴을 내민 작은 존재들이 정원 위의 하늘을 떠받치고 있었다. 불과 쇠를 삼킨 땅이 꽃을 피워 내다니. 꽃송이들은 죽음의 미궁 속에서 피어난 것 같았다.

요아킴은 잡초를 뽑다 말고 모종삽을 땅에 찔러 둔 채 한참 골똘해 있었다. 초점 없는 시선이 정원의 한곳에서 흩어졌다. 모든 꽃망울 위로 흐느낌에 가까운 탄식이 아지랑이처럼 피어오르는 것만 같았다. 혹여 그것이 땅을 덥힌 지열에서 불어오는 미풍이었다 해도 요아킴에게는 식물들이 내지르는 탄식처럼 느껴졌을 것이다. 수술실에서 여자의 가랑이 사이를 들여다보며 소파수술을 하고 있는 동안에 무성하게 피어난 꽃들. 식물들은 침묵으로써 적의를 드러내고 있었다. 죽음의 저편에서 메아리치는 침묵. 인간의 피와 단백질을 갈구하는 흡혈귀로서의 정원. 문득 나무와 풀과 꽃들이 무서워지기 시작했다. 눈에 보이지 않는 적의가 느껴졌다. 어느 순간, 요아킴은 나무도 풀도 꽃도 사라진 황량한 정원에 홀로 남아 쭈그리고 있다는 느낌을 받았다. 툭툭 불거지는 풀벌레들의 움직임이 없었다면 공허가 그를 집어삼켰을지도 모를 일이다.

요아킴은 무슨 생각이 들었는지 꽂아 두었던 모종삽을 얼른 뽑아내고 삽 자국을 흙으로 덮었다. 무수한 초록 눈동자가 자신을 노려보고 있는 것만 같았다. 정원이야말로 자신의 모든 수술과 수술 이후를 지켜본 유일한 목격자였다.

다음 순간, 요아킴은 무심코 울타리를 타고 올라가는 백장미 덩굴에 얼굴과 오른쪽 팔뚝을 긁혔다. 긁힌 상처에 작은 이슬방울처럼 피가 송골송골 맺혔다. 처음에는 벌레에 물린 듯 가려운 정도였다. 하지만 상처 부위는 시간이 갈수록 벌겋게 부어올랐다. 온몸에 한속이 들면서 선풍기 소리만 들어도 뼈에 바람이 든 듯 시려 오기 시작했다. 장미가 복수를 한 것은 아닐까. 몸 안에서 무엇인가 와르르 무너지는 소리가 들렸다.

상처는 패혈증을 일으켰다. 얼굴은 화산의 분화구처럼 화끈거렸고 오른쪽 팔은 농양으로 뒤덮였다. 여름이어서 농양은 더욱 빨리 진행되었다. 왼쪽 눈언저리까지 농양이 번지면 최악의 경우 시력을 잃을 수 있었다. 오른쪽 팔도 뼛속 깊이 감염 균이 침투해 있었다. 상처의 가장자리에 갈색 반점이 돋아났다. 2층 창문에서 정원을 내려다보았을 때 수풀 사이에서 조그만 맨발들이 춤을 추고 있었다.

바람도 불지 않는데 정원의 모든 나뭇잎들이 자신을 조롱하듯 생생하게 살아 움직였다. 마치 무언의 약속이라도 한 듯 나뭇잎은 일제히 깔깔거리며 비웃어 댔다. 비웃음은 수많은 음색의 목소리가 되어 요아킴의 머릿속을 뚫고 지나갔다. 본질을 알 수 없는 어렴풋한 두려움으로 소름이 돋았다.

얼마나 지났을까. 오싹한 한기를 느껴 주위를 둘러보니 2층으로 올라가는 나무 계단 위였다. 2층은 텅 비어 있었다. 2층에 덜렁 놓인 침대 하나. 요아킴은 침대가 자신이 무의식 속에서도 도달하려고 했던 장소였다는 게 믿어지지 않았다. 침대에 누워 시트를 턱까지 올려 덮었다. 한참 후에 눈을 떴을 때 사방은 고요했다. 창으로 다가섰다. 풍뎅이들의 붕붕거리는 날갯짓 소리가 들렸다고 느끼는 순간, 한 줄기 노란 빛이 쏟아져 들어왔다. 그는 노란 빛을 품에 안을 것처럼 양팔을 벌려 곤충처럼 버둥거렸다.

세상이 노랗게 보였다. 노란색 렌즈가 동공에 덧씌워져 있는 것처럼 눈앞의 모든 사물이며 풍경이 노랬다. 팔뚝의 고름도 노랗게 보였다. 처음에는 각막에 가벼운 상처가 나서 생긴 일시적인 시력 저하일 거라고, 망막에 염증이 생긴 거라고 대수롭지 않게 생각했다. 며칠이 지나자 눈이 충혈되고 안통이 왔다. 글자가 흐려지고 앞이 어지럽고 눈이 시렸다. 눈이 따가워 거울을 들여다보면 핏발이 서 있었다. 노환에 나타나는 백내장 증세려니 했다. 간유리가 끼워진 창문을 통해서 세상을 보듯 사물이 뿌옇게 보였다. 밝은 곳에 나가면 눈이 부시고 눈물이 났다. 안약을 투약했지만 효과는 없었다. 요아킴은 황시증을 앓고 있다는 것을 직감했다. 이상한 꿈을 꾸고 있는 것 같았다. 노란 세상에 자신이 둥둥 떠다니고 있는 꿈. 자신이 죽은 꿈. 죽었으면서도 살아 있는 꿈. 몸뚱이가 뒷골 방죽의 시커먼 수면 위에 둥둥 떠 있었다.

진료를 끝내고 잔무를 처리하기 위해 책상에 붙어 있던 요아킴은 불현듯 일어나 형광등 스위치를 눌러 불을 껐다. 불빛이 무서웠다. 세상이 온통 노랗게 보이는 불빛. 요아킴은 그제서야 자신이 황시증에 걸렸다는 것을 사실을 눈치 챘다. 요아킴은 장미 따위에게 자신이 평생 일군 인생을 패배하고 싶지 않았다. 진료실로 내려가 팔뚝에 페니실린을 투여했다. 그렇게 사흘을 넘겼지만 증세는 나아지는 기색조차 없었다. 밤에 잠을 설쳐 대며 식은땀을 흘리자 가평댁이 불이 켜고 앉았다.

―처음엔 눈 주위에 부종이 나타났고 망막이 붉게 충혈되었는데 이튿날에도 가시지 않더군. 망막에 염증이 생겼거나 아니면 강한 광선에 노출되어 일시적인 적시증에 걸린 것으로 생각했더랬지.

요아킴은 손을 뻗어 자신의 눈꺼풀을 뒤집어 보는 아내의 처량한 듯 쳐다보는 시선이 싫었다.

―어디 좀 봅시다. 눈에 먼지가 들어간 것일 수도 있잖아요.

요아킴은 아내의 손을 완강하게 쳐 냈다. 쇠로 만들어진 손이었다면 틀림없이 스파크가 일었을 것이다.

―당신이 뭘 안다고. 당신이 봐서 알 정도라면 내가 진즉 처방을 내렸겠지.

―늘 이런 식으로 날 무시했지요.

가평댁은 자존심이 상할 대로 상했는지 손으로 눈을 가린 채 울먹였다. 가평댁 역시 큰 소리를 낸 것에 스스로 놀라는 눈치였다. 반생을 함께 살아왔지만 이날처럼 속내를 드러낸 적이 없었다. 어쩌다 이런 처지가 되었는지 아무리 생각해도 억울하기만 했다. 더 놀란 것은 요아킴이었다. 마주 앉아 울먹이는 아내를 본 것은 처음이었다. 요아킴은 그제서야 아내와의 사이에 해결되지 않는 신경전이 존재하고 있음을 인정해야 했다. 마땅한 말이 떠오르지 않았지만 어쨌든 요아킴은 입을 열었다.

—난 누구의 동정을 받는 게 죽기보다 싫거든. 신경이 곤두서서 한 말이니 괘념치 마시오.

—세상이 노랗게 보이는데 왜 그리 태연한 척하는지.

가평댁은 짧게 훌쩍거리다 한숨을 쉬었다.

—공막도 홍채도 망막도 다 정상이라면 시신경에 문제가 있는 거죠. 전문 병원에 가서 검사를 받아 보세요. 백내장일 수도 있잖아요. 그러다 실명이라도 되면 어떡하려고. 게다가 그런 눈으로 어떻게 진료를 한단 말이에요.

—일시적인 증상일 수도 있어. 염분이 모자라면 종종 이럴 수가 있지. 홍채를 둘러싼 시신경이 망막을 통해 들어오는 빛의 양을 조절하지 못할 때도 이런 증상이 있을 수 있고 말이야. 단순한 색시증일 수도 있잖소. 아직은 진료하는데 아무 지장이 없으니 며칠 더 두고 봅시다.

가평댁은 다시 잠자리에 들었지만 요아킴은 한참 동안 앉아 있었다. 차라리 밤이 끝나지 않고 지속되기를 바랐다. 색깔이 없는 어둠의 세상이 차라리 편할 듯싶었다. 그렇지만 노란색 어둠이라니.

요아킴은 짙은 먹구름이 가슴을 눌러 대는 통증을 느꼈다. 눈을 찔끔 감는 순간에 눈물이 관자놀이를 지나 길게 흘러내렸다. 눈물마저도 노란색이었다. 찬물 세수를 하려고 세면장에 들어갔다. 수돗물을 틀고 손을 얼굴로 가져가다 말고 요아킴은 빳빳하게 굳어 버렸다. 신체 부위에서 손이 가장 노랗게 보였다. 거울에 비친 노란 얼굴의 사내가 말을 걸어왔다.

못 볼 걸 너무 많이 본 게지. 그렇지 않나? 요아킴은 거울 속 사내의 눈꺼풀을 들춰 보았다. 이보게, 눈에 무슨 변고가 생겼는지 자네는 알고 있을 걸세. 하지만 이대로 눈이 보이지 않는다고 해도 후회도 실망도 하지 말게나. 내가 본 것을 자네도 다 보았으니 무어 더 볼 게 있을까. 너무 오래, 너무 많이 보아 온 게 탈이지. 그러니 이젠 제발 날 내버려 두게. 자네가 이렇게 날 빤히 쳐다보는 것도 성가실 뿐이네. 자네의 노란 얼굴을 더 이상 바라보고 싶지 않네. 날 쳐다보지 말게나. 날 내버려 두게나. 세상이 노랗게 저물어 가고 있다네.

요아킴은 숨을 쉴 때마다 연기를 들이마신 것처럼 속이 메슥거려 마른기침을 해 댔다. 공기 중에 사람의 재가 떠도는 것 같았다. 매캐한 것이 숨을 들이쉴 때마다 달라붙어 좁은 기도를 더욱 옥죄었다. 심할 때는 등짝이 울리고 창자까지 들썩거릴 정도였다. 그는 천식 증세가 어렸을 때 앓았던 결핵의 후유증일 거라고 짐작했을 뿐, 아무런 약도 복용하지 않았다. 그러고 보니 자신을 위해 감기약 한 첩, 옥도정기 한 방울 사용한 기억이 없었다. 주사를 맞는 것은 더욱 끔찍한 일로 생각되었다.

손을 펼쳐 손가락 마디마디를 천천히 들여다보았다. 겸자를 쥐었던 마디와 큐레트를 쥐었던 마디에 굳은살이 박여 있었다. 굳은살이 붙은 것은 읍내에 살고 있는 사람의 숫자만큼이나 소파수술을 했다는 증거였다. 실은 그게 나 혼자서 한 일은 아닐 거야. 여자들의 질을 들락거렸던 것은 내 손가락이 아니라 의술의 손가락이었지. 생명이 착상된 비밀의 처소를 들락거린 것은 혜걸이나 큐레트의 끝에 붙어 있던 신의 눈동자가 아니었을까. 손이 닿지 않는 깊은 동굴에서 작업을 해 낸 것은 수술 도구에 달려 있는 또 다른 감각기관이지. 도구들이 질 안에서 스스로 눈을 뜨지 않으면 낙태수술은 불가능하지.

요아킴은 그런 식의 변명이 아무런 위안이 되지 않는다는 사실을 잘 알고 있었다. 히포크라테스의 선서는 여자의 질 안에서 수없이 녹아내렸다.

게다가 여자들을 쳐다볼 때마다 가랑이 사이의 까만 터럭과 그 터럭 밑에 탐스럽게 벌어진 거무스름한 음부가 떠오르곤 했다. 수많은 음부들이 머릿속에서 부유하고 있었다. 미사를 보러 공소에 들어간 적도 있었지만 성모마리아상을 보았을 때도 어김없이 여자들의 아랫도리가 떠올랐다. 한번은 고해성사를 위해 공소의 어두컴컴한 고해실 앞의 긴 행렬에 서 있었다. 행렬은 쉽게 줄지 않았다. 무료한 탓에 고개를 돌린 순간, 하얀 마리아상이 눈에 들어왔다. 어찌된 일인지 마리아의 자애로운 얼굴은 간 데 없고 석고상 하단의 긴 주름치마에 시선이 맞춰졌다. 마리아에게도 가랑이가 있던가. 시선을 들어 차마 마리아의 얼굴을 쳐다볼 수 없었다. 고해실에 들어갔으나 마리아상을 쳐다보면서 여자의 음부를 떠올린 자신의 음탕함을 신부에게 털어놓을 수 없었다. 몇 번을 망설였으나 그것은 고해해야 할 문제가 아닐 것이라고 마음속으로 생각을 정리했다. 게다가 신부에게 고해를 하지 않는 것은 신부에 대한 신뢰를 잃었기 때문이기도 했다.

　—오늘도 세 번의 소파수술을 했습니다.

　그것이 그가 할 수 있는 고해의 전부였지만 신부가 가슴에 성호를 그으며 들려주는 보속도 언제나 똑같았다.

　—성모송을 세 번 바치세요.

　낙태 수술 한 번에 성모송 한 번이라니.

　—은총이 가득하신 마리아여 기뻐하소서. 주께서 함께 계시니 여인 중에 복되시며 태중의 아들 예수 또한 복되시나이다. 천주의 성모마리아여. 이제와 우리 죽을 때에 우리를 위해 비소서. 아멘.

　고해를 마치고 성모마리아상 앞에 무릎을 꿇은 채 성모송을 바치고 있는 동안에도 음부에 대한 생각은 지워지지 않았다. 아릿한 슬픔으로 벌어져 있는 가랑이 사이의 음부. 성모송을 바칠수록 음부는 점점 커지기 시작했다. 거대한 음부와 마리아상이 번갈아 가며 눈앞에서 번뜩거렸다. 마침내 어두침침한 고백실과 벽에 걸린 십자가와 가시면류관을 쓴 채 못에 박힌 예수상까지 거대한 음부로 빨려 들어가고 있었다. 음부는 더욱 커져서 성당을 통째로 삼켜 버릴 정도로 자라났다. 요아킴은 침침한 눈을 손으로 지그시 누르며 중얼거렸다.

　—세상을 다 빨아들여도 할 수 없는 일이지. 그곳에서 태어났으

니 그곳으로 돌아간다 해도 이상한 일이 아니야.

그곳이라고 발음하는 순간, 또다시 다리를 벌리고 누워 있는 여자의 음부가 어른거렸다. 활짝 벌어진 수많은 여자의 꽃들이 그의 이마에 빨판처럼 붙어 있었다. 요아킴은 눈에 보이지 않는 무수한 꽃송이를 털어 내듯 이마를 손바닥으로 문질렀다. 수술대에 누워 가랑이를 벌리고 있는 여자들의 무수한 음부. 음부를 헤쳐 보면 회음부의 연분홍 꽃잎엔 남자들과 정사를 나눈 흔적이 남아 있었다. 여자에게 음부란 생식과 관능의 도구가 아니라 몸속에 감춰진 생의 또 다른 함정이었다. 그들이 남자를 받아들이며 입에 무는 단내는 그 함정에 빠져 허우적거리는 외마디 비명이었다. 30분도 안 되는 관능을 만족시키기 위해 타오르는 검은 열기가 그 함정에서 자라고 있었다.

두 허벅지가 만나는 서혜부, 그 안쪽으로 회음부, 그 뒤로 차진 둔덕을 타고 넘어가면 보랏빛 항문이다. 대음순을 벗어나 자라 오른 무성한 체모. 체모는 여름날 불쑥 자라 오른 억새풀처럼 꼿꼿하게 서 있다. 어둑하고 깊은 원시의 숲. 하지만 여자는 생명 없는 인형처럼 수술대 위에 누워 있을 뿐이다. 손가락에 슬쩍 힘을 주어 서혜부를 헤치자 여자는 양미간을 움찔 찡그린다. 양미간의 주름이 감각적이다. 서혜부 주위에서부터 살갗은 움푹 파이기 시작한다. 팽팽해진 항문은 우물처럼 깊게 몸 안쪽으로 입을 다물고 있다. 섬세하게 중심을 향해 수축된 주름이 몸을 여는 또 하나의 구멍처럼 보였다. 손가락을 음부 안으로 밀어 넣고 손가락의 느낌을 따라

간다. 손가락으로 미세한 수축의 힘이 전달된다. 창졸간에 모든 말초신경이 손가락 끝에 모여든다. 손가락에 뜨거운 불이 켜진다. 다른 손은 다시 허벅지 아래 실핏줄을 따라 마치 몸에 붙어 있는 보이지 않는 거미줄을 걷어 내듯 분주하게 움직인다. 손에 밴 땀이 거미줄 위에 새벽이슬처럼 대롱대롱 맺혀 있는 것만 같다. 손은 다시 음부를 향해 돌진한다. 대음순이 부드럽게 열린다. 소음순은 짙은 갈색을 띠고 있다. 손과 눈은 소음순에 오랫동안 머물러 있지 못한다. 음순을 젖히고 자궁의 문을 여는 것은 손도 눈도 아니라 겸자였다.

그때부터는 손이 아니라 감각이 수술을 하는 것이다. 육안으로 들여다볼 수 없는 생명의 땅을 후비는 겸자에 대신 눈을 달아 준다. 점액질 안에서 가느다란 신음이 손에 느껴진다. 신음의 주파수는 한동안 고정된다. 이번에는 큐레트를 밀어 넣고 음핵을 헤쳐 나간다. 끈적거리는 점액질의 분비물은 큐레트를 쥐고 있는 손의 지문을 당황시킨다. 태아가 적출되는 순간, 지문이 지워져 버릴 것 같다. 지문뿐 아니라 모든 생각이 지워진다.

헤걸을 집어넣고 질 내부를 어림해 본다. 깊이를 잘못 재면 자궁에 천공이 뚫려 수술 후에 환자가 통증을 호소할 수도 있다. 수술 기구를 손가락의 연장이라고 생각하면 된다. 여러 개의 문이 착착 소리를 내며 부드럽게 열린다. 그때부터는 맹목이다. 생명을 지운다는 상념의 거품을 무참히 꺼 버리고 헤걸 끝을 이리저리 옮겨 본다. 헤걸이 자궁 안에 착상된 강낭콩만 한 태아의 머리에 닿았다는 느낌이 손가락에 전달된다. 태아는 자신을 제거하려는 차디찬 쇠붙이를 피하려고 발버둥 친다. 구멍 안에서 비명 소리가 들려온다. 후

굽힌 경우 여자의 구멍은 등 쪽 골반으로 손가락을 인도한다. 구멍은 생명의 신비를 감춘 맑은 샘을 여러 군데 거느리고 있다. 수많은 작은 샘들이 태아의 비명을 듣고 졸아든다. 그러나 헤걸은 그 비명보다 더 비장하다. 태아의 머리를 뭉개고 몸통을 여러 차례 으깬다. 죽음의 신이 자궁 속에서 그 환희를 조금이라도 더 맛보기 위해 요동친다. 자궁은 피로 범벅되면서 거꾸로 뒤집힌다.

태아의 살덩이가 핏물에 섞여 흘러나온다. 살덩이를 볼 때마다 머릿속으로 수만 볼트의 정전기가 푸르스름한 불꽃을 일으키며 흘러간다. 머리에서 발끝까지, 양 귓불이며 목덜미며 아랫배에 미세한 경련의 물결이 인다. 수술이 끝나면 여자는 데쳐진 배춧잎처럼 축 늘어지고 만다. 몸은 이내 공허의 심연 속으로 깊게 침잠한다. 몸은 절벽에서 추락해 으깨진 듯 아슴거린다.

낙태 수술은 구멍 안에 또 하나의 구멍을 내는 일이다. 일상 속에서는 잘 보이지 않는 생의 비극성이 수술대 위에서는 선명하게 보였다. 여자는 오금의 마디마디마다 전해진 미세한 전기적 충격이 가시지 않은 듯 한동안 눈을 뜨지 못했다. 아니, 정작 눈을 뜨지 못하는 것은 요아킴 자신이었다. 무엇이라도 신부에게 털어놓지 않으면 견딜 수 없을 것 같았다. 고해실에 들어가 앉아 있는 동안에도 속에서는 뜨거운 것이 왈칵 치밀어 올랐다. 맥박이 빨라졌다. 가슴 속 깊숙이 묻어 둔 것을 낱낱이 털어놓으면 그나마 속이 후련해질 것으로 생각했다. 하지만 늘 그랬듯이 고해성사 말미에 되풀이되는 미적지근한 참회 방식을 그는 불신했다.

—그 밖에 제가 미처 기억하지 못하는 죄까지 모두 용서해 주시

기 바랍니다.

　기억하지 못하는 죄라니, 대체 무슨 말인가. 정원의 나무와 풀과 꽃들이 모든 죄를 기억하고 있지 않은가. 죄 없이 태어난 인간이 과연 존재하기라도 한단 말인가. 공소 신부의 설명이 없었던 것은 아니었다.

　―인간에게 영혼이 깃드는 것은 수정이 이루어지는 순간과 관련이 있지요. 남녀가 만나 살을 섞고 정자와 난자가 합쳐질 때쯤이면 그 주위에는 반드시 사람의 몸을 받아야 하는 내정된 영혼이 맴돌고 있는 것이죠. 그 에너지는 인간의 육체가 가진 힘 가운데 가장 신묘한 것이어서 수정되는 순간에 영혼이 들어오고 그 영혼이 몸을 받아 자라기 시작합니다. 여성의 임신이란 우주의 인연에 의해 내정된 영혼이 자신을 드러낼 육신을 갈구하는 과정이지요. 수태란 인간의 가장 위대한 꿈입니다. 이승에서 살고 싶다는 뚜렷한 목적을 가진 영혼을 꽃피우는 일이니까요. 태어나야 한다는 목적을 가진 영혼의 꽃. 그걸 인공적으로 지우면 영혼은 저승으로 떠날 수 없게 됩니다. 태어날 준비를 하고 있는 순간에 죽음을 맞이하는 태아의 영혼은 졸지에 비명횡사한 사람의 영혼과 다를 바 없는 것이죠. 낙태 장면을 촬영한 비디오를 본 적이 있지요. 자궁 안으로 들어온 수술 도구를 피하기 위해 태아가 필사적으로 몸부림치며 몸을 웅크리더군요. 그 생명체를 누가 감히 한낱 살덩어리라고 말할 수 있겠습니까.

　―신부님, 하지만 낙태는 윤리의 문제를 떠나 의학적인 문제이기도 합니다. 원치 않는 임신으로 고통 받는 임산부의 운명을 고려할

때 낙태를 윤리적으로만 판단한다는 건 시대착오적이지 않을까요. 인간의 현상에는 영혼과 육체의 예정된 고리를 물리적인 힘으로 끊어 버릴 수밖에 없는 또 다른 필연도 포함되어 있는 겁니다.

　―세상의 모든 생물은 생명을 얻는 그 순간에 자신의 존재 가치를 부여받아요. 정자와 난자가 만나 수정이 이루어지는 순간에 생명을 가진 한 개체가 되는 것이죠. 신학자들은 최초의 인간이 창조될 때 천사 넷이 대부모 자격으로 그 옆에 서 있었다고 말합니다. 자비, 진리, 평화, 정의의 천사. 아주 오랫동안 네 명의 천사들은 하느님이 인간을 창조해야 하는지를 놓고 논쟁을 벌였는데 그 가운데서도 가장 반대를 심하게 한 것이 진리의 천사였답니다. 분노한 하느님은 이 천사를 땅속 깊은 곳에 가두어 버립니다. 하지만 다른 천사들이 용서해 주기를 간청해서 결국 하느님은 마음을 돌려 진리의 천사를 다시 하늘나라로 불러 올렸지요. 진리의 천사는 하늘나라에서 쫓겨날 때 흘린 눈물로 젖은 흙을 가지고 돌아왔답니다. 하느님은 그 흙으로 사람을 빚었지요. 신학생 시절에 읽은 내용인데 그만큼 하느님은 인간을 만들고 싶었고 또한 지금도 인간의 편에 서 있는 것이죠. 그러니 자궁 안에 들어 있는 생명을 함부로 죽이면 천사의 눈물을 대신 흘려야 할지도 모릅니다.

　요아킴은 사제와 신자 사이의 관계의 엄격함 따위는 안중에 없다는 듯 막무가내로 신부의 말을 가로막았다.

　―천사의 눈물에 젖은 진흙으로 우리 인간을 빚어냈다면 똑같은 눈물의 진흙으로 빚어진 우리 인간들의 운명은 왜 이렇게 다를까요. 누구는 살인을 하고 누구는 낙태를 하고……. 전쟁터의 살육은

또 무엇이란 말입니까?

　─세상에는 카인 같은 사람도 존재한다는 걸을 모르나요?

　─신부님은 제가 무슨 일을 하는지 짐작도 못 하실 겁니다. 임신 3개월까지는 배아기라고 하고 그 후로는 태아기라고 하지요. 하지만 3개월이 되면 벌써 심장이 생기고 손톱, 발톱, 솜털까지 생길 정도로 인간의 형태가 거의 갖춰져요. 임신 3개월 전까지는 흡입술로도 태아를 제거할 수 있지만 그 이후는 기구를 삽입해서 태아를 갈기갈기 찢어 내야 합니다. 팔, 다리, 몸통, 머리를 차례로 부수지요. 4개월이면 8센티미터 크기로 자라고 7개월이 넘어서면 인간의 완전한 형체가 이루어지지요. 그 정도 크기의 핏덩이를 제거하려면 자궁 경부를 확장하기 위해 라미나리아라고 하는 약제를 하루 전에 삽입합니다. 경부가 확장되면 마취를 하고 수술을 하지요. 긁어내는 양도 많고 출혈도 많아요. 7개월이면 사실상 낙태 수술이 아니라 분만에 가깝지요. 태아는 이미 세상 밖으로 나올 준비가 다 갖춰진 상태지요. 그러니 분만하듯 태아를 받아 내야 합니다. 인큐베이터에 넣으면 살릴 수 있지만 임산부가 원하지 않으니 그대로 방치했다가 죽기만을 기다리지요. 임산부의 비정함은 눈 뜨고 볼 수 없을 정도입니다. 하지만 어떡합니까. 임산부는 이미 아기를 체념했는데요. 그런 태아를 받을 때마다 조금만 손길을 주면 살릴 수 있다는 생각에 몸서리가 쳐지지요. 갓 태어난 아기의 생명력은 어찌나 강한지 하루 정도는 너끈히 버티며 발버둥치지요. 죽음을 직감한 듯 울음을 터뜨리며 버둥대는 모습을 보고 있자면 비정한 임산부는 물론이고 제 자신이 죽이도록 미워지지요. 그러나 그 순간에 어

떤 생각이 드는지 아십니까. 그 핏덩이야말로 임산부에게도, 그 누구에게도 귀속되지 않는 독립적인 존재, 오로지 신에게 귀속된 피조물이라는 생각입니다. 하루가 지나면 사지에 핏기가 가시고 얼굴이 꾸덕꾸덕 마르면서 아기는 숨을 놓고 맙니다. 헝겊에 싸서 작은 항아리에 담아 정원 한구석에 묻어 주는 것까지가 제 일이지요.

신부의 표정이 일그러졌다. 요아킴은 자신이 한 말을 후회했으나 다시 주워 담을 수도 없었다. 신부가 삼위일체의 신비에 관한 논문으로 신학 박사 학위를 받을 정도로 학구적이라는 소문이 돌긴 했다. 건강 때문에 전교의 의무보다는 학문적인 업적으로 교회에 봉사하고 있다는 생각이 들자 측은하게 느껴졌다.

─인간은 수천여 년에 걸쳐 진화했다고들 하지만 그것은 생체적인 진화일 뿐, 영혼은 한 걸음도 진화하지 않은 것이죠. 그래서 신이 존재하는 것입니다. 인간은 영적인 측면에서는 퇴보하고 있어요.

─영적인 것은 제 소관이 아니지요.

신부는 더 이상 대꾸를 하지 않은 채 고해실 창구를 닫았다. 어떤 보속도 내리지 않았다. 요아킴은 빛이 들어오지 않는 캄캄한 고해실에 혼자 앉아 있자니 울화통이 치밀었다. 신부에게 고백을 했지만 아무것도 달라진 것은 없었다. 고백은 상투적이고 무의미하기조차 했다. 영혼을 구하는 문제가 아기를 원하지 않는 여자의 운명보다 더 상위에 있다는 신부의 말도 귀에 거슬렸다. 인간이라도 해도 똑같은 흙으로 빚어진 존재는 아닌 것이다. 요아킴은 고해로 인해 오히려 마음의 평화를 잃어버린 것 같아 불쾌했다. 자신이 메스에 피를 묻히는 쪽이라면 신부는 영혼의 칼에 피를 묻히는 쪽이 아니던가. 십자가 앞에서 때로는 하느님에게 축복을 갈구하고 때로는 하느님의 이름으로 용서를 비는 죄업의 아이러니를 반복하고 있는 자는 누군가. 그럼에도 불구하고 의사에게는 악역을 맡기고 자신은 늘 선한 역할을 하는 사제라는 신분에 울화통이 치밀어 올랐다. 세상은 확실히 불공평해 보였다. 다시 창구가 열렸다.

―지옥에 자리가 비어 있다면 그것은 의사 선생의 것이 아니라 제 자리일 겁니다.

―하지만 신부님이 저를 대신해 지옥에 간다고 해서 당장 세상이 변하는 것도 아닌데 제게 무슨 위로가 되겠습니까?

―그만 고해실에서 나오세요. 사제관에 가서 차나 한 잔 합시다.

사제관은 공소의 별채였다. 창문 쪽으로 침대와 책상이 놓여 있고 반대편에는 페치카와 서재가 꾸며져 있었다. 서재에는 신학생 시절부터 읽어 왔을 신학 원서들이 빼곡히 꽂혀 있었다. 커피포트에서 물이 끓기를 기다리는 동안 신부가 서재에서 책 한 권을 뽑아 탁자에 내려놓았다.

―중세의 서양 전설을 모아 놓은 책이지요. 이 책에서 흥미로운 것은 세례를 받기도 전에 죽은 아이가 묻힌 장소에 깃드는 키키모라라는 정령이지요. 부모들이 저주한 아이들, 임신중절로 낙태된 아이들, 어머니의 구박을 받고 죽은 아이가 변한 것이라고 중세 사람들은 믿었답니다.

신부는 책을 집어 들고 뒤적이더니 뱀 그림이 그려진 페이지를 펼쳐 놓았다.

―키키모라는 여인이 뱀과 관계를 맺어 낳은 아이의 정령이라는

설과 집의 정령과 결혼한 아낙네가 낳은 아이의 정령이라는 두 가지 설을 가지고 있어요. 천장과 아궁이 혹은 난로 뒤에 숨어 살면서 밤이 되면 등잔 밑이나 부엌으로 나와 살림살이를 헝클어 놓곤 한다는 거예요. 여자들은 키키모라의 눈치를 보느라 부엌의 놋그릇이나 질그릇을 반질반질하게 닦아야 했지요. 긴 머리를 늘어뜨리고 흰색, 붉은색, 검정색이 섞인 윗도리를 입고 고깔을 쓴 채 나타나서는 잠을 못 자게 바스락거리는 소리를 내고, 식기를 바닥에 던져 버리기도 하고, 실타래를 마구 엉켜 놓기도 하지요. 키키모라는 특히 실 잣는 것을 좋아해 여자가 실을 잣다가 놓아 둔 물레를 망가뜨리거나 실을 엉키게 하지요. 막 잠들려고 하는 집 주인여자의 머리카락을 잡아당기기도 하고 닭 털을 뽑기도 하고, 염소의 털을 긁어 놓기도 합니다. 서양 사람들은 정원에 비둘기나 참새의 깃이 떨어져 있는 것도 키키모라의 짓이라고 믿었죠. 키키모라가 집 안에 들어오면 사람들은 오래 버티지 못하고 이사를 갔지요. 키키모라의 목적은 주인을 집에서 몰아내는 것이니까요.

신부가 커피를 타러 주방에 들어간 사이에 요아킴은 책을 집어 들고 내용을 훑어보았다.

창세기 이래 식물은 인간에 앞서 대지 위에 뿌리를 박았다. 식물의 정령이 대지를 정화하고 있다는 추론은 가능하다. 식물이 동물을 뱉어 냈다는 신화가 엄연히 존재하지 않는가. 나무가 벼락을 맞아 절반으로 쩍 갈라질 때 그 속에서 사람이 나왔다는 전설은 신이 식물 속에 인간의 씨를 심어 놓았다는 말로 간주되었다. 옛날에는 부족들의 성소마다 꺼지지 않는 모닥불이 있었다. 그 불에 희생 제물의 피를 뿌려 연기를 피워 올렸다. 인간의 피가 장작불에 타고 남은 재와 섞일 때 신은 인간을 용서하였던 것이다. 하늘과 땅과 사람과 영혼 사이에 다리를 놓은 매개체는 식물이었던 것이다. 인간과 자연 사이를 자유로이 왕래하는 초월적인 존재가 또한 식물이었다.

고대인들은 숲에 들어갈 때면 자신들 말고 숲의 영혼이 따로 있어서 그 영혼을 만날 준비를 하고 있어야 한다고 믿었다. 숲의 정령은 푸르스름한 두 뺨에 초록색의 튀어나온 눈, 짙고 길게 늘어진 잿빛 눈썹, 녹색 수염을 기른 노인의 모습을 하고 있었다. 그건 남성 정령이다. 두 눈이 에메랄드처럼 초록빛으로 불타는 숲의 정령은 휘파람 소리, 웃음소리, 노랫소리 등을 통해서 자신을 드러냈다. 수시로 자신의 몸을 변화시키는 가변적인 존재였으나 그림자는 없었다. 때로는 키가 나무 꼭대기까지 다다르고 때로는 난쟁이로 변하여 나무 덤불숲에 몸을 숨길 수도 있었다.

숲에 들어갔을 때 미친 듯한 바람의 웃음소리가 실려 온다면 그건 틀림없이 숲의 정령이 부르는 노래이다. 들판에도 농사일을 관여하는 정령이 살고 있다. 들판의 정령은 한밤중에 하얀 옷을 입고 나타나거나 들판에 회오리바람을 일으키면서 주로 곡식들이 자라고 있는 여름 들판을 휘젓고 다닌다. 검은 얼굴에 서로 색이 다른 두 눈을 달고 키가 아주 왜소하거나 혹은 불구의 몸을 하고 있다. 들판의 정령은 때로 인간의 말을 사용하는 난쟁이로 모습을 바꾸기도 했다. 농작물에게 해를 끼치는 거센 바람은 꼬리가 달린 들판의 정령이 부린 심술이다. 여름날 정오에 들판에서 희미하게 반짝이는 불꽃이 보인다면 그건 들판의 정령이 낮잠을 자고 있는 것이다.

정령은 밭이랑에 앉아 있다가 초원에 방목해 놓은 가축의 등에 쇠파리나 등에 같은 성가신 곤충을 달라붙게 해 가축이 곡식을 짓밟게 한다. 들판에 내리는 비를 쫓아 버리는 것도, 가축들을 미치게 하여 채소밭의 푸성귀를 마구 짓밟게 하는 것도 들판의 정령이다. 들판의 정령은 꽃을 가지고 사람을 자주 골탕 먹인다. 아이들을 유인하여 길을 잃게 만들거나, 들판을 배회하게 만들거나, 대낮에 나무 그늘에서 잠든 사람을 깨워 열병을 앓게 만든다. 농민들은 들판의 정령을 달래기 위하여 여름날 밤중에 마을에서 멀리 떨어진 들판에 구멍을 파고 계란이나 수탉을 공물로 파묻기도 했다. 사람들은 정령이 만일 공물을 마음에 들어 하지 않으면 수확량이 크게 줄어들 것이라고 생각했다.

요아킴은 며칠 전 봉합 수술을 하기 위해 서랍을 열었을 때, 크게 당황했던 기억이 떠올랐다. 가지런히 감겨 있어야 할 봉합사가 마구 헝클어져 있었다. 간호사에게 물어봤지만 손댄 적이 없다고 했다. 키키모라 정령이라도 다녀갔단 말일까. 요아킴은 병원으로 돌아가는 길에 차를 한탄강 다리 위에 세웠다. 발 아래로 노란 강물이 흘러가고 있었다. 나무도 구름도 하늘도 읍내도 노랗게 보였다.

외팔이 조 씨

텔레비전에서 여성 기상 캐스터가 풍향계 옆에서 내일의 날씨를 예보했다. 바람이 여자의 실크 머플러를 펄럭거렸다. 여자가 혀로 입술을 슬쩍 핥았다. 실크 머플러도, 캐스터의 입술도, 혀도 노랗게 보였다. 요아킴은 여자의 입술 사이에 끼어 있던 혀가 노란 고무일 것이라고 상상해 보았다. 여자는 정성 들여 두드린 화장기 밑으로 창백한 얼굴을 감추고 있었다. 팽팽한 다리 곡선을 코 넓은 스타킹이 감싸고 있었다. 상상 속에서 여자는 털끝 하나 변하지 않는다. 상상 속에서는 걸친 모든 옷을 벗기고 사타구니를 날카로운 쇠붙이로 찌른다고 해서 무엇 하나 손상되는 것이 아니다. 그건 어디까지나 상상일 뿐이니까. 그러나 기억은 다르다. 상상은 머릿속에서 끝나지만 기억은 대가를 치르게 되어 있다. 어제만 해도 두 번의 소파수술을 했고 그제는 세 번이었다. 까만 터럭이 북슬북슬하게 자

라난 아랫도리. 요아킴은 갑자기 피비린내가 손에서 뭉실거리는 것
만 같아 세면실에 들어가 손을 씻었다. 피비린내를 없애려면 비누
와 알코올을 섞어서 오랫동안 손을 문질러야 했다. 손을 씻을 때마
다 길 잃은 고양이가 비좁은 문틈을 헤집고 들어와 자신의 발에 꼬
리를 비벼 대며 코를 실룩거리는 느낌이 들어 등골이 오싹해진 게
한두 번이 아니었다.

　병원 현관 쪽에서 왁자지껄한 소리가 들렸다. 사무장이 누군가
와 승강이를 벌이는 모양이었다. 창문을 열고 내다보니, 현관 앞에
목발을 짚고 버티고 서 있는 상이군인들 사이로 낯익은 얼굴이 눈
에 띄었다. 외팔이 조 씨였다. 어림잡아 대여섯 명. 읍내 어디에나
상이군인들이 들끓었다. 아무 점방에나 불쑥 들어가 갈고리 손을
내밀거나 의수를 쑥 뽑아 휘두르며 푼돈을 요구했다. 돈을 쥐어 주
거나 선반에 올려져 있는 됫병짜리 소주라도 들려 주지 않으면 물
러갈 생각을 하지 않고 횡포를 부렸다. 신고를 받고 경관이 출동해
도 막무가내였다. 목발은 가장 위협적인 도구였다. 인체에 달려 있
던 손과 발이 사라진 대신에 그들은 언제든지 마음만 먹으면 인체
에서 떼어 내 타인을 공격할 수 있는 의수와 의족을 갖고 있었다.
그들에게는 정상인이 되려는 의지가 없었다. 그들은 부끄러움도, 수
치감도 내비치지 않았다. 그들이 목발을 짚거나 인공 수족을 단 채
거리를 활보하면 앞골 뒷골의 술집들은 문을 걸어 잠갔다. 그들은
읍내 어디서나 말썽을 일으켰다. 그러나 어느 해인가 외팔이 조 씨
가 상이군인들의 왕초 노릇을 하면서부터 시장통이나 점방으로 몰
려다니는 앵벌이 행각은 눈에 띄게 줄었다. 전쟁이 끝나고 전국을

떠돌며 엿장수로 연명하던 외팔이 조 씨가 읍내에 들어온 것은 요아킴이 개업을 한 이듬해였다.

—병원에는 얼씬도 말라고 일렀잖소. 어이쿠.

사무장이 비명을 지르며 바닥에 엉덩방아를 찧고 나자빠졌다. 다음 순간, 상이군인들의 욕지거리가 들려왔다.

—원장님에게 긴히 할 말이 있어서 왔는데 이따위로 사람을 천대하기요? 원장님과 나는 피를 나눈 형제란 말이오.

외팔이 조 씨는 성한 손을 내밀어 사무장을 일으켜 세우더니 원장실을 향해 큰 소리로 외쳤다.

—여자들 밑구멍이나 파먹고 사는 주제에 인심은 왜 그리 야박한지. 매일 오는 것도 아닌데 이렇게 문전박대를 하면 천벌을 받지.

요아킴이 진료실 문을 열고 모습을 드러내자 외팔이 조 씨는 다리를 붙이고 차렷 자세로 서서 경례를 붙이는 시늉을 했다.

—이게 누구시더라. 원장 동무 아니오.

뒤에 서 있던 상이군인들도 허리를 꺾어 인사를 했다. 사무장이 주머니에서 지전 몇 장을 꺼내 건넸지만 외팔이 조 씨의 눈치를 보는지 모두들 엉거주춤 서 있을 뿐, 돈을 받지 않았다. 상이군인들 뒤로 길명이 벽에 기댄 채 고개를 숙이고 서 있었다. 소매며 팔꿈치가 너덜거리는 낡은 옷을 입고 있었지만 눈동자는 초롱초롱 빛났다. 두꺼비를 키우던 시절의 길명이 아니었다. 어깨가 떡 벌어진 건장한 모습이었다. 번개처럼 짧은 시간에 요아킴은 길명이 태어난 순간을 떠올렸다. 탄생의 순간에 소리를 잃어버린 핏덩이가 어엿한 청년이 되어 있는 게 신기하게 느껴졌다.

—병원 옥상 빨랫줄에 하얀 광목 요가 너풀대기에 들어왔지요. 이불보가 어찌나 흰지. 눈물이 날 것처럼 하얗더구면요. 저런 이불보에서 한번 자 봤으면 소원이 없겠네요.

—못난 사람 같으니. 그것도 농이라고 하는 건가?

—제가 이 읍내에 살게 된 게 알고 보면 다 원장님 덕분인데 어찌 감히 농담을 하겠어요. 오늘은 참말로 용건이 있어 왔다니까요.

요아킴이 외팔이 조 씨를 만난 것은 전쟁이 막바지에 접어들던 무렵 부산 육군병원에서였다. 전력 사정이 좋지 않아 야간에는 늘 정전 가능성이 있었기에 대부분의 수술은 낮에 시술되었다. 적십자 소속 간호사들과 위생병들은 종종걸음으로 병동과 병동 사이를 바쁘게 오갔다. 사이렌을 울리며 병원 현관에 도착한 구급차들은 피투성이가 된 채 들것에 실린 환자들을 꾸역꾸역 토해 냈다. 응급실로 옮겨진 중상자 가운데 절반은 수술도 받기 전에 죽어 나갔다. 출혈이 너무 심한 데다 수술 시기를 놓쳐 상처 부위가 썩어 들어가는 중상병이 부지기수였다. 중상병들은 동여맨 붕대에 피가 흥건히 젖은 채 사경을 헤매고 있었다. 병동마다 부상병들의 신음 소리가 엉겨 붙어 무슨 주문을 외는 것처럼 들렸다. 알코올 냄새와 피 냄새가 섞여 숨을 쉴 때마다 속이 메슥거렸다. 대부분의 부상병들은 차디찬 마룻바닥에 누워 있었다. 야전침대는 턱없이 모자라 중상자에게 먼저 배정되었다. 중환자 침상에는 성당 성구실의 등불처럼 혈액병과 링거병이 걸려 있었다.

군종신부는 중환자실을 일일이 돌면서 죽어 가는 병사들을 위해 성호를 그었다. 중환자실은 임종실이나 마찬가지였다. 폭탄 파편에 맞아 얼굴에 심한 화상을 입은 환자는 고막까지 파열돼 신부의 기도를 들을 수 없었지만 신부를 보는 것만으로도 평온한 표정을 지으며 숨을 거뒀다. 신부가 손을 뻗어 망자의 눈을 감겼다. 피비린내가 진동하는 병동의 대기를 승자도 패자도 없는 전쟁의 광기가 짓눌렀다.

최전선에서 이송되어 오는 부상병들은 날로 늘어났다. 팔다리가 절단된 처참한 몰골의 병사들이 내뱉는 신음 소리가 복도에 진동했다. 군종신부와 함께 이동식 침상에 병사의 사체를 싣고 복도로 나서려는 데 간호장교가 가쁜 숨을 몰아쉬며 달려왔다.

—외과 병동에 응급환자예요. 전선에서 막 실려 온 부상병인데 출혈이 심해요.

요아킴은 간호장교와 함께 수술실로 뛰어갔다. 수술실은 본관 건물 2층에 있었다. 계단을 오를수록 피비린내가 점점 강해졌다.

수술대 위에는 왼쪽 어깻죽지에 총상을 입은 부상병이 누워 있었다. 마취가 완전히 되지 않은 듯 거친 숨을 몰아쉬면서 입술을 들썩이고 있었다. 요아킴은 간호장교가 넘겨준 차트를 훑어보았다. 왼손 전체에 탄저균이 퍼져 있었다. 어깻죽지에서 썩은 내가 났다.

—팔을 절단해야겠어요.

요아킴은 간호장교에게 수술 준비를 시켰다. 그때였다.

—팔을 자를 바에야 이대로 죽여라.

부상병이 손에 메스를 움켜쥔 채 간호병들을 위협하고 있었다. 메스를 쥔 손은 파르르 떨리고 있었다. 마취가 되지 않아 의식이 깨어난 순간, 자신의 팔을 절단하려는 것을 눈치 채고 발광을 해 댔

다. 메스는 수술대 옆에 가지런히 놓여 있던 절단용 도구 가운데 하
나였다.

—절대로 절단은 안 되니 차라리 날 죽여.

부상병이 메스를 휘두르자 간호병들이 비명을 지르며 뒤로 물러
났다. 수술대가 부상병의 요동에 삐꺼덕거렸다. 모두들 엉거주춤하
고 있을 때 요아킴이 부상병이 들고 있는 메스에 닿을 듯 가까이 다
가갔다.

—그렇게 찌르고 싶으면 나를 찔러라.

요아킴이 으름장을 놓자 부상병은 울음을 터뜨리며 메스를 바닥
에 떨어뜨렸다.

수술실은 적막에 휩싸였다. 부상병만 흥분이 가라앉지 않는지
거칠게 숨을 몰아쉬었다.

—당장 절단을 하지 않으면 온몸으로 탄저균이 번져 하루를 넘
기기 어렵네.

부상병의 쇠약한 목소리가 들릴락 말락 들려왔다.

—모든 것을 군의관님께 맡기겠어요.

수술 가운을 갈아입자 수술대 양쪽에 늘어선 간호병들의 커다
란 눈동자가 반짝거렸다. 절단은 빠를수록 좋았다. 총상에 의해 손
상된 살점을 완전히 도려내야 했다. 괴저가 전신으로 퍼지면 회생
가능성은 희박했다. 성한 부위도 일부 잘라 낼 수밖에 없었다. 성
한 부분과 상한 부분의 경계에 메스를 대고 힘을 주었다. 뼈가 드러
나도록 사방을 절개했다. 손상된 뼈를 작은 톱으로 잘라 냈다. 뼈의
단면을 부드럽게 갈아 낸 뒤 피부를 당겼다. 피부는 뼈를 덮을 수

있을 만큼 충분히 확보했다. 절개 부위를 꼼꼼히 꿰맨 뒤 지혈약 가루를 뿌리고 나서 지혈대를 댄 다음 압박을 가했다.

—2차 대전 때 영국 해군은 절단 부위에 화약 가루를 바르고 불을 붙여 시술을 한 적도 있어. 러시아 군의관들은 얼음과 눈으로 절단 부위를 감싸 통증을 완화하기도 했지. 그러나 무엇보다도 관절은 동맥 경화에 의한 감염에 취약하다는 사실을 유념해야 되네.

의전 시절 외과 교수의 목소리가 메스 끝에서 들려왔다. 수술은 절단 부위에 다시 붕대를 감는 것으로 끝났다. 부상병은 다른 환자와는 달라 보였다. 의식이 돌아오면 팔이 없어졌다며 침상에서 비통한 표정을 짓거나 고함을 지르는 것이 보통이었으나 그는 자신의 어깻죽지를 관통한 총탄을 비웃듯 창문 쪽으로 얼굴을 돌린 채 먼 하늘을 쳐다보고 있었다. 그날 팔 하나를 잃어버린 부상병이 외팔이 조 씨였다.

—날 찾아온 용건이 뭔가?

—마구간에 묶어 놓은 말을 좀 빌릴까 해서요.

—말은 어디에 쓰게?

—잡아먹지는 않을 테니 걱정 마세요. 한 팔로 고삐를 쥐고 탈 것도 아니고. 산정호수 주변에서 꽃마차라도 끌면 입에 풀칠이라도 할 수 있을까 해서요.

—마부가 되겠다는 게요? 술을 끊기 전에는 그나마 며칠도 못 가서 때려치울 게 불 보듯 환해. 술부터 끊어야 말이든 소든 빌려줄 게 아니오?

—그깟 놈의 술이라면 원도 한도 없이 마셨으니 날 믿고 말을 넘

겨주세요. 먹는 게 신통치 않은지 삐쩍 말라서 갈비뼈까지 드러나
보이던데. 말도 주인을 잘 만나야 호강을 하지요.

　─무슨 재주로 건초를 댈 작정인지 원. 술을 끊지 않으면 꽃마차
도 쓸 데 없는 일이 될 게 뻔하오.

　─평생을 속고만 살았소? 부산 육군병원 시절에는 그렇게 순박
하던 양반이 변해도 너무 변했구려. 말을 빌려 주지 않으면 그만이
지 왜 훈수를 두는 게요? 같이 늙어 가는 처지에. 길명아, 이만 돌
아가자. 두 번 다시 찾아올 이유도 없다.

　─술을 끊겠다고 단단히 약조를 하면 모를까.

　─약조를 하지요. 각서를 쓰라면 얼마든지 쓰겠소. 술을 먹는다
면 내 손에 장을 지질 것이오.

　요아킴은 외팔이 조 씨 옆에 붙어선 길명에게 눈길을 돌렸다.

　─길명이를 봐서 빌려 주는 것이니 그리 알게.

　─나중에 딴 소리 없기요.

　─맘 변하기 전에 어서 끌고 가시오.

　외팔이 조 씨를 따라 정원으로 통하는 복도를 걸어가던 길명이
멈칫멈칫 뒤를 돌아보았다. 길명의 시선을 느끼며 발길을 돌리던 요
아킴은 가슴 한구석이 짓물러지듯 아려 왔다.

합동 수색

늙은 말이 끄는 꽃마차는 타원형에 가까운 산정호수 변의 오솔
길을 따라 돌고 또 돌았다. 마차 뒤에는 하얀 페인트로 '잘 길들여
진 말에 마부가 고삐를 끌어 주므로 초보자도 안전하게 즐길 수 있
습니다.'라고 적혀 있었다. 늙은 외팔이 마부와 길명은 젊은 아베크
족이나 아이를 데리고 나온 가족을 마차에 태워 주고 하루벌이로
끼니를 이어 갔다.

그날은 늦은 오후부터 찬비가 오는 바람에 호수를 찾은 행락객
들은 일찌감치 자리를 떴다. 외팔이 조 씨는 꽃마차에서 떼어 낸 말
고삐를 길명에게 건네주고 오랜 단골인 오작교 식당으로 건너갔다.
오작교 식당은 호수의 물이 하얀 물거품을 물고 떨어지는 폭포 밑
에 위치한 덕택에 제법 손님이 끓었다. 식당 주인은 외팔이로 살아
가는 조 씨의 딱한 처지를 생각해 별장지로 사둔 인근 임야에 마구

간을 지어 주었다. 마구간은 호수 변 산길을 10분쯤 걸어 올라가야 하는 구릉 위에 있었다. 말은 고삐를 잡지 않아도 등 뒤에 바싹 붙어 길명을 따라왔다. 가끔 머리로 등을 미는 바람에 길명의 걸음이 빨라지기도 했다. 비 때문에 산길 개골창에서 흙탕물이 흘러내렸지만 길명에게는 문제가 되지 않았다. 낙엽송을 잘라 얼기설기 지은 마구간은 길명의 손길에 의해 늘 청결하게 관리되고 있었다. 마구간 주변에는 두 자 깊이로 배수로를 파 놓고 산 정상 부근에서 베어 온 억새풀로 지붕을 꼼꼼하게 엮어 올렸다. 물통에는 늘 깨끗한 물이 채워져 있었다. 길명이 산간 마을의 농가에서 얻어 와 깔아 놓은 지푸라기는 비 때문에 다소 눅눅해지긴 했지만 말이 지친 몸을 눕히기에는 그만이었다.

한편에 쌓아 둔 마른 지푸라기에 사료를 섞은 여물을 먹이통에 쏟아 붓자 말은 코를 벌렁거리며 고개를 처박았다. 길명은 여물을 먹어 치운 뒤 포만감으로 만족스러운 표정을 짓고 있는 말에게 바싹 붙어 갈기며 털을 솔로 빗어 주다가 어디선가 들려오는 날카로운 소리에 귀를 기울였다.

처음에는 낙엽송을 타고 넘는 청설모가 찍찍거리는 소리 같았으나 다시 귀를 기울이니 여자의 성대를 통해 나오는 날카롭고 가느다란 비명 소리였다. 길명은 갈기를 빗던 솔을 내려놓고 소리가 나는 쪽으로 달려가기 시작했다. 산등을 넘어갈 때쯤 비가 그치고 먹구름 사이로 둥그런 달이 모습을 드러냈다. 너른 목초지에 여러 개의 불빛이 반짝이고 있었다. 길명은 그 불빛이 천막으로 차려 놓은 임시 클럽에 밝혀 놓은 가스등이라는 것을 알고 있었다. 멀리서도 천막을 붙들어 맨 줄이 팽팽하게 당겨지며 바람을 맞고 있는 게 보였다. 칸을 막아 한 송이씩 꽃을 가둬 놓은 온실 같은 천막들. 길명은 몸을 낮춰 억새 군락 안에 숨은 뒤 낮은 포복으로 천막을 향해 다가갔다. 검은 그림자가 당황스러운 몸짓으로 천막에 달라붙어 경계하듯 주변을 살피는 모습이 눈에 들어왔다.

천막 한 귀퉁이를 슬며시 들추고 안을 들여다보았다. 야전침대에 발가벗은 여자가 피투성이가 된 채 쓰러져 푸르뎅뎅한 입술을 미친 듯 떨고 있었다. 가슴 부위에서 피가 분수처럼 솟구쳐 바닥으로 흘려내렸다. 여자의 음부에는 손전등이 박혀 있었다. 피비린내가 천막 안에 진동했다. 안으로 들어가려고 몸을 숙이는 순간, 길명은 머리에 심한 타격을 입고 쓰러졌다. 검은 그림자가 군화로 길명의 목을 짓눌렀다. 고개를 쳐들려고 버둥댔지만 무지막지한 힘에 눌려 꼼짝도 할 수 없었다. 숨이 막혔다. 턱이 피에 범벅된 흙 속으로 파묻혔다. 두 손으로 군화를 움켜쥐고 힘껏 비틀자 우당탕하는 소리와 함께 검은 그림자가 옆으로 나뒹굴었다. 그 바람에 가스등이 깨지면서 천막에 불이 붙기 시작했다. 가로대에 불이 옮겨 붙을 때쯤 길명은 정신을 차리고 일어섰다. 뜨거운 불길이 얼굴을 덮쳐 왔다. 길명은 여자를 천막 바깥으로 밀쳐 놓은 뒤 검은 그림자를 뒤쫓았다.

사나운 불길은 길명의 눈망울 속에서도 이글거렸다. 불길은 천막 천장에 커다란 구멍을 내며 타 들어가다 옆 천막으로 옮겨 붙기 시작했다. 삽시간에 불길은 스무 개 남짓한 천막으로 번졌다. 야전침대에 여자를 엎어 놓고 풀무질을 해 대던 미군 병사들이 손으로 아랫도리를 가린 채 허둥지둥 빠져나왔다. 뒤를 이어 발가벗은 여자들이 우왕좌왕 맨발로 달려 나왔다. 천막촌은 삽시간에 불바다가 되었다. 까만 연기가 상승 기류를 타고 어두운 하늘로 뭉게뭉게 퍼져 갔다.

시뻘건 불길이 사위를 밝히자 허둥지둥 언덕을 내려가고 있는 검은 그림자가 눈에 들어왔다. 길명은 땅 속에 반쯤 묻혀 있는 돌멩이를 흔들어 끄집어내 손에 움켜쥐고 사내의 뒤를 쫓았다. 멀리서 봐도 검은 그림자는 육중한 체중 때문에 뒤뚱거리고 있었다. 가끔 뒤를 돌아보며 천막촌을 집어삼키고 있는 불길을 쳐다보기도 했으나 걸음은 멈추지 않았다. 숲 속 오솔길로 접어들었을 때 검은 그림자의 모습은 잠시 보이지 않았다. 그러나 길명은 그가 어느 나무 밑을 지나고 있는지 눈을 감고도 알 수 있었다. 오솔길을 벗어나기 전에 따라잡아야 했으므로 길명은 장딴지에 더욱 힘을 주고 지름길로 내달렸다. 오솔길이 끝나면 사방팔방이 탁 트인 개활지였다. 개활지를 넘어가면 미군 부대 훈련 캠프였다.

길명은 호수 근방의 지형을 꿰뚫고 있었다. 오솔길 절벽 밑으로 깊이를 알 수 없는 호수의 검은 물이 입을 벌리고 있었다. 검은 그림자는 자주 뒤를 돌아보다가 숨이 차는지 보폭을 줄였다. 검은 그림자는 그리 민첩하지 못했다. 일은 순식간에 벌어졌다. 검은 그림자의 거친 숨소리가 귀에 들릴 만큼 가까워지자 길명은 돌멩이를 허공으로 들어 올렸다. 모자를 눌러썼지만 짧게 깎은 머리털이 비쭉 튀어나온 뒤통수는 일격을 가하기에 적당한 타점이었다. 검은 그림자가 허리를 굽혀 상체를 앞으로 내미는 바람에 첫 번째 기회는 사라졌다. 검은 그림자가 다시 걷기 시작했을 때 두개골이 깨지는 둔탁한 소리가 났다. 한 번, 두 번, 세 번…… 길명은 돌멩이로 검은 그림자의 뒤통수를 내리찍었다. 검은 그림자는 앞으로 고꾸라져 몸을 비틀었다. 무릎이 꺾이고 모자가 벗겨져 뒹굴었다. 검은 그림자가 버둥대며 피에 범벅된 뒤통수에 손을 댄 채 얼굴을 돌리려는 순간 돌멩이가 우뚝한 코를 정통으로 부쉈다. 퍽하는 소리와 함께 코뼈가 주저앉았고 돌멩이에는 피를 머금은 작은 살점들과 머리털이 달라붙었다. 돌멩이는 다시 턱뼈를 으스러뜨렸다. 검은 그림자는 절명의 순간을 거부하려는 듯 손을 허공으로 저으며 두어 번 버둥댔다. 턱이 깨졌으므로 소리를 지르지도 못한 채 고통은 목구멍을 타고 심장으로 타 들어갔다. 검은 그림자는 몸을 심하게 비틀면서 미세한 경련을 일으켰지만 완전히 의식을 잃은 것은 아니었다.

두 번째 경련이 왔을 때 검은 그림자의 눈동자는 완전히 뒤집혔다. 흰자 위에 어른거리는 것은 검은 하늘뿐이었다. 두개골에서 다시 한번 파열음이 솟구쳤다. 파열음은 숲을 흔들었다. 돌멩이가 머리에 부딪혔다가 되튀는 반동이 손에서 전달되었을 때 그는 자신이 서 있는 오솔길이 몇 차례 몸을 뒤틀고 절벽 아래 숨을 죽인 채 고여 있는 호수의 수면이 미세한 파문으로 진동하는 것 같은 통증을 느꼈다. 길명은 그 통증으로 인해 손에 든 돌멩이를 떨어뜨렸다. 그와 동시에 숲에 사는 새들이 한꺼번에 하늘로 날아올랐다.

세 번째 경련은 생을 지탱하는 세포들이 물방울처럼 꺼져 가고 있어서 거의 알아차릴 수 없었다. 한쪽 뺨은 짓이겨져 있었다. 입에서는 피를 머금은 침이 거품을 일으키며 꾸역꾸역 몰려나왔다. 부러진 이빨 두 개가 수풀 위에 뱉어졌다. 얼굴이 점차 검어질 무렵,

어디선가 날파리 떼가 날아와 까맣게 들끓었다. 깨진 두개골에서 흘러나온 끈적거리는 점액질에 파리 떼가 들러붙기 시작했다. 그중 몇 마리는 흥분한 탓인지 길명의 얼굴에도 달라붙었다. 파리가 죽음의 전령이라도 되는 것처럼 길명은 기겁을 하며 뒤로 물러섰다.

두개골에서 다시 파열음이 솟구쳤다. 풀숲 위로 고꾸라진 그의 두개골에서 흘러나온 피가 목덜미를 타고 군복 상의에 젖어 들었다. 길명은 오솔길 옆에 웅크리고 앉아 두 팔을 뻗어 허공을 젓고 있는 검은 그림자를 물끄러미 쳐다보았다. 검은 그림자는 목구멍이 수축된 듯 가녀린 신음을 핏물과 함께 울컥울컥 토해 냈다. 비릿한 피 냄새를 맡자 길명은 관자놀이가 팽팽해지는 듯했고 귀에서는 땅벌이 붕붕거리는 듯한 이명이 계속해서 들려왔다. 돌멩이를 호수에 던지고 자리를 뜨면 그만이었다. 호수 건너편으로 달려가 관광 인파 속에 섞이거나 외팔이 조 씨가 술을 마시고 있을 선술집에 들어가 시치미를 뗀 채 앉아 있기만 하면 되었다.

하지만 길명은 자신이 돌멩이에 뒤통수를 얻어맞은 것처럼 그 자리에 못 박힌 듯 한참 동안 움직이지 않았다. 풀숲에 쓰러진 검은 그림자를 오래전부터 알고 있다는 느낌이 들었다. 팔목이며 등줄기로 소름이 오종종 돋은 것은 그때였다. 길명은 불현듯 고개를 돌려 뒤를 쳐다보았다. 누군가가 자신을 지켜보고 있는 느낌이 들었다. 그러나 등 뒤에 사람의 흔적은 없었다. 하얀 모시나비 한 마리가 훨훨 날아와 길명의 머리 위를 맴돌고 있을 뿐이었다. 나비를 본 순간, 길명은 뭔가가 자신의 몸을 통과해 지나갔다는 느낌을 받았다. 나비가 날개를 팔랑거릴 때마다 슬프고도 애처로운 파동이 길명의 가슴에서 요동쳤다. 피 냄새가 흥건하게 퍼지고 있는 오솔길에 나타난 나비는 삶과 죽음 사이에서 피어난 한 떨기 꽃잎처럼 보였다. 한쪽 날개에는 슬픔을 달고, 다른 한쪽에는 이별을 매단 채 허공을 휘젓는 한 떨기 꽃잎. 모든 지상의 삶은 두 날개의 팔랑거림 안에 갇혀 있었다.

길명은 사체를 산길에서 굴려 호수로 끄집고 내려갔다. 사후경직이 일어난 나머지 사체는 막 베어 낸 통나무처럼 무거웠다. 비가 내린 직후여서 길은 미끈거렸다. 사체는 검푸른 납빛으로 변한 짐승의 그것과 다름없었다. 불길이 잡혔는지 멀리 천막촌 주변도 어둠에 잠기고 있었다. 호수와 인접한 절벽에 이르렀을 때 길명은 사체를 아래로 굴렸다. 사체는 하얀 포말을 일으키며 수면을 찢고 가라앉았다. 길명도 물속으로 뛰어들었다. 사체가 가라앉은 바닥으로 잠수해 들어가자 물이끼로 미끈거리는 바위 틈새 너머로 동굴이 눈에 띄었다. 사체를 끌고 와 바위 틈새로 밀어 넣었다. 송사리 떼가 피 냄새를 맡고 사체 주변으로 몰려들어 작은 입을 뻐끔거렸다. 살갗은 점점 부패해 갔으며 피하 조직은 노란 고름과 함께 림프액을 흘려보냈다. 깨진 두개골은 사체의 부패 속도를 알려주는 징후였다. 눈알은 흐물흐물 풀린 채 붉은 점액질이 흐물거리며 새어 나왔고 물을 머금은 얼굴은 시간이 갈수록 퉁퉁 부어올랐다. 허벅지와 겨드랑이, 성기 주변의 연약한 피부부터 물집이 잡히자 팔뚝만한 크기의 잉어며 손바닥만 한 붕어가 물살을 헤치며 달려들어 살점을 떼어 물었다. 얼마 지나지 않아 뱀장어 떼가 미친 듯 달라붙기 시작했다. 뱀장어 떼는 항문과 입의 헤집고 들어가 내장을 파먹고 포만감으로 흐느적거렸다.

가랑비가 부슬거리는 이른 아침이었다. 야근을 마친 경찰서 차석은 푸석거리는 얼굴로 하품을 하며 현관 계단을 내려오다가 미군 헌병대 지프가 지서 쪽으로 다가오는 것을 보았다. 지프 천장에 매달려 깜박거리는 빨간색 경조등 불빛이 빗물에 젖은 아스팔트에 번져 들었다.

헌병 대장이 통역 담당 군무원과 함께 지프에서 내려 경찰서로 다가왔다. 비가 내리는데도 헌병 대장의 제복에 매달린 견장에서는 광택이 번쩍거렸다. 차석은 현관문을 열어 두 사람을 안으로 안내했다. 헌병 대장이 다짜고짜 지서장 집무실 문을 열어젖혔다.

—서장님은 아직 출근 전이십니다.

차석이 당황한 표정으로 통역을 쳐다보며 말했지만 헌병 대장은 다리를 꼬고 의자에 앉아 봉투에서 서류 한 장을 꺼내들었다. 통역이 서류에 적힌 내용을 차석에게 설명했다. 민관 합동 수색을 요청하는 협조 공문이었다.

—포커스 레티나 작전을 수행하는 과정에서 미군 한 명이 실종돼 비상이 걸렸습니다. 읍내 주민 가운데 목격자가 있을 거라는 가능성을 두고 전단지를 배포할 예정입니다. 또한 민관 합동으로 작전 지역에 대한 정밀 수색 작업을 펴려고 하니 협조해 주시기 바랍니다. 이상이 공문 내용으로, 헌병 대장은 지서장과 직접 만나기를 원하십니다.

차석이 부랴부랴 지서장 사택으로 전화를 걸었다. 지서장의 목소리는 의외로 차분했다.

—며칠 전, 미군 헌병대로부터 전통문을 받아 내용은 대충 알고 있네. 그렇다고 사전에 연락도 없이 들이닥치면 어쩌자는 건지. 일단 청원경찰을 딸려 보내 전단지부터 배포하시오. 우리 쪽에서 용의자 수사 협조를 부탁했을 때 단칼에 거부한 걸 생각하면 헌병대가 아니라 미군 사령부의 요청이라도 딱 잘라 거절하고 싶지만, 상황이 상황인지라……. 차석도 바짝 긴장해야 할 거요. 미군 당국은 무단 탈영 혹은 비무장지대를 통한 월북 등 두 가지 가능성을 조사 중이지만 월북보다는 탈영 쪽으로 결론이 나길 원하고 있겠지……. 이참에 합동 수색을 펴게 되면 결과적으로 신병 인도를 요구했던 우리 쪽 명분도 서는 셈이지.

전단지가 뿌려지자 읍내의 분위기는 더욱 음산해졌다. 신읍이든 구읍이든 거의 모든 담벼락과 전봇대에 붙어 있는 전단지는 그 자체로 읍내 전역이 범죄 구역임을 시사하는 듯했다. 우산을 받쳐 든 읍내 사람들이 차부 게시판에 붙어 있는 전단지를 보며 웅성거렸다. 빗물에 후줄근하게 젖은 전단지에는 머리를 짧게 깎은 스티브 중사의 얼굴이 찍혀 있었다. 그 밑에 신고자에게 포상금을 준다는 내용도 있었다.

산정호수 주차장에서 서성이던 스티브를 보았다는 목격자의 진술이 확보되기까지는 이틀이 걸렸다. 그렇다고 완행버스를 타고 읍내로 내려온 것은 아니었다. 어디서 술을 마셨는지, 초저녁부터 이미 만취한 상태로 비틀거리는 스티브를 알아본 버스 기사가 승차시키지 않으려고 황급히 문을 닫고 출발하는 바람에 주점이 있는 호수 변으로 걸어갔다는 진술이었다. 스티브가 호수 주변에서 사라졌다는 정황은 거의 사실로 굳어졌다.

민관 합동 수색대는 미군 부대에서 제공한 버스를 타고 호수 주변의 목초지로 올라갔다. 미군 헌병이 차 안에서 스티브의 인상착의에 대한 상세한 설명을 했다. 헌병의 설명이 아니더라도 읍내 사람들은 스티브를 잘 알고 있었다. 포악한 성격 때문에 팻대 스티브라고 불리던 버펄로 부대 상사. 툭하면 외상술이고 대수롭지 않은 일에 주먹을 휘둘러 애꿎은 읍내 사람들의 턱을 깨 놓은 게 여러 차례였다.

헌병의 설명에 의하면 스티브가 사라진 것은 미군 부대가 산악 훈련을 하던 도중이었다. 훈련장에서 일석점호를 마친 스티브가 호수 변으로 외출을 나간 뒤에 행방이 묘연하다는 것이었다. 산정호수 정류장에서 그가 완행버스를 타고 읍내로 내려가는 것을 보았다는 목격자도 나타났다. 그러나 목격자가 보았다는 거구의 병사는 확인 결과 스티브가 아닌 것으로 드러났다. 실종 지점인 산정호수 주변을 샅샅이 수색하는 것 외에는 별다른 방도가 없다는 결론에 이르렀다.

버스가 호수 변 공터에 정차하자 윤이 반지르르 흐르는 늘씬한 도베르만 두 마리가 맨 먼저 뛰어내려 코를 땅에 박고 냄새를 맡았다. 개가 흥분하기 시작하는지 헌병이 붙들고 있는 가죽 끈이 팽팽해졌다. 헌병은 가죽 끈을 팔목에 감은 채 네 발 달린 짐승의 힘에 질질 끌려갔다. 헌병들은 호수 식당가부터 차근차근 훑어 가며 탐문 수사를 했다. 한 주점에서 스티브가 혼자 술을 마시다가 어디론가 황급히 나갔다는 진술이 확보됐다.

수색대는 호수 안 동네와 바깥 동네로 나뉘어 흩어졌다가 석양 무렵 버스가 정차한 공터 앞에 다시 모이기로 약조를 했다. 수색대가 호수 주변을 하루 종일 뒤진 끝에 발견한 것은 빈 레이션 깡통, 낡은 가죽 지갑, 빈 석유통 그리고 삭을 대로 삭은 신발 몇 짝이 전부였다. 스티브와 관련이 있는 유류품은 단 한 점도 발견되지 않았다. 결정적인 단서가 나오지 않자 수색대는 마지막 기대를 걸고 호수에 배를 띄웠다. 호수는 잔물결도 일지 않은 채 거울처럼 주위의 산봉우리를 비치고 있었다. 수면에 뜬 풍경의 완벽한 대칭 구조를 고무보트가 깨뜨렸다. 미군에서 고용한 잠수부 두 명이 고무보트에서 물속으로 뛰어들었다. 한참 만에 수면 위로 올라온 잠수부들은 물이 너무 탁해서 도저히 사물을 분간할 수 없다고 하소연했다. 고무보트는 호수를 세 번이나 훑은 끝에 선착장에 뱃머리를 댔다. 잠수부들의 어깨가 축 늘어져 있었다. 숲에서도, 호수 변에서도 스티브의 흔적은 발견되지 않았다.

밤이 되자 짙은 안개가 호수에서 피어올랐다. 안개가 끼자 호수 사람들은 얼른 창을 닫고 커튼을 쳤다. 안개가 집 안으로 들어오면 액이 낀다는 속설은 호수 사람들에게 오랜 불문율이었다. 안개는 새벽에 더욱 짙어졌다.

읍내에서 올라오는 첫 버스는 헤드라이트를 켠 채 서행을 해야 했다. 첫 버스가 지나간 도로는 바퀴에 깔려 죽은 두꺼비의 피로 범벅이 되었다. 버스 바퀴에도 두꺼비의 내장과 껍질이 붙어 있었다. 냄새를 맡고 날아온 파리 떼가 버스 밑창에 까맣게 달라붙었다. 해가 떠오르고 안개가 걷힌 다음에야 두꺼비 떼는 도로에서 사라졌다. 안개는 걷히는 것이 아니라 호수 속으로 빨려 들어가는 것 같았다. 두꺼비 떼는 호수 쪽에서 기어 나와 허겁지겁 도로를 건넜지만 왜 일제히 한 방향으로 몰려가는지 이유를 알지 못했다. 사람들은 호수 안에 사람 몸통만 한 커다란 물뱀이 잠을 자고 있는데 두꺼비 떼가 한꺼번에 몰려나오는 것은 뱀이 잠에서 깨어 먹이를 찾고 있기 때문이라는 오래된 풍문을 입에 올렸다.

호수 변에는 울긋불긋한 페인트칠을 한 방갈로가 일렬로 늘어서 있었다. 멀리서는 방갈로가 호수 변에 떠 있는 수중 가옥처럼 보이기도 했다. 읍내에 미군 부대가 주둔한 첫 해만 해도 방갈로는 하루에도 세 번씩이나 시트를 갈아야 할 정도로 성업이었다. 방갈로 앞에는 붉은 꽃을 피운 수련이 떠 있었고 미군들은 방갈로 베란다에서 알몸을 드러낸 채 일광욕을 즐겼다. 읍내에서 데려온 창녀들은 짙은 화장을 하고서 양산을 쓴 채 벌거벗은 미군의 아랫도리에 엉덩이를 붙이고 앉아 풀무질을 해 댔다. 그럴 때마다 방갈로가 떠 있는 호수에 담가둔 캔 맥주가 둥실둥실 춤을 췄다. 미군들은 호수를 파라다이스 레이크라고 불렀다.

산정호수는 일제 때 인근 산에서 흘러 내려온 하천 하류에 둑을 쌓아 만든 인공 호수로, 농업용 물을 가둬 둔 저수지였다. 호수 속에는 장정 서너 명이 들락거릴 수 있는 동굴이 여러 개 있었다. 뚝방을 쌓기 전에 사람들이 치성을 드리던 동굴이었다. 영험한 동굴

이었던지 백일기도를 마치고 나면 아들을 본다거나 실성한 사람이
제정신을 차린다는 속설이 나돌았다.

하지만 둑을 쌓은 이래 동굴의 영험은 끊겼다. 호수가 생기면서
마을은 하루가 멀다 하고 물안개에 잠겼다. 사람들은 물안개를 두
려워했다. 뉘 집에서 초상이 난 날 물안개가 피어오르면 어김없이
마을의 다른 집에서도 곡소리가 났다. 물안개는 줄초상을 불러왔
다. 영험 있는 동굴을 물속에 가라앉힌 업보라고들 했다. 더 그럴듯
한 이야기도 있었다. 전쟁 때 미군 1개 대대가 호수 주변의 깊은 골
짜기에서 인민군의 집중포화를 받고 전멸해 버린 뒤로 줄초상이 시
작되었다는 것이었다. 대대장도 참모도 장교 하나도 살아남지 못하
고 매복한 인민군의 총부리에 의해 몰살당한 골짜기에 대한 악명을
들을 때마다 미군들은 치를 떨었다. 사람들은 그때 죽은 미군들의
영혼이 호수에 녹아 있다고들 수군거렸다. 그때의 참상을 생생하게
기억하고 있는 노파들은 호수 주변에 좌판을 늘어놓고 물놀이 관광
객들에게 약초나 버섯, 산나물을 팔거나 호수에서 잡은 잉어나 붕
어, 가물치를 커다란 대야에 넣어 두고 팔았으나 정작 그들 자신은
약초도 물고기도 입에 대지 않았다. 아무리 큰 잉어가 잡혀도 그날
저녁 참에 팔리지 않으면 절대 입에 대지 않고 땅에 묻었다.

길명은 호수 변의 낡은 방갈로에 누웠으나 잠을 이룰 수 없었다.
외팔이 조 씨가 호수 관리 소장에게 부탁해 얻어 낸 임시 숙소였다.
눈을 감으면 검은 그림자가 어른거려 전구를 물끄러미 응시하고 있
었다. 몇 번이나 깜박 잠이 들었지만 곧 소스라치며 깨어났다. 몸속

에서 두려움이 소용돌이쳤다. 그런 두려움은 처음이었다. 창문 밖이 희붐하게 밝아 왔지만 두려움의 결박은 더욱 단단히 조여들었다. 가슴속에 검은 그림자가 날아다니며 서럽게 울어 댔다. 그 다음 장면은 정지된 화면 속에 갇힌 자신의 모습이었다. 화면은 점점 확대되더니 파문도 없는 투명한 호수로 변했다. 바람 한 점 불지 않는 호수. 그 순간, 머리카락이 쭈뼛거릴 만큼 소스라쳤다. 누군가 눅눅한 방갈로 밑창을 두드리는 소리가 들렸다. 심장이 요동쳤다. 호흡이 점점 빨라졌다. 길명의 머릿속에는 온통 호수뿐이었다. 물속에서 흉측한 얼굴 하나가 둥둥 떠다니고 있었다. 미처 육탈되지 않은 살점이 더덕더덕 붙어 있었다. 얼굴에는 수초가 덕지덕지 붙어 있었다. 살점이 썩어 드는 냄새가 코에 물씬거렸다. 방갈로 밑창에서 썩은 냄새가 올라왔다. 벌떡 일어나 앉았는데 갑자기 눈앞이 컴컴해졌다. 눈앞에서 불빛이 번쩍 터지는가 싶더니 몸을 움직일 수 없었다. 손가락 하나, 발가락 하나 까딱할 수 없었다. 방갈로 창문으로 달빛이 쏟아져 들어왔다. 창가에 다가서서 호수를 쳐다보던 길명이 움칠하며 뒤로 물러섰다. 검은 그림자가 수면에 둥둥 뜬 채 방갈로 쪽으로 밀려오는 것이었다. 검은 그림자 외에는 달빛 속에서 모든 움직임이 정지했다. 길명은 숨을 헐떡이며 진땀을 흘렸다. 이마며 겨드랑이에서 굵은 땀방울이 타고 흘러내렸다. 순간, 호수 전체가 한 척의 범선이 되어 하늘로 날아오르는 느낌이 들었다. 범선에는 길명과 검은 그림자뿐이었다. 검은 그림자는 반대편 마스트에 선 길명을 향해 손을 흔들어 보였다. 갑자기 불어온 광풍에 범선에 달린 모든 돛이 터질 듯 팽팽히 부풀어 올랐다. 다음 순간, 섬광이 번쩍이고 범선은 다시 호수 속으로 곤두박질쳤다. 길명은 추락의 현기증을 이기지 못해 입을 크게 벌렸다. 입으로 차가운 물이 밀려들었다. 검은 그림자는 물속에서도 길명을 향해 손짓을 했다. 길명은 헤엄을 쳐 다가가 검은 그림자의 손을 붙잡았다. 호수 바닥의 바위 틈새에서 수초처럼 흐느적대던 검은 그림자는 길명의 손에 이끌려 수면으로 떠올랐다.

사체는 호수 북쪽 뚝방 위에서 발견되었다. 오랫동안 물속에 가라앉아 있었던 탓에 머리카락이 듬성듬성 빠져 있었다. 수색 대원이 몸을 뒤집자 통통 부어오른 사체의 얼굴이 드러났다. 사람들이 코를 쥐며 뒤로 물러섰다. 미군 앰뷸런스의 사이렌이 멀리서 들려왔다. 사람들은 사체 주변을 에워쌌으나 아무도 흉측한 주검을 정면으로 쳐다보지 못했다. 푸르스름한 얼굴은 잔뜩 부풀어 있었고 두개골은 함몰된 채 깊게 파여 있었다. 입 안에는 수초가 가득 들어차 있었다. 이미 부패가 진행되고 있었다. 몸 여기저기서 주홍빛 시반이 드러났다.

호수 주변의 식당에서 관광객들이 몰려나왔다. 좌판을 벌여 놓고 물건을 팔던 행상들도 잰걸음으로 달려왔다. 모두들 혀를 차며 침을 뱉었다. 사체에 거적때기가 덮였다. 쉬파리 떼가 거적때기 위에 까맣게 달라붙기 시작했다. 경찰이 사람들의 접근을 통제했다.

거적때기 밑에서 검붉은 체액이 배어 나왔다. 사람들은 질겁하며 다시 뒤로 물러섰다. 체액을 밟기라도 하면 액운이 자신들의 몸에 붙을 것처럼 조바심을 쳤다.

땅 그림자

민통선 안에 오두막이 있었다. 지붕에 너와를 씌운 것을 빼면 초막과 다름없었다. 우툴두툴한 나무껍질로 이은 지붕, 판자를 이어 붙인 벽, 조잡하게 칸을 나눈 방 두 개짜리 오두막이었다. 바람은 망망대해에 떠 있는 듯한 오두막을 떠밀었다가 처마 밑에서 잠시 휘파람 소리를 내어 보다가 이내 인적 없는 들판으로 불어 갔다.

외팔이 조 씨와 길명은 행락 철이 끝나면 꽃마차를 오작교 식당에 맡겨 두고 오두막으로 돌아왔다. 아무도 일부러 심지 않았음에도 들판에 나무와 풀과 꽃들이 무성하게 자라 오른 탓에 오두막의 지붕까지 파묻혀 멀리서는 집이 보이지 않았다. 고독한 들판을 가꾸는 신이 따로 살고 있는 것만 같았다. 들판은 신이 살아 있음을 증언하는 초록의 칠판이었다. 나무들은 땅에 단단하게 고정되어 있었고 꽃들은 거센 바람에 꺾이지 않고 얼굴을 내밀었다.

들판에는 유난히 물웅덩이가 많았다. 전쟁 때 터진 폭탄 자국마다 웅덩이가 생겨났다. 하늘의 기상은 땅의 지형으로 내려왔다. 구름들이 수많은 웅덩이에 비칠 때는 하늘이 지상에서 다시 모자이크되고 있는 것 같았다. 나무와 덤불, 꽃과 풀 할 것 없이 모두가 초록 이파리들을 매달고 있다. 햇살이 이파리에 광택으로 붙어 반짝였다. 늙은 주목의 우아한 흑녹, 물푸레나무의 초록빛 속삭임, 늙은 버드나무의 연둣빛 교태. 이 부동의 초록은 무엇을 말하고 있을까. 창가에 앉아 나무 군락지를 물끄러미 바라보고 있던 외팔이 조 씨가 헛기침을 해 댔다. 길명이 기침 소리를 들었는지 모포를 걷어차며 일어났다.

—해가 중천이구나. 서둘러야 한다.

외팔이 조 씨는 며칠 전부터 억새를 베어야 한다고 누누이 말을 했다. 행락 철이 끝나면 들판의 억새를 베어 거름을 냈다. 자신을 대신해 궂은일을 도맡아 하는 길명이 더없이 대견해 보였지만 한 해, 두 해 정이 들다 보니 웬만큼 말귀를 알아듣는 게 더욱 기특했다.

웅덩이의 표면마다 잔물결이 일고 푸른 하늘이 그 안에 고여 부르르 떨었다. 길명은 억새를 베다 말고 웅덩이를 들여다보며 자주 웃었다. 길명의 웃음은 웅덩이의 미소가 되어 반짝거렸다.

뙤약볕 아래 허리를 굽힌 채 한나절 낫질을 하고 돌아온 길명은 점심 식사도 거른 채 야전침대에 누워 부들부들 떨었다. 모포를 머리끝까지 덮었지만 추웠다. 오한이 살갗을 타고 두드러기처럼 번졌다. 몸은 불덩이처럼 달궈지고 있었다. 처마 밑에 걸어둔 괘종시계 소리가 점점 멀리 도망치는 것 같았다. 세상이 멀어지고 있었다. 숨

쉬기가 힘들었다. 검은 그림자가 창가에서 희번덕거리는가 싶더니 어느새 방 안에 들어와 길명을 물끄러미 내려다보았다. 가슴에서 욱신거리는 통증이 느껴졌다. 몸 안에 검은 그림자가 들어와 혈관을 옥죄었다. 길명은 갑자기 요의를 느끼고 자리에서 일어나 화장실에 갔지만 아무것도 나오지 않았다. 방광은 텅 비어 있었다. 사방이 노랗게 보인다고 느끼는 순간, 길명은 의식을 잃고 화장실 바닥에 쓰러졌다. 쿵하는 소리를 듣고 달려온 외팔이 조 씨가 길명을 부축해 야전침대에 눕혔다.

윗옷을 들추고 가슴과 배를 살폈다. 아랫배를 누르자 신음을 내며 통증을 호소했다. 호흡이 가빠지면서 온몸에서 굵은 땀방울이 돋았다. 외팔이 조 씨는 길명의 이마에 찬 물수건을 올려놓은 뒤 선반에서 꿀 항아리를 안아 내렸다. 오두막 뒤편에 세워 둔 벌통에서 따 모은 꿀이었다. 심심풀이로 치는 벌이었지만 벌통을 털면 아카시아 꿀을 몇 종지쯤 수확할 수 있었다. 꿀을 숟가락으로 퍼 입에 떠 넣었지만 길명은 한 모금도 삼키지 못하고 뱉어 냈다. 외팔이 조 씨는 입에 거품을 문 채 늘어진 길명을 꽃마차에 실었다. 말 잔등을 채찍으로 후려갈겼지만 기나긴 뚝방 길은 좀처럼 짧아지지 않았다. 외팔이 조 씨의 조급한 마음을 눈치 챈 듯 말도 거친 숨을 몰아쉬었다. 인적 끊긴 뚝방 길에 무성하게 자란 잡풀들이 바퀴에 휘감겨 더 이상 속도를 내는 건 무리였다. 읍내로 연결되는 큰길에 들어서서야 제법 속도가 붙었다. 말도 익숙한 길을 만났다는 듯 쭉 뻗은 건각을 경쾌하게 움직이며 병원 쪽을 향해 내달렸다. 외팔이 조 씨는 축축한 눈길로 길명을 내려다보았다. 이마에서 땀이 비 오듯 흘러내리고 바싹 마른 입술에 하얀 침이 말라붙어 있었다. 불덩이처럼 달아오른 체온을 조금이라도 식히려고 외팔이 조 씨가 자신의 그림자를 길명에게 겹쳐 놓으려는 순간, 꽃마차가 심하게 요동쳤다. 말이 방향을 급하게 트는 통에 바퀴가 갓길에 빠져 덜컹거렸다. 얼른 고삐를 잡고 말을 진정시켰으나 이내 밀어닥친 자욱한 흙먼지 때문에 눈을 뜰 수 없었다. 미군 기갑여단의 긴 행렬이 이어지고 있었다. 맨 앞엔 장갑차 대열이 일정한 간격을 유지하며 굴러갔고 다음 대열엔 곡사포를 매단 군용 트럭들이 흙먼지를 뒤로 날리며 서행하고 있었다. 말은 흙먼지를 뒤집어쓰다 못해 갓길로 내려간 것이었다. 외팔이 조 씨는 뭐 하나도 제대로 되는 게 없는 자신의 불운을 한탄했다. 기갑여단의 꽁무니를 따라가자면 병원까지 30분은 족히 걸릴 터였다. 조급한 마음에 채찍을 말 잔등에 안겼지만 속도를 낼 재간이 없다는 사실을 잘 알고 있었다. 기갑여단의 뒤를 무작정 쫓아가자니 길명의 용태가 너무 위중했다. 운전병이 백미러로 꽃마차를 발견하고는 장난기가 발동하는지 자주 급브레이크를 잡았다. 외팔이 조 씨는 말을 갓길로 몰았다. 바퀴가 자갈에 튕기면서 마차가 요동쳤다. 바닥에 누운 길명이 짐짝처럼 나뒹굴었다. 그렇다고 고삐를 놓을 수도 없었다. 속이 바짝바짝 말라 들었으나 외팔이 조 씨는 허공에 채찍을 휘두르는 게 고작이었다. 딴은 늙은 말이어서 탱크의 굉음에도 놀라지 않고 차분히 보행을 하고 있는 게 고마웠다. 흙먼지 사이로 멀리 읍내 차부가 모습을 드러냈다.

　병원 문은 잠겨 있었다. 차부 점방 주인의 말에 따르면 아침 일찍 자애원으로 의료봉사를 떠났다는 것이었다. 병원 앞에 마차를 세운 외팔이 조 씨는 길명을 품에 안았다. 가끔 말이 꼬리를 흔들어 쉬파리를 날렸다. 그렇게 한 시간가량 꼼짝하지 않던 마차가 서서히 움직이기 시작했다. 마차는 시장통 쪽으로 서서히 굴러 갔다. 시장통 끄트머리에 버드나무 무당 집이 있었다. 무당 집에서 신통하게 병을 나았다는 읍내 사람들의 말을 들은 적이 있었다. 길명은 신음을 뱉어 내며 이마에서 굵은 땀방울을 쏟아 냈다. 외팔이 조 씨는 갑자기 앞이 캄캄해지면서 어지럼증을 느껴 잠시 눈을 감았다. 가벼운 빈혈 증세거니 생각하며 고삐를 놓고 눈을 몇 차례 비볐다. 앞이 노랬다. 시장통을 지나면서 본 모든 사물이 노랬다. 하마터면 무당 집 앞에 내걸린 붉은 깃발을 지나칠 뻔했다. 깃발도 노랗게 보였다. 길명을 지게에서 받아 마당의 멍석에 눕히는 늙은 박수 무당의 머리도 노랬다. 무당은 길명의 눈꺼풀부터 뒤집어 보았다. 눈은 온통 흰자위뿐이었다.

붉은 천을 이마에 두른 늙은 무당은 부엌에 들어가더니 바가지로 굵은 소금을 한 움큼 퍼서 물을 탄 뒤 손가락으로 휘휘 저었다. 그러고는 멍석 위에 누워 있는 길명의 앞가슴을 풀어헤치고 입에 문 소금물을 뿜어 댔다. 미세한 물방울이 분무기에서 빠져나온 것처럼 허공에서 가슴으로 떨어졌다. 무당은 길명의 팔과 다리를 하얀 광목으로 칭칭 동여맨 다음, 가슴을 두 손바닥으로 지그시 짓눌렀다. 10여 분 동안 같은 동작을 반복하던 무당은 가슴에 입을 대고 악귀를 빨아들이는 시늉을 했다.

—땅 그림자가 들어왔어. 땅 그림자의 혼이 뼈와 살을 파고들었

으니 미치지 않고 배길 재간이 있겠나. 죽어 구천을 헤매고 있는 악
귀 말이야. 악귀를 쫓으려면 날콩을 먹여야 돼.

　무당은 날콩 몇 알을 씹더니 손에 뱉은 뒤 길명의 입을 벌려 집
어넣었다. 날콩을 먹여 보면 잡귀가 붙었는지 알 수 있다고 했다.
악귀가 붙은 사람은 날콩의 비린내를 참지 못하고 구토를 한다는
것이었다. 길명은 날콩을 입에 문 순간, 이맛살을 찌푸린 채 먹은
것을 토해 내기 시작했다. 무당은 바가지에 찬물을 담고 밥 한 숟갈
을 말았다. 한 손엔 바가지, 다른 손엔 부엌칼이었다.

　─이놈의 악귀야, 내 말을 들어라. 이걸 먹고 썩 나가거라.

　무당은 길명의 배를 타고 앉아 으름장을 놓았다.

　─그래도 나가지 않는단 말이지.

　무당은 바가지를 땅에 내려놓고 발로 밟아 깨뜨린 뒤 칼을 뽑아
들고 어깨춤을 추면서 마당을 돌고 돌았다. 다시 멍석으로 올라와
방울을 꺼내 들었다. 놋쇠로 만든 여러 형태의 방울이 서로 부딪치
면서 소리를 냈다.

　─쇠가 녹아 땅거죽을 덮었으니 땅이 제대로 숨을 쉴 수가 있나.

　무당은 방울이 여러 개 달린 금황자(金晃子)를 손에 들고 둥개둥
개 춤을 춘 다음 귀신 쫓는 힘을 가졌다는 군웅 방울을 꺼내 들었
다. 끝 부분에 흰색, 붉은색, 노란색 실이 매달려 있었다. 방울에 임
금 왕(王) 자와 도깨비 모양의 양각이 새겨져 있었다. 도깨비 양각
은 치우천왕인 도깨비 대왕의 힘을 빌려 귀신을 쫓아내기 위한 것
이었다. 방울 굿을 하는 중간중간에 버드나무 아래 제상에 차려 놓
은 음식에 방울을 대고 딸랑딸랑 흔들었다. 귀신을 대신해 방울이

음식을 먹는 의식이었다.

　마당에 시장통 사람들이 모여들기 시작했다. 오랜만의 굿이었다. 삽시간에 마당 가장자리에는 구경꾼들이 세 겹으로 둘러서 있었다. 무당은 사람들이 몰려오자 더욱 힘이 솟는지 길명의 머리 쪽에 군웅대를 세우고 발쪽에 뚝대를 박았다. 뚝대는 일명 치우천왕이나 도깨비 대왕이라고도 불렀다. 뚝대에는 도깨비가 그려진 뚝기가 펄럭였다. 나무로 만든 군웅대에는 길명의 윗도리가 걸렸고 그 위에 흰 광목과 삼베가, 꼭대기에는 방울이 매달려 있었다. 나무에 옷을 입혀 귀신을 쫓아내는 힘을 지닌 웅상을 재현한 것이었다.

　—귓속으로 땅 그림자의 혼이 들어갔어. 귀를 잘라야 해. 저주받은 귀를. 땅 그림자의 혼이 귀를 원하니 그걸 잘라 불에 구운 뒤 땅에 묻어야 해.

　무당은 떡시루에 꽂아 둔 칼을 집어 들고 멍석 위에서 둥개둥개 춤을 추기 시작했다. 주름 진 얼굴에 덕지덕지 바른 화장기가 땀에 젖어 흘러내렸다. 거센 숨을 몰아쉬던 무당은 길명을 부축해 일으키고 버드나무 등걸에 묶은 뒤 나무 주변에 석유를 붓고 불을 붙였다. 뜨거운 불기운이 느껴지는지 길명이 갑자기 고개를 들고 눈을 바싹 치켜뜬 채 소리를 지르기 시작했다. 사람의 목청에서 나온 소리라고 믿을 수 없을 만큼 기괴한 소리여서 마당에 모여 있던 구경꾼들이 귀를 막을 정도였다. 땅에서 까만 연기가 치솟았다. 길명의 입술은 새파랗게 질려 있었고 목에는 굵은 핏줄이 돋쳤다. 푹 파인 눈두덩 아래 깊숙이 박힌 두 눈을 희번덕거리며 살기 어린 시선으로 주위를 둘러봤다. 그것도 잠시였다.

길명은 가녀린 신음을 토해 내더니 고개를 떨어뜨리며 실신해 버렸다. 입에서 피가 번져 나왔다. 사람들은 간질이 발작한 것이라고 수군거렸다. 무당이 칼을 들고 길명에게 다가서서 귀를 자르려는 순간, 누군가 뛰어들어 칼을 빼앗고 무당을 바닥에 쓰러뜨렸다. 순식간에 일어난 일이었다. 무당이 벌떡 일어나 욕설을 퍼부었다.

—이러다 사람을 잡고 말겠구먼.

무당은 쌍욕을 퍼부으며 일어서다가 다시 발길에 차여 나뒹굴었다.

—굿판은 끝났으니 돌아들 가시오.

목소리의 주인공이 병원 사무장이라는 사실을 알아챈 시장통 사람들은 슬금슬금 꽁무니를 뺐다. 자애원에서 돌아온 요아킴이 차부 점방 주인으로부터 말을 전해 듣고 사무장을 무당 집으로 보낸 거였다. 길명을 부축해 꽃마차에 옮겨 실으려던 외팔이 조 씨가 사무장의 매서운 눈초리를 의식해서인지 멈칫거렸다.

—원장님 얼굴을 어떻게 보려고 예까지 온 것이오?

외팔이 조 씨가 대꾸를 못 하고 난처한 표정을 짓는 사이에 사무장은 길명을 등에 업었다.

—기껏 말을 빌려 줬더니 당집이나 기웃거리고.

외팔이 조 씨의 주름진 눈꺼풀이 가늘게 떨렸다. 시선과 시선이 잠시 부딪혔으나 사무장이 먼저 고개를 돌려 병원으로 내달렸다.

길명은 심폐 기능이 극도로 약해져 있었다. 양쪽 손발에 콩알만 한 크기의 붉은색 발진이 있었다. 더 심각한 것은 인후염증과 미열 증세였다. 항생제 주사인 겐타마이신과 해열제를 투여한 요아킴은 박 간호사에게 길명의 팔뚝에서 피를 채취하도록 지시한 뒤 진찰실을 나왔다. 외팔이 조 씨가 현관 앞에 엉거주춤 서서 요아킴의 눈치를 살폈다.

—언제쯤 철이 나려는지 원.

요아킴이 핀잔하듯 다그치는데도 조 씨는 비위 좋게 생글거렸다.

—병원을 비우니 이런 일이 생기죠.

—무당에게 데려갈 게 아니라 택시라도 대절해 큰 병원으로 갔어야지.

—대체 무슨 병입니까?

—피검사를 해 봐야겠지만 단순한 병은 아닐세. 혹시 발작 증세를 보이지 않았나? 심근의 산소 결핍이 아무래도 수상쩍어.

외팔이 조 씨가 땅이 꺼질 듯 한숨을 내쉬었다.

—하루 종일 들판에 나가 낫질을 해서 몸살기가 있는 것으로만 알았지, 이렇게 심각할 줄은 몰랐지요.

—길명이에게 무슨 일이 생기면 다 자네 책임이니 그리 알게.

산소마스크를 쓰고 죽은 듯 누워 있는 길명을 들여다본 외팔이 조 씨는 정원을 불안하게 서성였다.

반나절이 지났지만 길명은 아무런 차도가 없었다. 오히려 증세는 급속도로 악화되어 온몸으로 발진이 퍼졌고 전신통 때문에 사지를 벌벌 떨었다. 양쪽 슬관절에서도 심한 발열 증세를 보였으며 호흡 곤란과 함께 좌측 폐하부에서는 수포음이, 심장에서는 잡음 섞인 빠른 심음이 청취되었다. 혈액검사 결과 인체 내에서 염증이 발생했는지 적혈구 침강 속도가 급격히 빨라지고 있었다. 급성 류머티

증열과 감염성 질환이 의심되었다. 벤자신 페니실린을 근육주사로
투여하고 아스피린을 물에 녹여 마시게 했다.

약을 투여하자 체온만 정상 상태로 돌아왔을 뿐, 분당 호흡수는
64 내지 67로 악화되었고 기침도 심해졌다. 코데인 투약도 소용없
었다. 기침 증세만 어느 정도 가라앉을 뿐이었다. 무엇보다도 온몸
에 홍반이 번지고 있는 점이 이상했다. 혈액을 뽑아 전해질, 소변,
공복 시 혈당을 체크했다. 이미 진단한 급성 류머티즘열 외에 세균
감염에 의한 심내막염 증세가 추가로 검진되었다. 항생제인 겐타마
이신과 앰프실린을 정맥주사하고 용태를 살폈다.

밤이 되자 흉부 압박에 따른 잦은 기침에 객담이 섞여 나왔다.
길명은 점점 혼수상태로 빠져 들더니 급기야 혈압이 측정되지 않는
심정지 상태로 접어들었다. 강심제인 아트로핀과 에피네프린을 두
차례에 걸쳐 정맥주사하고 심폐소생술을 시도했다. 그러나 맥박마
저 희미해졌다.

창문으로 달빛이 들어와 길명의 얼굴에 떨어졌다. 고통의 바다에
떠 있는 한 마리 물고기. 숨을 헐떡였다. 기침 소리도 연약하게 들
렸다. 안색이 너무도 창백해 의식이 있는 것 같지 않다. 뭍에 올라
와 파닥거리는 물고기의 마지막 뒤채는 모습처럼 그는 흐느끼고 있
다. 눈꺼풀이 슬쩍 열렸다. 그의 동공에 무엇이라도 맺혀 있다면 아
직 살아날 가능성은 있는 것이다. 태어난 순간부터 이어지고 있는
액체의 파동을 느낄 수 있었다. 생명은 거기서 생성되었으니까. 요
아킴은 그때를 놓치지 않고 길명의 입을 벌려 혀뿌리 안쪽 깊숙한

곳에 쐐기 모양의 공간을 확보하고 기관 튜브를 삽입했다. 손을 통해 아주 연약한 호흡이 느껴졌다. 모든 것이 이렇게 귀착되다니. 길명을 놓치지 않겠다고 다짐했다. 너는 나의 나무며 과일이며 꽃이다. 너는 어디로 가려고 하느냐. 요아킴은 그 순간, 대속이라는 단어를 떠올렸다. 누군가를 대신해 속죄를 구하고 떠나가는 존재. 길명의 얼굴빛이 점차 어두워졌다. 윤곽이 선명했던 갈색 얼굴선이 찌그러들었다. 길명의 입에 꽂아 둔 기관 튜브가 튀어나왔다. 입술에는 삽관할 때 잇몸이 다쳐 나온 피가 묻어 있었다. 죽음은 자신의 장난감을 원한다. 하지만 피 묻은 장난감이라니. 삶이 그림 조각 맞추기처럼 산산이 부서져 내렸다. 요아킴은 겨우 10분 정도 호흡을 연장시키기 위해 기관 튜브를 입 속에 박아 넣은 자신이 혐오스러웠다. 예정된 죽음을 맞이하려는 길명의 무의식적인 희망보다 심장을 몇 분 더 뛰게 하는 것이 그렇게 중요할까. 그게 의사의 직업적 책무란 말인가. 최후의 순간에 의사에게 실컷 농락당한 뒤 죽음을 맞는다면 너무 가혹한 일이 아닐까.

요아킴은 길명의 명이 다했다는 것을 직감했다. 사생아 길명. 그는 죽을 때까지 생부가 누군지 알지 못했다. 유일하게 좋아했던 것은 두꺼비와 물이었다. 자애원을 나와 시장 골목을 전전하던 소년. 차부에서 새우잠을 자던 소년. 두꺼비를 조련하던 소년. 요아킴은 정원의 어두운 수풀에서 기어 나오던 두꺼비 떼를 떠올리면서 정원에서 무엇인가 잘못되었다는 것을 직감했다. 자애원 시절에는 문제아였고 방죽에서는 벙어리 왕초였으며 정원에서는 두꺼비 대왕이었던 길명.

요아킴은 길명의 눈이 곱게 감기도록 쓸어내리고 몸을 반듯하게
한 다음, 손과 발을 가지런히 모았다. 머리는 약간 높게 괴고, 깨끗
한 솜으로 코와 귀를 막았다. 그러고는 얼굴에서 발끝까지 흰 천으
로 덮었다. 정원에서 소쩍새가 울었다. 너무 일러 목청이 덜 트인 탓
인지 소리도 제대로 내지 못하는 울음. 소리에 이끌려 요아킴은 정
원으로 나갔다. 정원은 적요에 잠겨 있었다. 새들은 깨어나지 않았
고 바람조차 일지 않았다. 액자에 걸린 그림처럼 작은 나뭇잎 하나
의 일렁임도 없었다. 나뭇가지 끝에 한껏 몸을 부풀린 물방울들이
애처롭게 매달려 있다가 요아킴의 발소리에 놀라 떨어졌다. 새벽안
개가 길명의 죽음을 애도하듯 정원을 시야에서 가렸다. 임종, 그것
은 들리지 않는 안개의 노래였다. 정원의 나무와 덤불들이 이슬을
달고 잠에서 깨어나고 있었다. 동쪽 하늘이 어렴풋하게 여명을 틔
워 냈다. 생의 표면은 늘 빛과 어둠의 연속이었으니 밝아 오는 새벽
의 임종, 그것은 축복임이 분명했다. 움트는 햇살에 눈이 부셔 정원
은 흐릿한 실루엣으로 보였다.

병원으로 들어온 요아킴은 보호자 대기실에서 웅크린 채 자고
있는 외팔이 조 씨를 깨울까 하다가 그냥 지나쳐 2층으로 올라갔
다. 새벽잠이 없는 가평댁이 창틀에 붙어 서서 정원을 바라보고 있
었다. 요아킴은 정원에서 구토를 하던 자신의 모습을 아내가 지켜보
았을 것이라는 생각에 잠시 말을 멈칫거렸다.

―길명이가 숨을 놓았어.

가평댁은 아무 대꾸도 하지 않은 것은 물론 등을 돌리지도 않았
다. 아내의 어둡고 확고부동한 등에서 현실의 어쩔 수 없는 모서리

가 날카롭게 드러나는 것 같았다. 반생을 함께 살아온 아내가 낯선 타인처럼 느껴졌다. 가평댁은 좀처럼 등을 돌리지 않았다.

—그렇게 될 줄 알았다는 뜻이오?

요아킴이 물었지만 가평댁은 묵묵부답이었다. 침묵의 손이 두 사람 사이의 공간을 더 벌려 놓았다. 세상의 모든 살아 있는 슬픔은 뜻하지 않은 순간, 번개처럼 드러날 수도 있는 것이다.

—죽음은 죽은 자에게가 아니라 살아 있는 자에게 주는 형벌이지요. 그러니 난 내려가지 않겠어요. 이미 다른 세상으로 떠난 그 아이를 보고 싶지 않아요.

아래층에서 외팔이 조 씨의 흐느낌이 들려왔다. 끊길 듯 이어지는 흐느낌이 새벽 공기를 진동시켰다. 그 흐느낌에는 임종을 지키지 못했다는 자책감이 섞여 있었다.

—꿈을 꾸었는데, 계속해서 방문을 두드리는 소리가 들리더군요. 들판의 오두막집이었지요. 문을 열어야겠다고 생각은 했지만 바닥에 붙어 버린 듯 몸을 일으킬 수 없었지요. 문 두드리는 소리가 점점 약해지더니 슬그머니 사라졌어요. 아마도 그때 길명이가 숨을 거뒀을 거예요.

외팔이 조 씨는 무력감에 사로잡힌 채 푸념을 해 댔다. 문을 두드리는 소리는 길명이 부르는 마지막 노래였을지도 모른다. 얼굴에서 모든 표정이 사라진 길명은 평안해 보였다.

—서둘러 매장을 해야겠네. 자네도 눈치를 챘는지 모르지만 길명이를 격리 치료한 것은 세균 감염에 의한 괴질이 의심스러웠기 때문이지. 사체가 부패하면 감염의 위험성이 높아지니 한시바삐 매장

을 하게나. 길명이를 서둘러 매장할 이유는 또 있네. 그건 자네도 어림짐작을 할 수 있는 일이네만.

외팔이 조 씨의 눈동자가 가늘게 떨렸다.

—무슨 말인지 모르겠군요. 아무 할 말도 없으니 더 이상 다그치지 마세요.

—호수에 가라앉은 스티브의 사체를 꺼내 올 사람은 읍내에서 길명이뿐이잖나? 물속의 사체가 제 발로 걸어 나와 뚝방에서 엎어져 있을 리 만무하지. 그렇지 않아도 지서장은 사체를 뚝방에 옮겨 놓은 자가 범인일 거라고 단정하고 있는 눈치라네. 길명이에게 죄를 덮어씌우려는 게 아니라는 걸 자네도 잘 알지 않나. 사건이 복잡하게 얽히기 전에 어서 공동묘지에 묻어야 하지 않겠나?

외팔이 조 씨가 사무장의 도움을 받아 입관을 마쳤을 때는 동이 트고 있었다.

멀리 공소의 둥근 돔 지붕 위에 세워진 십자가가 눈에 들어왔다. 절벽 아래로 흘러가는 강에서 주워 온 큼직한 돌덩이로 쌓은 공소 외벽은 마침 내리기 시작한 보슬비에 젖어 반들반들하게 윤이 나고 있었다. 입구에 들어서자 백합이 한창이었다. 비를 맞으며 머리를 끄덕이는 하얀 꽃송이들은 적막에 잠긴 공소의 수문장 같았다. 공소 뒤편으로 비스듬히 경사진 들판에는 이끼에 덮인 돌 비석이 가득한 무덤들이 무질서하게 자리 잡고 있었다. 담장 아래, 분홍 초롱을 매단 금낭화가 아니었다면 둥근 돔을 이고 있는 공소도 일종의 무덤으로 보였을 것이다. 돌덩이 사이를 마감한 시멘트는 긴 세월

동안 비바람에 닳아 군데군데 떨어져 나갔고 창문과 출입문도 살짝 틀어져 있었다. 해마다 홍수 때문에 지반이 조금씩 가라앉은 탓이었다. 지나가는 비였는지 보슬비는 이내 그치고 석양의 햇살이 공동묘지의 봉분마다 반짝였다.

외벽에는 천주교 공소라는 글자가 도톰하게 돋아 있고 그 옆으로 석고로 만든 예수상이 두 손을 벌려 세상을 품에 안을 듯 서 있었다. 평소에는 인자하던 예수의 얼굴은 그날따라 데스마스크처럼 고통으로 일그러져 있었다.

문은 굳게 닫혀 있었다. 둥근 손잡이는 녹이 슬어 문짝에서 잘 떨어지지 않았다. 힘을 주어 손잡이를 떼어 내 문을 여러 차례 두드렸으나 인기척 대신 손에 녹이 묻어 나왔다. 잠시 뒤에 문짝이 힘겹게 열렸다.

젊은 신부가 문밖으로 걸어 나왔다.

—무슨 일로 이곳을 다 찾아오셨소?

말은 퉁명스러웠지만 신부의 눈빛은 영민하게 번뜩였다.

—환자가 사망했는데 장례 미사를 올렸으면 해서요.

—공소는 작은 공동체 교회지요. 교우들끼리 모여 미사도 드리고 교리도 배우고 기도도 하는 초대 교회의 모습을 그대로 닮은 천주교의 뿌리와 같은 곳입니다. 그러니 망자에게도 열려 있는 곳이지요.

—실은 망자가 세례를 받지 않은 비신도입니다. 갓 스무 살을 넘긴 청년이지요. 짧은 생애를 귀머거리에 반벙어리로 살다 갔지요. 제 오랜 기억을 더듬어 보니 망자의 어미가 신자였지요. 성치 않은

몸이어서 세례를 받을 수는 없었으나 제 어미가 간 길을 따라갈 수 있도록 장례미사라도 치러 주려고 찾아왔지요. 경황이 없어 미처 염도 하지 못한 상태입니다.

―사정이 딱하니 그렇게 하시지요.

관은 십자가가 걸린 제단 아래로 운구되었다. 검은색 제의로 갈아입은 신부가 제단에서 장례미사를 집전했다.

신부는 관 위에 성호를 긋고 종부성사를 올렸다.

―성부와 성자와 성신의 이름으로 아멘! 수고하는 사람과 짐 진 사람은 모두 내게로 오라. 내 너희를 쉬게 하리라.

제단 위에는 성수대와 향이 놓였고 양옆으로 두 개의 파스카 초가 켜졌다. 관 위에는 성경 책이 놓였다. 신부는 외팔이 조 씨에게 촛불을 켜서 건넨 뒤 관 위에 성수를 뿌렸다.

―주여, 망자에게 영원한 안식을 주소서! 오늘 우리는 주님 안에서 세상을 떠난 고인의 죽음을 애도하고, 주님의 무한한 자비를 간구하기 위하여 이 자리에 모였습니다. 우리는 고인과 우리 사이에 맺어졌던 귀중하고 아름다운 인연을 생각하며 깊은 슬픔을 느낍니다. 주를 믿는 이들에게는 죽음이 끝이 아니고 새로운 삶으로 나아가는 것이기에, 고인은 하느님의 사랑 안에 영원히 머물 것입니다. 고인이 살아생전에 열망하던 대로 영원한 안식을 얻도록 자비를 빌며 이 미사를 봉헌합니다.

젊은 신부는 다시 성수를 뿌리고 기도했다.

―하느님은 산 이와 죽은 이들의 하느님이십니다. 하느님께서 그리스도를 세상에 보내신 것은 믿는 이들에게 영원한 생명을 주고,

마지막 날에 모두 살리시기 위해서입니다. 주의 종 길명을 주께 맡겨 드리오니, 세상을 하직한 그로 하여금 천주의 자비하심으로 평화의 안식을 얻게 하시고 그가 지은 죄를 용서하시고 씻어 주소서. 우리 주 예수 그리스도의 이름으로 비나이다.

길명은 공소의 절벽 묘지에 묻혔다. 화재 사건으로 숨진 창녀의 무덤 옆이었다.

박 간호사가 당황한 표정을 지으며 진찰실로 들어왔다.

―원장님, 전화 좀 받아 보세요. 미군 같은데 알아들을 수가 없네요.

지역 보건 회의에서 두어 번 본 적이 있는 버펄로 부대 군의관이었다. 병사들이 집단적으로 고혈에 시달리고 있으나 원인을 알 수 없어 마땅한 약을 투여하지 못하고 있다는 것이었다.

―증세는요?

―고열이 나고 온몸에 검은 반점이 돋더군요.

―비슷한 증상을 보이는 환자가 몇 명이나 됩니까?

―퀀셋 막사마다 서너 명씩은 되는 것 같아요. 일단 의무실로 격리했는데 보건소에 연락을 했더니 원장님이 오랫동안 군의관 생활을 했으니 자문을 하라고 일러 주더군요.

―전염병이 의심스럽지만 일단 환자의 용태를 살펴봐야겠군요.

요아킴은 사무장과 함께 간단한 진료 기구를 챙겨 들고 버펄로 부대로 향했다.

정문 초소에서 의무실로 전화를 넣으니 군의관이 정문까지 마중 나와 출입증을 상의에 꽂아 주었다. 의무실의 침상마다 병사들이 누워 링거를 맞고 있었다. 주사 맞은 자리가 새까맣게 변해 있었고 그 가운데 두 명은 눈을 하얗게 까뒤집은 채 침을 흘리고 있었다.

―환자가 실신한 적도 있습니까?

―가장 심한 환자는 고통을 참지 못하겠는지 의무실을 뛰쳐나가려고 하기에 침대에 묶어 두기까지 했지요.

―최근 들어 비슷한 증세를 보이는 환자가 제 병원에 입원을 했는데 피에 염증이 있는 것 같아 복강을 찢고 링거를 투입해서 피를 걸러 내고 있는 중입니다. 그 환자도 미친 듯 몸부림을 치는 바람에 침대에 묶어 놨지요. 갑자기 발열이 시작되면서 심한 두통 증세에 결막이 충혈되고 출혈반이 보이는데 혈소판이 감소하더군요. 초기에는 저혈압이 지속되다가 착란이나 혼수 같은 쇼크 증상을 보이더군요. 오줌에 피가 섞여 나오거나 입으로 피를 토할 때도 있었지요.

―집단 식중독이 아닐까요?

―아닐 겁니다. 식중독이면 몸에 붉은 반점이 피어야 하는데……. 그보다는 환자들 사이에 어떤 다른 공통점이 없는지를 조사해 볼 필요가 있습니다. 예를 들면 최근 어디로 훈련을 다녀왔다든지 말이죠.

―정확한 것은 상황실에 알아봐야겠지만 제가 알기에는 비무장

지대에서 매복을 하고 돌아온 병사들에게서 집중적으로 발병을 한 것으로 추정됩니다.

—비무장지대라면 민통선 안에 있는 먼들을 말하는 것입니까? 우리는 그곳을 민들레 들판이라고 부르지요.

—먼들에서 일주일이고 보름이고 야영을 하고 돌아온 수색 중대를 정밀 체크해 보겠습니다.

—제 병원에서도 비슷한 증세로 입원한 환자가 얼마 전 숨을 거뒀지요. 먼들에 들어가 밭을 일군다고 억새를 베는 작업을 한 뒤 발병을 한 환자입니다. 이상한 일이지요. 억새에게 감염된 것은 아닐 테고. 주사 자국이 까맣게 타 들어간 게 아무래도 마음에 걸립니다. 세균에 의한 감염이 틀림없는데. 어떤 세균인지 밝혀지기 전에는 확실한 처방을 할 수 없으니 답답한 노릇이죠. 사안이 심상치 않으니 일단 보건 당국에 전염병 발병에 대한 역학조사를 요청해야겠어요.

—조사 결과가 나오면 미군 의무대에도 통보를 해 주시기 바랍니다.

병원으로 돌아온 요아킴은 한 달 사이에 비슷한 증상으로 입원했던 환자들의 차트를 살펴보았다. 예감은 적중했다. 모두들 민통선 안에 논마지기를 갖고 있는 미수복 지구 농민들이었다. 대부분의 환자가 체온이 40도나 치솟고 눈에 헛것이 보인다며 잠시도 가만있지 못하고 발버둥을 쳤다. 집단 발열 증세였다.

요아킴은 사무장을 불러 민들레 들판으로 출장을 나가야 하니 하루 동안 병원 문을 닫아 두라고 일렀다.

─보건소장에게 연락해서 직원을 붙여 달라고 할까요?

─아닐세. 혼자 다녀올 참이네. 군부대에 연락해서 민통선 출입
허가를 받아 놓게나. 출입 목적은 의학적 역학조사라고 해 두게.

다음 날 아침, 민통선 검문소에 도착해 출입 허가증을 내밀자
헌병이 민간인 차량은 더 이상 들어갈 수 없으니 군용 지프에 탑승
하라며 주차장으로 안내했다. 주차장에는 중위 계급장을 단 수색
중대장이 기다리고 있다가 경례를 붙였다.

─부대장님이 저더러 직접 길 안내를 맡으라고 해서 기다리고
있었습니다. 의학적 역학조사라고 적혀 있던데 목적지가 어느 지역
입니까?

─일주일 전에 민들레 들판에서 꼴을 베고 거름 작업을 한 농부
를 기억하나요?

─아다마다요. 제 관할 구역의 주민이지요.

들판은 초입부터 민들레가 무성하게 자라 있었다. 얼었던 땅이
풀리면 제일 먼저 싹을 내밀고 꽃을 피우는 모진 꽃. 늘 사람 곁에
살면서 꽃을 피우고 씨앗을 맺는 노란 꽃. 국화, 해바라기, 엉겅퀴
등 모든 두상화가 그렇듯 작은 꽃 하나하나는 보잘것없지만 서로
이마를 맞대고 지천으로 피어 있으면 마치 지상이 천국처럼 보이곤
했다. 민들레는 감광성 생리 때문에 아침 해를 맞으며 피기 시작해
해가 지면 오므라들었다. 어둠을 두려워하는 꽃, 바람에 꽃씨를 싣
고 어디든 자유롭게 날아가 피우는 꽃……. 민들레 벌판에 대체 무
슨 일이 벌어졌단 말인가.

들판 중간쯤에 있는 언덕에 올라서자 완전무장한 장병이 중위에게 거수경례를 붙였다. 언덕 밑으로 붉은 빛이 감돌았다. 비옥한 땅인데 아직 지뢰 제거 작업이 완전히 끝나지 않은 상태여서 부분적으로만 민간인 출입이 가능한 들판이었다.

—왜 이렇게 붉은 빛이 돌지요?

—곳곳에 전쟁의 상처가 남아 있기 때문이죠. 전쟁 때 폭격을 맞아 부서진 교량이며 군용 트럭 같은 게 들판에 가득하지요. 이 지역은 거대한 고철 쓰레기장이에요. 녹슨 철모에 폐타이어에, 철길은 물론 심지어는 기차까지 파괴되어 녹이 슬고 있으니 말이죠. 수만 발의 폭탄 껍질에 녹이 슬어 땅으로 스며들었으니 붉을 수밖에요.

들판은 전쟁의 참화가 아직도 가시지 않은 채였다. 서부 지역은 미군 관할하에 있지만 중부 지역은 국군이 주둔하고 있었다. 물이 고인 논에는 갈대가 우거지고 밭에는 잡초가 무성했다. 수십 년간 방치해 두었는데도 참나무, 소나무, 아카시아의 식생이 그리 원활해 보이지 않았다. 그도 그럴 것이 쇠와 화약을 삼킨 숲에서 생태의 진화가 그리 빨리 진행될 리 없었다. 하지만 저습지에서는 버드나무가 드문드문 무리를 지어 자라고 있었다. 좀 더 높은 곳에는 오리나무가, 논둑에는 아카시아가 자라고 있었다. 산기슭으로 접어들면서 참나무를 주종으로 하는 낙엽활엽수림이 형성되고 있었다. 그러나 메마른 산꼭대기 부근에는 오직 소나무만이 서 있을 뿐이었다.

중위는 구릿빛이 도는 건강한 얼굴에 어깨가 쩍 벌어진 게 다부진 체격이었다.

—여기선 모든 게 더디게 변하죠. 나무도 풀도 더디게 자라고 고

랑의 물도 천천히 흘러가죠.

뚝방을 걸어가는 발걸음마다 뽀얀 먼지가 푸석거렸다. 태양은 윙윙 소리를 내며 햇빛을 뿜어 댔고 들판은 진동했다.

들판에 묻힌 주검들. 병사들은 들판에 뼈와 살을 묻었다. 피는 스며들어 땅을 차지게 했으며 백골은 진토되었다. 전쟁은 들판의 노래마저 앗아가 버렸다. 그러나 엄청난 망각의 세월이 흐른 뒤에 들판은 다시 꽃을 피우고 새를 불러들였다. 인간도, 들판도 망각이 있기에 다시 사랑을 하고 다시 꽃을 피우는 것이다. 고향에서 수백 킬로미터나 떨어진 들판에서 왜 싸워야 하는지 영문도 모른 채 죽어간 병사들. 인간이 들판에 써 놓은 역사는 바람에 날리는 꽃씨보다 보잘것없어 보였다. 증오와 폭력과 광기가 들판을 피로 물들였고 피의 강은 땅으로 스며들어 지하에 서식하는 모든 식물의 뿌리를 적셨다. 그 모든 과정을 지켜본 태양은 다시 그 흔적들을 대기 속으로 증발시켰다. 지상의 일이란 한 줌의 재가 되거나 한 방울의 증기가 되어 끝을 맺는다.

구릉지의 버려진 밭에는 억새가 군집을 형성하며 자라고 있었다. 군데군데 쑥 군락도 눈에 띄었다. 민들레 들판에는 산 경사면 아래에 위치한 습지가 많았다. 들판으로 유입되는 하천은 우기에 상류에서 운반된 토사가 퇴적되어 작은 평탄면을 조성했고, 그 평탄면에 물이 고여 습지를 이루고 있었다.

멀리 커다란 날짐승 십여 마리가 허공을 맴돌고 있다. 어찌나 날개가 큰지 들판의 초지 위로 낮게 날 때는 그림자가 희끗희끗 물결치듯 밀려가고 밀려들었다. 독수리 떼였다.

—독수리가 날고 있는 장소가 그 들판입니다. 저수지 바로 아래지요.

중위가 망원경을 꺼내 초점을 맞춘 뒤 건넸다. 저수지 뚝방 위에 독수리 떼가 바람결에 깃털을 오종종 세우며 앉아 있었다. 수백 마리는 되어 보였다. 한 무리가 날개를 펴 한 바퀴 날아오르면 뒤따라 또 한 무리가 비상했다. 하늘을 휘도는 검은 날개들. 들판에 내려앉은 독수리 떼는 먹잇감을 놓고 다투는지 부리로 상대를 밀치면서 소리를 내며 울었다. 직접 사냥을 해서 먹이를 구하지 않고 동물의 사체를 뜯어 먹는 맹금류. 양지바른 쪽에 어깨를 맞댄 채 둘러앉은 독수리의 부리 끝엔 꼬리가 축 늘어진 들쥐가 물려 있었다.

—주로 들쥐를 먹는 모양이군요.

—토끼나 오소리를 먹기도 하지만 대개는 들쥐지요. 민들레 들판은 들쥐 서식지라고 해도 과언이 아닙니다. 수백 마리가 떼를 지어 다니며 작물을 망쳐 놓기 일쑤지요. 농부들이 쥐약을 놓기도 하는데 워낙 숫자가 많아 아무런 효과가 없어요.

들쥐를 부리에 물고 뚝방 위에서 껑충거리는 독수리의 모습은 등짝이 굽은 마귀가 망토를 두른 것처럼 보였다. 독수리 떼가 간헐적으로 토해 낸 거친 울음소리가 들판으로 퍼져나갔다.

—저수지 주변은 독수리 떼가 점령해 버렸지요. 해마다 겨울이면 티베트나 몽골 초원에서 날아와 한 철을 나는데 들쥐 같은 먹잇감이 풍부해 서식 기간이 점점 길어지고 있지요. 민들레 들판은 원래 두루미와 쇠기러기의 도래지였는데 들쥐의 숫자가 늘어나면서 독수리나 흰꼬리수리 같은 맹금류의 개체 수도 급격하게 늘었지요.

지뢰를 밟고 죽은 들짐승의 고기도 좋은 먹잇감이죠. 민들레 들판이 독수리의 낙원이 된 것은 너른 평야에 널려 있는 낙곡 때문이기도 합니다. 수생식물이 무성한 하천이 들판을 가로지르고 있는 데다 구릉 지대에는 사계절 내내 현무암 기반을 뚫고 따뜻한 물이 계속 솟아올라 겨울에도 얼지 않는 습지가 있지요. 게다가 사람들의 간섭이 적어서 철새들의 낙원이 된 것입니다.

죽음과 공생하는 들판을 지배하는 바람은 방향이 없었다. 끊임없이 불어와 키 큰 갈대들을 한쪽 방향으로 쓰러뜨리는 바람. 쓰러뜨리는 것이 유일한 유희인 듯 바람은 불고 또 불어왔다. 저수지 아래 논배미에는 낫으로 벤 억새 더미가 군데군데 쌓여 있었다. 논배미로 내려가려고 발을 내딛는 순간 억새 더미에서 새까만 들쥐 떼가 찍찍거리며 쏟아져 나오더니 뚝방 쪽으로 흩어졌다. 논배미에는 콩알만 한 쥐똥이 지천으로 깔려 있었다. 들쥐들은 사랑의 유혹에 자신을 쉴 새 없이 내맡겼다. 하루 종일 거의 열 번에서 스무 번 정도, 암컷과 수컷은 풀숲에서 몸을 섞었다. 이 피조물은 일생을 발정 난 사춘기처럼 살아간다. 자신의 거주지에서 가장 가까이 있는 이성에게 들불처럼 덤벼드는 들쥐들. 전쟁으로 인해 집단살해된 사람들의 사체들이 들쥐가 가진 사랑의 호르몬에 대항하는 물질을 만들어낸 것은 아닐까. 썩은 시체에서 올라오는 괴질이 들쥐의 생태적 환경을 엉망으로 만들어 버린 것은 아닐까. 들판에 스멀거리는 대항 물질이 들쥐의 생체 리듬을 뒤바꿔 버렸을지도 모를 일이다. 인간의 사체에서 기어 나온 생명에의 저주는 그것을 영양분으로 삼아 자라난 들판에 서식하는 들쥐의 유전형질을 바꿔 놓았고, 들쥐는 몸 안에서 일어난 본능의 역류를 인간에게 고스란히 돌려준 것이다. 쇠붙이와 화약의 불길은 야생의 왕국을 지탱하는 생명의 질서를 인위적으로 혼란에 빠뜨렸던 것이다. 들판을 돌아보는 요아킴은 땀으로 흠뻑 젖어 있었다.

—들쥐 몇 마리를 잡아 역학조사를 해 봐야겠네요.

중위는 뚝방 쪽으로 가서 들쥐를 몰았다. 요아킴은 논배미를 잰걸음으로 뛰어가는 들쥐 떼를 향해 막대를 휘둘렀다. 막대에 맞아 죽은 들쥐 몇 마리를 비닐봉지에 담아 들고 중위와 함께 뚝방 위로 올라섰다.

—등줄쥐가 주로 서식하고 있군요. 아무래도 이 쥐가 세균 매개체인 것 같아요. 노파심에서 하는 말이지만 부대에 가면 병영에 돌아다니는 쥐부터 잡으세요. 쥐의 배설물도 쓸어 내고요. 쥐벼룩에 물리지 않도록 각별히 조심을 해야 합니다.

—들쥐가 어떤 먹이를 먹고 바이러스를 옮길까요?

요아킴은 대답 대신에 멀리 들판에 홀로 서 있는 초병을 한참 동안 바라다보았다. 그 너머 북쪽에는 산맥들이 뻗쳐 있었다. 요아킴은 전란 중에 사망한 무수한 군인과 민간인의 사체를 묵묵히 받아들일 수밖에 없었던 민들레 들판이 복수를 시작한 것이라는 생각이 들었다.

—땅이 복수를 하는 겁니다. 전쟁 때 얼마나 많은 사람들이 죽었습니까. 민들레 벌판이 복수를 하는 것이죠. 국군이든 인민군이든 민간인이든 유엔군이든, 죽어 간 사체들을 고스란히 받아들일 수밖에 없었던 민들레 들판이 그 비애를 토해 내고 있는 것은 아닐까

요. 죽음의 들판에 노란 민들레가 피어난 것도 다 이유가 있을 겁니다. 불탄 트럭과 구멍 뚫린 철모 그리고 일그러진 포탄 껍데기들을 어루만지듯 민들레는 들판을 온통 노란색으로 물들이고 있는 것이죠. 민들레뿐이겠어요? 억새나 마타리, 구절초 같은 야생식물도 지천으로 피어나 무언의 항변을 하고 있는 것이죠.

뚝방 길을 걸어갈 때 평강고원 너머로 막 해가 가라앉고 있었다. 검붉은 햇살이 서쪽의 검은 산줄기에서 튀어나와 붉게 들판을 물들였다. 들판은 일몰의 무대에 올려진 것처럼 석양의 조명을 받고 있었다. 한순간, 들판이 캄캄한 저승처럼 보였다. 들판은 어둠을 맞을 준비를 서두르고 있었다. 새들이 숲 속 둥지를 향해 바쁘게 날갯짓하고 북쪽의 검은 산들은 더 어두운 색깔로 멀어져 있었다.

중위가 걸음을 재촉했다. 서둘러 들판을 빠져나가지 않으면 안 되었다. 민들레 들판의 출입은 일몰 전으로 엄격히 통제되고 있었다. 이제 들판엔 아침까지 인간의 흔적이란 없을 것이다. 그 들판을 돌아보고 싶어졌다. 할 수만 있다면 밤사이에 들판에서 일어나는 모든 생태적 움직임을 지켜보고 싶어졌다. 늙은 아까시나무와 버드나무, 갈대와 삿갓초와 느릅재기. 마른 갈대숲에 엉덩이를 비비고 잠자리에 들 고라니, 풀숲에 오줌을 질금거릴 들쥐, 바스락거리는 어두운 풀숲을 노려보며 가만히 나뭇가지에 매달려 있을 부엉이……. 어둠이 내린 들판은 다른 행성의 지표면으로 변할 것만 같았다. 이 행성을 세상과 격리하려는 듯 빨간 역삼각형의 지뢰 표지판이 철조망에 매달려 끝없이 이어지고 있었다.

병원으로 돌아온 요아킴은 사무장을 불렀다.

—아무래도 자네가 미생물학 연구소로 출장을 다녀와야겠네. 자세한 내용은 검사 요청서에 쓰겠지만 민들레 들판에서 잡아 온 들쥐를 가지고 가서 세균 검사를 해 달라고 하게나. 특히 폐장 조직에 대한 정밀 검사가 필수적이라는 말을 전해 주게.

초가을인데도 날은 길었다. 태양이 정수리 위에 오랫동안 걸린 채 노란 광선을 직각으로 쏘며 대지를 덥혔다. 햇살이 뜨거울수록 정원의 그늘은 어두워졌다. 정원으로 난 창문에 무수한 나뭇잎 그림자가 달라붙어 어른거렸다. 나무들이 펼치는 그림자놀이의 주인공은 태양이었다. 정원은 태양의 열기에 휩싸여 뒤척였다. 식물들은 더욱 짙어 가는 엽록의 표피에 덮인 채 대낮에도 꿈을 꾸었다. 정원은 더위에 흐물거리고 병원의 지붕은 불타고 있었다. 벽과 지붕을 타고 넘는 넝쿨의 무성한 아파리가 집을 삼키려는 짐승의 털처럼 보였다. 햇살이 강렬해질수록 초록 이파리는 금속성 빛으로 반짝였다.

소개 작전

가을을 재촉하는 비가 내렸다. 처마 밑을 통과하는 배수통으로 빗물이 쉴 새 없이 떨어졌다. 오랜만에 들리는 물소리는 청아했다. 요아킴은 빗소리를 의식하며 수화기를 들었다. 다급한 목소리였다. 상대방이 몰아쉬는 입김이 수화기를 통해 전달됐다. 미생물학 연구소에서 걸려 온 전화였다.

  ―보내 주신 들쥐 샘플로부터 병원체가 채취되었습니다. 연구소 측은 검사 결과가 나온 즉시 비상 체제를 발동했습니다. 병원체의 숙주는 들쥐의 3분의2를 차지하는 등줄쥐로 밝혀졌습니다. 등줄쥐 배설물이 건조하면서 대기 중에 떠도는 바이러스가 사람의 호흡기를 통해 전파된 것으로 추정되는데, 특히 시골등줄쥐 가운데 15퍼센트가 바이러스를 갖고 있는 것으로 보입니다. 차제에 도시의 시궁쥐, 실험실의 쥐에 대해서도 검사를 했는데 바이러스를 매개할

가능성이 있다는 임상 실험 결과가 나왔습니다. 회신이 늦어진 것도 이 때문이죠. 사망률은 4~7퍼센트. 늦가을과 늦봄 건조기에 발생할 확률이 높은 것으로 추정되고요. 야외 활동 기회가 많은 젊은 연령층 남자, 두말할 것도 없이 병사에게 감염될 확률이 높습니다. 이 바이러스는 평균 2~3주의 잠복기를 거치는데 발열, 출혈, 신장 병변 등의 증상을 보입니다. 발병 초기에는 각종 장기에 출혈이 일어나기 때문에 절대안정이 필요합니다. 들쥐나 집쥐와의 접촉을 절대 금해야 하며 쥐의 서식처를 멀리해야 합니다.

요아킴의 눈에는 민들레 들판에서 보았던 등줄쥐의 모습이 아른거렸다. 담배 두 갑 무게인 몸무게 200그램의 작은 쥐, 등에 흰줄이 있는 쥐. 한탄강 유역에 서식하는 아홉 종의 들쥐 가운데 85퍼센트가 등줄쥐였다. 침과 오줌 속에 우글거리는 바이러스. 등줄쥐가 쏟아 놓은 바이러스가 공기에 섞여 읍내를 감염시키고 있었다.

—무엇보다도 미 국방성에서 지대한 관심을 갖고 있더군요. 주한 미군 당국이 민들레 들판 일대에 주둔하고 있는 미군들 사이에서 괴질이 퍼지고 있다는 사실을 본국에 보고한 모양입니다. 여러 경로를 거쳐 저희 연구소에 문의를 해 왔는데, 마침 그쪽 지역에서 보내온 들쥐로 병원체 검사를 하고 있다고 통보를 해 주었지요. 비무장지대에서 발생한 특이한 역병이라는 점에서 저희 연구소는 보건당국과 미 국방성의 지원을 받아 역학조사 팀을 중부 전선에 투입할 예정입니다. 이미 중부 전선 사령부에 전통문을 띄워 각별한 주의를 요청한 상태입니다. 그렇지 않아도 미생물학 연구소의 역학조사 팀이 내일 아침에 현장으로 떠날 계획입니다. 역학조사 팀장이

방역대와 함께 원장님을 찾아갈 예정인데 협조해 주시기 바랍니다.

수화기를 내려놓은 요아킴의 머릿속은 온통 민들레 들판에 대한 생각으로 가득 찼다. 거대한 녹색 양탄자를 깔아 놓은 듯한 늪. 금방 그린 수채화처럼 파란 물감이 묻어날 듯이 생생한 느낌이었다. 늪 한가운데 작은 연못도 하나 있었다. 늪이 하도 많아서 어떤 때는 늪이 산기슭을 따라 이동하는 것 같다는 생각이 들 정도였다.

대체 민들레 벌판에서 무슨 일이 벌어진 것일까. 전쟁이 끝난 지 20여 년이 지났지만 대지는 아직 전쟁 중인 것으로 착각하고 있는 것은 아닐까. 대지에도 귀가 있어 병사들이 저벅저벅 걸으며 이동하는 소리를 듣는 건 아닐까. 군사 합동 훈련, 폭격 훈련, 탱크와 군용 트럭의 대대적인 이동……. 전쟁은 끝났지만 대지의 기억은 아직 전쟁 상태에 머물고 있는 것이다. 시간의 혼동. 대지는 시간을 혼동하고 있었다.

역학조사 팀장은 미국에서 학위를 취득했다는 삼십대 후반의 여성이었다. 가벼운 목례도 없이 손을 내미는 것으로 간단한 인사를 끝내고 질문을 쏟아 붓는 조사 팀장에게 요아킴은 세대 차이를 느꼈다.

―바이러스는 원장님의 지적대로 들쥐의 폐장에서 검출되었습니다만 왜 폐장에 주목하게 됐는지 궁금하군요.

―처음에 쥐를 여러 마리 해부했지만 병원체를 찾아내지 못했지요. 그러다 우연히 폐장에 곰팡이 같은 게 붙어 있는 걸 발견했지요. 자세히 보니 곰팡이는 아닌 것 같더군요. 다른 장기는 다 검사

를 해 봤지만 폐는 검사 안 했다는 것을 그제서야 깨달았죠. 폐장을 열어 보았더니 바이러스가 우글우글하더군요.

—증세로 보면 한국전쟁 중에 집단 발병했던 유행성출혈열과 매우 유사한 측면이 있더군요.

—전쟁 때 유행성출혈열로 유엔군과 한국군이 많이 죽었지요. 당시 미군은 출혈열을 한국 특유의 괴질로 보았지만 사실 출혈열은 세계적으로 분포하는 질병이지요. 미국 남북전쟁 때도 비슷한 환자가 발생했다는 기록도 있지만 공식적으로는 20세기 초, 소련의 블라디보스토크에서 학계에 보고된 케이스가 처음입니다.

—유행성출혈열에 대한 연구는 한국전쟁에 참전한 미군들 사이에 환자가 발생하자 미국 육군이 처음으로 착수했지요. 수천 명이 정체불명의 괴질을 앓자 세균전 의혹까지 제기되었지요. 미군은 막대한 예산과 인력을 투입했지만 괴질의 정체 규명에 실패했는데 우연히 한국인 미생물학자가 바이러스를 발견하고 백신 개발에 성공했습니다. 당시에도 한탄강 유역에서 수집된 등줄쥐로 실험을 했는데 유행성출혈열을 한탄 바이러스라고 명명한 이유도 그 때문입니다.

—예방 백신이 개발되었다면 당장이라도 보건 당국에 백신을 요청해 임상 치료를 시작해야 되지 않을까요?

—그렇게 간단하지가 않아요. 이미 미군 부대의 발병 환자에게 백신을 주입해 보았으나 아무런 차도가 없더군요. 한탄 바이러스가 긴 세월을 두고 자신을 복제하면서 똑같이 복제하지 않고 불량품을 만들어 낸 것으로 추정됩니다. 이미 개발된 백신에 면역이 생긴 신종 바이러스가 만들어진 것이죠. 일종의 돌연변이라고나 할까요.

현재로서는 내성을 지닌 한탄 바이러스의 변종일 가능성에 무게를 두고 있지요.

—내성을 지닌 변종이라니, 생각보다 훨씬 심각하군요.

—바이러스의 유전자가 재조합된 것이죠. 세포에 들어 있는 유전 정보가 잘려서 혼합형이 생겨난 것인데, 바이러스의 전체 게놈 중 1개나 그 이상의 조각이 다른 조각들과 뒤섞여 복제됐을 가능성이 있습니다.

—뉴스를 보긴 했습니다. 급속한 환경 변화로 인해 생겨난 변종 바이러스라고 하더군요.

—근래 들어 뉴멕시코에는 유난히 비가 많이 내렸지요. 비 때문에 신놈브레 바이러스의 숙주인 들쥐가 좋아하는 콩이 많이 자랐고, 이로 인해 들쥐 수가 급격히 증가한 것이죠. 그 들쥐들이 인간과의 접촉 빈도가 높아지면서 감염을 유발한 것인데. 전염성 바이러스는 어떤 지역이나 국가를 휩쓸면서 심할 경우 특정 민족을 말살시킬 만큼 강력한 힘을 발휘하는 경우도 있으니 이보다 더 큰 재앙은 없을 겁니다.

—하지만 비무장지대에 급격한 기후 변화가 있었던 것도 아니잖습니까. 예년에 비해 장마가 길었던 것도 아니고.

요아킴은 민들레 들판 이야기를 들려주려다가 그만두었다. 속이 답답하여 창문을 열었다. 한 떼의 까마귀들이 텅 빈 하늘에 까옥까옥 울음소리를 남기며 날아가고 있었다. 땅으로 떨어지지 않으려고 하늘에 쩍 붙어 있는 울음소리. 가을인데도 바람 한 점 없이 모든 사물의 움직임이 정지한 것 같았다.

─사실 원장님을 찾아온 용건은 따로 있습니다. 그동안 보건 당국과 미 국방성 간에 여러 차례 의견 교환이 있었는데 워낙 사안이 심각해 미리 알려드리지 못했지요. 지금 밖에서 저를 기다리고 있는 사람들은 단순한 방역 대원들이 아닙니다.

하늘에 붙어 있던 까마귀 울음 하나가 낙엽처럼 팔랑거리며 떨어졌다. 그게 신호라도 되는 듯 골목으로 아이들이 소리를 지르며 뛰어갔다. 아이들의 뜀박질 소리가 담벼락에 부딪쳐 긴 여운을 남겼다. 그것은 텅 빈 소리였다. 창문 너머로 보이는 집들은 하나 같이 텅 비어 있고 대문들은 낡은 데다 제멋대로 자란 잡초들이 잠깐 사이에 골목을 삼킬 것처럼 자라나는 것처럼 보였다. 손은 골목의 낡은 대문들을 일일이 두드려 보고 싶은데 귀는 역학조사 팀장의 말을 차곡차곡 담아 듣고 있었다.

─역학조사를 하겠다는 것도 실은 위장이지요. 그들은 소개 작전에 투입된 요원들입니다.

─소개 작전이라뇨?

하늘에 남아 있던 까마귀 울음소리가 한꺼번에 떨어져 내렸다. 모든 집들이 폐가로 변해 버린 듯했다. 폐허가 된 읍내. 집집마다 가득 찬 살림살이가 허공으로 날아오르는 것 같았다.

─지금으로서는 이 방법 외에는 아무런 대책이 없습니다. 읍내 전체를 비워야 합니다.

─읍내 주민들이 이주를 해야 한다는 거요?

─주민뿐만이 아닙니다. 이곳에 주둔하고 있는 미군과 태국군에게도 소개 명령이 내려질 겁니다. 격리 수용된다는 의미지요. 신종

바이러스를 퇴치할 백신이 개발되기 전에는 이주 지역에서 제한된 생활을 하게 될 것입니다. 소개 작전은 극비리에 진행될 예정입니다만 주민들의 동요를 최소화하는 방안을 강구한다는 차원에서 원장님께 도움을 청하려고 이렇게 찾아온 것입니다. 보건 당국과 미 국방성의 결정이니 번복되는 일은 없을 겁니다.

요아킴은 정원 쪽 창문을 열었다. 석류 나무 가지에 달려 있는 물방울들이 허공에서 빛의 보석처럼 반짝거렸다. 햇살이 소담스럽게 떨어지는 정원의 한구석에 비둘기 몇 마리가 내려앉아 지렁이를 쪼아 댔다.

—못 들은 걸로 하지요. 한낱 시골 의사에게 무슨 뾰쪽한 방책이 있겠소. 아무것도 모르는 것으로 해 둘 테니 맡은 소임이나 마치고 돌아가시오.

—읍내 주민들을 소개하기 전에 방역을 실시해야 합니다. 병원 부지에 검진 진료소가 있던데, 방역 팀이 그곳을 이용했으면 합니다. 주민들의 감염 여부를 면밀히 체크해야 되지 않겠습니까. 감염자는 따로 격리를 해야 하니까요.

—내 허락을 얻을 게 무엇이오? 이미 결정을 하고 온 모양인데, 그냥 징발하면 될 것을.

—그래도 절차를 밟고 싶었습니다.

가을 땡볕에 달구어진 대기가 흔들렸다. 공기마저 오염되었다면 숨을 쉴 때마다 폐부에 바이러스를 쟁여 넣는 꼴이 아닌가. 숨을 쉬지 않고 살 수 있는 인간은 없다. 요아킴은 입수하기 전에 폐부 가득 공기를 채우는 잠수부처럼 숨을 크게 들이쉰 뒤 오랫동안

내뱉지 않았다. 가슴이 터질 것처럼 답답했고 이마에는 핏줄이 돋아났다. 기도에서 불꽃이 번쩍였다. 숨을 길게 토해 낸 뒤에도 한참 동안 거친 숨소리가 새어 나왔다.

―지금으로선 이 방법이 최선입니다. 아니 차선이겠죠. 백신을 개발하는 게 최선일 테니 말이죠. 일단 미군 부대가 주민들보다 먼저 소개될 것입니다. 어디로 가는지는 저도 알지 못합니다. 군 당국이 극비로 취급하고 있지요. 하지만 주민들의 이주 지역은 산정호수 근처의 개활지로 정해졌습니다. 이미 방역 팀이 그곳에 도착해 방역 작업을 하고 있을 겁니다.

―주민들에 앞서 군부대가 먼저 이동한다는 게 말이 됩니까?

―미군 당국의 소개 작전은 해외에 거주하는 자국민 보호 프로그램의 일종인 미국 군인 보호법에 따른 것이어서 저희로서도 어쩔 수 없는 일이죠.

―민간인보다 군인들이 먼저 대피한다는 말은 듣도 보도 못했소.

역학조사 팀장은 더 이상 대꾸하지 않은 채 자리에서 일어났다.

―일단 보건소에 임시 지휘 본부를 설치하는 일이 시급하니 이만 가 보겠습니다. 정오부터 읍내 주민들에게 가두방송을 해야 하니까요.

호수 변의 개활지라면 신읍 여자들이 원정을 나가 천막촌을 만들었던 초지가 아니던가. 읍내 주민들이 한꺼번에 이주할 수 있는 공간은 그곳밖에 없었다. 살인 사건 현장에 읍내 주민 전체가 이주해야 하다니. 손에 쥐고 있던 실타래에서 줄이 끊기고 연이 허공으로 제멋대로 흔들리며 날아가는 느낌이었다. 그 줄은 읍내에 정착

해 살아온 세월이나 마찬가지였다. 대체 무슨 변고란 말인가. 사무장이 박수무당에게 들었다던 땅 그림자의 저주는 아닐까. 모든 풍경이 달라 보였다. 요아킴의 눈에 들어오는 것은 텅 빈 거리였다. 행인들이 지나가고 있지만 거리는 비어 있는 거나 마찬가지였다. 내가 죽든 세상이 죽든 가부간에 결판이 나겠군. 하지만 세상이 죽지 않는다는 건 진리가 아닌가. 요아킴은 아내에게 이 사실을 알려야겠다며 자리에서 일어나다 말고 다시 주저앉았다. 어차피 다 알게 될 일이지 않은가.

정오가 되자 사이렌이 울려 퍼지더니 보건소 차량이 골목마다 다니며 확성기를 통해 소개 명령을 시달했다. 이 시간 현재 읍내에 거주하는 모든 이들이 소개 대상이며 보건 당국은 이미 지휘 본부에 대상자 명단을 통보했다는 것이었다. 임시 체류하는 사람들도 검역을 통과하지 못할 때는 주민들과 함께 새 이주지로 가야 하니 자발적으로 소개 작전에 협조해 달라는 내용도 있었다. 그렇지 않을 경우 병력을 투입해 강제로 소개 작전을 진행할 수 있다는 것이었다.

─들쥐나 집쥐와의 접촉을 절대 금해야 하며 또 쥐의 서식처에는 꼭 불을 질러야 합니다. 농민·군인 및 토목공사 종사자가 첫 번째 위험군이며 또 야외에서 캠핑·낚시·사냥 및 골프를 하는 사람들도 조심하여야 합니다. 이주 전까지 집쥐를 잡는 것도 예방법입니다. 될 수 있는 대로 야외 활동을 피하고 잔디밭에 눕거나 옷을 말리지 말아야 하며 귀가하면 옷을 털고 몸을 씻어야 합니다. 야외

활동을 하는 동안에 바이러스에 노출되면 2~3주가 지나 증상이 생기고 특징적인 임상 양상을 나타냅니다. 초기 수일간 열과 두통, 식욕부진 등의 감기 증상이 있고 심한 복통이나 요통, 눈의 결막 충혈, 피부의 점상출혈 등이 생깁니다. 이후 1~3일 정도 혈압이 떨어지다가 소변 양이 줄어들고 구역질과 구토 증상이 나타납니다. 소변이 안 나오는 기간은 3~7일 정도이고 가장 위중한 시기이니, 소변을 보지 못하는 주민들은 이 방송을 들은 즉시 검진소로 출두해 주시기 바랍니다.

차부 광장에 주민들이 몰려들었다. 웅성거리는 소리가 매미 울음처럼 아득하게 메아리쳤다. 창가에서 광장을 내다보던 요아킴의 귀에 환청이 들렸다. 옥신각신 다투는 소리. 때로는 은밀한 속삭임 같고 때로는 목청을 찢는 악다구니 같았다. 도저히 무슨 말인지 알아들을 수 없었다. 앞에서 들리는가 하면 뒤에서도 들렸다. 장날 같았다. 삶을 놓고 흥정을 하는 마지막 장날. 방역 대원들이 줄을 세우려고 뛰어다녔지만 주민들은 말을 듣지 않았다. 음산한 떨림이 주민들의 표정에서 솟아올랐다. 장을 보고, 빨래를 하고, 아이들의 옷을 갈아입히고, 창문을 열어 놓고 먼지를 털어 내던 일상의 모든 섬세함이 사라지고 있었다. 남자들은 줄담배를 피워 댔다. 홍진과 부스럼증을 호소하는 사람도 있었다. 몇몇 사내들은 예방주사를 놔 주지 않는다며 윗옷을 들춘 채 방역 대원을 붙들고 시비를 걸었다. 등짝에 홍반이 따개비처럼 불거져 있었다.

방역 대원들이 분무기를 멘 채 골목을 찾아다니며 소독약을 뿜어 댔다. 숨을 쉴 때마다 소독약이 섞여 들어 구역질이 날 것 같았다. 미군 쓰레기장과 방죽은 흙을 덮어 없앨 것이라는 소문도 있었다. 도시에서 읍내로 연결되는 모든 도로에는 바리케이드가 쳐졌다. 어차피 최북단의 읍이어서 남쪽에서 북행하는 차량만 차단하면 읍내는 쉽게 고립시킬 수 있었다. 민들레 들판에도 방역대가 들어가 독가스를 살포할 것이라는 소문이 나돌았다. 들판에 불을 질러 쥐를 소탕하자는 의견도 있었지만 민통선 너머로 들불이 번질 수 있는 데다 그 범위가 워낙 넓어 불길을 통제할 수 없기에 채택되지 않았다는 얘기도 있었다. 대안으로 나온 것이 유독가스 살포였다.

임시 검역소에서 검진을 받고 나온 주민들의 팔뚝에는 도장이 찍혀 있었다. 파란 잉크의 검(檢) 자가 둥그런 원 안에 찍혀 있었다.

가랑비가 내렸다. 검역소 앞에 길게 늘어선 주민들은 우산이 없어 옷도 몸도 젖는 대로 놔둘 수밖에 없었다. 소독약을 얼마나 들이마셨는지 얼굴이 창백하게 표백된 것 같았다.

—가렵기 시작하면 정말 참을 수가 없어요. 정신없이 온몸을 긁기 바쁘죠. 해가 지면 가려움은 더욱 심해져요. 매일같이 그 노릇이에요. 그렇게 몇 주일을 계속해 왔어요.

주민들은 손을 뒤로 뻗어 등이며 목덜미를 긁어 댔다. 앞줄에 선 사람들이 방역 대원의 지시에 따라 윗옷과 바지를 벗었다. 홍반이 전신에 퍼져 있었다. 세차게 긁어 헌 데가 딱지가 되었고 다시 딱지가 부스러져 여기저기에 피가 스며 나왔다.

—옷깃이 스치기만 해도 견딜 수 없이 따끔거려요. 미칠 것 같아요. 긁지 않고는 참을 수 없어요. 한밤중이면 가려움이 절정에 달하는데 거의 돌아 버릴 지경이에요.

검역소 책상 밑에는 가려움을 억제하는 약이 담긴 병들이 굴러
다녔다. 누구는 하지의 마비 증상을 호소했다. 조금 피곤해지면 두
무릎의 감각을 잃어버려 주저앉고 만다는 것이었다. 여러 증상이
복합적으로 나타나는 게 신종 바이러스의 특징이었다. 보건 당국이
나눠 준 안내문에는 정자 감소, 성욕 감퇴, 불임 따위의 증상들이
적혀 있었다.

버펄로 부대의 움직임은 민첩했다. 연병장에 수백 대의 트럭이
주차되어 있었고 그 뒤에서 병사들은 8열 종대 형태로 정렬하기 시
작했다. 대열은 퀀셋 막사별로 구획되어 있었다. 부대장의 명령에
따라 병사들은 일제히 트럭에 올라탔다. 운전병들은 거의 동시에
시동을 건 뒤 저속 기어를 넣고 도로를 따라 트럭을 천천히 몰았다.
연병장에 남은 백여 명의 경비병들은 트럭 행렬이 빠져나가는 동
안 경례를 붙인 채 정문까지 늘어서 있었다. 육중한 트럭이 내는 굉
음에 묻혀 다른 소리는 들리지 않았다. 트럭들이 자갈이 덮인 도로
위를 서행할 때는 바퀴가 아니라 발을 질질 끄는 것 같았다. 오토바
이를 탄 헌병대의 호위를 받으며 신읍의 어두운 거리를 빠져나가는
트럭 행렬은 구렁이가 꿈틀거리는 것처럼 보였다.

그 뒤를 따라 경비병들이 팔을 직각으로 흔들며 보폭을 맞추면
서 걸어 나왔다. 콘크리트 포장도로를 걸어가는 병사들의 발소리가
날카롭게 들렸다. 도로 양편에 늘어선 주민들은 피켓을 든 채 무질
서하게 뒤를 따르며 욕설을 퍼부었다. 행진하는 길모퉁이마다 경찰
이 서 있었지만 주민들을 저지하지 않았다. 그들은 트럭 행렬의 앞

을 터 주는 것에만 신경을 썼다. 트럭 하나하나가 장례식장으로 옮겨지는 검은 관 같았다. 구경거리를 만난 듯 호기심 많은 주민들이 보도 위에 빽빽하게 늘어서서는 길게 이어지는 바퀴 달린 관의 행렬을 물끄러미 쳐다보았다. 신읍 사거리에 이르자 트럭 대열은 2열 종대로 정렬하면서 천천히 나아갔다.

신읍 여자들은 트럭 뒤 칸에 앉아 굳은 표정을 짓고 있는 미군 병사들을 향해 종주먹질을 해 댔다. 몇몇 여자들은 슬리퍼를 끌며 미군 차량의 꽁무니를 쫓아가다가 힘이 부친 나머지 땅바닥에 주저앉아 통곡을 해 댔다. 주민들은 더욱 밀착된 형태로 보폭을 유지하며 웅성거렸다. 트럭과 주민들의 행렬은 서로 만날 수 없는 두 줄기 철로처럼 읍내의 중앙 도로를 지나 주택들이 들어선 구읍을 향해 뻗어 나갔다. 중앙로 끝, 차부 광장에는 미리 도착한 헌병대가 수십 대의 오토바이를 세워 놓고 기다리고 있었다. 선두 차량인 헌병대 지프에서 경조등이 반짝거렸다. 그 불빛이 주민들을 어떤 흥분 속으로 몰아가고 있는 듯했다. 헌병대 앞에 트럭 대열이 정차하자 주민들의 웅성거림이 점점 거세졌다. 그들에게 버펄로 부대는 도둑고양이처럼 밤중에 몰래 빠져나가는 비겁자였다. 몇몇은 진흙을 뭉쳐 트럭의 뒤편을 향해 던졌다. 경찰들은 아무 말 없이 그 광경을 쳐다보고 있었다. 누군가 돌멩이를 던졌는지 맨 앞줄에 서 있던 트럭의 유리창이 깨지면서 거미줄처럼 금이 갔다. 군중들 가운데 큰 파도가 이는가 싶더니 주민들이 트럭 주변으로 몰려들었다. 트럭과 트럭 사이는 인파로 들어찼고 일부는 도로로 뛰어올라가 길을 메웠다. 경찰들은 트럭이 지나갈 수 있는 통로를 확보하기 위해 주민들을 헤쳐 놓으려고 했지만 허사였다. 주민들은 꿈쩍도 하지 않았다. 시멘트라도 들이붓는다면 트럭과 주민들은 한데 엉켜 굳어 버릴 것 같았다. 군중들의 눈에 살기가 묻어났다. 광기 어린 환호성이 터져 나왔다. 트럭에 탄 미군 병사들은 당황해하면서 뒤로 물러섰다. 군중들은 트럭 둘레를 온통 에워쌌고 몇몇은 바퀴를 밟고 올라가 미군 병사들을 향해 욕설을 퍼부었다. 미군 헌병대 오토바이가 헐떡이듯 거친 엔진 소리를 내며 달려와 군중들을 도로 바깥으로 밀어붙였다. 오토바이는 트럭과 트럭 사이로 비집고 들어왔다. 오토바이 바퀴를 사람들 틈새에 집어넣고 핸들을 좌우로 흔들자 군중들은 점점 흩어졌다. 헌병 지프에서 사이렌 소리가 나자 군중들의 시선이 그리로 쏠렸다. 미군 부대장이 지프 보닛 위에 올라가 확성기를 통해 소리쳤다.

—이제부터 모든 도로가 봉쇄될 것이오. 이건 읍내 도로에서의 행진이나 집회를 금지하는 포고령이나 마찬가지요. 우리는 평화적인 철수를 원하지만 주민들이 물리력을 행사한다면 발포할 수밖에 없소. 더 이상 병사들을 자극한다면 통제할 수 없는 상황이 벌어질 것이오. 병사들이 트럭에서 내려 주민들을 공격하는 사태가 일어나지 않도록 협조해 주기 바라오. 휴전선 인근에 배치된 야포, 탱크, 장갑차 등과 탄약 등 군수 물자의 이동은 극비리에 진행될 수밖에 없으니 야간 철수도 작전의 일부라는 것을 이해해 주기 바라오.

진흙 덩이 하나가 보닛 위로 떨어져 부대장의 바지에 흙물이 튀었다. 하지만 부대장은 표정 하나 변하지 않은 채 정면을 응시했다. 그의 시선이 향한 곳은 진흙이 날아온 곳도, 욕설을 퍼붓는 군중들도 아니었다. 그는 허공을 바라보고 있었다. 자신의 자제력을 실험하기 위한 허공. 파란 눈동자가 하염없이 흔들렸다. 앞줄에 선 주민들의 표정엔 조롱 섞인 비웃음이 감돌았다. 겁먹은 쪽이 부대장인지 주민들인지 구별되지 않았다. 순간적인 침묵이 차부 광장을 짓눌렀다. 군중들 사이에서 빨간 담뱃불이 반딧불처럼 간간이 움직였다. 경찰서 현관에 서 있던 지서장이 주민들 앞으로 걸어 나왔다.

—소동을 벌인다고 당장 문제가 해결되는 것은 아니잖소. 버펄로 부대는 신속하고도 안전한 철수를 원하고 있을 뿐이오. 공권력을 사용한다면 더욱 큰 비극이 될 수밖에 없소. 이제 그만 길을 터 주시오.

군중들 가운데 거친 목소리가 새어 나왔지만 이내 웅성거림에 묻혔다. 곧이어 몇 마디 외침이 들리더니 연이어 미쳐 날뛰는 짐승의 울부짖는 소리처럼 성난 군중들의 함성이 들렸다. 주변의 공기가 함성에 들떠 흔들렸다. 미군이나 주민들이나 모두 겁을 먹고 있었다. 스스로 파놓은 함정에 빠져 외마디 비명을 지르고 있는 사냥꾼. 짐승들이 한꺼번에 몰려와 함정에 빠진 사냥꾼을 지켜보고 있었다. 잔뜩 겁에 질린 짐승과 사냥꾼. 주민들은 그 하나의 짐승이 버펄로였다는 것을 눈치 채기 시작했다.

주민들은 하나둘씩 피켓을 내려놓고 뒤로 물러섰다. 슬픔의 자루에서 알갱이들이 마구 새어 나와 주민들의 윤곽을 희미하게 지웠다. 라이트를 켜지 않은 트럭 행렬이 한밤중에 읍내를 빠져나갔다. 미군 차량 행렬 후미에 태국군 중대 병력을 실은 트럭 몇 대가 뒤따르고 있었다. 지휘관을 태운 듯한 헬리콥터 한 대가 차량 행렬을 따

라 낮게 날아갔다. 육중한 군용 트럭이 남긴 바퀴 자국이 요란하게
돌아가는 프로펠러 바람에 날려 희미하게 지워지고 있었다. 읍내도
사람들도 흙먼지에 가려 천천히 모습을 감추었다.

이주촌

외팔이 조 씨는 길명이 죽은 후 거처를 산정호수로 옮겨 왔다. 오
작교 식당 주인이 민들레 들판의 오두막에서 외롭게 살아가는 그가
안쓰러워 쌀가마니와 부식 재료를 쌓아 놓은 허름한 뒷방을 내주
었다. 꽃마차가 굴러갈 때 보면 마부가 말을 끌고 가는 것이 아니라
말이 마부를 끌고 가는 것처럼 보였다. 허리가 잘록한 낡은 양복저
고리를 입고 고삐를 잡은 마부의 걸음이 늦어지면 말은 콧김을 뿜
으며 마부의 등을 슬며시 밀었다.

자동차들이 속도를 내며 지나가면 주차장의 꽃마차는 더욱 초라
해 보였다. 흙먼지를 잔뜩 덮어쓴 말 잔등을 쓸어 주는 마부의 눈
동자가 파르르 흔들렸다. 외팔이 조 씨는 가끔 자신의 전 생애가 한
눈에 보이기라도 하는 것처럼 딱딱한 방바닥에 담요를 깔고 누웠다
가도 불현듯 일어나 우두커니 허공을 바라보는 일이 잦아졌다. 방

안에 있을 때도 누군가를 기다리는 사람처럼 자꾸 창문을 통해 바깥을 내다보았다. 가을 가뭄 때문에 폭포 물줄기가 크게 줄어 어린아이 오줌처럼 찔끔거릴 뿐이었다. 행락객들의 발길이 끊긴 지도 오래였다. 땅거미가 내려앉을 때 꽃마차에서 떼어 낸 말을 이끌고 식당의 공터를 하릴없이 왔다 갔다 하는 외팔이 조 씨의 모습은 더욱 스산해 보였다. 그래도 그는 말고삐를 쥐고 호수 변 산책로를 도는 저녁 일과를 하루도 거르지 않았다. 때로는 느닷없이 걸음을 멈추고 무엇엔가 홀린 듯, 한자리에 붙박인 채 서 있다가 말이 등을 밀면 그제서야 걸음을 떼기도 했다. 외팔이 조 씨는 저무는 햇빛을 얼굴에 받으며 꺼칠해진 턱수염을 매만졌다. 늙은 말의 커다란 눈동자를 들여다보면 가슴이 에이는 듯한 슬픔이 밀려왔다. 그의 일평생은 잔혹한 무게로 짓눌려 있었다. 평생이 어디로 가야 할 바를 모르는 느릿느릿한 걸음이었다. 외팔이 조 씨는 차르르 소리를 내며 돌아가는 마차 바퀴의 회전축에 자신의 숙명이 감겨들고 있다는 생각을 했다. 없어진 팔의 축 늘어진 옷소매에서도 그런 소리가 들렸다.

오작교 식당 주인도 주민 소개 명령에 따라 이주촌으로 옮겨 가야 했다. 식당 주인이 말리는데도 외팔이 조 씨는 아침부터 이삿짐을 날라 주겠다며 부산을 떨었다. 마차에는 쌀 포대며 장작이며 솥단지며 부식거리가 실렸고 야외용 깔개와 그늘을 만들기 위한 천막도 실렸다. 식탁과 의자까지 올려놓자 마차는 무게에 짓눌려 관절 꺾이는 소리를 냈다. 그래도 자신에게 선뜻 뒷방을 내준 식당 주인의 신세 갚음을 해야 한다는 생각에 외팔이 조 씨는 지름길을 택해 말을 이끌었다. 지름길은 산책로 중에서도 가장 경사가 가팔랐다. 평지를 벗어나 경사진 황톳길을 만나자 말의 걸음걸이가 눈에 띄게 둔해졌다.

사람들이 깔딱고개라고 부르는 오르막에 이르자 말은 더 이상 앞으로 나가지 못하고 허둥댔다. 마부는 큼직한 돌을 꽃마차의 바퀴 밑에 괴고 말고삐를 거머쥔 채 앞으로 이끌었지만 말은 꿈쩍도 하지 않았다. 콧잔등을 몇 차례나 쓰다듬은 뒤 다시 고삐를 잡아당기자 말은 뒷발로 꽃마차를 지탱하면서 앞발을 한 걸음 두 걸음 내디뎠다. 깔딱고개만 넘으면 내리막길이었다. 고갯마루를 얼마 남겨 놓지 않고 말은 거친 숨을 몰아쉬며 다시 걸음을 멈췄다. 코뚜레가 찢어질 듯, 힘을 주어 고삐를 잡아당겼지만 허사였다. 바퀴 축이 길 위에 툭 튀어나온 바위에 걸려 있었다. 시간이 흐를수록 말은 지쳐 갈 것이고 그렇게 되면 꽃마차의 무게를 버티지 못하고 뒤로 밀릴 수밖에 없다. 외팔이 조 씨는 다급한 마음에 마차 뒤에 어깨를 붙이고 힘껏 밀었으나 바퀴는 꿈쩍도 하지 않았다. 수레는 조금씩 뒤로 밀렸다. 지름길은 평소에도 행락객들의 발길이 뜸한 곳이어서 도움을 청할 수도 없었다.

―이랴!

채찍을 휘두르는 마부의 고함에 말은 있는 힘을 다해 발굽을 땅에 찍고 또 찍었다. 갈색 몸뚱이에 지렁이보다 굵은 핏줄이 돋아나 격렬하게 꿈틀댔다. 굵은 땀이 말 잔등을 타고 흘러내렸고 근육과 힘줄이 마구 떨렸다. 마차는 자꾸 뒤로 밀렸다. 마지막 힘을 다해 보기 위해 다시 마차 뒤에 달라붙었을 때 말이 발을 헛디디며 미끄러졌다. 외팔이 조 씨는 뒤로 밀리는 마차를 미처 피하지 못하고 떠밀려 쓰러지면서 마차 바퀴에 깔리고 말았다. 말도 놀란 탓에 코를 벌름거리며 발굽을 땅에 찍으며 용을 썼다. 하지만 마차는 점점 더 뒤로 밀렸다. 말은 마차의 무게를 견디지 못하고 버둥대며 뒷걸음을 쳤다. 바퀴가 외팔이 조 씨의 가슴과 배를 짓뭉갰다. 놀란 말이 머리를 위아래로 미친 듯 흔들다가 뒷다리가 꺾여 엉덩방아를 찧고 쓰러졌다. 일어서려고 버둥거리는 발굽 쇠에서 불꽃이 일었다.

오작교 식당 주인이 사고 현장에 도착한 것은 그로부터 한 시간이 지나서였다. 임시 이주촌에 먼저 가 있던 그는 짐이 도착하지 않자 불안한 마음에 지름길을 더듬어 내려갔다. 현장에 도착했을 때 이미 외팔이 조 씨는 절명한 상태였다. 마차는 호수 변의 절벽 위에 세워진 나무 울타리에 아슬아슬하게 걸려 있었고, 쓰러진 말은 마차에 묶인 채 탈진해 있었다. 마차에 실었던 짐은 언덕길로 굴러 떨어져 성한 것이 없었다. 식당 주인은 혼자 힘으로 감당을 할 수 없어 부랴부랴 언덕길을 내려가 사람들을 불러왔다. 사람들이 고삐를 쥐어 말을 진정시키고 마차에서 분리한 뒤에야 피투성이가 된 마부의 사체를 끄집어낼 수 있었다. 얼굴은 짓이겨졌고 배와 가슴에 생긴 깊은 상처에선 피가 흘러나와 경사로를 타고 아래로 흘러내렸다. 길가의 개망초가 햇볕에 눈살을 찌푸리며 곁눈질로 모든 광경을 지켜보고 있었다. 인간의 죽음도 식물들에게는 눈요기에 불과하다. 관에 못질하는 소리도 개망초의 키를 넘지 못한다.

호수 주변에서 감자 부침과 막걸리를 파는 행상이 돗자리로 마부의 시신을 덮었다. 돗자리 밑에서 검붉은 피가 꾸역꾸역 흘러나왔다. 사람들은 말을 끌고 와 호숫가의 버드나무 밑동에 묶었다. 말도 좀체 진정이 되지 않는지 거품을 문 채 콧구멍을 벌름거리고 앞발로 쉴 새 없이 땅을 찼다. 누군가 양동이에 물을 받아 갖다 주자 긴 주둥이를 담그고 허부적거리며 빨아 댔다. 뜨거운 햇살이 말 잔등 위로 쉼 없이 떨어졌다.

초록의 폭발. 초록의 아우성. 요아킴은 정원 쪽 창문을 활짝 열어 놓고 초록의 향연을 묵묵히 지켜보고 있었다. 말벌 한 마리가 창문으로 들어와 윙윙거리며 연신 천장에 머리를 처박았다. 바람이라도 일으켜 내쫓으려고 파리채를 집는데 지서장으로부터 전화가 걸려 왔다. 지서장이 뭐라 말을 하긴 했지만 말벌의 날갯소리 때문에 잘 들리지 않았다. 그것이 말벌의 정신일 것이다. 날아다니는 작은 몸이 곧 정신인 벌. 요아킴은 갑자기 답답함을 느꼈다. 벌은 현란한 날갯짓으로 그 주위를 자유의 후광으로 밝혀 놓는데 비해 그 자신은 언제 한 번 날개를 펼친 적이 없었던 것 같았다. 수화기에서 긴 한숨이 흘러나왔다.

―웬 한숨인가?

―읍내가 술렁이고 있어.

―폭동이라도 일어나지 않은 게 다행이겠지.

―버펄로 부대와 로열 타일랜드 부대가 철수 준비를 하고 있더군. 그나저나 주민들을 소개한다고 해도 무슨 수가 있겠나? 읍내에 대한 방역 조치도 때를 놓친 것 아니겠나. 최악의 경우 읍내가 불태

워질지도 몰라. 그건 그렇고 자네도 사냥총을 갖고 있지 않나? 총포, 도검 화약류 등 단속법에 의해 소지하고 있는 총과 탄알은 하나도 남김 없이 경찰서에 자진 신고해야 하네.

—사냥총이 한 자루 있긴 하지. 사냥할 일도 없으니 조만간 신고를 하지.

—자네에게 전해 줄 말이 하나 더 있네만.

지서장이 무슨 말인가를 하려다 뜸을 들였다. 무거운 침묵이 어깨를 짓눌렀다. 그에 비하면 창밖은 햇살 때문에 너무 찬란했다. 태양은 높고 땅은 낮았다. 그 사이에 지붕이 솟아 있고 정원에는 무수한 잎에 매달린 초록의 군단이 살아가고 있었다. 양지와 음지는 서로 번갈아 가며 뭔가를 속삭이는 듯했다. 죽음과 삶이 얇은 커튼에 가려진 듯 양쪽에서 서로를 들여다보며 낄낄거렸다.

어린 남자 아이를 안은 여자가 창밖으로 지나갔다. 아이의 눈이 요아킴의 눈과 마주쳤다. 뭔가를 호소하는 듯한 눈빛이었다. 세상을 온전히 이해하기에는 불가능하다는 눈빛. 삶이 무엇을 의미하는지 순간마다 이해하기란 불가능할 것이다. 요아킴은 눈 밑에 자글거리는 주름을 손으로 매만졌다. 창유리에 비친 얼굴을 한참 동안 응시하던 중에 수화기에서 목소리가 들려왔다. 지서장과 전화 통화를 하고 있다가 잠시 딴 생각을 한 자신이 낯설게 느껴졌다.

—대답이 없기에 급한 환자라도 왔는가 싶어 끊으려 했어.

—무슨 말을 하려다 말았잖나.

—외팔이 조 씨가 꽃마차에 깔렸다네.

—마차에 깔리다니?

술에 취하면 병원에 찾아와 원장 동무, 원장 동무하며 살갑게 굴던 외팔이 조 씨. 외팔이라는 불모적이고도 모순적인 일생에 치명적인 타격이라도 하듯 그의 죽음은 너무 갑작스러웠고 어떤 전조도 없었다. 삶은 언제나 불길한 터전이었다.

―차석을 사고 현장으로 보냈으니 곧 자세한 경위를 알게 되겠지.

요아킴은 캐비닛을 열어 구석에 세워둔 사냥총을 꺼내 들고 호수로 차를 몰았다. 오랜 가뭄 끝에 비가 오는지 차창에 굵은 빗방울이 떨어지기 시작했다. 빗줄기가 노랗게 보였다.

미루나무에 매여 있는 말은 찬비를 맞으며 부들부들 떨고 있었다. 요아킴은 말에게 다가가 콧잔등을 쓰다듬었다. 말은 요아킴을 알아보는지 머리를 좌우로 연신 흔들었고 붉은 잇몸을 뒤집으며 거친 숨을 몰아쉬었다. 발목에 상처를 입고 피를 흘리고 있었으며 허벅지도 심하게 부어 있었다. 발치에는 오줌이 웅덩이를 이루고 있었다. 뼈가 드러날 정도로 깊은 상처여서 붕대로 싸맨다 해도 소용이 없을 것처럼 보였다. 말이 고통으로 몸부림치며 긴 목을 마구 흔들며 발광을 했다. 그 바람에 상처에서 피가 솟구쳐 나왔다. 웅덩이에 피가 섞여 들면서 악취는 더 심해졌다. 등짝의 털은 거의 윤기를 잃었고 갈기는 듬성듬성 뽑혀 있었으며 옆구리엔 비루먹은 탓인지 갈비뼈가 흉측하게 드러나 있었다. 요아킴은 말의 커다랗고 슬픈 눈을 바라보았다. 고단한 삶이었을 것이다. 커다란 눈망울에 눈물이 가득 고였다. 살갗은 바짝 말라 있었고 이빨 사이에서도 피가 흘러나왔다. 내상까지 입은 게 분명했다. 어느새 빗줄기는 더욱 굵어지고 호수의 수면에 빗방울의 연주가 점점 빨라졌다.

요아킴은 말고삐를 쥐고 발목이 푹푹 빠지는 진창을 건너 말을 숲 속으로 끌고 갔다. 말은 온몸에 힘이 빠진 듯 몇 차례나 발을 헛디뎌 비틀거렸다. 얼마 뒤 산 속에서 한 발의 총성이 울렸다. 세상에서의 모든 싸움을 끝내고 막 숨을 거둔 말의 사체는 그 자체로 커다란 무덤이 되어 누워 있었다. 손을 대 보았다. 아직 온기가 남아 있었다. 정교하게 계산된 화학 공식처럼 죽음은 몸뚱이 안에서 마지막 남은 체온을 싸늘하게 식히고 있는 것 같았다. 요아킴은 오싹 하는 추위를 느끼고 몸을 부르르 떨었다. 그제서야 비가 내리고 있다는 것이 느껴졌다. 말의 목덜미에서 꾸역꾸역 밀려 나오는 핏물이 고랑을 타고 호수로 흘러갔다. 여기저기 물웅덩이가 생겨나고 그 위로 빗방울이 떨어지며 동심원을 그렸다. 비를 바라보는 심사가 기이했다. 어디론가 돌아가야 한다는 생각에 오히려 눈앞이 캄캄해져 왔다. 그는 자신이 어떤 인간인지 알고 있었다. 그는 혼자였다.

차에 시동을 걸고 와이퍼를 작동시키면서 문득 세상에는 눈길을 줄 만한 곳이 그리 많지 않을 거라는 생각이 들었다. 그 생각이 잘못이라는 듯 비가 그치고 호수를 감싼 산등성이 위로 구름이 걷히면서 손바닥만 한 파란 하늘이 모습을 드러냈다. 세상은 다시 반짝이기 시작했다.

요아킴은 읍내로 내려가다가 말고 호수 변의 이주촌으로 방향을 꺾었다. 이주촌에는 수백 개의 둥근 천막이 질서정연하게 세워져 있었다. 남자들은 별로 눈에 띄지 않고 노인과 아이들이 천막을 지키고 있었다. 1진이 도착해 있었다.

이주촌은 동굴 속처럼 컴컴했다. 바닥에 천 조각이 깔려 있고 가

잠자리엔 냄비와 이불, 옷가지들이 어른 키만큼 어지럽게 쌓여 있었다. 너덜너덜한 천막에 의지하며 먹을 것도 충분하지 않은 상태로 가을을 나기란 생각만 해도 끔찍한 일이다. 곧 닥쳐올 추위를 견뎌 낼 난방시설도 아직 갖춰지지 않았다. 천막이 한 번 격렬하게 흔들렸다. 이불과 침대 깔개를 보급하는 방역 대원들이 천막에서 천막 사이로 뛰어다녔다. 입구에서 가까운 흰색 천막에 빨간 적십자 표시가 되어 있었다. 임시 병원이었다. 한 무리의 방역 대원들이 의료품 상자들을 그 안으로 분주히 날랐다. 안으로 들어간다 해도 도울 수 있는 게 없을 듯 보였다.

수용된 주민들은 방역 대원들의 시선을 의식하는지 정면으로 바라보지 못하고 곁눈질을 했다. 자신들이 무슨 죄인이라도 된 듯 고개를 주억거렸다. 멀리 떨어져 의미는 전달되지 않았지만 말소리조차 흐느낌에 가깝게 들렸다. 그 태도에는 어떤 체념 같은 숙명론이 담겨 있었다. 그들은 자신들을 어쩔 수 없는 운명의 희생자로 여기고 있었다. 아무도 불행의 원인을 정확히 알고자 하지 않았다. 천장에 달랑 매달려 있는 전구의 낮은 조도는 그들의 존재만큼이나 희미했다. 눈을 크게 뜨고 천막 안을 살피자 야전침대 옆에 매트리스가 반으로 접힌 채 놓여 있었다. 옆에는 옷가지와 밤에 덮을 담요를 담아 둔 대형 종이 박스가 보였다. 매트리스와 박스 사이에는 임시 주방이 자리 잡고 있었는데 음식을 데우기 위한 휴대용 가스버너, 냄비 몇 개, 식기류 몇 가지 그리고 마른 국수 뭉치와 인스턴트 포장 식품을 담아 둔 작은 상자가 주방 살림의 전부였다. 하지만 아침 식사를 해 먹은 흔적은 없었다. 천막 입구는 물론 주변에도 수많은 쥐덫들이 설치되어 있었다. 입구에서 오른쪽 구석에는 옷걸이가 놓여 있고 거기에 방역대에서 나눠 준 모자 달린 전신복이 걸려 있었다. 천막 중앙부에는 네 개의 테이블과 전화기 한 대 그리고 금속제 등받이가 달린 간이 의자들이 무질서하게 놓여 있었다. 가구는 찾아볼 수 없었다. 누군가의 고함 소리가 천막의 어둠을 찢고 들려왔다. 곧이어 간이 의자 하나가 천막 바깥으로 내동댕이쳐졌다. 밖에 있던 방역 대원들의 머리가 일시에 한 방향으로 움직였다. 시선은 산산이 부서진 간이 의자의 잔재에 쏠렸다. 목소리의 주인공은 칠십 줄에 들어선 영감이었다.

　―이 상태로 언제까지 살아야 한다는 말이오? 숨이 막혀 잠시도 있지 못하겠어. 난 천식을 앓고 있단 말이오.

　영감은 분노에 가득 차 씩씩거리다가 얼굴이 종잇장처럼 창백해지더니 입에 거품을 물고 쓰러졌다. 방역 대원들이 달려와 영감을 부축했지만 영감을 그들의 손을 뿌리쳤다.

　―네놈들의 도움은 필요 없어.

　눈은 점점 사나워졌고 정체불명의 불안감이 몰려오는 듯, 눈꺼풀은 무수히 깜박거렸다. 천막 안에서 몰려나온 사람 가운데는 목까지 올라오는 검은 상의를 입은 젊은 신부도 끼어 있었다.

　―어서들 비시키오. 빨리 옮기지 않으면 숨이 막혀 죽을 거요.

　신부가 둥그렇게 원을 그리며 몰려 있던 방역 대원들을 옆으로 밀치며 다가갔다. 영감의 앞 단추를 풀고 입에 묻은 거품을 수건을 닦았다.

　―천천히 숨을 들이쉬고 내뿜으세요. 천천히 반복해 보세요.

사람들의 머리 위로 정적이 감돌았다. 마치 장례식에 참석한 것처럼 숙연한 모습이었다. 정적을 깬 것은 들것을 가지고 쿵쿵거리며 달려온 방역 대원들이었다. 대열의 맨 뒤에 방역 대장이 서 있었다.

―방역뿐만 아니라 이주촌의 질서를 잡는 게 우리의 임무요. 앞으로도 수천 명이 더 이곳으로 오게 될 테니 무슨 일이 있어도 질서는 유지해야 되오. 영감은 우리에게 맡기고 각자 자리로 돌아가시오. 이런 소동이 또다시 벌어진다면 대원들을 더 배치할 수밖에 없소.

신부가 방역 대장에게 다가가더니 눈을 부릅뜨고 노려보았다.

―주민들 전부를 보균자로 취급하지 마시오. 게다가 우리는 체포된 게 아니잖소. 주민들이 괴질에 걸린 것도 보건 당국의 책임인데 이렇게 강압적인 태도를 보인다면 폭동이 일어나고 말 거요.

―어떻든 백신이 개발되기 전까지는 이곳에서 한 발짝도 나가지 못하니 그리 아시오. 그게 당국의 지시요. 조만간 질서 유지를 관장할 주민위원회를 조직할 테니, 할 말이 있으면 그때 가서 하시오.

신부는 방역 대장이 모습을 감춘 뒤에도 심사가 뒤틀리는지 입구에 나와 서성거리다가 울타리에 붙어 서서 이주촌을 바라보고 있는 요아킴을 발견하고 다가왔다. 한탄강에 접해 있는 마을 주민부터 차례로 이주를 한다더니 공소 신부도 예외는 아니었다.

―신부님까지 이곳으로 오실 줄은 몰랐습니다.

―주민들이 가는 곳이라면 어디라도 따라가야지요. 주민들은 차에 실려질 때부터 인격에 대한 모욕감을 느끼고 있지요. 이곳에선 인도주의란 찾아볼 수 없는데 문젠데, 여기 모인 주민들은 내부로

부터 추방된 사람이라는 생각이 들더군요.

　―신부님이 생각하는 그 내부란 무엇인가요.

　―내부란 보이지 않는 것을 의미하지요.

　―그렇다면 보이지 않는 것으로부터의 추방이라는 말씀인데…….

　―삶은 의심스러운 싸움의 연속이지요. 하지만 그건 세상과의 싸움이 아니라 땅과 하늘과의 싸움인 것입니다. 삶 안에 이렇게 막강한 이주촌과 역병이 존재하는 것을 우리 눈으로 보고 있는 만큼 죽음 이후에도 강력한 실체가 있는 겁니다. 천막을 치는 것으로 삶이 시작되는 게 아니라 죽음 이후의 실체를 믿는 데서부터 삶은 시작되는 거지요. 빛이 블랙홀로 빨려들어 전혀 다른 차원의 우주로 이동하는 것처럼 우리의 영혼도 그러할 것입니다. 그러니 이 이주촌에 자리 하나를 얻었다는 걸 감사히 생각해야지요.

　저녁 햇살이 이주촌 천막 위에 떨어져 더욱 음산해 보였다. 날은 어느새 어두워졌다. 사람들이 천막 식당 앞에 줄을 서고 있었다. 시래깃국과 삶은 고기 몇 점을 식판에 담아 든 사람들은 여기저기 흩어져 음식을 먹기 시작했다. 누군가 신부에게 다가와 배식 받은 식판을 건넸다. 음식을 입어 넣고 오물거리는 모습이 그날따라 슬퍼보였다. 방역 대원들도 순찰 도는 일을 멈추고 식당으로 뛰어갔다. 요아킴은 천막을 걸어가는 신부의 등을 향해 성호를 그었다. 그것은 모든 오물거리는 입을 향한 것이기도 했다.

　병원으로 돌아왔을 때는 어둑한 밤이었다. 현관이 들어서서 불이 켜는데 2층에서 내려오는 나무 계단에 가평댁이 웅크린 채 앉아 있었다.

　—대체 이런 일이 벌어진다는 게 믿을 수가 없어요.

　—그래, 믿을 수 있는 건 없어. 우리가 적응하지 못하는 건 우리 자신이니까.

　—내일 아침에 이주하라는 통지가 왔더군요. 7시 정각에 차부에 나가야 한대요.

　—난 한 발짝도 움직이지 않을 거요.

　—그런 고집이 무슨 소용이 있겠어요. 그렇다고 무슨 수가 생기는 것도 아니잖아요. 정 그렇다면 나도 여기 남겠어요.

　—당신은 날이 밝는 대로 떠나시오.

　—더 이상 이래라저래라 강요하지 마세요. 이제는 당신 얼굴을 쳐다보는 것도 지긋지긋해.

　요아킴은 담요 한 장을 둘둘 말아 어깨에 둘러메고 정원 건너편에 있는 검진소로 건너갔다. 검진소 한쪽 구석에 있는 야전침대에 몸을 눕힌 요아킴의 얼굴에 교교한 달빛이 떨어졌다. 어둠 속에서 다른 시간의 냄새들이 풍겼다. 오래전, 세상을 뜬 사람들이 임종을 맞기 직전에 내쉬었던 들숨과 날숨이 어둠의 틈새를 벌리고 새어 나왔다. 나방 한 마리가 천장에 부딪치자 몸에 묻어 있던 보풀이 가는 모래처럼 떨어져 내렸다. 몸에 감춰진 모래시계가 깨져 버린 것 같았다. 나방은 허공을 휘저으며 밖으로 나가려고 창문에 여러 차례 찧어 대더니 힘이 빠지는지 창틀로 떨어졌다. 나방의 추락을 보고 있자니 눈꺼풀이 무거워졌다. 거의 열지 않는 창틀 위에는 거미가 집을 짓고 있었다. 거미줄에 파리와 나방 몇 마리가 붙어 미라처럼 말라 가고 있었다. 요아킴은 산 채로 관 속에 누워 있다는 느낌이 들었다. 야전침대의 얇은 천막지가 해먹처럼 밑으로 처지는 바람에 허리가 아파 도통 잠을 이룰 수 없었다. 정원의 나무들이 달빛을 받아 긴 그림자를 창가 쪽으로 내뻗었다. 어둠의 분자들이 그림자에서 꿈틀거리며 살아 움직이는 것 같았다.

검진소는 가을인데도 살얼음이 질 것처럼 추웠다. 등짝에 소름이 돋았다. 죽음이 손을 내밀어 얼굴을 만지고 있는 것 같았다. 숱한 세월 동안 죽음과 동거하며 살아왔지만 죽음이 자신을 만진다는 느낌은 처음이었다. 잠은 달아나고 말았다. 탁자에 놓여 있는 텔레비전을 켰다. 텔레비전의 파란 광선이 요아킴의 주름 진 얼굴에 아른거렸다. 화면에선 젊은 아낙이 갓난아이를 등에 업고 압록강 상류의 나지막한 강둑에 앉아 햇볕을 쪼이고 있었다. 여자는 풀뿌리를 주워 먹는 것 같았는데 이내 널브러지더니 땅에 대고 꽥꽥 구토를 해 댔다. 쓸개즙까지 다 게워낼 듯 배를 움켜잡고 쓰러졌다. 입에서 흘러나오는 것은 타액과 쓸개즙에 섞여 흐물흐물해진 초록색 즙이었다. 아이에게 빨릴 젖에서도 초록빛 모유가 나올 것 같았다. 여자는 강 건너를 한참이나 쳐다보았다. 요아킴이 여자를 보는 것인지 여자가 요아킴을 보는 것인지 구분할 수 없었다. 구토하는 여자를 바라보는 동안에도 노란 현기증이 일었다. 여자의 구역질이 전염된 듯 요아킴은 억누를 수 없는 구역질을 느끼며 세면대로 뛰어 들어가 속엣것을 전부 게워 놓았다.

이상한 일이었다. 구역질을 하고 나자 여자의 아랫도리가 기억나지 않았다. 아무것도 떠오르지 않았다. 기억에서 완전히 사라져 버린 여자들의 아랫도리. 머릿속이 필라멘트가 끊어진 전구처럼 텅 비어 버렸다.

바람이 불어와 생의 마지막 헛간처럼 어둑한 검진소 창문을 흔들어 댔다. 요아킴은 눈을 감았다. 눈시울이 뜨거워졌다. 시체를 해부하거나 낙태 수술을 하고서도 아무 일도 없는 것처럼 배불리 식사를 하고 이빨을 쑤시고, 다시 아무 일도 없는 것처럼 진료실로 돌아와 여자의 가랑이 사이를 들여다보는 일상이 무의미하다고 느껴졌다. 옹이 박힌 손마디를 쓸어 보았다. 가슴 한복판에 근조(謹弔) 리본을 깊이 묻고 산 세월이었다. 자궁 안에서 푸드덕거리는 가엾은 생명의 날갯짓. 언젠가는 그 날갯짓을 따라갈 것이라는 생각을 하자 마음이 편안했다. 그렇다고 의술을 팔아 살아 온 지난날들이 헛일만은 아니었을 것이다.

요아킴은 창가에 서서 달빛에 젖은 단풍나무를 바라보았다. 단풍나무의 잔가지에 매달아 놓은 작은 모이통에 참새 한 마리가 들러붙은 채 작은 부리로 노란 조를 쪼고 있었다. 어찌나 부지런히 부리를 놀리는지 조 껍질이 쉴 새 없이 밑으로 떨어져 쌓였다. 알맹이가 빠져 느리게 하강하는 노란 조 껍질 하나하나가 자신의 지친 영혼을 어루만져 주는 것 같았다. 꽃술이 오므라든 채 달빛을 받고 있는 국화 군락 사이로 길명의 얼굴이 보였다. 공동묘지에 묻혔을 텐데 환하게 웃는 얼굴이었다. 그 옆에 심어진 붉은 물봉선 이파리가 바람에 슬며시 움직였다. 바람에 들춰진 이파리 뒤에서 외팔이 조 씨의 얼굴이 나타났다. 멀쩡하게 두 손을 흔들고 있는 모습이었다. 외팔이 조 씨는 말을 쏘아 죽여 속이 시원하냐고 묻는 듯했다.

—무슨 미련이 있기에 아직도 하늘로 올라가지 못하는 게야.

요아킴은 중얼거리자 외팔이 조 씨는 너털웃음을 터뜨리며 다시 잎사귀 뒤로 숨어 버렸다. 바람이 나뭇가지를 가볍게 흔들었다. 나뭇잎 한 장에 미옥의 얼굴이 붙어 팔랑팔랑 흔들리고 있었다. 눈이 침침해 헛것을 본 것은 아닐까. 눈꺼풀을 지그시 문지른 뒤 다시 창밖을 내다보자 정원의 모든 나뭇잎이 달빛을 털어 내며 일제히 흔들렸다. 파도 소리 같기도, 개울 소리 같기도 했다. 나뭇잎에 무수한 얼굴들이 매달려 있었다. 수술대 위에서 아랫도리를 벗은 채 누워 있던 수많은 여자들이 얼굴 가득 미소를 짓고 있었다. 장면은 무수히 바뀌어 수술 도구를 넣어 두는 스테인리스 용기의 표면에도, 옥상으로 연결된 철제 계단에도, 복도의 대형 거울에도 여자들의 미소가 붙어 있었다. 하늘에서 수호천사라도 내려온 것인가. 요아킴은 주름진 눈시울을 손으로 문지르다 말고 조용히 자리에서 일어났다.

현관문을 열고 나가 입구에 걸린 병원 간판을 떼어 냈다. 문의 양쪽 손잡이에는 가로대가 걸쳐졌다. 다시 야전침대에 누운 요아킴은 뿌리라도 뻗을 것처럼 곯아떨어졌다. 다음 날 아침, 정원의 종소리가 읍내로 청아하게 울려 퍼졌다.

음향(音響)과 분노(憤怒)

Y읍은 휴전선 부근에 있었다. Y읍으로 가기 위해 서울과 철원을 잇는 국도를 달려갈 때 어두침침하고 습한 산도(産道)에 빨려들 것 같던 느낌이 지금도 선명하다. 비 오는 날이면 국도변 전신주의 전선들은 웅웅 소리를 내며 울었다. 들판에서 날아온 까마귀들이 날개를 접고 내려앉은 전선은 세상에 나오려고 꿈틀대는 태아의 탯줄을 연상시켰다.

읍에 도착하면 어김없이 종소리가 들렸다. 차부 근처 병원 뒤뜰에서 나는 소리였다. 귓전을 맴돌던 음파들은 둥글고 붉었다. 포탄 껍질에 빨간 페인트칠을 한 종 때문만은 아니었다. 그것은 지상에 태어나지 못한 목숨들의 울음이기도 했다. 저 신라의 에밀레종에서 시작되었다는 아이를 삼킨 쇠붙이의 울음이 지상에서 영원으로 울려 퍼지는 환영은 오래도록 지워지지 않았다.

나무 계단이 삐꺼덕거리는 병원의 구석방에서 사계절을 났다. 뒤뜰에서 두꺼비들이 기어 나오는 새벽에 대걸레를 들고 병원 바닥을 닦았고 수술실의 피 냄새를 맡았다. 하나의 수술대에서 탄생과 죽음이 교차했다. 가끔 한탄강에 나가 바람을 맞았다. 북에서 내려온 강은 서해를 향해 느리게 흘렀다. 절벽 근처에는 억새꽃이 지천으로 피어 있는 공동묘지가 있었다. 석양 무렵 억새가 머리에 이고 있던 하얀 꽃술 같은 게 내 속에서도 흔들리고 있었다. 그 서러운 하얀 덩어리가 이 소설을 쓰게 했을 것이다.

소설 속 주인공의 이름을 요아킴으로 정한 것은 내가 Y읍에서 세례를 받은 연유 때문이다. 요아킴은 히브리어로 '신의 준비'라는 뜻이다. 전래의 외전(外典)에 의하면 요아킴 부부는 오래도록 자식이 없었다. 당시의 관습으로 아기를 못 갖는 것은 하느님의 축복을 받지 못한 것으로 여겨져 사람들로부터 업신여김을 받았다. 부부는 황야의 목자들과 함께 생활했고 거기서 하늘의 계시를 받아 부부가 된 지 20년 만에 딸을 얻었다. 장차 예수를 잉태할 딸은 갈릴리 지방 나사렛에서 태어나 성장했다.

그런 의미에서 Y읍은 나사렛의 한 전형이다. 미군과 태국군은 예수 시대의 로마 병사, 한탄강은 요단강, 산정호수는 갈릴리 호수, 민들레 들판은 예수가 사탄과 맞섰던 광야에 비유될 수 있을지도 모른다. 하지만 이런 종교적 비유는 의사 요아킴이 자신의 세속적 고뇌를 확장시켜 구원 문제에 집착하는 과정을 보여 주는 수단일 뿐이다.

나는 영혼이 배회하는 땅의 참혹에 관해 쓰고자 했다. 연옥이

내게 속삭이듯 분노로 가득 찬 무엇인가가 땅에서 꿈틀거렸지만 그
게 무엇인지 알기까지 오랜 시간이 걸렸다. 땅은 인간을 대신해 구
원을 갈구하며 오래 울었다. 그리고 강이 있었다. 나는 강이 내 안
으로 흘러들 때까지 속수무책으로 기다려야 했다.

　소설 속에서 많은 인연과 목숨들이 죽어 갔다. 등장인물들의 명
복을 빈다.

2008년 봄

정철훈

순응하는 신체와 벌거벗은 생명

류보선(문학평론가·군산대 국문과 교수)

1 소설가―되기 혹은 제3의 길

『카인의 정원』은 정철훈의 두 번째 소설이다. 이것으로 정철훈도 바야흐로 명실상부한 소설가가 되었다. 한국 소설사에 또 하나의 고유한 목소리가 등재되는 순간이니 기억할 만한 일이다. 반가운 일이다.

잘 알려져 있듯 정철훈은 기자·시인이었다. 출발은 기자였다. 그러더니 어느 순간 시인이 되었다. 그리고 그는 꽤 오랫동안 한편으로는 세상의 흐름을 민감하게 포착하는 발 빠른 기자인 동시에 다른 한편으로는 자신만의 경험 내용과 특유의 역사 지리지로 인해 누구보다도 개성적인 목소리를 지닌 시인으로 살아왔다. 정철훈은 양립하기 힘든 두 개의 글쓰기 형식을 꽤나 고집스럽게 병존한 바 있다. 물론 그저 병존한 것이 아니다. 이 이질적인 글쓰기의 형식을 높은 차원에서 유지하고 있었다. 그렇게 정철훈은 경계를 뚫고 나오려는 질서화되지 않은 에너지들을 억눌러 가며 상징적 규율을 반복해야 하는 기자적 글쓰기를 민첩하게 수행하는 것은 물론 그 억눌린 에너지들을 전혀 이질적인 형식인 시를 통해 표현하는 데 아무런 막힘이 없었다. 경이롭다고 해야 하리라. 또 그만큼 두 세계에 대한 정철훈의 열의와 재능이 남달랐다고 해야 하리라.

하지만 두 이질적인 형식에 대한 고집스러운 집착과 놀라운 병존은 단지 두 형식에 대한 정철훈의 남다른 열의와 재능만으론 설명하기 힘든 측면이 있다. 예컨대 이런 것이다. 정철훈은 그래야만 했다. 그래야만 그는 살 수 있었다. 정철훈의 안엔 상징적 규율 속에 머물기엔 너무도 많은, 그리고 너무나 강렬한 실재의 외상적 잔여물들이 꿈틀거리고 있었다. 남북 분단의 상처를 고스란히 떠안은 가족사, 끊임없이 되살아나는 원체험과 추체험의 공간인 광주의 기억, 그를 유학으로 이끌었고 또 그 유학 체험으로 더욱 강화된 북방에의 동경 등등. 그러니, 정철훈은 기자적 글쓰기만을 반복할 수 없었다. 그의 안에 있는 또 하나의 그, 혹은 실재의 그를 위해 반드시 또 다른 표현 형식이 필요했던 것이다. 그것이 바로 시였음은 물론이다. 그렇다고 정철훈이 기자적 글쓰기를 버린 것은 아니다. 정철훈은 그것과 '갈라설 수 없다.' 그는 그것과 갈라설 수 없음을 잘 안다. 어디 그뿐이랴. 살기 위해서는 오히려 수수께끼 같은 실재적 충동들을 내리눌러야 한다는 것까지도 잘 안다. 그가 「시인 죽이기」에서 "내가 살 길은 시를 죽이는 쪽", 그러니까 (실재의) "나를 죽이는 쪽이다."라고 말한 것은 이 때문일 것이다. 이렇게 정철훈은

"어젯밤도 애인의 귓불을 물고 뜯으며/ 길고도 깊은 사랑을 나누"
면서도 "나는 닭이 울기 전에 세 번씩이나/ 애인을 모른다고 잡아
떼"며 시라는 제도 바깥의 '애인'을 갈구하면서 부정하고, 부정해야
하기에 더욱 갈구하며 기자·시인으로서의 '이중생활'을 영위해 왔
던 것이다.

　그런데, 그랬던 것인데, 기자·시인인 정철훈이 사건을 저질렀다.
소설을 쓴 것이다. 다름 아닌 『인간의 악보』라는 장편소설이 그것.
그가 소설을 쓴 것이 사건이라 할 수 있는 것은 어떻게 보면 '아내'
의 세계와 '애인'의 세계를 지양하겠다는 의지로 볼 수 있겠기 때문
이다. 그렇다. 정철훈은 이제 그의 안에 존재하는 서로 다른 두 세
계를 각기 다른 방식으로 표현하는 대신에 그 둘을 지양하는 제3
의 글쓰기 형식을 시도하기에 이른 것이며, 그것이 바로 『인간의 악
보』였다. 하지만 『인간의 악보』는 정철훈에게 '사건성'이 좀 약하다
고 할 수밖에 없다. 『인간의 악보』는, 그 첫 장편소설의 해설자도
지적했듯, "어느 인과관계도 없는 장소"로의 회귀를 통해 "우리들
자신의 자유와 해방의 방법"과 "참된 자아 발견의 길"을 제시하고
있는 첫 소설이라 보기 힘들 정도로 무게 있고 묵직한 소설이지만,
정철훈의 글쓰기 도정에서 볼 때 이전의 지양이라거나 이전과의 근
본적인 단절이라 보기 힘든 점이 있다. 정철훈 자신의 개인사가 전
면에 포진되어 있고, 또 이 주제는 이전에 그의 시에서 자주 등장
하던 모티프라는 점에서 『인간의 악보』는 어떤 면에서는 그의 이전
시의 확장 혹은 연장이라고 볼 수도 있기 때문이다.

　하지만 『카인의 정원』은 이 경우와 다르다. 분명, 『카인의 정원』

은 이전 세계의 반복이자 확장이 아니다. 그것은 이전 세계의 종합이자 지양이며, 그런 까닭에 이전 세계와의 큰 단절이다. 정철훈은 이제 서로 다른 글쓰기의 형식에 맞추어 자신의 서로 다른 충동을 투사하는 단계를 지나 자신의 분열된 충동들을 한자리에 모아 서로 길항시킬 뿐만 아니라 종내에는 어떤 지양을 이루어 내기 시작한 것이다.

반복되는 감이 있지만 다시 한번 말하자면, 정철훈이 『카인의 정원』이라는 두 번째 장편소설을 썼다. 말하자면 첫 번째 장편소설 『인간의 악보』의 '작가의 말'에서 밝힌 대로 "이제는 피 한 방울 섞이지 않은 무연(無緣)의 타인 속으로 흘러가고 싶다."는 의지를 실현한 셈이고, 동시에 그는 이제 바야흐로 명실상부한 소설가가 되었다. 반갑게도.

2 살인과 폭력, 혹은 순종하는 신체들의 아우성

『카인의 정원』은 Y읍에 대한 묘사로부터 시작된다. "개들의 홀레라도 없었으면 읍내 사람들은 성냥에 불이 붙듯 활활 타 버렸을 것이다." "하늘에서 불이 떨어지는 여름" "읍내에는 안구건조증에 걸린 환자처럼 늘 충혈된 붉은 눈의 사람들이 살아가고 있었다."(9쪽) 등등. 살풍경이라 할 만하다. 하지만 Y읍에 대한 이러한 묘사는 단지 시작에 불과하다. 이렇게 연옥과도 같은 Y읍의 풍경을 묘사하던 소설은 하나의 살인 사건이 발생하면서 비로소 본격적으로 진행된다. 그 살인 역시 처참하고 끔찍하기 짝이 없다. "퍼런 실핏줄이 드

러난 유방 사이에 깊은 자상이 나 있었고 음부에는 ㄱ자형 군용 손
전등이 깊숙하게 박혀 있었다."(19쪽)

이렇듯 『카인의 정원』은 끈적끈적하고 모든 것이 흐느적거리는
Y읍에서의 살인 사건으로부터 시작된다. 보다 정확하게 말하자면
『카인의 정원』은 Y읍 연쇄 살인 사건의 두 번째 살인이 일어나면서
시작된다. 첫 번째 살인 사건이 같이 발생한 화재 사건으로 인한 희
생으로 처리된 데 반해, 두 번째 살인 사건 그리고 두 번째 시체는
너무도 그 범죄성이 명백하여 그렇게 되지 않는다. 이 두 번째 시체
는 그 시체의 처참함과 섬뜩함으로 인하여 Y읍 사람들의 관심의 초
점이 된다. 살아 있는 동안 어느 누구도 그녀의 목소리에 귀 기울이
지 않더니 그녀가 침묵하는 시체가 되자 오히려 그 시체에서 울려
나오는 목소리에 귀를 쫑긋거리기 시작했다고나 할까. 하여간 이 두
번째 살인 사건의 시체는 Y읍 사람들의 관심을 불러일으키는 것은
물론 소설 속의 등장인물들을 하나하나 불러들인다. 우선 그녀의
동료들, 경찰관들, 부검의가 호출되고 나중에는 그녀의 어머니와 동
생이 달려오기까지 한다. 또 그런가 하면 첫 번째 살인 사건의 희생
자까지 다시 불러들이기도 한다.

이 두 번째 살인 사건의 시체가 호출해 낸 인물 중 단연 중요한
인물은 부검의이자 산부인과 의사인 요아킴이다. 요아킴에 등장과
더불어 두 번째 살인 사건 희생자의 실체가 밝혀지고 동시에 화재
사건 속에 가려 있던 첫 번째 살인 사건 희생자의 신원도 확인된
다. 뿐만 아니라 이 둘 사이의 관계 역시 규명된다. 그것만이 아니
다. 부검의 요아킴이 등장하는 순간 이 말 없는 시체는 드디어 인격

화되고 역사철학적으로 문맥화되어 드디어 자신을 표현하게 된다. 말하자면 『카인의 정원』에서 요아킴은 각자 독립된 채 산포되어 있는 사건들과 인물들 사이에 선후 관계나 인과관계, 혹은 애증 관계를 부여하여 관계성을 설정하는 인물이다. 하여간 요아킴의 개입에 의해 서서히 두 개의 살인 사건의 전후 맥락이 규명되는 것은 물론 살인 사건의 범인에 대한 단서도 하나 둘 드러난다.

하지만 정작 『카인의 정원』은 이 두 살인 사건의 범인을 찾아 나가는 데 그리 큰 관심을 보이지 않는다. 『카인의 정원』은 엽기적인 연쇄 살인 사건을 서사의 중핵으로 삼고 있지만 소설의 전체 서사는 한사코 이 연쇄 살인 사건에 초점을 맞추지 않는다. 대신 『카인의 정원』이 살인 사건 못지않게 비중 있게 다루는 것은 Y읍의 전사(前史)와 현재의 일상사다. 그러니까 『카인의 정원』은 연쇄 살인 사건의 발생 과정과 그 범인을 찾는 과정을 중심 서사로 하면서도 정작 소설의 디테일들은 Y읍이라는 기괴한 공간을 묘사하는 것으로 채워져 있다. 아니, 어떤 측면에서는 오히려 Y읍의 전율할 만한 일상사의 묘사가 소설이 핵심이고, 살인 사건 관련 서사들이 간헐적으로 외삽(外揷)되는 듯한 느낌을 주기도 한다. 해서, 『카인의 정원』의 두 개의 살인 사건은 Y읍 전체를 공포에 떨게 하는 이질적이고 예외적인 사건이 아니라 Y읍의 일상 속에 하나의 사건으로 자리한다. 그저 반복되는 일상사의 한 부분일 뿐이어서 이 엽기적인 살인 사건은 그곳 사람들에게 어떤 전율이나 공포도 불러일으키지 않는 사건으로 서술된다. 그러면서 『카인의 정원』의 중심은 자연스레 살인 사건이 아니라 이렇듯 지독한 살인 사건이 전혀 특이한 것으로 다가오지 않는 괴상망측한 Y읍의 역사와 일상사로 넘어간다. 한마디로 『카인의 정원』은 연쇄 살인 사건의 범인 찾기가 아니라 살인을 해석하는 데, 그러니까 연쇄 살인 사건을 통해 Y읍의 역사 지리지 혹은 문화 지리지를 규명하는 데 초점을 맞추는 기묘한 소설 형식을 취하고 있는 셈이다.

『카인의 정원』의 모든 인물들과 사건들을 품고 있는 Y읍이라는 실재적이면서도 가상적인 이 공간은 우선 외형적으로 대단히 기괴하고 이질감이 물컹거리는 장소다. 어찌 아니 그렇겠는가. 연쇄 살인 사건마저 일상적인 사건으로 받아들이는 곳이며, 아직도 전쟁터를 방불케 하는 것을. 외관상 Y읍은 일종의 군사도시다. Y읍은 휴전 직후 미군 부대와 태국군 부대가 주둔하면서 이전과는 전혀 다른 모습을 띠게 된 것으로 되어 있다. Y읍은 이전에 있던 구읍에다가 "병사들의 들끓는 욕정을 치약처럼 눌러 짜는 사창가"인 "신읍"이 들어서면서 지금의 풍경을 유지하기 시작한다. 그 결과 Y읍은 "사시사철 네온사인이 번쩍이는 불야성"(34쪽)을 이룰 뿐만 아니라 "스리 엔젤, 러브하우스, 스타 쇼, 메이 플라워, 에로틱 피크, 디바 나이트, 골든 브리지, 시카고 홀"(36쪽) 등 화려하면서도 사랑스럽고 외설적인 이름들의 클럽과 바 그리고 벌집과 매춘 여성들이 넘쳐나는 도시로 바뀐다. 하지만 Y읍은 클럽과 바 그리고 그곳 매춘부들의 이름이 화려하고 에로틱하며 평화로울수록 정확하게 그것과 반비례하게 살벌하고 음침하고 억세고 거칠고 황폐하다. 또한 Y읍은 마치 요아킴의 병원 원장실 한 귀퉁이에 서 있는 "두개골은 인민군, 골반은 중공군, 다리 한 짝은 태국군, 다른 하나는 미군, 팔 한 짝은 한국군, 다른 한 짝은 프랑스군. 국제적인 콜라주로서의 해골"(32쪽) 모형과 같은 곳이기도 하다. 말하자면 Y읍은 전쟁으로 인해 국제적인 콜라주로서의 도시가 되었고, 전쟁 후에도 여전히 그러하다. 그런 까닭에 Y읍은 미군과 태국군, 백인 병사와 흑인 병사, 군인과 민간인, 지역 유지와 일반 시민, 군인과 매춘 여성, 클럽 업주와 매춘 여성들 사이의 악다구니와 싸움이 그치지 않는 아수라장이다.

전쟁은 창녀를 병사처럼 양병했다. 병사들이 입에 거품을 물고 쏟아낸 정액은 시궁창에 고여 썩어 갔다. 냄새는 읍내의 허기진 골목으로 스며들었다. 여자들이 악다구니를 지르다가 사라진 신작로에는 버터가 녹은 듯 희멀건 정적이 눌어붙어 있었다. 담벼락 아래로 흐르는 도랑에서는 계란 곯는 냄새가 코를 찔렀고 파리 떼가 들끓었다. (……) 골목을 휘감은 노린내는 신읍 신작로는 말할 것도 없이 구읍의 차부와 광장, 마을 공회당과 학교에 이르기까지 스멀거렸다. 사람들은 갈보의 사타구니가 썩는 냄새라며 코를 틀어쥐었지만 정작 읍내의 모든 사람들에게서 냄새가 났다. 악취가 가장 심한 곳은 미군 쓰레기장이었다. 보건소에서 정기적으로 소독을 했지만 몸통이 시퍼런 왕파리 떼가 시구문의 구더기처럼 들끓었다.　　　　　　　　　　　　—35~36쪽

Y읍은 이렇게 모든 것이 "들끓는" 아수라장이다. 이렇듯 "들끓"고 넘치는 곳으로 되어 있으니 『카인의 정원』의 Y읍 풍경에서 우선 이물감을 느끼는 것은 당연하다. 그야말로 질서정연한 곳에서 '권태 극(極)권태'의 삶을 살고 있는 것이 우리니까 말이다. 아니, 질서

정연한 곳에서 '권태 극권태'의 삶을 살고 있다고 믿는 것이 우리이기 때문이다. 하지만 『카인의 정원』을 읽다 보면 이 이물감이 서서히 섬뜩함으로 바뀌는 놀라운 경험을 하게 된다. 『카인의 정원』을 가로지르며 수시로 반복되는 이 기괴하고 괴상망측한 풍경이, 그리고 그곳에서 살아가는 Y읍 사람들의 실존 형식이 우리와 전혀 다른 것이 아니라는 점을 발견하게 되기 때문이다. 『카인의 정원』이 역사적으로 철학적으로 맥락화한 바에 따르면, Y읍은 전혀 이질적이지도 예외적이지도 않은 세계다. 그곳은 우리가 살고 있는 지금, 이곳과 마찬가지로 근대적 규율에 의해 구획되고 있고 또 그곳에서 살아가는 Y읍 사람들 역시 우리가 근대적 규율에 순응하는 신체로 전락한 것처럼 근대(혹은 군대)적 규율이 구획하는 바에 순응하며 살고 있을 뿐인 것이다.

『카인의 정원』에서 Y읍의 문화 지리, 혹은 심상 지리를 재구성하는 데 가장 중요한 역능을 행사하는 인물은 다름 아닌 이 소설의 주인공 격에 해당하는 요아킴이다. 요아킴은 앞서 말했듯 산부인과 의사이자 부검의다. 그리고 또한 Y읍의 상층부와 하층부, 공적인 세계와 사적인 영역, 남성성과 여성성, 위생과 질병, 밝음과 어둠, 출생과 죽음 가운데 놓여 있는 중간적 존재이기도 하다. 그는 그곳에서 일어나는 모든 사건들과 관계한다. 관계할 뿐만 아니라 그 사건들을 역사적으로 그리고 철학적으로 맥락화한다. 해서, 요아킴이 Y읍에서 발생하는 새로운 사건들과 접촉하면 접촉할수록 Y읍이라는 이 기괴한 공간은 문명사적 맥락을 획득하게 되는데, 예컨대 Y읍은 이런 곳이다.

우선 Y읍 사람들의 인간관계는 거의 대부분 '돈'을 매개로 해서 이루어진다. 그곳에 인격화된 관계란 없으며 동시에 증여의 윤리 같은 것은 찾기 힘들다. Y읍의 가장 압도적인 인간관계를 차지하는 군인과 매춘 여성 사이에 이루어지는 관계는 모두 다 일회적이고 우연적이며 철저한 교환의 시스템 속에서 형성될 뿐이다.

담요 부대. 여자들은 말 그대로 담요를 들고 미군 훈련장까지 따라가 몸을 팔았다. 작전 훈련은 미군만이 아니라 창녀들도 함께 치르고 있었다. 원정을 나가면 읍내에서보다 몸값을 두 배 이상 받을 수 있었다. 읍내에서 몸값의 절반을 고스란히 포주들에게 뜯기는 바람에 목돈을 쥐려면 원정을 나올 수밖에 없었다. (……) 병사들은 유격 훈련을 마치고 내려오면 전쟁터에 투입되었다가 후방으로 특박을 나온 전사처럼 살기 어린 눈동자를 번뜩이며 천막을 밀치고 들어왔다. 성난 버펄로들이 여자의 몸을 부췄다. 땀에 젖은 병사들의 육중한 몸체에 짓눌린 여자들은 벼랑 아래로 추락하는 아찔한 느낌을 떨쳐 버리려고 침대 모서리를 움켜잡고 울음을 터뜨렸다. ―138~139쪽

뿐인가. Y읍은 근대적 규율과 위계질서에 따른 수많은 구획들이 존재한다. 구읍/신읍의 구획선이 있는가 하면, 남성/여성, 지역 유지/주민, 클럽 업주/매춘 여성, 백인/흑인, 미군/태국군, 부모가 있는 아이들/부모로부터 버림받은 아이들 등등의 구획선도 있다. 이 구획선은 의외로 견고하다. 그로 인한 위계질서 또한 확고하다. 클럽 업주는 매춘 여성을 그야말로 지독하게 수탈하고 학대하지만 별

탈이 없다. 오리엔탈리즘과 옥시덴탈리즘으로 중무장한 미군과 태국군은 서로가 서로를 무시하고 깔보며 때로는 작은(?) 전쟁도 불사한다. 그런가 하면 미군 내에도 무시할 수 없는 구획선이 존재한다. 그것은 다름 아닌 백인과 흑인의 구획선이다. 그 구획선은 서로 상대하는 매춘 여성을 구분할 정도이니 절대적이라 할 만하다. "백인과 흑인이 다시 피부색으로 갈린 것인데 신읍 여자들이 백인이나 흑인이나 정해 놓고 한쪽만 상대한다는 건 그쪽 세계의 보이지 않는 율법을 따르는 거나 마찬가지가 아니겠나?"(59쪽) 이 한마디로 Y읍은 인류 역사에서 이제까지 유지돼 왔고 근대에 들어 더욱 견고해진 교환의 정치경제학에 의해 운영되는 곳이면서 동시에 그 교환의 정치경제학에 의해 형성된 구획선들이 그곳 사람들의 실존 형식을 결정짓는 그런 곳임을 알 수 있다.

그런데 Y읍이 실낙원인 것은 단지 오만과 편견 그리고 원한과 증오로 끓어 넘치는 교환의 정치경제학과 그것이 만들어 낸 구획선들이 Y읍 구석구석을 가로지르고 있기 때문만은 아니다. Y읍의 풍경이 더욱 전율적으로 다가오는 것은 교환의 정치경제학이 만들어 낸 이 오만과 편견 그리고 원한과 증오에 보이는 Y읍 사람들의 대응 방식 때문이다. Y읍 사람들은 인간을 인격적 가치가 아니라 교환가치로 환원해 버리는, 그리고 자신의 이익(혹은 권리)을 위해서 타자를 적이나 지지 세력으로만 읽어 내는, 그러니까 그 자체가 목적이어야 할 타자를 자신의 존립이나 욕망 충족을 위한 수단으로만 바라보는 교환의 정치경제학에 어떤 비판이나 저항도 행하지 않는다. 그것에 철저하게 순응한다. 아니, 그것을 활용하기도 한다. 요아킴의 표현을 빌리면 "읍내 사람들 모두가 허수아비"(13쪽)인 것이다. 아니면 "허수아비"인 척하는 존재들인지도 모른다. 다시 말해 Y읍 사람들은 교환의 정치경제학이 만들어 낸 시스템에 철저하게 '순응하는 신체'들이다. 또 '순응하는 체하는 신체'들이기도 하다. 자본주의적 규율에 일방적으로 순응하는 것이 실낙원과 같은 이곳을 더욱 더 아수라장으로 만든다는 사실을 알지만 실낙원을 벗어나는 것은 자신을 더 큰 고통에 빠뜨릴지도 모른다는 공포 때문에 어쩔 수 없지 않느냐며 보다 더 적극적으로 Y읍의 구획선에 '순응하는 체하는 신체'들인 것이다. 그러니, Y읍 사람들은 더 이상 단독자도 아니고, 그러므로 고유명사로 불릴 수도 없다. 그들에게 남은 단 하나의 길은 때로는 모른 채로, 또 때로는 모르는 척하며 근대적 규율에 순응하는 것뿐이다. 오로지 돈을 매개로만 만나는 관계에 대해서는 먹고 살기 위해서는 어쩔 수 없지 않겠느냐는 때 지난 명제로 합리화하고, 그리고 매일 매일 서로를 쓸모없는 실존의 존재로 격하하거나 아니면 원한을 품는다. 오로지 그곳의 규율에 충실한 신체인 만큼 그곳의 규율이 지시하는 대로 사유하고 행동할 뿐이다. 자신이 살아 있는 생명체가 아니고 또 타자 역시 살아 있는 생명체가 아니므로 그곳 사람들은 스스로를 목적으로 생각하지도 않고, 당연히 타자를 목적으로 생각하지도 않는다. 해서 이들은 만약 타자가 자신이 행하고자 하는 바를 방해한다면, 그때 타자는 오로지 적이면서 동시에 도구이거나 사물이기 때문에 폭력을 행사하는데 아무 거리낌이 없다. 한마디로 Y읍 사람들에게 살인이나 폭력은 일상적인 것이며, 이 소설의 첫머리를 장식한 연쇄 살인 사건 역시 일상화된 폭력의

300

연장선상에 있는 것이다. 그리고 이런 관점에 설 경우 연쇄 살인 사건의 범인이 누구인가는 그리 중요하지 않다. 그 범인이란 군대와도 같은 근대적 규율이 '양병'해 낸 것이므로. 해서, '스티브'가 아니더라도 다른 누군가가 그와 같은 지독한 살인을 저지를 것이므로.

이런 이유로 Y읍은 서서히 불모의 땅이 되어 간다. 비유컨대 신진대사가 이루어지지 않기 때문이다. 일상화된 폭력으로 쉼 없이 사람들은 상해 가고 죽어 가나 Y읍을 용약하게 할 새로운 생명이 잉태되지 않는다. 거의 모든 관계가 돈을 매개로 한 관계이기에 새로운 생명이 들어설 틈이 없다. 혹여, 들어선다 하더라도 그것은 축복 받는 생명이 아니다. 오히려 자신들의 욕망하는 바를 방해하는 존재에 다름 아닐 뿐이다. 당연히 Y읍에서 대부분의 새 생명들은 어미의 자궁에 들어서는 순간 거친 사회적, 의학적 폭력에 의해 제거된다. 그 결과 Y읍에서의 자궁은 단지 병을 간직한 더러운 곳이거나 교환경제의 시스템과 상동성을 지닌 물신화의 장소로 전락한다.

그런 까닭에 그래도 Y읍에서는 '순종하는 신체'이기보다는 반성적 주체에 속하는 요아킴마저도 Y읍의 일상화된 폭력과 전혀 무관한 존재는 아니다. 산부인과와 외과 전공의인 요아킴은 산부인과 의사임에도 불구하고 새로운 생명을 세상 밖으로 이끌어 내는 행위 대신에 어렵사리 들어선 생명들을 없애는 일에 매달린다. 요아킴은 스스로에 대해 "메스를 잡은 유인원이 따로 없었다."(95쪽)고 자책하지만 그 일에서 손을 떼지는 못한다.

내일도 모레도 어느 임부의 자궁에서 단백질 덩어리가 떼어져 핏물

과 함께 정원에 묻힐 것이다. 맨드라미와 해바라기는 태아를 거름으로
먹고 더 붉게, 더 노랗게 변색하면서 더 높이 웃자랄 것이다. 손에 경련
이 일었다. 수술대에서 메스를 잡던 손. 태아를 난도질해 사산시킨 손.
정원에서 잡초를 뽑아 거름을 만들던 손. 손은 발작하듯 떨리며 요아킴
을 비웃는 것 같았다.   —94쪽

이렇듯 Y읍은 교환의 정치경제학이 만들어 놓은 여러 겹의 구획
선이 은밀하면서도 견고하게 작동하는 것은 물론 그 구획선의 자
의성과 폭력성에도 불구하고 그곳에 속한 (비)주체들이 그 구획선
에 다만 순종함으로써 더욱 더 폭력이나 살인이 일상화되는 땅으로
(역사철학적으로) 맥락화된다. 그런데 어떤가. 이쯤 되면 Y읍은 우
리와 전혀 무관한 저곳이 아니라 우리가 살고 있는 그곳 아닌가. 교
환의 정치경제학의 강력한 위용 앞에 여지없이 무력하여 오로지 돈
을 매개로만 타자와 관계를 맺고, 또 그 교환의 정치경제학이 만들
어 놓은 구획선 안에서 오히려 그 구획선 바깥으로 떠밀려 나갈 것
을 두려워하며 숨죽이고 살아가는 존재들이라면, 바로 우리들 아
니던가. 비록 그것이 진실하지 않더라도 자신의 사회를 가로지르는
규율들에 무기력하게 순종하는 신체들이라면, 바로 우리들 아니던
가. 물론 지금 우리가 살고 있는 이곳은 Y읍과 달리 이처럼 직접적
으로 노골적으로 교환의 정치경제학이 관철되고 있지 않으며, 따라
서 상징 규율에 순종하는 우리의 행동 역시 Y읍 사람들의 행동과
달리 그렇게 눈에 보일 정도로 폭력적이지는 않을 것이다. 그렇다
하더라도 그것이 우리의 행동이 전혀 폭력적이지 않다는 것을 의미

하지는 않을 터이다. 다만 눈에 보이지 않는 방식으로 그것을 행할 뿐이다. 우리는 상징 규율, 혹은 대타자에 복종하되 '자발적인 복종'을 하고 있어 다만 '자발적'이라고 느낄 뿐이며, 또한 우리는 자기만을 배려하며 살기에 수시로 타자에게 폭력을 가하나 다만 여러 단계를 거쳐 그 결과가 나타나는 까닭에 자신의 행위가 폭력인 것을 모르고 살 뿐인 것이다.

그렇다면 우리가 Y읍에서 느끼는 기괴함 혹은 괴상망측함은 우리에게 익숙하지 않은 풍경을 볼 때의 기괴함이 아니라고 해야 한다. 미래란 성립된 규범성과 절대적으로 단절된 무엇이며 따라서 미래는 일종의 기괴함 속에서만 자신을 예고하고 스스로를 현전(現前)시킬 수 있다는 데리다 식의 표현을 빌리자면, 실재란 성립된 규범성과 절대적으로 단절된 무엇이며 하여 실재는 일종의 기괴함 속에서만 자신을 예고하고 스스로를 현전시킨다면, 우리가 『카인의 정원』에서 목도하는 기괴함은 바로 우리의 규범성 너머에 존재하는 실재를 발견하는 데서 오는 기괴함이라 할 만하다. 아니면 『카인의 정원』의 살풍경에 우리가 전율하는 것은 우리가 전혀 낯설고 기괴한 것을 보았기 때문이 아니라 바로 그 낯설고 기이한 풍경에서 우리가 부정하는 우리의 바로 그 모습을 확인하기 때문이며, 이를 우리는 섬뜩함이라 부르는 것이다.

하여간 『카인의 정원』은 연쇄 살인 사건의 범인 찾기라는 소설 문법에 기대지 않고 그 살인 사건을 일상인의 실존 형식과 유비하는 독특한 방법을 통해 급기야는 문명 안의 불안과 불만 그리고 부조리를 밀도 높게 포착하는 것은 물론 전혀 이질적이고 기괴해 보이는 공간을 서서히 우리가 사는 그곳과 유비시켜 결국에는 우리가 외면하던 실재를 경험하게 하는 소설이다. 이는 전적으로 기존의 '잘 빚은 항아리'에 만족하지 않고 작가 자신의 역사 지리지에 가장 적절한 형식을 발명하려는 작가 정신의 산물임은 물론이다.

3 자연의 재발견과 증여의 윤리

『카인의 정원』은 분명 기존 소설 문법에 충실한 소설이 아니다. 『카인의 정원』에는 서사와 묘사의 불균형이랄까 아니면 전체와 부분의 비유기적 결합이랄까 하는 비대칭이 존재한다. 『카인의 정원』에는 그것이 의도된 것이든 의도되지 않은 것이든 신성한 디테일들이 소설의 중핵과 서로 갈등하고 충돌하는 상황이 펼쳐지는 바, 이는 전적으로 『카인의 정원』이 기존 소설 문법으로는 담기 힘든 새로운 세계상을 담고 있기 때문이다. 우리는 앞서 『카인의 정원』이 기존의 추리소설이나 범죄소설과 다른 구조를 취할 수밖에 없었던 데에는 Y읍이라는 낯선 곳에서의 기괴한 연쇄 살인 사건을 지금, 이곳의 실존 형식과 유비하기 위해서라는 점을 확인한 바 있다.

하지만 『카인의 정원』의 서사와 묘사의 비대칭성에는 또 다른 역사철학도 개입되어 있다. 그것은 다름 아닌 문명의 불안과 불만을 넘어서는 행위에 대한 천착이다. 『카인의 정원』은 Y읍에서의 연쇄 살인 사건을 계기로 문명의 불안과 불만(보다 구체적으로 말하자면 폭력적인 근대적 규율과 그것에 순응하는 신체들의 탄생)을 표현하기도 하지만 동시에 그 불안과 불만의 문명으로부터 벗어날 수 있는 길도 제시하는 바, 이것으로 인해 『카인의 정원』이 보다 낯선 형식을 취하게 되었다고 할 수 있다. 그렇다. 『카인의 정원』은 실낙원에서 낙원을 꿈꾼다. 아니, 바로 지금이 실낙원이기에 낙원을 향한 행위가 가능하다고 믿는다.

그렇다면 이제 우리의 관심사는 『카인의 정원』에서 인간 (비)주체들이 이 실낙원으로부터 벗어날 길로 어떤 윤리 혹은 어떤 행위를 제시하고 있는가이다. 우선, 다음을 보자.

① 그 모든 것을 업이라는 운명론으로 치부하기에 죽음의 왕국은 너무도 잔인했다. 꽃잎들의 신음 소리가 핏물처럼 귀에 고여 들었다. 인간의 손에 의해 짓이겨진 채 지상에 붉은 핏물을 뿌리고 죽어 간 꽃잎들. 탄생의 순간에 소멸해 간 서러운 존재들이 정원에서 썩어 가고 있었다. 꽃은 이미 꽃이 아닌 무엇이었다. 태아의 목숨이 붙어 있는 듯, 연분홍 꽃 즙을 흥건히 자아내고 있는 꽃망울들. 지상은 죽음의 왕국에서 피워 낸 꽃잎으로 떠받쳐지고 있었다.　　　　　　　　　　　　　—93쪽

② 두꺼비는 자신의 몸을 뱀에게 통째로 잡아먹히지만 독으로 뱀을 죽이고 그 양분으로 자기의 새끼들을 부화시키는 처절한 희생의 동물이기도 하다. (……) 야행성으로 주로 밤에 움직이므로 산란기 외에 특히 낮에는 거의 눈에 띄지 않는 두꺼비. (……) 이 우직스러운 두꺼비가 사랑에는 퍽 섬세한 면이 있지 않은가. 두꺼비 암컷은 짝을 지을 때 저음의 울음을 우는 우람하고 덩치 큰 수놈을 좋아한다. 두꺼비 수컷은 몸이 차야 더 굵은 소리를 낼 수 있다는 것을 본능적으로 알고 연못의

서늘한 곳을 찾아가서 저음의 울음을 터뜨린다. 굵은 베이스를 닮은 두꺼비의 울음소리를 들을 때마다 친모를 그리워하는 길명이 속으로 우는 통곡이 들리는 것 같았다. 저음의 사랑 노래. 독이 묻어나는 그리움. 두꺼비가 청정 지역이 아니면 살아갈 수 없듯, 길명은 또한 썩을 대로 썩은 기지촌의 정화적 존재가 아닐까. 더러운 적색 지대에서 몸부림치는 한 마리 두꺼비로서의 길명이.　　　　　　　　　　—89~90쪽

①은 요아킴의 병원에 있는 정원에 대한 묘사다. 그러니까 '카인의 정원'에 대한 묘사다. 비록 겉으로는 아름답고 화려하지만 그 아름다움에는 지금 이 시대의 광기가 스며 있다고 말한다. 아니, 지금 이 시대의 광기를 위장하기 위해 지금 이 시대는 더욱 더 화려해지고 아름다운 외관을 갖추려고 한다는 것이다. 아름다운 것에마저도 깃들어 있는 시대의 광기들. 하지만 그럼에도 불구하고 『카인의 정원』은 ②에서처럼 '정화'에 대해 말한다. '썩을 대로 썩은' 곳이라도 '정화'는 가능하며, 그 정화의 가능성을 놓아서는 안 된다는 것. 그리고 사실은 정화란 '썩을 대로 썩은' 그래서 더 이상 썩을 것이 없는 상태가 된 연후라야 가능하다는 것. 그러므로 지금 이곳은 썩을 대로 썩었으니 '정화'의 가능성이 열린 곳이라는 것.

이처럼 『카인의 정원』은 한편으로는 아름답고 화려하고 외설적인 것에 깃든 추악함을 고발하지만, 동시에 그 극단의 추악함을 거친 다음에야 비로소 발화될 수 있고 자기화될 수 있는 정화의 길을 찾아 나선다. 『카인의 정원』에서 그것은 크게 두 가지로 제시된다. 하나는 근대적 규율로부터 벗어나서 '벌거벗은 생명', 그러니까

자연의 한 구성원으로 되돌아가는 것. 즉 근대적 규율에 의해 조종되는 순종하는 신체가 아니라 그 근대적 규율보다도 더 큰 우주적 규율에 자신의 신체를 맡기는 길이다. 흔히 말하는 것처럼 근대성이 탈마법화를 내세우면서 인간에게서 자연의 의미를 제거해 버렸다고 한다면, 이제 근대적 규율이 인간에게서 배제했던 자연 속의 인간의 위치를 되찾아야 한다는 것이다. 요아킴은 그 길을 실천에 옮기며 "메스를 잡은 유인원"이라는 강박에서 벗어나거니와("흙과 나무를 만진 뒤에 진찰대에 누워 있던 환자를 진찰해 보면 확실히 느낌이 달랐다. 청진기 대신에 환자의 복부나 등에 주름 진 손등을 대고 몇 차례 가볍게 두드리는 것만으로도 환자의 용태가 정확히 짚어지곤 했다."(156~157쪽)), 나중에는 자연의 의미를 '키키모라 정령', '들판의 정령', '숲의 정령'의 형태로 정식화하여 제시하기도 한다. 즉 자연의 모든 생명체는 각자 영혼을 지니고 있으므로 그들 생명체의 목소리에 귀 기울여야 한다는 것이다.

『카인의 정원』에서 지금, 이곳이라는 실낙원을 정화시킬 수 있는 길로 제시하고 있는 또 하나의 방법은 '두꺼비-되기'이다. 기꺼이 자신을 희생하고 그 희생을 통해 보다 더 의미 있는 사회를 건설하는 밑거름이 되자는 것. 너무 추상적이고 막연하다고 할지 모르겠다. 실제로 그렇지만은 않다. 비록 개념화되어 있지는 않더라도 『카인의 정원』에서는 '두꺼비-되기'의 구체적인 예증이 반복적으로 제시되어 있으며, 또한 제법 구체적인 가능성의 형식을 띠고 있기도 하다. 『카인의 정원』은 이곳이 교환의 정치경제학이 지배하는 곳임을 분명히 하면서 이 교환경제를 넘어서기 위해서는 증여의 윤리를 갖추거나 아니면 증여 행위의 실천자가 되는 것이 필요하다는 것을 반복적으로 보여 준다. 즉 교환 행위가 아닌 증여 행위를 하자는 것. 물론 이 증여 행위는 교환 행위 탓에 철저하게 외면 받고 쓸모없는 행위로 격하될 것이지만, 그러나 이 증여 행위의 전염성은 만만찮으며 종국에는 교환경제 전체를 내파시킬 수도 있다고 말한다. 『카인의 정원』에는 교환 행위가 아닌 증여 행위를 매개로 맺어지는 몇몇 관계들이 있다. 예컨대 미옥과 길명, 울래미 모의 관계가 그러하고, 요아킴과 미옥의 관계가 그러하고, 미옥과 울래미의 관계가 그러하며, 또 요아킴과 길명, 가평댁과 길명의 관계도 그러하다. 그것만이 아니다. 요아킴과 신부의 관계가 그러하며, 요아킴과 외팔이 조 씨의 관계가 그러하고, 또 요아킴과 리처드 중령의 관계가 그러하다. 이들은 서로 무엇과 무엇을 일대일로 교환하지 않는다. 교환한다 하더라도 항상 부등가로 교환하며 두 교환물 사이의 차이를 인간적인 친밀성으로 채운다. 하여간 증여는 무언가 계산되지 않는 것의 소중함을 일깨우며, 그 인간적인 친밀성의 발견은 이 사람에게서 저 사람에게로, 이곳에서 저곳으로 떠돌아다닌다. 그러다 종내 인격화되어 교환의 시스템을 거부하는 주체를 만들어 내기도 한다. 아니, 그것까지는 아니더라도 교환의 정치경제학에 순응하는 신체에 대한 회의와 반성의 순간을 만들어 낸다. 그렇게 누군가로부터 증여를 받은 사람들은 더 많은 것, 더 가치 있는 것을 증여하고, 급기야는 일종의 증여-사회를 구성하기도 한다. 물론 이는 거대한 집단을 이루어 현실적인 질서를 구성하는 것은 아니지만 비교처럼 강한 전염성을 지니며 전파된다. 그렇게 외팔이 조 씨가 길명을 건사하고 또 길명이 외팔이 조 씨를 돕는다. 그런가 하면 외팔이 조 씨는 자신이 받은 귀중한 선물을 값진 노동으로 되돌려 주려다가 죽음을 맞기도 한다. 하지만 얼마나 기쁜 일인가. 근대적 규율이 인위적으로 만들어 놓은 구획선들을 뛰어넘어 비로소 온전한 주체가 된 셈이니 말이다. 그러므로 이렇게 교환경제에 대항하는 증여-사회를 구성하는 존재들이 나중에 숲의 정령이 되어 다시 요아킴 앞에 나타나는 마지막 장면은 더할 나위 없이 감동적이다. 아마도 이 감동은 『카인의 정원』에서 모색하고 있는 정화의 길이 대단히 현실적이고 의미 있는 이정표임을 알려 주는 중요한 표지이리라.

꽃술이 오므라든 채 달빛을 받고 있는 국화 군락 사이로 길명의 얼굴이 보였다. 공동묘지에 묻혔을 텐데 환하게 웃는 얼굴이었다. 그 옆에 심어진 붉은 물봉선 이파리가 바람에 슬며시 움직였다. 바람에 들춰진 이파리 뒤에서 외팔이 조 씨의 얼굴이 나타났다. 멀쩡하게 두 손을 흔들고 있는 모습이었다. 외팔이 조 씨는 말을 쏘아 죽여 속이 시원하냐고 묻는 듯했다.

—무슨 미련이 있기에 아직도 하늘로 올라가지 못하는 게야.

요아킴이 중얼거리자 외팔이 조 씨는 너털웃음을 터뜨리며 다시 잎사귀 뒤로 숨어 버렸다. 바람이 나뭇가지를 가볍게 흔들었다. 나뭇잎 한 장에 미옥의 얼굴이 붙어 팔랑팔랑 흔들리고 있었다.

—282~283쪽

물론 마지막 부분이 이렇게 끝난다고 해서 『카인의 정원』의 증

여 행위를 통한 증여-사회에 대한 가능성을 절대화하고 있지는 않
다. 오히려 반대다. 『카인의 정원』의 마지막 부분은 드디어 '들판의
복수' 혹은 '자연의 복수'가 시작되는 장면들로 채워져 있고, 그것
때문에 Y읍 사람들은 실낙원인 Y읍에서마저도 쫓겨나 더 큰 재앙
속으로 들어서는 것으로 되어 있다. 하지만 재앙이 정말 재앙인 것
은 그것으로부터 벗어날 어떤 가능성도 없을 때인 것이다. 그러나
『카인의 정원』의 마지막은 조금은 희망적인 분위기를 풍기고 있다.
비록 더 참담한 지옥으로 들어섰다고는 하나 Y읍 사람들은 자연의
목소리를 듣고 급기야 더 인간적인 사회를 위해 자신을 희생하는
존재들을 증여 행위를 통해 경험했을 뿐만 아니라 그 증여 행위의
참가치를 느낄 수 있게 되었다고 말하고 싶었으리라. 『카인의 정원』
에 따르면 우리는 이렇게 삶의 최저 단계에 이르러서야 비로소 티
끌만 한 희망의 씨앗 하나를 받아 쥐는 셈이다. 안타깝게도. 아니,
다행스럽게도.

　4 『카인의 정원』의 이질성 혹은 『카인의 정원』의 위상

　『카인의 정원』은 충격적인 살인 사건과 자연의 복수 등 기괴함
으로 가득 찬 소설이다. 뿐만 아니라 한국전쟁이나 분단의 잔여물,
그리고 우리 안에 진주해 있는 외국 군대의 폭력성 문제까지도 포
괄하고 있다. 어떻게 보면 1980년대 한국 문학의 분위기와 1990년대
이후 한국 문학의 주제가 뒤섞여 있는 형국이다. 해서 『카인의 정
원』은 요즘의 문학에 비추어 보면 분명 낯설고 이질적이다.

그렇지만 『카인의 정원』은 작가 정철훈이 지금, 이곳의 실체 혹은 실재들을 말하기 위해 쓴 소설임을 감안한다면 전혀 이질적이지 않다. 오히려 당연하다. 정철훈은 "늑대는 언제나 사막을 지배했"지만 "사람은 사막을 정복하지 못했다."(「치르치끄 강가에서」)는 사실, 다른 말로 표현해 인간 존재의 유한성과 인류 문명의 불완전성을 거듭 강조하는 존재이기도 하고, 또 "평생을 하늘만 바라보고 살다 보니/ 눈동자에도 하늘만 고"(「고산족」)이는 고산족에게서 강한 동일시를 경험하는 존재, 그러니까 문명 속에서 낙원을 보는 것이 아니라 불만을 느끼는 그런 작가인 것이다. 뿐만 아니라 정철훈은 분단의 상처로 인해 인간적 질서를 회복하기 힘든 내상을 경험하기도 한 작가다. 그래서 그는 인류에게 재앙과도 같은 전쟁을 안겨 준 문명의 유한성과 비본래성에 끝없는 경계를 표하고 대신 문명화 이전, 그러니까 순수 자연이라는 원점으로 돌아가기를 끊임없이 희원한다. 진리의 빛들로 눈부신 그곳, 인간이 동물의 영장이 아니라 다른 생명체들과 마찬가지로 자연의 한 구성물인 그곳, 그것이 아니라면 적어도 창공의 별이 우리의 갈 길을 비추므로 개인의 모험과 사회적 발전이 조화를 이루는 그곳. 그에겐 바로 그곳이 우리가 어리석게도 떠나온 바로 그곳이고, 또 다시 우리가 지혜로워진다면 반드시 돌아가야 할 그곳이다.

그렇다면 정철훈에게 문명화된 이곳, 그러니까 순수 자연의 상태란 모두 사라지고 오로지 인공적인 것으로 가득 찬 이곳은 어떤 곳일까. 아감벤의 표현을 빌리자면 발가벗은 생명의 힘을 믿는 그에게 (인간의) 발가벗은 생명을 순종하는 신체로 전락시킨 근대적 생명

권력의 세계는 도대체 어떤 형상을 띠고 있는 것일까. 연옥이나 실낙원의 풍경이 아니겠는가. 아니면 근대라는 규율적 통제에 사이보그로 전락하여 오직 자기만을 배려하며 만인이 만인과 투쟁하고 있는 곳 아니겠는가. 아니면 근대적 규율이 구획한 집단을 위해 전쟁을 마다하지 않고 또 비록 총성은 멎었더라도 여전히 그 구획을 유지하기 위해 매일 매일 처절한 전쟁, 전쟁과 같은 생활을 영위하고 있는 곳일 터이다. 정철훈과 같은 실러적 의미의 목가주의자에게 인공적인 것으로만 채워진 문명이란 절대적 낙원일 수 없다. 그에게 최소한의 투자로 최대한의 이윤을 창출해야 한다는 정글의 법칙을 진리의 구현이라 믿고 사는 이 세계란 연옥이 아니고 전쟁터가 아니고서는 다른 무엇일 수가 없는 것이다.

　이런 점을 감안한다면 『카인의 정원』의 Y읍이 전쟁의 흔적이 여전히 잔존하는 문명화된 도시로 설정된 것은 하나도 이상하지 않으며 또 그런 전쟁터와 같은 문명을 넘어설 수 있는 정화의 가능성을 모색하는 것 역시 전혀 낯설 것이 없다. 정철훈에게 지금, 이곳이란 근대라는 규율적 통제에 의해 순종하는 신체들로 전락한 인간들이 자신만의 이익을 위해 매일 매일 서로를 죽이는 죽음의 땅일 뿐인 것이다. 그러니 현대인들이 얼마나 근대적 혹은 군대적 규율 속에서 서로가 서로를 잔인하게 훼손하고 있는가를 제시하고 또 그것에서 벗어날 수 있는 인식론적이고 윤리적 지표를 찾아 나서는 것 역시 당연하다.

　다만 『카인의 정원』에서 낯선 것이 있다면 그것은 분단의 상처와 미군의 횡포 등 1980년대의 주제와 문명 속의 불안이라는 1990년대 이후의 주제가 병존하고 있다는 점이다. 하지만 가만히 생각해 보면 낯설 것도 없다. 우리의 현실 안에는 문명 속의 불안이라는 문제와 분단의 상처라는 문제가 공존하고 있기 때문이다. 그런데도 이 둘 모두를 다룬 소설이 우리에게 낯선 것은 아마도 1980년대 이후 한국 문학이 분단이라는 개별적 내러티브와 문명 속의 불안이라는 보편적 내러티브를 길항시켜 한국 사회만의 특수한 내러티브를 발명하는 데 최선을 다하지 않았다는 증거인 셈이다. 그렇다면 『카인의 정원』의 낯섦은 이 소설이 우리의 상징적 규범에 가려진 무시무시하고도 매혹적인 실재들을 읽어 내는 데 중요한 교두보를 마련했음을 알려주는 표지라 할 수 있다.

그러니 이렇게 말할 수 있다. 『카인의 정원』이 나왔다. 그리고 한국 문학이 가야 할 중요한 이정표 하나가 저 멀리 모습을 드러냈다.

정철훈

전남 광주에서 태어나 서울에서 자랐다. 국민대 경제학과를 졸업했으며 러시아 외무성 외교
과학원을 수료하고 역사학 박사학위를 받았다. 1997년 《창작과 비평》 봄호에 「백야」 외 5편
의 시를 발표하여 작품 활동을 시작했다. 장편소설 『인간의 악보』와 시집 『살고 싶은 아침』,
『내 졸음에도 사랑은 떠도느냐』, 『개 같은 신념』이 있으며, 『김알렉산드라 평전』, 『옐찐과 21세
기 러시아』, 『소련은 살아 있다』 등의 저서가 있다.

카인의 정원

1판 1쇄 찍음   2008년 5월 13일
1판 1쇄 펴냄   2008년 5월 19일

지은이   정철훈
발행인   박근섭, 박상준
편집인   장은수
펴낸곳   (주)민음사

출판 등록   1966. 5. 19. 제16-490호
서울시 강남구 신사동 506번지 강남출판문화센터 5층 (우)135-887
대표전화 515-2000 / 팩시밀리 515-2007
www.minumsa.com

값 10,000원

ⓒ정철훈, 2008. Printed in Seoul, Korea
ISBN 978-89-374-8182-6 (03810)